AF211276

Ron`s Krimis 1 + 2

Neuauflage von
„Ron`s Krimis Band 1 und 2"
sowie weitere Kurzgeschichten)

Kriminalgeschichten von Roman Schmidt

Erstauflage   **Ron`s Krimis Band 1 (2014)**
Ron`s Krimis Band 2 (2014)
erschienen im Verlage B.o.D. Norderstedt
daraus ausgewählte, überarbeitete Krimis

Die vorliegenden Geschichten sind völlig frei erfunden.
Ähnlichkeiten mit lebenden oder toten Personen sind
keinesfalls gewollt oder beabsichtigt.
Sie wären rein zufällig.

Roman Schmidt MMXVI

Vorwort

Gift (engl. Geschenk) war und ist, in kleiner Dosierung verabreicht, in den meisten Fällen ein Heilmittel! Wie wir wissen und wie es auch die deutsche Übersetzung sagt, können höhere Mengen gesundheitsschädigend, ja sogar tödlich sein. So ist es im Prinzip mit allem. Auch und gerade Alkohol ist wohl das bekannteste Genussmittel, das zu erheblichen Einschränkungen führen kann, wenn man damit zu unbedacht umgeht.

Heute haben Forensiker und Ärzte beste Möglichkeiten, einen unnatürlichen Tod und toxische Stoffe jeglicher Art im Organismus nachzuweisen, **Voraussetzung dafür ist ein Anfangsverdacht.** Sollten körperähnliche Stoffe zum Einsatz kommen, so müssen diese, für den auserwählten Körper verwendeten, erhöhten Werte, die mit Absicht zu einer toxischen Reaktion geführt hatte, schnell nachgewiesen werden.

Beispiel 1: Da ein Mensch, der an Diabetes mellitus, (Zuckerkrank), selbst nicht mehr genügend Insulin in der Bauchspeicheldrüse produzieren kann, muss dieses Medikament durch eine Injektion zugeführt werden. Was passiert mit einem gesunden Menschen, der dieses Mittel **(natürlich zuviel für seinen Organismus)** gespritzt bekommt? Und kann man es später nachweisen? **Beispiel 2:** Hat ein Mensch zu hohen Blutdruck, so wird zwangsläufig ein Medikament gegen zu niedrigen Druck eine fatale Wirkung erzielen. Täter können sich also die, ihnen bekannten Gebrechen der Opfer zunutze machen. Im Nachhinein gibt es dann gerne folgende Kommentare: „Geraucht hat der sowieso zu viel! Das musste eines Tages kommen!" „Der war schon immer seltsam und hat oft vom Sterben gesprochen!" **oder**

2

„Der war doch fast jeden Tag betrunken! Das konnte sein Herz nicht mehr lange mitmachen!" „Der hat kaum was gegessen! Hatte nichts zuzusetzen." Oder andersherum: „Das viel zu hohe Gewicht hat ihm zu schaffen gemacht!"

Damit kann im Vorfeld einer Ermittlung ein falscher Eindruck erweckt werden, der allzu schnell auf einen „natürlichen" Tod schließen lässt. Man muss genau alle Umstände berücksichtigen und dann unvoreingenommen die entsprechenden Schlüsse daraus ziehen. Ein Pathologe kann nur dann tätig werden, wenn man ihn um seine Hilfe bittet, wenn er bei den Ermittlungen hinzugezogen wird. Folgerichtig wird ein Verbrechen nie gesühnt werden, wenn man von Anfang an nicht ein solches in Betracht zieht. Der erste Eindruck, die Umstände des Todes sind von enormer Wichtigkeit.

Wenn man von einer Statistik hört, nach der die meisten Morde aufgeklärt werden, so meint man damit natürlich die Todesfälle, die vorher auch eindeutig als solche mit Fremdeinwirkung erkannt wurden – aber sind das auch tatsächlich wirklich alle verübten Morde?

Keine Dunkelziffer?

Ich bin skeptisch und man möge mir das verzeihen, aber meine Lebenserfahrung und einschlägige Erlebnisse haben ein anderes Bild in meinem Hirn abgespeichert. Möge auch weiterhin das schlechte Gewissen dazu führen, dass solche, nie gesuchten oder verdächtigten Personen nicht mehr zur Ruhe kommen und eine höhere Gewalt eine gewisse Gerechtigkeit in unser tägliches Leben bringen. In eine Welt, die immer mehr von Egoismus, Geldgier und Macht geprägt wird.

Roman Schmidt

Rache, was sonst?

„Sie haben wieder einmal ausgezeichnet gearbeitet! Respekt, Müller!" So wurde in dem Großraumbüro zum wiederholten Male der hinterlistigste Streber vor allen Mitarbeitern vom Abteilungsleiter gelobt. Dass sich dieses Schlitzohr dabei immer wieder mit fremden Federn schmückte, wussten so einige seiner Kollegen. Davon wissen ist die eine Seite, etwas dagegen tun, die andere. Wie konnte er immer wieder an die erfolgreichen Ausarbeitungen von seinem Gegenüber gelangen? Bei jeder Pause, jedem Verlassen des Arbeitsplatzes setzte der misstrauisch gewordene Kollege eine Sperre in seinen Klapprechner. Ohne Passwort war eine Abfrage oder Einsicht in dieses Programm unmöglich! Oder etwa doch? Gab es eine Möglichkeit, dass man direkt vom Server die Eingaben und Ergebnisse aufrufen konnte, ohne dabei den fremden Arbeitsplatz zu nutzen? Olaf Richter war sprachlos. Seine genaue Ausarbeitung hatte dieser Müller soeben frech als seine eigene präsentiert. Es konnte nicht sein, dass er zufällig genau seine Wortwahl, seine Ergebnisse und nicht zuletzt seine Verbesserungen bis auf die Satzstellung erdacht hatte. Olaf war noch neu in dieser Abteilung und hatte mit dem anderen, hier angewandten Computerprogramm keinerlei Erfahrungen. Das war nun das dritte Mal, dass dieser Müller sich anderer Arbeiten bemächtigt hatte. Nun war es Olaf, den es getroffen hatte. In der gemeinsamen Mittagspause saßen sie in der Kantine der Produktionsfirma, als der höchste Chef an seinem Tisch vorbeikam und kurz bei Richter stehenblieb: „Sie waren doch seit Wochen mit dem Projekt beauftragt worden und bringen keine Ergebnisse? Müller hat das in zwei Tagen geschafft, strengen Sie sich ein wenig mehr an." Im Weitergehen ließ er beiläufig noch fallen: „Die Stelle meines

Vertreters ist immer noch vakant. Müller ist mit seiner Arbeit bereits vor Ihnen auf der Zielgeraden angelangt." Hatte sich das aber schnell bis zum Direktor herumgesprochen! Olaf drehte sich um und sah direkt in das breit grinsende Gesicht seines „Kollegen", der ihn listig ausgetrickst hatte. „Tja, Pech gehabt! Sie müssen besser arbeiten, das haben wir eben alle gehört!" Olaf Richter stand auf, nahm sein Essen und ging damit in die hinterste Ecke. Er zitterte vor Wut, war aber auch schlau genug, das den anderen nicht offen zu zeigen. Ihm war der Appetit gründlich vergangen und so schlürfte er nur missmutig an seinem Lightgetränk. „Mach dir nichts draus, mich hat er auch schon übers Ohr gehauen", meinte Andrea. Die nette Sachbearbeiterin, die im gleichen Büro ein paar Tische weiter am Fenster saß, hatte das Gespräch mitbekommen und versuchte ihn aufzuheitern. „Er ist das nicht wert!" damit zeigte sie mit der Gabel auf seinen vollen Teller: „Iss etwas, der wird irgendwann mal an den Richtigen geraten und dann seinen verdienten Lohn erhalten!" Olaf stocherte wahllos in seinem Essen: „Ich weiß es, du weißt es! Aber wie kommt der an die fast fertigen Manuskripte? Wie kommt der in deinen oder meinen Rechner?" Andrea hörte nur mit einem Ohr halbherzig zu und hob ihre Schultern. Mit halbvollem Mund schaute sie ihn an, hörte auf zu kauen und flüsterte: „Vielleicht hat er einen Informanten der Zugang zum Hauptrechner hat. Die ganzen Daten werden doch jeden Abend gesichert. Das machen die seit einem halben Jahr. Da war nämlich das Programm abgestürzt und alle gespeicherten Daten waren weg. Das soll sich nicht wiederholen." Sie musste schmunzeln, als sie sah, dass er so interessiert dem Gespräch gefolgt war und ganz in Gedanken seinen Teller geleert hatte. Andrea stand auf und schaute zur Uhr: „Noch zehn Minuten, ich hol mir noch einen Kaffee im Becher. Willst du auch einen?" Olaf schüttelte den Kopf und brachte sein Tablett mit dem benutzten Geschirr zur Seitenwand, wo es in einer Nische auf ein Laufband gestellt wurde. Die Unterhaltung mit der Arbeitskollegin beschäftigte ihn. Sie hatte Recht. Er musste dringend herausbekommen, wer Zugang zu den Programmen hatte, vielleicht gab es da einen Hinweis. Sein Chef ließ ihn nach der Pause zu sich kommen und gab ihm einen neuen Auftrag: „Letzte Chance, Richter! Ich gebe Ihnen zwei Wochen, dann will ich Ergebnisse sehen. Sollten Sie nicht weiterkommen, so sagen Sie früh genug Bescheid. Müller wird das dann für Sie erledigen! Fangen Sie an, Sie können gehen!" damit nahm er einen Aktenordner und schlug ihn demonstrativ auf: „Ist noch etwas?" Olaf fasste seinen ganzen Frust und seine Wut zusammen: „Werden die Daten täglich gesichert? Und wenn ja, wer hat Zugang dazu?" Sein Chef klappte den Ordner wieder zu, lehnte sich in seinem Ledersessel zurück und bekam gefährlich kleine Augen: „Neidisch, Richter? Jetzt wollen Sie dem armen Müller etwas unterstellen weil Sie zu unfähig sind und konstruieren sich da etwas Utopisches zusammen!" Er beugte sich vor: „Ich habe das soeben nicht gehört: Arbeiten Sie und dann werden wir weitersehen!" Olaf Richter war deprimiert. Wurde dieser Schleimi auch noch von seinem Chef gedeckt? Er ging ins Büro und erduldete das lächelnde Triumphieren seines Gegenübers. Um 16.05 h stand Müller auf, meldete den Rechner ab und legte seine Schreibsachen in die Schublade. Dabei sah er frech zu Olaf herüber: „Ich muss das gut sichern, sonst könnten Sie noch anfangen, meine Arbeiten zu kopieren." Mit einem unverschämten, siegessicheren Lachen ging er zur Stechuhr, drückte sich aus der Zeit und war bald im Aufzug verschwunden. „Ich werde ihm einen Denkzettel verpassen, den er nie wieder vergisst!" murmelte Olaf leise vor sich hin. Er stand auf, meldete den Rechner ab und verließ das Büro. Den Ruf seiner Kollegin: „Sollen wir noch zusammen ein Bier trinken?" ignorierte er und ging wortlos zum Lift. Drei Tage benötigte Richter, dann hatte er einen Plan, der den ungeliebten Kollegen für einige Zeit aus dem Verkehr ziehen würde. Als erstes gab er seine distanzierte Haltung gegenüber dem intriganten Müller auf und machte schon einmal eine lustige Bemerkung oder erzählte ihm den neusten Witz. „Nanu, Richter? Geben Sie schon auf? Ich dachte, dass Sie nachtragender wären aber gut, ich habe mich in Ihnen getäuscht." Dann kam er ein wenig näher und flüsterte ihm zu: „Sie sind kein Gegner für mich! Ich spiele in einer anderen Liga!" Müller nickte und Olaf schaute ihm offen ins Gesicht: „Ich weiß, wir sitzen so nahe beieinander und müssen uns doch wegen solcher Lappalien nicht streiten!" Er ging auf Müller zu und streckte dem völlig überraschten Mann lächelnd seine Rechte entgegen. Der stand auf und drückte seine Hand. Dann nickte er etwas verstört und setzte sich wieder an seine Arbeit. Von nun an gingen sie gemeinsam in die Pause und saßen nebeneinander beim Mittagessen. Eines Tages gab es eine Hühnersuppe und Müller bat seinen Nachbarn, ihm den Salzstreuer zu reichen. Darauf hatte Olaf lange gewartet. Er gab ihm ein Plastikdöschen und warnte ihn: „Vorsicht, es hat große Löcher, da kommt sehr viel auf einmal raus!" Müller konnte über diese Warnung nur müde lächeln: „Ich mag es kräftig!" damit schüttelte er mehrfach eine gehörige Portion in seinen Teller, rührte mit dem Löffel um und probierte: „Das ist aber harmloses Salz!" er drehte die Dose um und las die Aufschrift halblaut vor: „Grobes Meersalz? Das ist sehr fad, genau wie Sie. Ich habe die Dose hier noch nie gesehen." Olaf nickte: „Ja das ist mein privates Salz. Ich vertrage das normale nicht." Müller streute erneut in seinen Teller und ließ ein verständiges: „Aha!" verlauten, dann schmeckte er erneut und nickte: „So schmeckt die Suppe!" Olaf nahm die Dose wieder an sich und verstaute sie in der Tasche. Nach dem Essen nahm er einen Kaffee mit ins Büro: „Aus Afrika!" er hob den Becher und schaute den irritierten Müller an: „Wieso aus Afrika?" Nun war Olaf am Zug, denn er genoss es, wenn er seine Gags anbringen konnte: „Steht doch auf dem Becher „Kaffee TOGO! Das ist ein afrikanischer Staat!" Er ließ den kopfschüttelnden Kollegen stehen und startete seinen Rechner, der Rest des Tages verlief ohne Besonderheiten.

An folgenden Tag kam Müller nicht zur Arbeit. Das war ungewöhnlich, denn er war noch nie krank gewesen. Der Abteilungsleiter kam nach der Frühstückspause zu Richter: „Wo ist Müller?" Olaf schaute ihn verwundert an: „Chef? Ich verstehe nicht?" Der Vorgesetzte reagierte etwas unwirsch: „Wo ist er? Hat er was gesagt? Wollte er etwas erledigen? Sie sitzen doch so nah beieinander. Mein Gott Sie sind doch sonst nicht so begriffsstutzig! Er muss doch irgendeinem etwas gesagt haben! Im Personalbüro weiß man auch nichts!" Er drehte sich wieder um und ging zur Tür, dabei murmelte er: „Hier kann doch nicht jeder machen was er will!" Ein paar Mitarbeiter schauten erwartungsvoll herüber. Richter hob nur seine Schultern und zog seine Mundwinkel nach unten, dann stürzte er sich wieder auf seine Arbeit.

Kurz vor dem Mittagessen kam ihr Leiter noch einmal zur Tür: „Müller liegt in der Intensivstation, man weiß nicht ob er durchkommt!" Er drehte er sich um und ging zum Fahrstuhl. Die erstaunten Arbeitskollegen schauten sich überrascht an und die Gerüchteküche brodelte: „Hatte der einen Unfall?" „Führt der ein Doppelleben." Die Spekulationen bekamen ein Eigenleben, denn keiner wusste wirklich, was geschehen war. Wusste es wirklich keiner? Als sie in die Kantine gehen wollten, verwehrte ihnen die Polizei den Zutritt: „Wir ermitteln noch, Sie können hier heute nicht essen." Verwundert standen die Angestellten im Flur und berieten sich: „Sollen wir in der Pizzeria anrufen?" Olaf schüttelte den Kopf: „Die Zeit ist zu knapp. Wir müssen in zwanzig Minuten zurück an die Arbeit."

Da kam ihr Chef den Gang entlang und Olaf ging ihm entgegen: „Warum hat man uns nicht eher informiert?" Der Vorgesetzte schien genervt: „Gehen Sie an Ihre Arbeit. Die Pause ist vorbei!" Richter stellte sich in den Weg: „Chef? Wir haben noch eine Viertelstunde Pause!" Nervös schaute er in die wartende Runde: „Dann, …dann essen Sie sich ein Brötchen, oder so. Wir öffnen den Imbiss-Automaten, Sie brauchen heute nichts zu zahlen!" Olaf wollte wissen: „Chef, ist was passiert?" Der Leiter gab nun eine Erklärung ab: „Müller wird operiert! Er hatte einen Magendurchbruch mit inneren Blutungen. Das Gesundheitsamt vermutet, es könnte mit dem gestrigen Essen zu tun haben." Dann ergänzte er: „Hatte von Ihnen jemand auch irgendwelche Beschwerden nach dem Mittagessen? Man glaubt, dass es die Hühnersuppe war. Vielleicht hatte er aber auch nur kleine, spitze Knochen verschluckt. Ich weiß es doch auch nicht!" Die Angestellten gingen in ihre Büros und Olaf vollendete seine aufgetragene Arbeit. Müller konnte diesmal nicht schneller sein als er. Richter wurde endlich ausdrücklich von seinem Chef für die gelungene Arbeit gelobt und bekam den nächsten Auftrag. Dem Kollegen Müller musste man den durchlöcherten Magen entfernen. Er konnte nicht mehr arbeiten und wurde nach seinem Krankenhausaufenthalt entlassen. Er bezieht noch Krankengeld, wird aber ein Pflegefall bleiben. Durch dieses „Unglück" wurde Olaf zum Stellvertreter ernannt. Am Abend saß er in seinem Wohnzimmer bei einem Glas Rotwein und sinnierte über seine Tat: „Vielleicht habe ich die Wirkung der gemahlenen Glassplittern, die ich unter das Meersalz gemischt hatte, doch falsch eingeschätzt." Dann nippte er an seinem Glas und prostet sich zu: „Egal, so oder so! Er hatte diese Abreibung verdient!" Seitdem Müller nicht mehr bei ihnen arbeitete, hatte sich das kollegiale Miteinander erheblich verbessert. Am Abend war er gerade in der Wohnung, als seine Verabredung unten klingelte. Er betätigte die

Gegensprechanlage der Haustür: „Ja bitte?" Eine freundliche, weibliche Stimme fragte: „Bist du fertig?" Olaf antwortete: „Fertig, Andrea. Ich komm runter!" Unten empfing ihn die nette Kollegin mit den Worten: „Hast du mittlerweile herausgefunden, woher Müller deine Arbeitsdaten hatte?" Verwundert schaute Olaf seine kleine Freundin an: „Wie kommst du jetzt darauf? Gerade habe ich auch darüber nachgedacht! Nein, weiß ich nicht! Das interessiert mich auch nicht mehr." Die Kollegin schmiegte sich an ihn: „Mich aber! Und ich hab es auch herausgefunden!" Richter blieb stehen und schaute ihr ins Gesicht: „Hab ich dich unterschätzt?" Sie lächelte keck: „Ach iwo! Das kam ganz zufällig! Irene, von der Verwaltung, kennst du sie?" Olaf verneinte: „Nie gehört, den Namen!" Sie boxte ihm in die Seite: „Klar kennst du sie, du hast doch beim letzten Betriebsfest mit ihr getanzt. Die Hellblonde mit dem Minirock." „Ach die. Was, die arbeitet in der Verwaltung?" „Richtig, sie archiviert die Daten von den täglichen Sicherungen . . . . . zu mehr ist die auch nicht fähig. Das hatte Müller schnell erkannt und sich an sie herangemacht. Ich war doch im Krankenhaus und sollte den Blumenstrauß von den Kollegen hinbringen, da hörte ich die Beiden im Zimmer tuscheln. „Verrat mich bloß nicht", hat er gesagt. „Das wird dir sowieso niemand glauben!" Richter stutzte: „Genau wie du vermutet hattest! Aber warum behandelt er sie jetzt so?" „Na, sie wollte mit ihm zusammenkommen und hatte ihm deshalb gerne diese Gefälligkeit getan. Als er jedoch wider Erwarten keine schnelle Karriere dadurch machen konnte, wollte sie zumindest Geld von ihm haben. Für ihr Schweigen!" Olaf grübelte und Andrea ergänzte: „Ich will nicht ungerecht sein, aber dass er sich mit dem Hähnchenknochen den Magen zerrissen hat, ist höhere Gerechtigkeit, meinst du nicht auch?" Betroffen, aber erleichtert nickte Olaf: „Stimmt! Wenn man es von dieser Seite betrachtet, …es war höhere Gewalt!"

Die Kammerjäger der Banken

Das Verbrechen

„Wie schaffen die das nur, immer wieder so schnell zu verschwinden?" Das war für die ermittelnden Beamten des Betrugsdezernates, Kommissar Jörn Petersen und dessen Kollegin, Erika Fischer die große Frage, die im Raum stand. Wieder waren sie so schnell wie möglich bei der überfallenen Bank gewesen und von den Tätern war wieder einmal weit und breit keine Spur. Vom Eingang des Anrufs bis zu ihrem Eintreffen waren gerade einmal zehn Minuten vergangen. Unmöglich, dass der Überfall in den paar Minuten schon komplett hatte abgewickelt werden können. Die Angestellten standen immer noch unter Schock und konnten keine verwertbaren Angaben machen. Kunden hatten mehrfach versucht bei dem Geldinstitut anzurufen, bis endlich nach einer Stunde ein Mitarbeiter in der Lage gewesen war, das eingehende Gespräch anzunehmen. Bei dieser gewaltigen Zeitspanne mussten sie ansetzen. Wieso war die Zeit dazwischen kein Angestellter in der Lage gewesen, einen stillen Alarm abzusetzen oder auf Anrufe zu reagieren? Um Gewissheit darüber zu bekommen wollte diesmal Kommissar Petersen von den beteiligten Opfern eine genaue Untersuchung und darüber ein detailliertes, medizinisches Gutachten. Die überfallenen und wohl auch bedrohten Kassierer wussten nicht einmal mehr, was in den letzten Minuten und Stunden passiert war. Bei allen Beteiligten bestand eine Erinnerungslücke. Man kannte das aus der Medizin bisher nur von schweren Unfällen oder Erlebnissen, bei denen das Gehirn zum Selbstschutz diese Vorgänge löscht, vorübergehend oder sogar ganz aus der Erinnerung streicht. Nach den Erkenntnissen jedoch, die man von den verübten Überfällen hatte, war nicht davon auszugehen, dass die Angestellten durch fürchterliche

Erlebnisse einen solchen Schock bekommen haben könnten, und dann auch noch alle gleichzeitig. Nach mehreren Untersuchungen und einem ausführlichen Test kamen die Neurologen in der Universitätsklinik wie erwartet zu dem Ergebnis, dass bei allen Angestellten eine Amnesie vorlag. Wie eine solche Gedächtnislöschung ausgelöst worden war, das konnten sie nicht sagen. Als der dritte Überfall nach genau demselben Schema verlaufen war, nahmen die herbeigerufenen Beamten zuerst mehrere Luftproben an unterschiedlichen Stellen im Schalterraum. Außerdem wurden die Bekleidung und mehrere, freiwillige Blutproben der Betroffenen einer gründlichen, chemischen Analyse unterzogen. „Volltreffer! Sie hatten Recht!" Der Mitarbeiter des Labors war am Telefon. „Es handelt sich um eine starke Droge, die wahrscheinlich mit einer Spritzpistole innerhalb der geschlossenen Räume während des Überfalls versprüht wurde, dadurch konnten die Betroffenen auch keinerlei Eindrücke wahrnehmen. Die Täter selbst müssen zwangsläufig dabei Atemmasken mit Sauerstoffflaschen getragen haben. Wie sind Sie bloß darauf gekommen?" „Ziemlich einfach! Mehrere Angestellte und Kunden kamen nach den Überfällen ins Krankenhaus, da sie allesamt eine kurzzeitige Amnesie hatten. Bei fünf Patienten ist dieser Zustand irreparabel geblieben. Können Sie uns sagen, welche Droge dafür in Frage kommt?" „Darüber haben wir hier im Labor auch schon gesprochen. Uns verwundert sehr, wie diese Substanzen in fremde Hände gelangen konnten. Solche Stoffe werden gezielt nur bei schweren Operationen in Verbindung mit betäubenden und schmerzhemmenden Mitteln eingesetzt um mit diesen Opiaten jegliche Erinnerung an die OP zu löschen. Aber diese wahnsinnige Idee, die Substanzen unbedacht und mengenmäßig völlig unkontrolliert mit Treibgas versetzt zu versprühen, das ist extrem skrupellos. Die Täter nehmen keinerlei Rücksicht auf Leben und Gesundheit der

Opfer. Für uns ist diese Verabreichung eindeutig schwerste Körperverletzung, wenn nicht sogar vorsätzliche Tötungsabsicht! Seht ihr das anders?" Die Beamten des Betrugsdezernates hatten alle das Gespräch mitgehört, denn ihr Kommissar hatte den Lautsprecher bei dem geführten Telefonat eingeschaltet, damit die Kollegen auch gleich dieselben Informationen erhielten. „Ihr habt uns sehr weitergeholfen. Wir sehen das genauso wie ihr. Wir müssen mit unseren Kollegen von der Mordkommission sprechen und um Amtshilfe ersuchen, vielen Dank!" Dem Kollege aus dem Labor fiel noch ein weiteres, wichtiges Detail ein, deshalb ergänzte er noch schnell: „Übrigens, jeder Narkosearzt kennt die richtige Zusammensetzung. Da könnte man ansetzen. Irgendwo müssten doch große Mengen davon bestellt und geliefert worden sein." Es war alles gesagt und die Mitarbeiter waren froh, als ihr Chef das heutige Arbeitsende verkündete. Es war genau 22.o5h.

Am nächsten Morgen klingelte im Büro das Telefon. Ein Zeuge hatte am frühen Morgen vor dem letzten Überfall eine interessante Beobachtung gemacht. Wie sich bei der späteren Aussage des Rentners herausstellte, war ein geschlossener Lieferwagen auf den Parkplatz hinter der Bank gefahren. „Kammerjäger, Insektenstopp" oder so ähnlich hatte nach seiner Aussage auf beiden Seiten des Kleintransporters mit großen Buchstaben als Reklame gestanden. Ihm war aufgefallen, dass keine Adresse oder Telefonnummer vermerkt war. Auch dass die Männer in ihren grauen Overalls und mit Atemmasken ausgestiegen und sofort in die rückwärtige Tür des Geschäftshauses gegangen waren, erschien ihm seltsam. Trotzdem maß er den Beobachtungen solange keine weitere Bedeutung zu, bis er von dem Überfall und den Vergiftungen der Angestellten im Fernsehen erfahren hatte. Daraufhin meldete er seine Beobachtungen sofort der Polizei. Das brachte

13

natürlich die ermittelnden Beamten ein riesiges Stück weiter. Eine Fahndung nach dem dürftig beschriebenen Lieferwagen herauszugeben, schien noch verfrüht. Ohne KFZ-Zeichen waren die Angaben denn doch viel zu vage für eine zielgenaue Suche nach dem Fahrzeug. Aber nach dem Mittel, dass versprüht worden war, danach suchten sie nun mit Hochdruck. Alle Kliniken wurden angeschrieben und um Stellungnahme gebeten. Das Dezernat bekam die richterliche Erlaubnis, auf eine gründliche Inventur von Opiumalkaloid zu bestehen. Bei Ärzten, Krankenhäusern Apotheken und den produzierenden Konzernen wurden nach dem Verschwinden solcher Substanzen gesucht. Ohne Erfolg! Die groß angelegten Razzien, die dann folgten, hatten lediglich zur Folge, dass sich die ermittelnden Beamten von Seiten der Mediziner einer wahren Anzeigenflut gegenübersahen. Das Dezernat stand nun unter Druck. „Wo, zum Teufel bekommen die das Gift Zeug nur her?" Die Anwärterin Erika Fischer schaute ihren Chef bei der gestellten Frage an. Es war der Schlüssel zur Lösung des Falls, soviel war ihnen klar. Nun hatten sie zur Verstärkung noch drei Kollegen dazubekommen: „Ich will Erfolge sehen!" hatte ihr Chef gesagt und damit den Druck des Staatsanwaltes an sie weitergegeben. „Die Presse schreibt von Unfähigkeit der Polizei und zweifelt unsere Kompetenz an. Ich will dieses leidige Thema in einer Pressekonferenz entkräften. Sie haben genau noch 48 Stunden Zeit dazu. Wenn ich bis dahin keine Klärung des Falls auf meinem Schreibtisch habe, können sie wieder Streife laufen! Alle!" Die Beamten schauten sich an. Diese erpresserischen Worte hatten sie schon zu oft von ihm gehört. Auch wenn ein Fall ungelöst zu den Akten gewandert war, zur Streife wurde bislang noch keiner von ihnen abgestellt. Trotzdem nickten sie und vertrösteten ihn: „Wir werden das schaffen, Chef! Das Medikament ist der Schlüssel!" damit gab er sich zufrieden, ging zur Tür und drehte sich noch einmal um. Er hob den Zeigefinger und wiederholte: „48 Stunden!" dann verließ er das Büro. Erika war die erste, die eine Frage formulierte: „Wenn man die Ampullen gestohlen hat und man sich deshalb schämt und Unruhe vermeiden will, was dann?" Die Beamten verdrehten die Augen. Von einer Anwärterin wollten sie sich nicht belehren lassen: „Inventur! Wissen Sie was das heißt?" Einer der neu zugeteilten Kommissare ging näher auf sie zu: „Der Staatsanwalt hat doch von euch alle Daten, Antworten, Schreiben und Telefonate bekommen und überprüfen lassen. Wie soll dabei eine so große Anzahl Narkotika übersehen werden? Das Zeug wird irgendwo illegal in einem geheimen Labor hergestellt, sage ich euch!" Nun schaltete sich der leitende Kommissar ein: „Bitte, keine falsche und überhastete Überlegung. Sie dürfen die chemische Analyse nicht beiseitelassen. Unser Labor hat eindeutig festgestellt, dass es sich um ein Mittel handelt, dass bei schweren Operationen zum Einsatz kommt. Keine gepanschte Suppe, es ist ein bekanntes, eindeutig identifiziertes Medikament. Opiumalkaloid. Und jetzt an die Arbeit! Ich will Vorschläge haben." Er schaute auf sein Handgelenk: „Wir haben ab jetzt noch genau 47 Stunden und dreißig Minuten!" Die Beamten gingen in ihre Büros. Sie waren in drei Teams eingeteilt worden und berieten sich nun, um der Sache auf den Grund zu gehen. Dieses verfluchte Mittel wird von Apotheken nur und ausschließlich an Krankenhäuser und Ärzte geliefert. Selbst mit einem ausgestellten Rezept wäre es unmöglich, als Patient dieses Präparat in Händen halten zu können, geschweige denn in solchen Mengen verwenden zu können. Es musste eine andere, einfachere Möglichkeit geben! Was könnte man grenzüberschreitend machen, um auch die Kollegen in den Nachbarländern darüber aufzuklären und um Amtshilfe zu bitten? Interpol einschalten? Als sie mit solchen Vorschlägen zum Amtsleiter gingen, um sich die entsprechende

Erlaubnis und Freigabe zu holen, bekamen sie eine unverständliche Absage. Resignation stellte sich ein. Es war dem Fall, trotz der Verstärkung recht abträglich, denn die Beamten waren ratlos und setzten eher auf einen Zufallstreffer, als dass sie durch reine Ermittlungsarbeit zu einem Ergebnis kommen könnten. Das Gegenteil war jedoch der Fall! Schon am nächsten Tag wurden sie mit einem weiteren Überfall nach gleichem Muster konfrontiert. Auch diesmal gab es nur die schon bekannten Indizien. Keine einzige neue Erkenntnis konnten sie dem neuen Raub abgewinnen. Die Verzweiflung stieg und die gesetzte Frist verstrich. Die angesetzte Pressekonferenz fand unter den bohrenden, unangenehmen Fragen der Reporter im Rathaussaal statt. Die anwesenden Kommissare mussten eingestehen, dass sie mit ihren bisherigen Ermittlungen keinen einzigen Schritt weitegekommen waren. In den Zeitungen an darauffolgenden Tag wurde kein gutes Blatt an ihnen gelassen. Da die Überfälle in den darauf folgenden Wochen und sogar Monate aufgehört hatten, wurde die Akte unerledigt geschlossen. Man würde bei neuer Beweislage den Fall wieder aufrollen.

Der Haupttäter

Dr. Jörn Friederichs trat seinen jährlichen „Urlaub" an. Ein immer gleicher Urlaub, der ihm schon voriges Jahr viel Anerkennung und Ruhm beschert hatte. Nun war er dafür sogar vor der hiesigen Ärztekammer für eine öffentliche Ehrung vorgeschlagen worden, denn er opferte seine Freizeit in der dritten Welt regelmäßig dafür, den ehrenamtlichen Kollegen als Narkosearzt für vier Wochen zur Verfügung zu stehen. Von den Regierungen der westlichen Welt wurden die nötigen Finanzierungen übernommen. Den Medizinern standen sämtliche Instrumente, Gerätschaften und klimatisierten

Räumlichkeiten zur Verfügung. Sie konnten natürlich über die notwendigen Medikamente frei verfügen. So hatte Dr. Friedrichs hier in Afrika für seine anstehenden Operationen natürlich auch Narkotika in Verwendung gehabt, die ihm nach seiner getanen, aufopfernden Arbeit im unkontrollierten Reisegepäck zurück in Deutschland bei seiner dritten Arbeit als „Kammerjäger" sehr viel Geld einbracht hatte. Die Suche der Kriminalpolizei nach genau diesem Medikament ließ ihn stutzig werden. Deshalb legten er und seine „Freunde" eine Pause ein, bis sich die Lage wieder beruhigt hatte. Vielleicht würden sie ja eines Tages mit einem ähnlich wirkenden Mittel nach bekanntem Muster wieder weitermachen, mit den Banküberfällen. Jetzt stand erst einmal seine Ehrung im Terminkalender. Er hatte sich ein besonderes Ansehen durch seine Urlaube erarbeitet. Nun wurde er zum Stationsarzt befördert und arbeitet nur noch sporadisch im Ausland. Seine Gelder hat er unter anderem auch in teure Immobilien angelegt. Es geht ihm ausgesprochen gut. Nur wenn er in der Zeitung von den ungeklärten Banküberfällen liest, dann huscht ein Lächeln über sein Gesicht. Die einzige Sorge, die ihn plagt ist, dass auch die anderen so geduldig sein mögen, wie er selbst. Nur die Unvorsichtigen werden gefasst, weil sie sich ihrer Sache zu sicher sind. Dr. Friedrichs hat noch lange Jahre als angesehener Schönheitschirurg im Ausland gelebt und nebenbei in den Slums des Landes die arme Bevölkerung kostenlos operiert, bis er sich mit dem Sumpffieber infiziert hatte. Er starb schließlich am Dengue-Fieber, ohne dass man von seinen Untaten je erfahren hätte. Ihm wurde ein großes Begräbnis zuteil. Sein gesamtes Vermögen ging an den Heimatstaat über, da auch nach seinem Ableben weder ein Testament noch ein eventueller Erbe ausfindig gemacht werden konnte.

Die Geduld ist zu Ende ...

Immer musste sie klein beigeben und zurückstecken. Ihr Freund hatte sich verändert und zeigte jetzt sein wahres Gesicht. Sie liebte ihn doch, aber was er mit ihr anstellte war bald nicht mehr zu ertragen. Ja selbst ihre besten Freundinnen wandten sich von ihr ab: „Du verhältst dich wie ein Schaf, dass auf seine Schlachtung wartet. Werde endlich wach! Der nutzt dich nur aus." Sie wollte solche Worte über ihren Geliebten nicht hören und ignorierte sie, obwohl sie in ihrem Innersten auch merkte, dass seine Aufmerksamkeit und Zuneigung ihr gegenüber schwer nachgelassen hatte. Vor fremden Leuten stellte er sie bloß und beleidigte sie, als wäre das sein neuster Sport: „Fett bist du geworden, mein Gott. Wie konnte ich nur auf so etwas reinfallen!" Wenn sie dann zuhause in der gemeinsamen Wohnung waren und sie mit einem Weinkrampf im Bad verschwand, hatte er die schönsten Komplimente für sie parat. Er beteuerte immer wieder seine Zuneigung zu ihr und dass er sich ein Leben ohne sie gar nicht mehr vorstellen könnte. Ihr ging sein seltsames Verhalten sehr nahe: War er schizophren oder wollte er sich nur vor den anderen brüsten weil er Komplexe hatte? Sie hatte ihn tatsächlich einmal abgöttisch geliebt . . . . aber diese Liebe bröckelte. Bisher hatte sie nie die Kraft gefunden, ihm zu widerstehen. Sie wollte nicht mehr alleine leben aber mit der Zeit wurde sein Verhalten immer unerträglicher. Die Unzufriedenheit mit ihm und letztendlich mit ihrer Art, ihm immer wieder zu verzeihen, führte dann zu einem Kollaps. Sie brach eines Tages im Büro am Computer einfach zusammen. Sie konnte sich später an nichts mehr erinnern und wachte im Bett eines Krankenhauses auf. In ihrer linken Armbeuge war eine Kanüle mit Pflastern fixiert und ließ tröpfchenweise aus einer, am Metallgalgen angebrachten Flasche, die auf dem Kopf hängend angebracht war, eine durchsichtige Flüssigkeit in ihre Vene fließen. Sie versuchte sich vorsichtig ein wenig aufzusetzen: „Wo bin ich?" flüsterte sie und zu ihrer Überraschung erhielt sie sogleich Antwort: „Beruhigen Sie sich. Sie hatten einen Zusammenbruch. Sie sind total erschöpft. Haben Sie viel Stress auf der Arbeit?" Sie schaute die Frau an, die sich an der geleerten Flasche zu schaffen machte und gegen eine volle austauschte. „Ähh, nein gar nicht. Ich habe einen guten Job." Die junge Frau nickte: „Naja, wir werden das schon herausbekommen, woran es gelegen hat. Jetzt haben Sie erst einmal Ruhe. Schlafen Sie." Sie wollte etwas sagen, aber die aufkommende Müdigkeit schickte sie zurück ins Traumland. „Was war in der Flasche?" lallte sie noch, dann war sie weg. Als sie wieder zu sich kam und in das freundliche Gesicht der bekannten Frau schaute, fragte sie nach ihrem Freund. „Sie dürfen noch niemanden empfangen und benötigen strikte Ruhe. Dieser Zusammenbruch kann auch durch ihre private Situation gekommen sein!" Empört erwiderte sie:" Unsinn, was reden Sie denn da? Ich bin glücklich mit Peter!" Ihre verständnisvolle Gesprächspartnerin nickte: „Na klar. Das denken Sie. Ihre wilden Träume und ihr ängstliches Ablehnen spricht da aber eine andere Sprache." Verwundert sah sie auf: „Was? Ich rede doch nicht im Schlaf!" Nun lachte ihre Betreuerin: „Und wie! Sie reden wie ein Wasserfall. Immer die gleichen oder ähnlichen Sprüche: -Nein, ich will das nicht, warum bist du so grob zu mir, ich hasse dich! –Wir vermuten, dass Sie misshandelt werden." Jetzt stieg Empörung in der jungen Frau auf: „Na hören Sie mal. Wie reden Sie eigentlich mit mir? Ich will sofort den behandelnden Arzt sprechen!" Die junge Frau nickte: „Sie sprechen schon seitdem Sie hier auf der Station sind mit mir. Ich bin die Stationsärztin und ich rate Ihnen dringend: Trennen Sie sich von Ihrem Peter, bevor es zu spät ist. Schwanger sind Sie zum Glück nicht und Kinder haben Sie auch noch keine." „Woher wissen Sie das?" „Kindchen, Sie sind wirklich sehr naiv für Ihr Alter. Sie werden nächste Woche entlassen, wenn Sie mir versprechen regelmäßig zur Therapie zu gehen." Olga wollte wieder in ihre Wohnung und bejahte schnell den gutgemeinten Vorschlag der Ärztin. Wenn sie erst einmal wieder zuhause war, so würde sich auch alles wieder von alleine einrenken. Am Freitagnachmittag der folgenden Woche war es dann soweit. Sie stand im Foyer und wartete auf das Taxi. Wo war ihr Freund? Insgeheim hatte sie damit gerechnet, dass er mit einem dicken Blumenstrauß hier herkommen und sie abholen würde. Das vom Krankenhaus bestellte Taxi kam und sie nannte ihre Adresse. In freudiger Erwartung kam sie nach zwanzig Minuten an und stieg die Treppe zum gemeinsamen Appartement hoch. Sie kramte den Schlüssel der Wohnungstür hervor als sie noch drei Treppen zu steigen hatte. Endlich war sie an der Tür. Sie stellte die Tasche mit ihren Sachen ab und schloss auf. Offensichtlich war Peter schon zuhause, denn seine Sachen lagen wüst verstreut im Flur. Das war nicht seine Gewohnheit. Sie bückte sich, um sie aufzuheben und hielt einen Büstenhalter in der Hand. Einen fremden Büstenhalter!! Sie verkniff sich ein: „Peter? Wo steckst du?" denn das war unnötig. Sie schlich sich zum Schlafzimmer, denn da hatte sie leise Geräusche gehört. Es war für sie keine Überraschung, dass er die geöffnete Tür und ihr Rufen überhörte. Er lag in wilder Umarmung mit einer Blondine in ihren gemeinsamen Federn und die beiden vergnügten sich so wild, dass sie ungestört die Wohnung wieder verlassen konnte. Nicht jedoch ohne vorher aus der Handtasche dieser Schlampe, die im Wohnzimmer lag, den Ausweis mitgehen zu lassen. Beide hatten noch nicht einmal mitbekommen, dass sie Zeuge dieser Zweisamkeit geworden war. Sie musste an die Worte der Ärztin denken. „Wie blöd muss ich nur gewesen sein, dem Kerl so blind vertraut zu haben." Einfach aufgeben und damit aus seinem Leben verschwinden, das wollte sie nicht. Er sollte leiden! Sie hatte im Spital zufällig ein Gespräch zwischen der Ärztin und einem Pfleger mitbekommen: „Verwechseln Sie bloß die Spritzen nicht! Zimmer 12 bekommt Insulin, Einheit 10. Daneben, Zimmer 13 die Beruhigungsspritze. Insulin würde bei einem Menschen, der nicht an Diabetes leidet, ernste Folgen hinterlassen: Verwirrung, Kollaps, Koma und gegebenenfalls bei hoher Dosierung würde der Exitus eintreten." Olga grinste und hatte nur noch zwei Gedanken: Erstens, wie komme ich an Insulin? Und Zweitens: Wie kann ich den Stoff am einfachsten verabreichen?

Sie ging in ein Café und studierte den fremden Ausweis: Jasmin Neumann, Klostergasse 3. Sie erbat sich ein Telefonbuch und notierte ihre Telefonnummer. Dann rief sie eine Stunde nach diesem Vorfall zuhause an. Jetzt müssten die beiden ja wohl fertig sein. „Ja bitte?" Peter meldete sich nie mit seinem Namen aber seine Stimme klang nun nicht mehr so vertraut für sie, da sie immer noch die eben gemachten Eindrücke vor Augen hatte. Sie bemühte sich, ruhig zu bleiben: „Hallo, ich bin es, Olga!" Er zögerte einen Augenblick zu lange und stotterte dann in den Hörer: „Ah, Olga, wie geht es dir? Ich durfte dich nicht sehen. Darfst du jetzt Besuch empfangen?" Sie musste über seine plumpe Art lächeln: „Ich bin eben entlassen worden und auf dem Weg nach Hause. Freust du dich?" Das Telefon schwieg und erst nach einer ganzen Weile hörte sie ein: „Äh, ja na klar. Also wann bist du hier?" Am liebsten hätte sie ihn gefragt, wie lange seine Begleitung denn noch brauchen würde, um die Wohnung zu verlassen. Aber das gehörte nicht zu ihrem Plan. „Ich wollte noch eine Tasse Kaffee trinken, danach komme ich. So gegen 18.oo h, wieso fragst du?" Sie spürte seine Erleichterung und er log: „Ich will noch ein wenig aufräumen, weißt du." Sie wusste, was ihr Peter damit gemeint hatte. Also nutzte sie die Zeit und ging in eine Apotheke: „Bitte schön, wie kann ich Ihnen helfen?" Ein ergrauter, kleiner Mann mit Nickelbrille und weißem Kittel sprach sie freundlich an. „Ich wollte mich beraten lassen", sagte sie und fügte schnell hinzu: „für meine Omi, wissen Sie?" Der Mann schaute abwartend über den Rand seiner Brille und sprach: „Ja? Worum geht es?" Olga, die von dem Altersdiabetes ihrer Großmutter wusste, nahm dies als Vorwand. „Meine Omi benötigt drei Mal täglich eine Spritze mit Insulin, Diabetes Mellitus, wissen Sie? Also meine Frage ist, kann man Insulin in der Dosis auch anders verabreichen? Ihre Bauchdecke und die Oberschenkel sind stark verhärtet, jede Spritze verursacht ihr jetzt schon immer Schmerzen." Der Apotheker nickte verständnisvoll: „Wenn die Patientin Insulin benötigt, so gibt es leider keine andere Möglichkeit, tut mir leid." Olga wurde unsicher und meinte: „Omi weiß nichts davon, dass ich mich danach erkundige. Ich wollte mich nur schlau machen, aber Sie haben recht, ich werde mit dem Doktor sprechen." Sie nickte zum Abschied und ging eilig hinaus. Sie musste mit der Großmutter sprechen und sich informieren, wo sie die benötigte Menge her bekommen könnte. Sie ging um den Häuserblock und steuerte ihre Wohnung an. Schon von weitem sah sie Peter vor dem Haus nervös auf und ab gehen. Beim Näherkommen bemerkte sie, dass er an den Fingernägeln kaute. Eine Angewohnheit, die sie zuvor an ihm noch nie gesehen hatte. „Das ist sein schlechtes Gewissen!" murmelte sie und heuchelte anschließend Frohsinn, ihn wieder in ihre Arme schließen zu können. Sie musste ihren Ekel überwinden, denn er roch immer noch nach dem fremden Parfüm dieser anderen Frau. Der Abend verlief unerwartet friedlich und er ließ sie auch sehr rücksichtsvoll früh zu Bett gehen. Ihre knappe Erklärung: „Ich bin noch nicht ganz fit!"

hatte er nickend zur Kenntnis genommen. Da er sehr vorsichtig und fürsorglich mit ihr umging, kamen ihr im Bett Zweifel. Hatte er sich geändert? War er dazu bereit, sie ab nun anders zu behandeln? Die wirren Gedanken zerplatzen wie eine Seifenblase, als sie wieder das wilde Wühlen zwischen Peter und dieser fremden Frau vor Augen hatte. Nein, sagte sie sich, das ist ein falscher Ansatz. Er weiß im Augenblick nicht, wie er seine heimliche Affäre vertuschen soll. Sie entwickelte ihre eigene Strategie: Großmutter besuchen, Arzt fragen und das Medikament für ihre Zwecke besorgen. Am nächsten Morgen fand Peter die Idee super, zu ihrer Omi zu fahren, denn er wusste, dass Olga mindestens einmal übernachten musste, um sie in Süddeutschland besuchen zu können. Sie fuhr, denn was er in den nächsten zwei Tagen anstellen würde war ihr natürlich bewusst und dank ihrer Pläne völlig egal. Ihre Großmutter war freudig überrascht und empfing die Enkelin mit warmer Herzlichkeit. Als sie im ehemaligen Elternhaus ihr Kinderzimmer betrat, wurde ihr doch widererwarten wehmütig ums Herz. Oma hatte das große Haus nie wieder neu vermieten können, als ihre Tochter, Marias Mutter, mit ihrem Mann vor fünf Jahren den tödlichen Unfall hatte. Maria war damals im Internat, wo sie auch Peter kennengelernt hatte. Sie dachte oft an die schöne Zeit zurück, als sie noch verliebt im Gras gelegen und sich ewige Treue geschworen hatten. Wie eine Seifenblase im Wind war dieser Traum zerplatzt, als sie ihren Peter mit dieser Blondine zusammen überrascht hatte. Ihr Vorteil war, dass er nicht das Geringste davon zu ahnen schien, denn er hatte sich in seiner Wesensart seit diesem denkwürdigen Tag nicht verändert. Oder doch? Zweifel kamen in der jungen Frau hoch, denn immer wenn er nun mit seinen Freunden eine „Sause" um die Häuser machte, sah sie ihn mit dieser Schlampe in irgendwelchen Laken wühlen. Dem Treiben würde sie ein jähes Ende bescheren, auf ihre Weise! Die

Verabreichung von Insulin als Spritze darf nicht an gesunden Menschen erfolgen, denn es wäre extrem gesundheitsgefährdend, bei höherer Dosis sogar tödlich. Das hatte sie jetzt mehrfach von verschiedensten Seiten her gehört und spornte sie an, sich einen „PEN" zu besorgen. Eine Füllerähnliche Mehrfachspritze, mit der man die Dosierung individuell einstellen und schnell verabreichen konnte. Aus der vollen Ampullen-Dose ihrer Großmutter hatte sie eine dieser kleinen Gläschen mitgenommen. Wieder daheim wartete sie ab, bis ihr Peter wieder einmal von seiner nächtlichen Tour endlich nach Hause gefunden hatte. Er war leicht angetrunken und hatte einen fremden Parfümduft an sich, als Olga ihn dazu überredete, noch ein Glas Rotwein mit ihm zu trinken. Sie wusste aus Erfahrung, dass nach seinem üblichen Biergenuß eine halbe Flasche des vergorenen Rebensaftes zu seinem Tiefschlaf führen würde. Er benötigte keine Viertelstunde dafür, denn er schüttete den Wein wie Wasser herunter. Olga hielt sich zurück und so trank er die Flasche fast alleine aus. Er war danach nicht mehr fähig, sich auszuziehen. Olga spülte ihr Glas, zerbrach die Spitze der Insulin-Kanüle und zog die Flüssigkeit mit dem PEN auf. Die Einheit stellte sie auf Maximum. Dann legte sie seinen Bauch frei und drückte die winzige Nadel in sein Fleisch. Mit Druck wurde der Inhalt in seinen Körper geschossen. Dann nahm sie sein mobiles Telefon und suchte nach der gespeicherten Rufnummer. Treffer! „J" . da war ihre Nummer: Jasmin. Sie wählte und wartete ab. „Ja, Schatz, ist sie wieder unterwegs?" Olga sagte nichts. „Peter? Ist was?" Mit verstellt, tiefer Stimme röchelte sie und legte auf. Hoffentlich würde sie reagieren und hierherkommen. Olga ließ ihn auf der Couch im Wohnzimmer liegen, kippte sein Glas um und ging. Mit dem Wagen fuhr sie in die Stadt und parkte das Auto in der Tiefgarage eines Kinos, um sich ein Alibi zu verschaffen. Die leere Ampulle warf sie in einen Papierkorb, den PEN versteckte sie im Kofferraum. (Man kann ja nie wissen!) An der Kinokasse verwickelte sie die Angestellte in ein Gespräch, damit sie in Erinnerung blieb. Dann machte sie einen banalen Aufstand, als sie sich in der oberen Etage eine Cola und Popcorn kaufte, bevor sie sich in dem Plüschsessel den Film reinzog. Am späten Abend war zu ihrer Überraschung weder die Polizei noch ein Krankenwagen vor ihrer Wohnung. Sie wollte gerade weiterfahren, als ein Nachbar sie erkannte: „Frau Müller, es ist etwas Schreckliches passiert." Ihr Plan schien doch aufgegangen zu sein, aber das ließ sie sich natürlich nicht anmerken: „Herr Meier? Was ist?" Er wurde verlegen: „Die Polizei war mit einer Arbeitskollegin ihres Mannes hier. Danach kam der Krankenwagen und man hat ihn mitgenommen." „Danke! Vielen Dank! Ich werde zur Polizei fahren und mich erkundigen!" Sie fuhr zur Dienststelle und bekam die traurige Nachricht, dass ihr Mann einen Kreislaufkollaps erlitten hatte und an seinem Erbrochenen erstickte, da er auf den Rücken gefallen war. Nähere Umstände würden bei einer Obduktion herauskommen. „Nein!" rief sie. „Warum musste ich ausgerechnet heute ins Kino gehen?" Olga war auf diesen Augenblick vorbereitet und schluchzte hemmungslos. Ein junger Beamter hatte Mitleid und versuchte, sie zu trösten, lud sie sogar später zum Abendessen ein. Das ist jetzt ein Jahr her. Dieser Polizist wohnt seitdem bei ihr und sie sind ein glückliches Paar geworden. Wenn ihre Gewissensbisse an ihr nagen, so hat ihr neuer Freund viel Verständnis dafür: „Du konntest nichts dafür! Grüble nicht so viel! Er war volltrunken zurückgekommen. Das konntest du nicht wissen. Ein Glück, dass er noch versucht hatte, seine Kollegin anzurufen." Sie schaute ihn an und verbarg ihr kleines Geheimnis: „Du hast so viel Verständnis für mich! Ich liebe dich!"

Das Netz der Aranea

Kapitel 1

Er verstand die Welt nicht mehr. Wieso machte er in letzter Zeit so viele Fehler? Sein Chef, der immer viel von ihm gehalten hatte, wurde langsam ungeduldig. „Wenn Sie Probleme haben, dann wenden Sie sich damit vertrauensvoll an mich. Sie waren doch sonst nicht so zerstreut, so unkonzentriert. Oder gehen Sie zu einem Arzt, nehmen Sie Urlaub. Entspannen Sie sich. Auf Dauer, und das müssen Sie selber einsehen, können wir nicht mehr einfach so darüber hinwegsehen." Er konnte die Sprüche nicht mehr hören, zumal er sich schon im Oktober, als ihn sein Vorgesetzter das erste Mal darauf aufmerksam machte, zusammengerissen hatte. Wieso passierten ihm immer wieder solche Fehler? Thilo Schneider, ledig, nicht unvermögend, lebte seit seiner Geburt immer noch im elterlichen Anwesen außerhalb von Hannover. Seine 40 Jahre konnte man dem durchtrainierten, sportlichen Mann bei weitem nicht ansehen. Er hatte, wie man so sagt, einen „Schlag" bei den Frauen. Sein Charme ließ die Damenwelt schon dahinschmelzen, wenn er nur den Raum betrat. Als kaufmännischer Leiter in dem Konzern hatte er die Verantwortung über die Buchhaltung und genau da traten in letzter Zeit diese Unregelmäßigkeiten auf, obwohl er alle Unterlagen, wie zuvor auch, sorgfältig geprüft hatte. Er saß an seinem Schreibtisch, den Kopf als schwere Last in seinen beiden Händen ruhend, die Ellenbogen aufgestützt, als er ein zaghaftes Klopfen hörte. Er antwortete nicht. Seine Gedanken kreisten im Kopf und fanden keinen Ansatz, keine Lösung. Wieder klopfte es an der Glastür und er sah den milchig verschwommenen Umriss einer Frau. Auch sie musste ihn am Tisch gesehen haben. Dadurch war es ihm nun unmöglich, diese Person einfach zu ignorieren. „Herein", kam es vorsichtig über seine Lippen, jedoch war die Aufforderung viel zu leise gekommen. Deshalb räusperte er sich, setzte sich schnell aufrecht und wiederholte lauter: „Ja, bitte?" Er griff nach ein paar Unterlagen und seinem Füller und tat sehr geschäftig, als seine Sekretärin vorsichtig die Tür öffnete. „Ein Kaffee, Herr Schneider?" Thilo war verwirrt. Sie kam doch nicht über den Gang zu ihm, um nach einem Kaffee zu fragen. „Frau Kramer, wie lange kennen wir uns jetzt?" Doris schien eine solche Gegenfrage erwartet zu haben. Sie schloss die Tür und setzte sich unaufgefordert in den Sessel, der vor dem Schreibtisch stand. „Genau! Das ist es. Wir kennen uns schon zu lange. Deshalb können Sie mir auch nichts vormachen. Sie kamen eben aus dem Zimmer des Direktors und ich habe Ihnen sofort angesehen, dass etwas nicht stimmen konnte. Hat er wieder einmal getobt?" Jetzt hob Thilo den Kopf und schaute ihr tief in die Augen: „Wieso wieder?" Die junge Frau errötete und druckste herum. Thilo wiederholte die beiden Worte und ergänzte: „Hat er mit Ihnen in der letzten Zeit auch schon einmal über mich gesprochen?" An Stelle einer Antwort nickte sie heftig, sagte aber nichts. „Sie haben Recht! Machen Sie uns zwei starke Kaffee und dann müssen wir reden, denn ich weiß nicht mehr weiter. Wir sind doch Kollegen, die gemeinsam im gleichen Boot sitzen?" Doris sah in offen an und strahlte: „Ja. So ist das richtig, ich hol uns eben den Kaffee. Bin gleich wieder da!" Sie stand auf und ging lächelnd aus dem Büro: „So gefallen Sie mir schon viel besser!" Thilo musste sich mit einem verbünden. Was lag da näher, als mit seiner vertrauten Sekretärin zu sprechen, denn die machte seine ganze Korrespondenz. Bis Doris zurück war, ging er die Arbeitsabläufe zum x-ten Mal durch. Er bekam seine Daten über das interne Informationsnetz auf seinen Rechner. Hier stellte er die Tabellen zusammen, errechnete die Ein,- und Ausgaben und schickte die fertige Datei zurück an die Buchhaltung. Was war daran falsch? Der Schatten von Doris kam wieder den Gang entlang und blieb vor seiner milchigen Glastür stehen. Vorsichtig kam sie wieder herein und stellte das Tablett mit zwei vollen Tassen auf den Tisch. „Milch und Zucker ist schon drin, wie immer." Thilo rührte mit dem kleinen Löffel gedankenversunken in der dunkelbraunen Flüssigkeit, die sofort eine beige Färbung annahm. Doris, die soeben einen kräftigen Schluck genommen hatte, brachte es auf den Punkt. Sie schien seine Gedanken lesen zu können: „Haben Sie Ihre Tabellen noch im Rechner?" Schneider schaute sie an: „Wie? Was?" Doris fragte noch einmal: „Es könnte doch sein, dass . . ." sie stand auf und verschloss die Tür, die nur angelehnt war. Leise sprach sie weiter: „Ich meine, wenn nun einer in der Buchhaltung Ihre Tabelle verändert weitergibt, was dann?" Thilo hatte auch schon daran gedacht, wusste aber nicht, wie man das beweisen könnte. Er deutete mit der Hand auf seinen Rechner und schaute sie auffordernd an. Sie hatte eine Idee und kam um den Schreibtisch herum, drückte Thilo etwas zur Seite und tippte auf der Tastatur. Sie suchte die letzte, angeblich mit Fehlern behaftete Monatsdatei und druckte sie aus. „Augenblick!" sagte sie und verließ das Zimmer, während der Drucker am Fenster die Blätter beschrieb. Fast zeitgleich mit den vorliegenden Papieren kam Doris freudestrahlend ins Büro zurück. Auch sie hatte nun Akten in der Hand und legte sie auf die Schreibunterlage. Dann ging sie zum Fenster und nahm die soeben gedruckten Seiten aus dem unteren Fach. „Gehen wir sie durch!" sagte sie und verglich die beiden Dateien. „Was wird das?" fragte Thilo, der noch immer nicht ganz den Sinn dieser Aktion verstanden hatte. „Das ist doch ganz einfach, Herr Schneider! Hier..." sie zeigte auf die Akten, die sie geholt hatte: „Das sind die Sachen, die angeblich falsch waren und vernichtet werden sollten. Und hier, " sie zeigte auf seine Dateien: „das sind die Originale, die Sie wirklich gesendet hatten!" Sie beugte sich wieder über den Schreibtisch und verglich nun Zeile für Zeile. Thilo musste bewundernd anerkennen, dass dieser Weg nicht schlecht war. „Woher haben Sie die falschen Daten? Von mir doch nicht?" Ein verschmitztes Lächeln huschte über ihr hübsches Gesicht. „Von Bert! Er musste doch die Dateien neu verfassen und hatte Ihre Daten von der Buchhaltung zurückbekommen, weil man Ihnen eine Verbesserung nicht zugetraut hatte." Thilo zog die Augenbrauen hoch und schaute sie an. Daraufhin ergänzte sie: „Na ja. Ich nahm sie aus seinem Papierkorb, bevor die Putzfrau gekommen war." Dann stemmte sie ihre Hände in die Hüften: „Sie sehen, auch ich mach mir so meine eigenen Gedanken, denn ich kann mir nicht vorstehen..." sie zuckte zurück: „was ist? Hab ich das nicht richtig gemacht?" Thilo hatte soeben einen Blick auf die Dateien geworfen und sofort gravierende Unterschiede gesehen. Er schaute Doris an und nahm ihren Kopf in beide Hände. Dann drückte er ihr zwei brüderliche Küsse auf beide Wangen. „Entschuldigen Sie, aber das musste jetzt sein! Sie haben mich gerettet!" Er nahm die Papiere und wollte um den Schreibtisch gehen. „Herr Schneider? Was wollen Sie damit machen?" Thilo blieb stehen und schaute sie an. „Die ganze Sache, dieses dumme Missverständnis aufklären, was sonst?" Er war kurz vor der Glastür, als Doris ihn eingeholt hatte: „Mit Verlaub, sind Sie wahnsinnig? Erstens dürften Sie gar nicht im Besitz dieser Unterlagen sein, die ich aus einem fremden Papierkorb genommen habe und zweitens, was hilft uns das weiter? Wir wollen doch wissen, wer hier ein falsches Spiel mit Ihnen spielt, oder nicht?" Thilo ließ die Türklinke los und kam zum Schreibtisch zurück. „Sie sind zu gutgläubig", sagte sie: „Sie haben Feinde, kapieren Sie das jetzt?" Schneider ließ sich schwer in seinen Stuhl fallen: „Jetzt brauch ich einen Cognac!" Doris nickte: „So ist recht. Wir haben seit zehn Minuten Feierabend. Ich hol den Französischen, der brennt nicht so auf der Zunge!" Überrascht schaute Thilo auf sein Handgelenk. Die Zeit war wie im Flug vergangen und während Doris in ihr Büro ging, staunte er darüber, mit welchem Scharfsinn ihn da seine Mitarbeiterin auf den richtigen Weg gebracht hatte. Doris war zurück und zeigte ihm triumphierend die mattgrüne Flasche. „Die hatte ich noch im Schrank!" Sie lachte: „. . . von der Weihnachtsfeier, nur Gläser hab ich keine." Schneider nahm zwei Gläser aus der Schublade und schaute sie von der Seite an und dachte: „Wenn die nicht verlobt wäre..." Nachdem die Gläser halbvoll waren, prosteten sie sich zu und Thilo nahm die Gelegenheit beim Schopf: „Ich heiße Thilo. Wir können uns auch jetzt duzen, weil du mir so geholfen hast und wir schon seit Jahren so ein gutes Team sind." Als er das zögernde Gesicht von Doris sah, ergänzte er: „Ohne Kuss, Doris. Ich will, dass unser gutes Arbeitsklima so bleibt. Ich will mich nicht in dein Privatleben einmischen!" Er hob sein Glas, aber Doris schaute ihn nur an: „Schade, Thilo!" sagte sie und stürzte ihren Inhalt in einem herunter. „Frau Kramer! Ich meine natürlich Doris, wie meinst du das?" Sie schaute ihn offen an: „Ich sag wie es ist! Sie sind...du bist nicht nur ein toller Abteilungsleiter. Ich finde dich auch so...also privat meine ich....verstehst du, was ich sagen will?" Thilo war in einer verzwickten Situation. Auch er bevorzugte Klarheit. „Ich will mich nicht vor deinen Verlobten drängen, versteh das doch!" Doris lehnte sich entspannt zurück und schaute ihn an: „Was redest du denn da für einen Unsinn?" Ein flüchtiges Lächeln huschte über ihr Gesicht und das blieb Thilo nicht verborgen. „Du bist verlobt. Was soll ich da noch sagen? Ich habe mich noch nie ..." Sie kam auf ihn zu und drückte ihren ausgestreckten Zeigefinger auf seine Lippen: „Wenn wir uns nicht hier in deinem Büro, und dann auch noch auf unserer gemeinsamen Arbeitsstelle befinden würden, ich schwöre, so wärst du jetzt reif!" Er nahm die Flasche und füllte die Gläser erneut. „Doris, Doris! Was soll ich jetzt von dir halten?" Sie kam etwas näher und ließ die Gläser leicht aneinander klingen: „Na dann prost, du sittsamer Ehrenmann!" sagte sie, stand auf und ging zur Tür. Kurz vorher drehte sie sich noch einmal zu ihm um: „Übrigens, wieso denkst du eigentlich, dass ich verlobt bin? Ich bin ledig und ungebunden, genauso wie du!" Damit war sie auch schon auf dem Flur, ging in ihr Büro und war kurze Zeit später im Mantel vor dem Fahrstuhl. Thilo saß immer noch erschlagen hinter seinem Schreibtisch. Die Ereignisse hatten ihn überholt und er musste zuerst einmal alles überdenken und zu sich selbst finden. „Dieses Prachtweib sollte ledig sein? Was hatte Bert ihm denn auf der letzten Feier zugesteckt? Er hatte doch gesagt, dass sie verlobt sei!" Er schüttelte den Kopf und ging zum Fenster. Draußen hatte es angefangen zu schneien. Unten kam Doris aus dem Gebäude, drehte sich und schaute hoch zu seinem Stockwerk. Sie sah ihn hinter der gardinenlosen Scheibe, winkte ihm freundlich zu und dann nahmen die weißen, wirbelnden Flocken die weitere Sicht. Thilo meldete den Rechner ab und machte ihn aus. Mit zwei Büroklammern heftete er die unterschiedlichen Dateien zusammen und steckte sie in seinen Aktenkoffer. Wichtige Beweismittel waren das jetzt für ihn. Morgen würde er sich mit Doris beraten, wie man der Sache auf den Grund gehen könnte. Bevor er das Licht löschte und sein Büro abschloss, gingen ihm die Erlebnisse nicht mehr aus dem Kopf: „Ausdrucken werde ich meine nächste Monatsdatei! Ausdrucken und unterschreiben, wie früher! Dann gehe ich persönlich zum Direktor und übergebe meine Originale. Dann kann er entscheiden, wer diese Zahlen dann zurück ins System eingibt. Er soll sehen, dass ich die ganze Zeit richtig gearbeitet hatte!" Zufrieden ging er zur Haltestelle der Straßenbahn, die hier am Steintor unmittelbar auf der anderen Straßenseite war und fuhr nach Hause. Während er sich ein Spiegelei machte, wurden gerade die

Spätnachrichten gesendet. Er schaltete aus Gewohnheit immer zuerst die Flimmerkiste ein, um das Gefühl zu haben, nicht alleine im Haus zu sein. Er setzte sich an den Küchentisch und nahm sein spätes Abendmahl ein. Auf eine Flasche Bier verzichtete er und trank stattdessen anschließend im Wohnzimmer genüsslich einen Cappuccino, den seine neue Maschine schnell ratternd aufgebrüht hatte. Die wohlige Wärme tat ihm gut und von dem anschließenden Fernsehfilm bekam er nur noch den Anfang mit. Er ärgerte sich über sich selbst, als er mit steifem Nacken verdreht wachwurde, als in einer Werbepause der Ton automatisch lauter wurde. Mürrisch nahm er die Fernbedienung und schaltete das Gerät aus. Dann ging er nach oben, ins Schlafzimmer, zog sich aus und fiel wie ein Brett in die Federn. Traumlos schlief er schnell ein. Das nervende Trällern des elektronischen Weckers kam, wie fast jeden Morgen, viel zu früh. Trotzdem überwand er sich und war kurze Zeit später wieder in der Küche. Auf ein gutes Frühstück hatte er noch nie verzichten können. Eine Stunde später stand er an der Haltestelle, wo er dann wieder erwarten eine Bahn später nehmen musste, weil die Gleise zugefroren waren. Gut dass er immer in den Wintermonaten so früh fuhr. Er war pünktlich wieder im Büro, obwohl es die ganze Nacht über fest geschneit hatte. Der Nachtportier kannte schon sein frühes Kommen und öffnete die Eingangstür, bevor Thilo seinen Generalschlüssel aus der Tasche hatte. Er nickte ihm hinter dem Glaskasten zu und ging zum Treppenhaus. Bald darauf hatte er sein Büro erreicht, den Rechner hochgefahren, die eingegangene Post durchgelesen und seine tägliche Routinearbeit aufgenommen. Es wurde neun, dann zehn....Doris kam nicht zur Arbeit. „Sie wird wegen des Wetters zu spät kommen", dachte er und verwarf andere Gedanken. Zur Mittagspause saß er in der Kantine, die brechend voll war und das Stimmgewirr ging ihm diesmal auf die Nerven. Das war vorher nie der Fall gewesen, wenn er am Tisch gegenüber seiner Sekretärin die Suppe gelöffelt oder sein Kotelett gegessen hatte. Nach dem Essen rief er dann beunruhigt im Personalbüro an: „Schneider hier, guten Tag. Sagen Sie mal, wissen Sie, ob Frau Kramer sich krank gemeldet hat? Sie ist heute Morgen nicht zum Dienst gekommen!" Am anderen Ende verneinte die Sachbearbeiterin: „Nein Herr Schneider, wir wissen auch nichts!" Thilo machte sich seine eigenen Gedanken: „War es wegen gestern?" Er war doch freudig überrascht gewesen! Hätte er ihr bloß direkt seine Zuneigung gezeigt. Wollte sie unter diesen Umständen nicht mehr mit ihm zusammen arbeiten? Er rief noch einmal im Personalbüro an und ließ sich ihre Adresse geben. Nach Feierabend ging er nicht zur Haltestelle, sondern rief ein Taxi und ließ sich zu der angegebenen Straße fahren. Er zahlte und stieg aus, während der Wagen auf der einsamen „Luther-Straße" wendete. Er ging zum Haus und leuchtete mit dem Handy auf die Klingelknöpfe. Vier Parteien wohnten hier. Auf dem Schild oben links stand ihr Familienname. Er drückte den schwarzen Knopf und hörte dumpf den Glockenschlag eines bekannten Turmes aus der englischen Hauptstadt. Nichts tat sich. Er versuchte es erneut und dann summte tatsächlich der Türöffner. Erleichtert lehnte er sich gegen die schwere Tür und betrat das Treppenhaus. „Wo wollen Sie denn hin?" tönte ihm eine krächzende Stimme entgegen. „Frau Kramer ist nicht da!" Thilo schaute suchend nach oben. Als er ein paar Stufen höher kam, stand oben eine ältere Frau, der man ihre Neugier ansah. „Guten Abend. Mein Name ist Schneider. Thilo Schneider. Wieso fragen Sie mich, wo ich hinwill, wenn Sie gleichzeitig antworten, dass Frau Kramer nicht da ist? Dann haben Sie doch gehört, wo ich geläutet hatte!" Die Frau verschränkte trotzig ihre Arme vor der Brust, zog die Mundwinkel nach unten und stand regungslos, wie eine Statue auf der obersten Stufe im

Treppenhaus. Plötzlich ging das Flurlicht aus und zwang die Frau, erneut den Schalter zu betätigen. Während die Helligkeit zurückkehrte, keifte sie: „Herrenbesuch wäre sowieso nicht gestattet oder sind Sie vom Amt?" Thilo sah zwar keine Veranlassung, mit diesem „Besen" ein Wort zu wechseln, aber er wollte etwas erfahren: „Ich bin ihr Kollege, sie war heute nicht arbeiten. Ich wollte schauen, ob sie vielleicht krank ist. Wissen Sie etwas Näheres?" Die Frau antwortete nicht, drehte sich um und war wieder in ihrer Wohnung verschwunden. Thilo ging hoch und klingelte noch einmal bei Doris, obwohl ihm das selber nun schon fast als Nötigung vorkam. Er horchte an der Tür, konnte aber keinerlei Geräusche ausmachen. Nur gegenüber sah er in dem kleinen Guckloch der neugierigen Nachbarin, die hellen Reflexe, die ihn vermuten ließen, dass sie immer wieder kontrollierend hindurchschaute. Wieder erlosch das Flurlicht und Thilo tappte im Dunkeln wieder herunter, sich fest am Geländer haltend. Ergebnislos ging er wieder auf die Straße und schlug seinen Kragen hoch. Es nutzte nichts, Doris schien nicht in der Wohnung zu sein. Er machte sich auf den Weg zurück in die Stadt, denn hier gab es keinen Taxistand und der Akku seines Handys war leer. Hätte er doch bloß eine Telefonnummer von Doris! Im örtlichen Telefonbuch stand sie jedenfalls nicht. Das wusste er, denn da hatte er im Büro schon nach ihrer Adresse schauen wollen. Vom Bahnhof aus nahm er den Bus, stieg am Stadtpark in die Straßenbahn um und war endlich um 22.00h zu Hause. Er duschte, nahm die Tageszeitung und ging zu Bett. Entspannt war er nicht, denn er grübelte darüber nach, wo seine Sekretärin hätte sein können. Vielleicht war sie krank und hatte sich bei ihren Eltern oder bei Bekannten einquartiert, um versorgt zu sein. Jetzt musste er sich eingestehen, viel zu wenig über Doris Kramer zu wissen, obwohl sie schon so lange zusammen arbeiteten.

Kapitel 2

Als Doris auch nach einer Woche noch nicht zur Arbeit gekommen war und keiner in der Firma etwas Näheres wusste, rief Thilo bei der Polizei an und gab eine Vermisstenanzeige auf. Die erforderlichen Daten wollte er von der Personalabteilung bekommen, die strikt immer wieder auf den Datenschutz hinwiesen, bis endlich die Beamten ein gerichtliches Schreiben vorweisen konnten. Er spürte den Unmut der Kollegen, die ihm deshalb nun offen ihre Antipathie zeigten. Er hatte sich wohl unbewusst in ein Wespennest gesetzt. Völlig überrascht wurde er nach weiteren drei Tagen aufs Präsidium bestellt, wo er eine „Aussage" machen sollte. Als er zu der angegebenen Zeit das Gebäude betrat, ging er fest davon aus, dass es sich um Ermittlungsdaten von seiner verschwundenen Kollegin handeln musste. Umso mehr war er überrascht, als man ihm unverblümt ein paar seltsame Fragen stellten. Man legte ein eingeschaltetes Diktiergerät auf den Tisch und begann: „Freitagmorgen, 9.00h. Vernehmung von Herrn Thilo Schneider. Geben Sie doch einfach zu, dass Sie einen zu kostspieligen Lebenswandel haben und deshalb keine andere Möglichkeit gesehen haben?" Thilo saß auf einem Stuhl, vor ihm ein kleiner Tisch, auf dem eine Lampe stand, die ihm ins Gesicht leuchtete. Das kleine Plastikfenster des Aufnahmegerätes zeigte die kleinen Spulen, die sich lautlos drehten. Schneider wusste nicht, was die Leute da von ihm wollten. „Wird das ein Verhör? Was wollen Sie von mir? Ich dachte, Sie suchen nach meiner Kollegin?" Aus dem hellen Lichtkegel tauchte das Gesicht eines Mannes auf, der den Rauch einer Zigarette ausatmete und ihm ins Gesicht blies. „Wir haben Zeit!" Dann verschwand der Kopf des Beamten wieder in der Dunkelheit und eine andere Stimme ertönte: „Viel Zeit sogar!" Thilo kannte sich mit solchen Methoden nicht aus. Träumte er? Was war geschehen? Es musste sich um eine Verwechselung handeln! Er konnte unmöglich gemeint sein. „Eine Frage, sind Sie sicher, dass Sie den Richtigen hier sitzen haben? Sie wissen, wer ich bin?" Man hörte das abwertende Stöhnen der Männer, die im Dunklen saßen. „Unschuldig, das wissen wir! Alle sind unschuldig! Keiner hat irgendetwas gemacht! Wissen Sie eigentlich, wie oft wir das zu hören bekommen? Mensch, Schneider! Mit Ihrem Passwort wurden auf Ihrem Rechner diese Unregelmäßigkeiten festgestellt! Große Beträge wurden per Überweisungen online von Ihrem Rechner ausgeführt! Und das alles waren Sie nicht, natürlich nicht!" Schneider spürte eine eiskalte Hand, die sich langsam um seinen Hals legte. Seine Stirn begann, Schweißperlen abzusondern, die ihm durch die Augenbrauen heruntertropften. Wo war er hier gelandet? Ein böser Albtraum begann reale Formen anzunehmen. Auf diese seltsamen Fragen konnte er nicht antworten, weil er überhaupt nicht wusste, wovon diese Männer da sprachen. Das einzige, was ihn beschäftigte war, wie hatte man ihn in diese Lage gebracht? Was war das für eine Falle gewesen, die da zugeschnappt hatte? Er blieb stumm. Alles, was ihn beschäftigte, war mit den Beschuldigungen nicht annähernd in Verbindung zu bringen. Doris hatte mit ihrer Aussage, er hätte Feinde, Recht gehabt, und was für Feinde! Nach mehreren Fragen, die immer wieder in die gleiche Richtung wiesen, wurde er dann endlich in eine Zelle geführt. Schnürsenkel, Gürtel, Uhr und Handy, alles wurde ihm abgenommen. Einer der Beamten gab ihm einen vermeintlich guten Rat: „Sie haben das Recht, einen Anruf zu tätigen! Ich rate Ihnen, einen Anwalt zu konsultieren! Sie werden ihn dringend benötigen! Wenn Sie soweit sind, rufen Sie!" Die schwere Stahltür fiel ins Schloss. Er saß auf dem einzigen Stuhl, schaute auf die blanke, glänzende Stahlschüssel an der Wand, die als Toilette dienen sollte, blickte auf das

Feldbett, auf dem ein zusammengefaltetes, weißes Tuch lag und verstand die Welt nicht mehr. Er hatte kein Zeitgefühl und wollte sich wenigstens auf dem Bett ausruhen, als die Tür wieder aufgeschlossen und er erneut zum Verhör geführt wurde. Die gleiche Prozedur begann: „Sie sind doch für die Buchhaltung zuständig, richtig? Das sagt zumindest Ihr Vorgesetzter. Wir wissen ja nicht, wie Sie das sehen. Es muss ja auch in anderer Hinsicht schon früher immer wieder Differenzen gegeben haben, sonst wäre Ihre Arbeit ja nicht von anderen Kollegen nachträglich als falsch dargestellt und erkannt worden. Es sieht nicht gut für Sie aus. Und als Ihre Sekretärin dahinter gekommen ist, haben Sie sie verschwinden lassen. Clever wollten Sie sein und haben eine Vermisstenanzeige aufgegeben. Obwohl Sie doch wissen mussten, wieso sie nicht mehr zur Arbeit gekommen war!"
Thilo hörte da Sachen, die nicht mit ihm zu tun haben konnten, oder doch? Was war das für ein Spiel? Er musste doch jetzt irgendwann einmal wach werden! Aber der Albtraum blieb. Ein Klopfen und anschließendes leises Tuscheln stoppten diese seltsamen Fragen und dann wurde diese grässliche Lampe ausgeschaltet und Thilo musste sich an das schwache Deckenlicht gewöhnen, bis ihm ein gut gekleideter Mann im Anzug und mit Aktentasche als sein Pflichtverteidiger vorgestellt wurde. Die Beamten verließen den Raum und der Mann streckte ihm die Hand entgegen. „Dr. Meininger, Anwalt. Ich will gleich zur Sache kommen. Wenn Sie die Unterschlagungen gestehen und den Verbleib Ihrer Mitarbeiterin nennen, plädiere ich auf mildernde Umstände. Je nach Schwere der Lage werden Sie mit fünf bis zehn Jahren rechnen müssen. Lebt Frau Kramer noch? Wo haben Sie die arme Frau hingebracht?" Thilo starrte aus leeren Augen vor sich hin und schüttelte den Kopf. „Naja, wenn Sie noch etwas dazu beitragen wollen, so melden Sie sich! Wache, wir sind

fertig!" Schneider ließ sich wortlos zurück in seine Zelle führen. Er war das Opfer einer Intrige geworden. Wie lange hatten da Leute einen Plan verfolgt, der ihn hierher gebracht hatte. Er fühlte sich wie eine Fliege, die sich im Flug in einem Spinnennetz verfangen hatte. Unwillkürlich fiel ihm der lateinische Name für Spinne ein – Aranea! Er war eingewickelt worden, wie eine Mumie! Aber von wem? Wer steckte dahinter? Seine Lage schien aussichtslos.

Kapitel 3

Doris schlug den Kragen ihrer Lederjacke hoch und ging zum Parkplatz. Zwei Cognacs! Sollte sie damit nicht mehr fahrtüchtig sein? Sie kratze die Scheiben frei, setzte sich in den Wagen und startete den Motor. Im Stand betätigte sie die Scheibenwischer, die mühevoll über die Glasfläche radierten und die restlichen Schneeschichten zur Seite schoben. Der Niederschlag hatte aufgehört und nur der leichte Wind verwirbelte noch einzelne Flocken, die wie Puder durch die klare Luft flogen. Da kamen zwei Männer zu Fuß die Auffahrt hoch. Waren das nicht die beiden Kollegen von der Buchhaltung? Wieso kamen die hinter ihr her? Hier auf dem Parkdeck stand nur ihr Fahrzeug. Noch zwanzig Meter und sie hielten direkt auf den Wagen zu. Jetzt erst sah sie die Pistole, die auf ihre Scheibe gerichtet war, verbunden mit der eindeutigen Aufforderung, auszusteigen. Der Motor war warm und sie nicht gewillt, den Aufforderungen zu folgen. Sie war auf den robusten, allradgetriebenen Jeep angewiesen, da sie etwas einsam und außerhalb der Stadt in einem Mehrfamilienhaus wohnte. Nun sollte sich der starke Motor bewähren! Sie ließ ihn kurz aufheulen und legte einen Blitzstart hin, den die Männer auf der glatten, schneebedeckten Fläche nicht erwartet hatten. Sie sprangen zur Seite, unfähig auch nur einen einzigen Schuss abzugeben. Erst auf der Straße schaltete sie die Scheinwerfer ein. Nach Hause konnte sie nicht mehr, denn ihre Adresse war bekannt. Sie musste für eine Zeit untertauchen und Thilo in der Firma anrufen. Mit ihm konnte sie abklären, was sie nun unternehmen könnten. Bis dahin zog sie in der Nachbarstadt in ein kleines Motel. Als sie am nächsten Tag versuchte, Thilo im Büro anzurufen, musste sie feststellen, dass der Anruf zu dem Kollegen umgeleitet wurde, der sie gestern bedroht hatte. Wortlos legte sie auf. Sie musste abwarten, bis sich eine Gelegenheit ergab, um mit Thilo in Kontakt zu treten. Seine Adresse hatte sie, denn aus Neugier war sie schon oft an seinem Haus vorbei gefahren. Sie wollte wissen, ob er tatsächlich so ein Casanova war, wie man in der Firma sagte. Sie hatte keinen Beweis dafür gefunden. Mehrfach besuchte er in der Woche ein Fitness-Studio. Sie würde es in den nächsten Tagen dort oder bei ihm zuhause versuchen. Sie überlegte, welcher Grund für die beiden Kollegen vorliegen konnte, so drastische Maßnahmen zu ergreifen. Sie rief Karin, ihre beste Freundin an. Die arbeitete in der Registratur und musste wissen, ob Thilo ein paar Tage frei gemacht hatte oder krank war. Am Telefon behauptete sie, dass sie einen Unfall hatte und im Augenblick nicht zur Arbeit kommen konnte. Damit waren lästige Gegenfragen vorerst im Keim erstickt. Dann kam sie geschickt auf ihren Vorgesetzten, Herrn Schneider. Entsetzt musste sie hören, dass man ihn verhaften hatte. Den Grund dafür kannte man in der Firma zwar nicht, aber die Buchhaltung hatte das Gerücht gestreut, dass große Unterschlagungen vorgekommen waren. Sie bedankte sich für die guten Wünsche und legte auf. –Die fehlerhaften Dateien waren in der Abteilung der Buchhaltung, die Thilo unterstand, weiterbearbeitet worden.- Jetzt dämmerte es ihr. Diese Gauner hatten Schneider reingelegt! Ihre Falle war zugeschnappt. Sie musste ihn erreichen, bevor es zu spät war. Er sollte von der

Gefährlichkeit dieser Typen wissen, damit er nicht auch in einer einsamen Straße einfach umgelegt, oder entführt wurde.

Kapitel 4

„Toll gemacht, einfach toll! Ich habe dir gleich gesagt, gib mir die Knarre. Wieso hast du nicht einfach durch die Scheibe geschossen? Das ist kein Panzerglas, wo es Querschläger geben kann! Mann oh Mann!" Dimitri war außer sich vor Wut. Er stand auf und klopfte sich den Schneematsch von der Kleidung. Arkan steckte den Revolver in die Jackentasche. Beide gingen enttäuscht wieder die Rampe zurück, die in das Parkhaus führte. Arkan Türüc arbeitete schon acht, Dimitri Korov neun Jahre in der internationalen Firma. Sie hatten zusammen die Personalabrechnungen und die Buchhaltung gemacht, als Thilo noch bei seinem alten Arbeitgeber tätig war. Hätte der aus Altersgründen das kleine Beratungsbüro nicht zugemacht, Thilo wäre heute noch bei ihm angestellt. So hatte es ihn in die neue Firma verschlagen, wo er dann auch diese leitende Stelle bekommen hatte, die natürlich mehr Geld einbrachte. Dass es die beiden Männer auf seinen Arbeitsplatz abgesehen hatten, war ihm entgangen. Die beiden korrupten Männer hatten wieder die Straße erreicht und gingen zügig zum Wagen, der in einer Seitenstraße geparkt war. Sie saßen eine Weile nebeneinander, bis Arkan das Gespräch suchte. „Lutherstraße 114! Fahr!" Dimitri hob seine Schultern und schaute ihn ratlos an. „Die Kramer wohnt da, fahr endlich!" Als sie das einsame Haus erreicht hatten, parkten sie den Wagen zweihundert Meter weiter und gingen den Weg zurück. Ein kurzer Blick auf das Klingelbrett, ein geschickt eingesetzter, dünner Draht und sie standen im dunklen Hausflur. Leise schlichen sie die Treppe hoch und öffneten geschickt mit dem gleichen Draht auch die obere Wohnungstür. Vorsichtig ließen sie die Tür wieder zugleiten, wobei sie die Klinge nach unten drückten und lautlos in der Diele standen. Mit einer kleinen Taschenlampe hatten sie sich bald mit den Räumlichkeiten vertraut gemacht und setzten sich ruhig im dunklen Wohnzimmer auf die beiden Sessel. Doris würde ihnen in die Falle gehen, alles eine Frage der Zeit. „Hast du eine Idee?" Arkan beugte sich zu seinem Kumpel, dessen Augen in der Dunkelheit gespenstisch glänzten. „Noch nicht! Wir warten!" Als sie fast die ganze Nacht auf der Couch dösend gewartet hatten, erkannten sie, dass die junge Frau vorläufig nicht mehr in ihre eigene Wohnung zurückkommen würde. „Wir verwüsten hier alles so, als hätte ein heftiger Kampf stattgefunden. Dann wird die Kripo annehmen, dass sie entführt wurde. Falls sie doch wieder auftauchen sollte, so vollende ich, was du auf dem Parkdeck vermasselt hast!" Dimitri war fest dazu entschlossen und ergänzte: „Die Schlinge zieht sich immer mehr zu. Unser Plan funktioniert einwandfrei. Noch zwei oder drei Tage, dann ist Schneider endgültig fertig und wir spielen weiter die Unwissenden! Also los! Aber mach leise, ich will nicht, dass uns einer aus dem Haus sieht!" Als sie diese falsche Fährte für die Polizei gelegt hatten, verließen sie genauso leise und unbemerkt wieder die Wohnung und das Haus, wie sie zuvor dort heimlich eingedrungen waren.

Kapitel 5

„Schneider, Schneider! Merken Sie nicht, wie sich die Schlinge zuzieht? Ihr Alibi wackelt! Wie lange wollen Sie dieses aussichtslose Spiel noch treiben? Worauf warten Sie? Die Beweise sind erdrückend! Allein was wir in Ihrem Haus gefunden haben, langt allemal für einen Indizienprozess. Die Verwüstung in der Wohnung von Frau Kramer zeigt, dass sie sich nicht freiwillig in Ihre Gewalt begeben hatte. Hatten Sie einen Helfer?" Jetzt antwortete Thilo das erste Mal nach Tagen und äußerte sich überraschend sachlich und ruhig, denn er hatte gemerkt, dass man in Wirklichkeit noch völlig im Dunklen tappte und die angeblichen Beweise bei weitem nicht ausreichen würden. „Soso, sie hat sich heftig gewehrt. Kampfspuren also. Blut? Haben Sie Blut gefunden? DNA-Spuren? Haare? Hautpartikel? Ich kann leider nicht mit Kratzspuren dienen, denn ich weiß immer noch nicht, was richtig passiert ist!" Thilo bemerkte die Unsicherheit der Beamten, die flüsternd den Raum wieder verließen, während ein Polizist eintrat und die Tür bewachte. Thilo konnte darüber nur müde lächeln. Was richtig geschehen war, das blieb weiterhin für ihn im Dunklen. Dass ausgerechtet Doris Kramer seine letzte Hoffnung war, das blieb ihm auch weiterhin verborgen, denn seine Mitarbeiterin suchte vergebens den Kontakt zu ihm. Dass er vorläufig wegen ihres Verschwindens festgenommen worden war und ständig verhört wurde, konnte sie nicht wissen. Sie musste ungeachtet der Bedrohung durch die beiden Sachbearbeiter tätig werden.

„20.ooh, guten Abend. Hier die Nachrichten auf „News 3", mein Name ist Heiko Dammann. Hannover . . . . Die vermisste Doris Kramer ist gestern Abend unverletzt aufgetaucht. Sie befindet sich an einem sicheren Ort, da sie um ihr Leben fürchten muss. Wir haben sie an einem neutralen Ort zu einer Stellungnahme gebeten. Hier der Bericht, den wir am Nachmittag für sie aufgezeichnet haben." Doris hatte keinen anderen Weg mehr gesehen und als sie ihre Suchmeldung im Radio gehört hatte, war sie sofort in das Fernsehstudio gefahren. Sie antwortete nur auf Fragen, die ihre Gesundheit betraf. Weitere Angaben wollte sie nicht machen. Auch eine Aufforderung des Reporters, sich unter Polizeischutz zu stellen, lehnte sie höflich aber bestimmt ab. Die Ausstrahlung traf Arkan und Dimitri wie ein Faustschlag. Nun konnten sie das

Blatt nur noch dann zu ihren Gunsten wenden, wenn sie so schnell wie möglich diese Doris Kramer zum Schweigen brachten. Schneider war im Gefängnis. Ihm wollten sie die ganze Schuld unterschieben und der Plan konnte nur funktionieren, wenn die junge Frau nichts mehr aussagen konnte und endlich tot war. Getötet von einem Helfer, den sie geschickt noch als Partner von Schneider erfinden mussten. Sie nahmen sich beide eine Woche frei, bis dahin musste der Fall erledigt sein. „Kramer hier. Kann ich bitte mit meiner Schwester sprechen? Ich mache mir größte Sorgen, seitdem ich sie in den Nachrichten gesehen habe!" Dimitri hatte mit dem Handy beim Sender angerufen, in der Hoffnung, dass man noch einmal mit der jungen Frau in Kontakt treten würde. Sie warteten beide im Auto vor dem Gebäude des Senders. Geschickt hatten sie den Reporter ausfindig machen können und sich sein Gesicht gut eingeprägt. Würde der nun mit dem Wagen das Parkhaus neben dem Sender verlassen, so würde er sie beide zum Versteck der jungen Frau führen. Sie hatten Glück, dass Doris sich dem Fernsehen anvertraut hatte, denn eine halbe Stunde später verließ ein Team mit Kameramann und diesem Reporter das Gebäude und ging zum Parkhaus. „Wir werden uns so lange an ihre Fersen heften, bis sie uns zu dieser Schlampe führen, die uns sonst alles vermasseln könnte!" Nun fuhren sie schon das zweite Mal hinter dem Kleintransporter von „News 3" her. Einmal waren sie Zeugen eines Autounfalls, über den berichtet wurde, ein anderes Mal fuhren sie in ein Altenheim. Diesmal schien ihnen das Glück hold zu sein, denn der Wagen fuhr auf den Hof eines Motels, der Reporter stieg aus und ging schnell zur Rezeption. Als er wieder herauskam, winkte er seinem Fahrer zu und stieg ein. Danach rollte das Fahrzeug langsam in die Anlage, wo die vermieteten, einzelnen Bungalows standen. Dimitri fuhr oberhalb auf einer Straße, von der man einen besseren Einblick

43

in die Anlage hatte. Er stoppte, stieg aus und nahm sein Fernrohr aus dem Kofferraum. „Bleib im Wagen, ich lasse den Schlüssel stecken." Der Sprinter mit der auffälligen Beschriftung des Senders blieb vor einem Flachbau stehen, ein Mann stieg aus und ging schnell auf das Haus zu. Er klingelte und eine Frau kam an die Haustür. Dimitri schaute durch sein Glas: „Bingo!" flüsterte er und ging zurück zum Wagen. „Wir haben sie! Warten wir nur noch, bis die Fernsehfritzen wieder weg sind!" Arkan schaute ihn an: „Und wenn sie keinen Bruder hat, der sich nach ihr erkundigen würde? Was dann? Dann ist sie gewarnt!" Dimitri nahm seine Pistole aus dem Handschuhfach und schraubte genüsslich den Schalldämpfer auf den Lauf. „Ganz einfach! Wir müssen eben schneller sein!" Sie warteten nicht lange, dann kam der Kleintransporter zurück, bog in eine Seitenstraße und war verschwunden. „Jetzt! Fahr los. Es ist das vorletzte Haus auf der rechten Seite. Nun fahr schon!" Langsam rollte die Limousine mit dem todbringenden Paar auf das kleine Haus zu. Sie parkten kurz davor und Dimitri stieg aus. Schnell und entschlossen ging er auf die Haustür zu, klingelte und rief gleichzeitig: „Ich bin es noch einmal, „News 3!" Die Tür öffnete sich und er sah in den dunklen Flur. Doris schien hinter der Tür zu warten. Dimitri sprang in die Diele, drehte sich herum und schoss. Die Tür ging wieder zu und Arkan wartete ab. Jetzt würde dieser perfekte Killer noch einmal falsche Fährten legen und alles wie vorher verabredet, erledigen. Er wartete im Auto geduldig eine halbe Stunde, doch nichts geschah. War etwas schief gegangen? Wieso kam Dimitri nicht zurück? Er müsste schon längst sein mörderisches Werk, wie immer, perfekt beendet haben. Als eine weitere, halbe Stunden verstrichen war, hielt es Arkan im Wagen nicht mehr aus. Entgegen der Abmachung, komme was wolle, unbedingt im Auto auf ihn zu warten, ging er jetzt auch zum Haus. Er wollte gerade klingeln, als er bemerkte, dass die

Tür nur angelehnt war. Vorsichtig tastete er sich in die Dunkelheit. „Dimitri, wo steckst du?" flüsterte er und ging vorsichtig durch die Diele. Mit einem Schlag wurden ihm die Beine weggezogen und er lag auf dem Bauch, während seine Hände fest auf dem Rücken verschnürt wurden. „Erledigt, Jungs. Gute Arbeit!" Das Licht ging an und mühsam erkannte Arkan, auf dem Boden liegend, seinen Freund, der ebenfalls mit einem Knebel und gefesselten Armen und Beinen auf dem kleinen Sofa im Wohn, -Schlafraum saß. Sie waren umgeben von mehreren, bewaffneten Männern, die dunkle Sturmmasken trugen. Ihre schweren Panzerwesten und die speziellen Anzüge zeigten, dass es sich um eine Spezial-Einheit der Polizei handelte.

Doris hatte Polizeischutz erhalten. Als Dimitri angerufen und sich als ihr Bruder ausgegeben hatte, war sofort klar, dass es sich um die Männer handeln musste, die sie bei der Polizei beschrieben und mit Namen benannt hatte. Aber für die Tötungsabsicht fehlte noch der Beweis. Die Journalisten fuhren extra den Umweg zum Altenheim, damit die Beamten so die nötige Zeit hatten, sich entsprechend im Haus einzurichten. Sie hatten natürlich längst bemerkt, dass sie verfolgt wurden. Als der Reporter an die Tür kam und klingelte, musste sich Doris ein letztes Mal zeigen. Die beiden Männer, die oben auf der Straße parkten, wurden schon von der Polizei observiert. Gerade, als sich Dimitri wieder abgewandt hatten und zum Auto ging, wurde die Frau zum Transporter begleitet, um sie aus dem Gefahrenbereich zu bringen. Jetzt warteten nur noch die Beamten auf ihren letzten Einsatz, denn sie waren die einzigen, die noch im Haus waren. Den Rest haben sie mit Bravour erledigt, ohne einen einzigen Schuss abzugeben.

Finale

Man fand bei den beiden Verdächtigen Disketten und USB-Sticks. Also eindeutige Beweise von den geänderten Dateien. Das jeweils aktuelle Passwort von Schneider hatten sie mit einem „Trojaner" aus dem Rechner bekommen. Jahrelang hatten sie ihn für die Unterschlagungen missbraucht und waren kurz davor, sich abzusetzen. Wie Araneae, die Spinnen, hatten sie ihr Opfer belauert und gewartet, bis sie ihn in das vorbereitete Netz gelockt hatten. Dazu mussten sie die endgültige Niederlage von Thilo einfädeln, indem sie ihm Beweise seiner angeblichen Schuld untergeschoben hatten. Beinahe wäre ihr Plan auch aufgegangen, wenn sich nicht seine schlaue Sekretärin eingemischt und das gesponnene Nest zerrissen und alles durchkreuzt hätte. Thilo wurde sofort aus der U-Haft entlassen und durch die Gegendarstellung und Aussage von Frau Kramer vom Direktor vollständig rehabilitiert. Die Verlobungsfeier wurde groß gefeiert. Einziger Wermutstropfen war die Tatsache, dass Doris nun nicht mehr in der Abteilung arbeiten konnte, da es unter angehenden Eheleuten nicht gestattet war. Die Liebe ihres ehemaligen Vorgesetzten und das wunderschöne Haus im Grünen, vor den Toren der Stadt waren für Doris mehr als zwei Entschädigungen und Thilo wusste, was er seiner Partnerin zu verdanken hatte. Mit ihr würde er noch ganz andere Sachen überstehen.

Hinterlistiger Ehebrecher

Kapitel 1

Walter konnte und wollte ihre Anwesenheit nicht mehr ertragen, seitdem er diese hübsche Blondine gesehen und dann kennengelernt hatte. Dieses junge Weib hatte ihm im Handumdrehen den Verstand geraubt. Nun sah er plötzlich jede Falte im Gesicht seiner Partnerin. Jede noch so kleine Geste von ihr störte ihn plötzlich. Elke schien von alledem nichts gemerkt zu haben und war sehr bemüht, ihrem drei Jahre jüngerem Mann eine gute Frau und Geliebte zu sein. Seit ein paar Wochen jedoch schien er an körperlicher Nähe nicht mehr interessiert zu sein. Um weiterhin für ihn attraktiv zu bleiben ging sie fortan regelmäßig im Stadtpark laufen. „Ich bin joggen!" rief sie, wenn die Uhr fünf am Nachmittag anzeigte. Auch diese englischen Ausdrücke hasste er nun an ihr. Konnte sie nicht einfach sagen, dass sie in den Park ging, um zu laufen? Realistisch war diese plötzliche Abneigung gegen die eingedeutschten Wörter nicht, denn er sprach doch genauso immer von seinem „Laptop und dem Handy". Sie war noch nicht ganz auf der Straße, da hing er schon an seinem Klaprechner und schon war er im Netz. Er nahm mit seiner Neuen, „Simone" Kontakt auf. Nein, er war natürlich nicht gebunden. Die Arbeit nahm in sehr in Anspruch, das waren seine Ausreden zu beiden Frauen. Mit seinen Freunden ging er nicht mehr aus, wie er das früher so gerne einmal die Woche gemacht hatte. Diese Nachmittage bis spät in die Nacht gehörten nun ihr, seiner Simone. Es kam der Tag, da wollte er sie ganz für sich alleine haben. Eine Scheidung kam aus finanzieller Sicht natürlich nicht in Frage. Er schloss ohne Wissen seiner Ehefrau eine zusätzliche, hohe Unfall,- und Lebensversicherung ab, natürlich auf Gegenseitigkeit, damit keinerlei Verdacht aufkommen konnte. Und natürlich nur für den Fall, dass ihr etwas zustoßen würde. An einem Samstag im Sommer zog sich seine Frau wieder einmal ihre Sportsachen an und rief, ohne eine Antwort zu erhalten, am Nachmittag ihr obligatorisches: „Ich bin joggen!" und verließ das Haus Richtung Stadtpark. Er konnte die Worte seiner Frau nicht hören, denn er war schon vorausgegangen und lauerte ihr an einer einsamen Stelle ihrer immer gleichen Strecke auf. Sie lief, so hatte er in mehreren Beobachtungen herausgefunden immer eine ganze Runde um den großen See. Vorne standen noch Bänke und es gab viele Spaziergänger, aber weiter hinten, wo der Weg an einem düsteren Wald entlang führte, war es am späten Nachmittag menschenleer. Ideal für Walters Vorhaben. Er hatte sich eine bestimmte Stelle ausgesucht, wo ein kleiner Bachlauf den Weg kreuzte und matschig aufweiche. Hier versteckte er sich hinter einem Baum und sah von weitem schon, wie Elke wegen dem hier etwas unwegsamen Gelände langsamer wurde und nur noch ging. Sie ruderte mit den Armen, beugte sich tief herunter und atmete die gesunde Waldluft ein, als sie von hinten einen kräftigen Stoß verspürte. Sie stolperte, verlor ihr Gleichgewicht und fiel unsanft auf den Bauch. Walter, der sie hier so hart attackiert und zu Fall gebracht hatte, war sofort über ihr und drückte ihr Gesicht fest in den Schlamm, während er ihre Hände auf dem Rücken festhielt. Anfängliche Erleichterung darüber, dass ihr Ehemann hier aufgetaucht war, um sie abzuholen, wich schnell der Ernüchterung, dass er böses mit ihr vorhatte. Elke konnte sich nicht mehr wehren. Sie versuchte verzweifelt ihren Kopf zur Seite zu drehen, aber sie schluckte nur Dreck und Lehm. Bald erlahmte ihre Kraft und ihr Mann drückte noch einmal mit aller Kraft ihr Gesicht in den Bachlauf. Das Wasser spritze zur Seite, dann endlich war Stille! Totenstille! Elke hatte keine Kraft mehr gehabt und aufgehört, sich zu wehren. Walter drehte sie um und erschrak. Ein letztes Mal starrte sie ihn mit aufgerissenen Augen und lehmverschmiertem Mund leblos an. Schnell löste er das Armband ihrer Uhr vom Handgelenk und stellte die Zeiger eine Stunde vor. Dann befestigte er die Uhr wieder an ihrem Arm, zog sie etwas vom Weg herunter und lief nun schnell zu seinem Wagen, den er in der Nähe auf einem asphaltierten Parkplatz abgestellt hatte. Er säuberte seine Hände und fuhr in seine alte Stammkneipe. Es gab ein lautes Hallo, als seine Freunde und Arbeitskollegen ihn erkannten. Schnell setzte er sich zu ihnen an den Tisch, nahm sein Handy und tat, als würde er eine Nummer wählen. Erklärend sagte er dazu: „Elke will noch im Stadtpark joggen. Sie soll auf dem Rückweg hier hinkommen, dann können wir noch zusammen essen." Er hob den Zeigefinger so, als hätte er jetzt einen Teilnehmer am Ohr: „Ja, Liebling? Hör mal, " sagte er in das ausgeschaltete Gerät: „Ich bin mit den Kumpels in der Kneipe an der Ecke." Er unterbrach geschickt und fuhr dann fort: „nein, nicht zuhause! Beim Jupp, an der Theke! Wir haben jetzt halb sechs. Komm nach dem Laufen hier vorbei, dann können wir etwas essen und gemeinsam nach Hause fahren," wieder wartete er und sagte dann: „ja, Karl und Rüdiger sind auch hier." Er hielt das Telefon zur Seite: „Viele Grüße, soll ich euch ausrichten. Sie freut sich auf gleich." Dann führte er das kleine Silberklötzchen wieder an sein Ohr: „Ja, ich dich auch! Bis nachher!" Er verstaute sein mobiles Telefon in der Tasche und bestellte eine Runde. Es verging eine Stunde, dann noch eine und seine Freunde wurden unruhig, denn er schaute demonstrativ immer wieder auf die Uhr: „Versteh ich nicht! Wo bleibt sie denn?" Endlich bat er seinen besten Freund, mit ihm in den Park zu gehen, der von hier aus nicht weit entfernt lag. Sie bekamen vom Wirt ein paar Taschenlampen und gingen los. Zwei weitere Männer schlossen sich an. „Elke!" riefen sie, als sie den See erreicht hatten. „Elke!" Sie meldete sich jedoch nicht. Geschickt lenkte er seine Freunde um den ganzen See, denn sein Alibi war perfekt! Als sie die Stelle mit dem Bachlauf erreichten, blieb Walter stehen. „Was ist?" fragten sie ihn. „Hast du was gehört?" Verwirrt schaute er auf den Boden und leuchtete immer wieder den Bach ab. Da war nichts zu sehen. Seine Elke lag nicht mehr hier, so wie er gedacht hatte. „Was ist? Nun komm schon, wir suchen weiter!" dann riefen sie wieder: „Elke!" und die Dunkelheit schien sie zu verschlucken. Walter hastete hinter ihnen her. Er war schlagartig nüchtern. Wo war sie geblieben? Wer hatte sie gefunden? War sie schon im Krankenhaus? Sie hatte ihn mit Sicherheit noch erkannt und nun? Der Abend war gelaufen. Walter ging auf Anraten seiner Freunde zur Polizei und machte eine Vermisstenanzeige. Alle Krankenhäuser wurden angerufen, jedoch war zu diesem Zeitpunkt von einer eingelieferten, verletzten Frau keine Spur. Fahrig ging Walter nach Hause und musste seinen Freunden versprechen, sie zu benachrichtigen, wenn Elke wieder auftauchen würde. Ein Albtraum begann. Stechende Kopfschmerzen raubten ihm seine Ruhe und immer wieder ging er das Geschehene durch. Es war unmöglich, dass seine Frau diesen Anschlag überlebt hatte. Sie musste tot sein! Wenn sie allerdings nur verletzt war, was dann? Sie hatte vielleicht versucht, sich wegzuschleppen. Ja, das musste es sein! Sie war in den See gestürzt und ertrunken! Er ging zum Schrank, nahm eine Flasche Whisky und ein Glas. Dann holte er sich eine Tablette und spülte sie mit einem kräftigen Schluck herunter. Wenn diese stechenden Schmerzen endlich nachlassen würden! Gerädert und verwirrt wachte er mitten in der Nacht auf. Er war im Wohnzimmer auf der Couch eingeschlafen. Die Uhr zeigte die zweite Stunde des neuen Tages und Walter wurde schlagartig klar, dass er schnell zurück in den Park musste. Elke war unter normalen Umständen eine gute Schwimmerin, aber verletzt? Er musste Gewissheit haben! Um fünf Uhr in der Frühe hielt er es nicht mehr aus. Er ging zu

Fuß zu der gestrigen Kneipe und stieg in den Wagen, den er hier hatte stehen gelassen. Dann fuhr er wieder zu dem Parkplatz im Wald. Akribisch suchte er die Stelle ab, wo es den verzweifelten Kampf seiner Frau gegeben hatte. Er fand keinen Anhaltspunkt dafür, dass sie sich zum See geschleppt haben könnte. Er war mit seinen Gedanken am Ende. Sie musste tot sein! Sie durfte auf keinen Fall noch leben, denn dann war sein ganzes Vorhaben und sein genialer Plan gescheitert. Sie hatte ihn schließlich eindeutig erkannt. Er ging langsam zu seinem Auto zurück, als sein mobiles Telefon klingelte. Seine Freunde wollten ihm bestimmt helfen, seine Elke weiter zu suchen. „Ja, bitte?" sagte er in den Hörer, denn die Nummer auf dem Display war unterdrückt. „Wer ist denn da? Rüdiger, bist du das?" Er hörte nur ein leises Atmen und eine Frau im Hintergrund sprechen: „Und? Ist er dran?" fragte die fremde Stimme. Walter drückte das Gespräch sofort weg. Hatte ihn jemand bei seiner Tat gesehen? Wurde er nun erpresst? Seine Nerven waren zum Zerreißen gespannt. Er wählte die Nummer der Polizei: „Hartmann hier! Haben Sie schon eine Nachricht von meiner Frau? Haben Sie sie gefunden?" Der Beamte hatte gerade erst seinen Dienst begonnen und musste sich schlau machen. „Nein, so schnell geht das auch nicht. Vielleicht ist ihre Frau nur ausgegangen, warten Sie noch ein paar Tage ab. Wir werden uns melden, sobald wir etwas Näheres wissen, guten Tag!" damit war die Leitung tot. Walter ging zum Auto und saß gerade auf den Fahrersitz, als das Telefon wieder klingelte: „Ja, bitte?" wieder hörte er nur ein leises Atmen und dann sagte eine weibliche Stimme: „Na? Es geht dir nicht so gut, nicht wahr? Schlecht geträumt?" Es entstand eine längere Pause dann sagte die Stimme noch: „Was erwartest du denn auch, wenn du so ein Verbrechen begehst?" danach wurde die Leitung unterbrochen. Kein Zweifel, er war beobachtet worden. Wie gebannt starrte er auf den kleinen Silberklotz, in

51

der Hoffnung, dass man ihm endlich eine Summe sagen würde. Der oder die Anrufer wollten Kapital aus der Sache ziehen, denn sonst wären sie schon lange bei der Polizei gewesen und hätten ihn angezeigt. Elke musste tot sein. Man hatte die Leiche verschwinden lassen und wollte ihn nun erpressen, das war seine Überzeugung! Langsam fuhr er zurück. Immer wieder fixierte er sein mobiles Telefon. Woher hatte diese fremde Person seine Nummer? Er konnte nicht mehr klar denken. Er wollte beim nächsten Mal schneller sein! „Wie viel? Sagen Sie eine Summe! Wie viel wollen Sie?" so würde er fragen. Als die Ampel auf Grün schaltete, klingelte es erneut: „Wie viel?" rief er in den Hörer und fuhr fast gegen den Bordstein. „Walter? Was redest du da? Was meinst du mit wie viel?" Er trat so kräftig auf die Bremse, dass sein Hintermann bald auffuhr. Hupend wurde er, wild gestikulierend von ihm überholt. „Rüdiger? Bist du das?" fragte er zurück und die Antwort kam prompt: „Wen hättest du denn erwartet, deinen Chef mit einer Gehaltserhöhung? Wie viel! Was für eine Begrüßung am frühen Morgen. Gibt es was Neues von Elke?" Walter konnte sich nicht konzentrieren: „Nein, nichts! Ich melde mich bei dir!" dann drückte er das Gespräch weg. Das war zwar unhöflich, aber er wartete auf das wichtige Gespräch dieses Erpressers. Schnell fuhr er in seine Wohnung, legte das mobile Telefon neben sich, nahm eine Flasche Bier, die er sogleich an den Hals setzte und in einem Zug leertrank. Ein kurzer Piep-Ton meldete ihm, dass der Akku seines Handys leer wurde. Schnell schloss er das Ladegerät an. Er durfte keinen weiteren Anruf verpassen! Die drei Flaschen Bier, die er in kurzer Zeit hastig getrunken hatte, zeigten Wirkung und er döste langsam im Sessel sitzend dahin. Zuerst schien sich eine gewisse Entspannung, eine Leichtigkeit bei ihm einzustellen, die aber schnell verflog und einem schrecklichen Alptraum folgen ließ. Er sah sich, von fremden Männern verfolgt, in einem kleinen Waldstück durch das Unterholz stolpern. Die Verfolger hatten keine Gesichter und wie sehr er sich auch bemühte, er kam nicht von der Stelle. Die dunklen Schatten kamen immer näher und standen im Kreis um ihn herum. Plötzlich leuchteten sie mit einer Taschenlampe direkt in sein Gesicht: „Na? Zufrieden?" hörte er sie fragen. Das grelle Licht blendete seine geschlossenen Augen. Ruckartig wurde er wach und sah in die Scheinwerfer eines Autos, dass die Einfahrt zu seinem Haus heraufkam. War es schon so spät? Er wollte gerade auf seine Uhr schauen, als draußen das Licht ausging. Er stand für kurze Zeit im Dunklen, tastete sich zur Tür und schaltete die Stehlampe ein. Seine Türklingel meldete sich und er ging zum Flur. Dort schaute er in den kleinen Monitor an der Wand und sah in das freundlich grinsende Gesicht von Karl, seinem besten Freund, der freundlich in die Kamera winkte. Er drückte den Knopf und öffnete damit widerwillig die Haustür. Was wollte der denn so spät noch von ihm? Dass der sich jetzt so intensiv bei ihm einmischte, passte ihm nicht. „Wie geht es dir? Ist sie mittlerweile zurückgekommen? Gibt's was Neues?" Fragen über Fragen! Er wollte und konnte ihm nichts von den Anrufen sagen, denn dann hätte er einige andere Sachen auch erklären müssen. So spielte er immer noch den unschuldigen Ehemann, der seine Frau suchte. Notgedrungen und um keinen falschen Verdacht aufkommen zu lassen, hatte er seinen Freund ins Wohnzimmer gebeten. Nun saßen sie sich schweigend gegenüber, jeder eine geöffnete Flasche Bier in der Rechten. Endlich brach sein Freund das Schweigen: „Hilft ja nichts", meinte Karl und ergänzte: „Prost!" Dann setzte er die Flasche an und nahm einen kräftigen Schluck. Die Kohlensäure machte sich bemerkbar und ein lauter Rülpser entwich seinem Mund. „Tschuldigung!" Er lächelte dabei, denn das war nicht das erste Mal, dass er solche Geräusche von sich gab.

Kapitel 2 (Sein dreister Überfall aus ihrer Sicht)

Sie bekam einen wuchtigen Stoß und fiel aufs Gesicht. Dabei erkannte sie Walter und war froh, ihn hier zu sehen. Sie wollte ihm sagen, dass sie gestolpert war. Als er sie jedoch hart anfasste und mit dem Gesicht auf den Boden drückte, war ihr sofort klar, dass er ihr etwas antun wollte. Ihre Freundinnen hatten sie ja immer wieder vor ihm gewarnt. Mehrfach! Sie waren es auch gewesen, die den netten Walter in Begleitung dieser Simone gesehen und fotografiert hatten. Elke wusste schon seit längerem davon und wollte, dass ihr eigener Mann ein klärendes Gespräch suchen würde. Sie maß dem Gerede keine Bedeutung zu, denn ihr Mann liebte sie! Oder nicht? Diese Attacke, die er jetzt mit verzweifelter Kraftanstrengung gegen sie führte, nahm alle Zweifel! Zu spät, dachte sie und hörte auf, sich zu wehren. Sie hielt die Luft an. „Lass es vorbei sein. . . " dachte sie bei sich noch, als er endlich von ihr abließ. Sie stellte sich regungslos. Wenn er merken würde, dass sie nur leicht verletzt war, würde er es erneut versuchen, das stand für sie fest. Welten zerbrachen in ihr, aber der Überlebenswille war stärker. Als er sie vom Weg gezogen hatte wunderte sie sich, dass er an ihrer Uhr herumwerkelte. Er trat sie in die Seite, um eine Reaktion von ihr zu bekommen, doch sie biss auf die Zähne und rührte sich nicht. Bloß jetzt keinen Fehler machen. Obwohl die Seite stark schmerzte, blieb sie einfach liegen. Endlich hastete er den Weg entlang und war verschwunden. Elke wollte aufstehen, fiel jedoch hin. Ihr Kreislauf versagte. Als sie wieder zu sich kam, schaute sie auf ihre Uhr. Sie musste über eine Stunde hier gelegen haben, obwohl es normalerweise schon hätte viel dunkler sein müsste. Als sie entfernt den Glockenschlag vom Kirchturm hörte, wunderte sie sich, dass ihre Uhr plötzlich eine Stunde vorging. Sie hielt sich die Seite, denn sie bekam vor Schmerzen kaum Luft und schleppte sich zum Parkplatz. Hier war soeben ein Jogger angekommen, der gerade seinen Wagen abschließen wollte. Sie bat ihn, eine Freundin anrufen zu dürfen, da sie selber diesmal ihr mobiles Telefon zum Laufen nicht mitgenommen hatte. Der Mann sah ihren erbärmlichen Zustand und drängte darauf, einen Krankenwagen rufen zu dürfen. Elke verneinte das strikt und der Mann wartete, bis die herbeigerufene Bekannte auch wirklich zu ihrer Hilfe angekommen war. Sie war gerast, wie der Wind, denn aus dem Gespräch wäre niemand so recht schlau geworden. Die beiden Frauen bedankten sich bei dem Jogger, der erleichtert seinen Lauf beginnen konnte. Wäre die Frau in Ohnmacht gefallen, keiner hätte ihm geglaubt, dass er an ihrem Zustand keine Schuld hatte. Die beiden Freundinnen fuhren nun gemeinsam in die Wohnung von Sabine. Entrüstet und sprachlos musste die hier von Elke erfahren, wie bösartig ihr Ehemann mit ihr umgegangen war. Sollten sie sofort zur Polizei gehen und Anzeige erstatten oder wäre es klüger, erst einmal abzuwarten? „Deine Verletzungen müssen dringend behandelt und vor allen Dingen aktenkundig gemacht werden. Ansonsten wird dir später niemand diese Geschichte abkaufen, ich schwöre es! Sollte es zu einem Prozess kommen, so wird dich sein Verteidiger im Gerichtssaal auseinandernehmen. Es werden dir Fragen gestellt, auf die du dann nicht, oder nur halbherzig antworten kannst. Wenn Sie ihren Mann tatsächlich einwandfrei wiedererkannten, wieso haben sie sich dann so viel spät erst dazu entschlossen, ihn anzuzeigen?" Elke wollte im Augenblick nichts davon wissen. Sie war völlig durcheinander und es wurde ihr alles schon jetzt zu viel. „Bitte, lass mich ein Bad nehmen!" flehte sie und widerwillig ging Sabine, um Wasser einlaufen zu lassen: „Ich mach dir einen Tee, oder willst du lieber einen Schnaps?" rief sie zurück ins Wohnzimmer. Elke antwortete nicht mehr. Sie rannte zurück und sah die Freundin auf dem Sofa liegen. „Elke?" fragte sie vorsichtig, aber nur ein leises Stöhnen war die Antwort. Sabine ging zurück ins Bad und stellte das Wasser wieder ab, dann rief sie aus der Diele einen Krankenwagen. Jetzt musste sie handeln! Sie wollte es nicht schuld sein, wenn die Freundin doch schlimmer verletzt sein sollte, als sie zunächst beide gedacht hatten. Eine Viertelstunde später waren die Rettungssanitäter da und untersuchten Elke, bevor sie durch das Treppenhaus heruntergetragen wurde: „Fahren Sie mit?" fragte der Notarzt und Sabine nickte sofort, schloss die Wohnungstür und stieg als Beifahrer vorne ein: „Wir fahren sie ins Stern-Hospital in der Domstrasse, haben Sie dagegen Einwände?" Die Freundin schüttelte den Kopf und wunderte sich, dass man das Martinshorn einschaltete und mit zügiger Geschwindigkeit durch die Stadt fuhr. Unter anderen Umständen hätte sie diese Fahrt besser genossen, denn alle anderen Verkehrsteilnehmer machten bereitwillig Platz und sie konnten ungehindert nach zehn Minuten die breite Auffahrt zur Notaufnahme nehmen. Für Fragen blieb keine Zeit und bald saß Sabine abwartend auf dem Flur, während man ihre Freundin behandelte. Eine freundliche Krankenschwester hatte ihr eine Tasse Kaffee gebracht, die sie gerade ausgetrunken hatte, als der Arzt aus dem Zimmer trat: „Sie sind ihre Schwester?" fragte er während er den Bericht abwartend in seiner Hand hielt. Sabine schüttelte den Kopf: „Nein, nur eine gute Freundin. Trotzdem finde ich, dass Sie mir Auskunft geben sollten, denn ansonsten wüsste ich nicht, warum man mich gebeten hatte, mit hierhin zufahren." Der Arzt lächelte: „Ihre Freundin ist wieder bei Bewusstsein und hat uns ermächtigt, Ihnen Auskunft zu erteilen. Es sieht nicht ganz so schlimm aus, wie wir ursprünglich vermutet hatten, von den Prellungen und Rippenbrüchen einmal abgesehen. Wissen Sie, was passiert ist? Sie kann sich nur erinnern, dass sie gestürzt war und dann bei Ihnen angerufen hatte." Sabine stand auf und schaute durch den Türspalt zu ihrer Freundin, die heftig mit dem Kopf schüttelte, bevor sich die Tür wieder schloss. „Mehr weiß ich auch nicht", sagte sie deshalb, um sie nicht zu hintergehen: „Ich kam auf den Parkplatz, als alles schon vorbei war." Sabine fühlte sich bei der Aussage schlecht. Sie dachte an den rabiaten, rücksichtslosen Ehemann, denn sie glaubte natürlich der Schulfreundin, die sie noch nie belogen hatte. „Nun gut!" sagte der Arzt. „Ein Problem gibt es jedoch. Die Polizei fahndet nach einer vermissten Frau. Die Beschreibung stimmt, und der Name auch. Können Sie mir das erklären?" Sabine reagierte schnell. „Tun Sie mir einen Gefallen und sagen Sie nichts. Sie haben doch Schweigepflicht, oder?" Der Mediziner schaute sie verwundert an: „Sie wird vermisst! Ihr Ehemann sucht nach ihr!" Schnell antwortete sie: „Ihr geschiedener Ehemann! Er verfolgt sie auf Schritt und Tritt. Jetzt ist er sogar so raffiniert und will ihren Aufenthalt mit solch plumpen Tricks herausbekommen. Ich übernehme das. Ich kläre das bei der Polizei. Sie wohnt schon seit ihrer Trennung bei mir." Der Arzt nickte: „Sie können Morgen wiederkommen. Sie braucht jetzt absolute Ruhe. Und keine Sorge, ich werde nichts sagen." Hörbar erleichtert atmete Sabine auf: „Kann ich noch einmal zu ihr?" fragte sie zögernd und der Mediziner entgegnete: „Kurz! Wirklich nur kurz, denn das Schlafmittel wird gleich wirken." Sabine ging zu ihr. „Hast du dem Arzt irgendetwas von Walter gesagt?" Sie hatte sich im Bett vorsichtig hochgezogen und schaute ihre Freundin mit schmerzverzerrtem, besorgtem Gesicht an. Jetzt konnte man sehen, dass ihr gesamter Oberkörper bandagiert war. Lange konnte sie sich in dieser Stellung nicht halten und so legte sie sich vorsichtig, tief ausatmend wieder zurück. „Pst, nicht so laut! Ich habe dich nicht verraten. Aber bevor du einschläfst solltest du Walter anrufen. Du brauchst nichts zu sagen, ruf ihn mit meinem mobilen Telefon an." Die Tabletten zeigten erste

Wirkung und Elke nickte nur und wollte zu dem Telefon greifen: „Warte, ich unterdrück die Rufnummer." Sie wählte im Menü die entsprechende Einstellung, und schaute ihre Freundin abwartend an. Sie hatte die Augen schon geschlossen und döste dahin. Leise hauchte sie ihr ins Ohr: „Du kannst gleich schlafen. Bitte, wie ist die Nummer?" Elke bewegte zwar die Lippen, aber die Freundin konnte nichts verstehen. Die geflüsterten Zahlen musste sie zwei Mal aufsagen, damit Sabine endlich die neunstellige Nummer wählen konnte. Als das Freizeichen ertönte, legte sie das kleine Gerät schnell auf das Kopfkissen, direkt an ihr Ohr. Nichts geschah und Elke schlief abermals ein. „Und?" sagte sie laut,, ist er dran?" Elke reagierte nicht. Sabine nahm das Gerät und horchte. Es war nur ein monotones Piepsen zu hören. Der andere Teilnehmer schien aufgelegt zu haben. „Sie sind ja immer noch hier." Die Krankenschwester, die fast lautlos das Zimmer betreten hatte, klang ein wenig vorwurfsvoll. Sabine ließ schnell das Telefon in ihre Handtasche gleiten und verabschiedete sich: „Ich komme Morgen wieder", flüsterte sie und ergänzte: „soll ich dir irgendetwas mitbringen? Ein Nachthemd vielleicht, frische Wäsche?" Die Frage blieb unbeantwortet. Die Schwester ging mit ihr zur Tür und sagte nur: „Auf Wiedersehen, bis Morgen. Sie ist bei uns gut aufgehoben, machen Sie sich keine Sorgen."

Kapitel 3 (Unruhe)

Die Tage vergingen. Walter hatte schon mehrfach bei der Polizei angerufen und immer wieder nur einen negativen Bescheid, eine Absage bekommen: „Sie wird schon wieder auftauchen, machen Sie sich keine Sorgen. Wäre etwas Schlimmes passiert, so wüssten wir das bereits!" Er musste sich mit dieser Auskunft wohl oder übel endlich abfinden und legte wütend den Hörer auf. „Dann wüssten wir das!"

wiederholte er. „Mist! Wo ist die geblieben? Die muss im See sein!" beruhigte er sich. Gut eine Woche würde es dauern, bis die Leiche durch die entstehenden Fäulnisgase wieder Auftrieb bekommen und somit an die Oberfläche kommen würde. Walter war verzweifelt. Er hätte an diesem Abend seine Frau endgültig an Ort und Stelle verschwinden lassen sollen. Mit Steinen beschwert im See geworfen oder im Wald vergraben. Und zu allem Überfluss erfuhr er von der Versicherung, dass ein spurloses Verschwinden seiner Frau nicht zur Auszahlung der Summe führen konnte. Seine Geliebte hatte ihn schon mehrfach angerufen und gefragt, was mit ihm geschehen sei. Er konnte ihr nun nicht mehr erklären, dass er in Wirklichkeit verheiratet war und seine Frau nun als vermisst galt. Seine Situation war total verfahren. Die einzige Spur könnte dieser mysteriöse Anruf mit unterdrückter Nummer sein. Vielleicht hatte jemand etwas gesehen? Woher wusste der Anrufer seinen Namen? Oder sah er nur Gespenster, denn der Teilnehmer hatte kein Wort gesagt und sofort wieder aufgelegt. Seit diesem seltsamen Anruf hatte er sich nicht mehr gemeldet. Zweifel überkamen ihn, denn es konnte sich auch bei dem Telefongespräch um einen schlechten Scherz gehandelt haben, oder es war eine falsche Verbindung gewesen. Wie ein Schlafwandler durchlebte er die nächsten Tage, immer in der vagen Hoffnung, dass sich doch noch ein vermeintlicher Erpresser melden könnte. Er würde sich mit ihm treffen, von ihm erfahren, wohin der die Leiche gebracht hatte und ihn anschließend dazulegen. Erst dann würde er Ruhe haben und geschickt überlegen, wie er die Polizei dazu bringen könnte, sie zu finden. Dann würde er die Versicherungsprämie kassieren und ein neues Leben beginnen. Er hatte sich diesen abenteuerlichen Plan zurechtgelegt und war tatsächlich der aberwitzigen Meinung, dass es so funktionieren würde . . . . bis eines Tages erneut sein Telefon klingelte. „Karl oder Rüdiger!"

sagte er zu sich selbst und hob ab: „Ja, bitte?" Er meldete sich grundsätzlich nicht mit seinem Namen. „Wer ist denn da?" Wieder hörte er das Atmen und dachte sofort an das Gespräch, dass er einerseits so gefürchtet und andererseits so dringend erhofft hatte. „Wie fühlt man sich, wenn man als Mörder durch die Stadt geht?" Zweifellos war die Frau am anderen Ende der Leitung die Erpresserin, die er schon beim ersten Anruf vermutet hatte. „Machen wir es kurz!" sagte er und nahm seinen Mut zusammen:" Wie viel wollen Sie für ihr Schweigen? Zehntausend? Sie sind noch nicht zur Polizei gegangen, also wollen Sie doch Geld! Wie viel?" Die Leitung blieb einen Augenblick lang tot, dann sagte die Frau nur: „Ich melde mich wieder, morgen Abend!" Das Piepsen im Hörer sagte ihm, dass sie aufgelegt hatte. „Na also, klappt doch. Gut dass es kein Mann war. Mit einer Frau werde ich spielend fertig." Damit schaute er auf das Hochzeitsbild, dass immer noch an der Wand über dem Fernseher hing: „Nicht wahr, Liebling!" makaber hob er sein Glas und prostete seiner vermeintlich toten Frau zu.

Kapitel 4 (Der Plan von Elke und Sabine)

„Wenn Sie uns versprechen, dass Sie sich wirklich schonen werden, können Sie wieder nach Hause!" Der behandelnde Arzt überbrachte diese gute Nachricht gerade, als Sabine ihrer Freundin half, das Abendessen einzunehmen. Mit der rechten Hand konnte sie zwar schon alleine essen, aber die gesamte linke Seite schmerzte noch sehr. Ohne starke Medikamente konnte sie noch nicht durchschlafen, aber sie hatte darum gebeten, so schnell wie irgend möglich, wieder nach Hause zu dürfen. Nun war der Tag der Entlassung gekommen. „Sie waren vierzehn Tage bei uns und die Fortschritte Ihrer Heilung sind besser verlaufen, als wir das gedacht hatten. Ich wünsche

Ihnen alles Gute und beim nächsten Mal laufen Sie bitte nicht mehr alleine durch den Wald." Er drückte ein letztes Mal ihre Hand, verabschiedete sich auch von Sabine, die täglich nach der Arbeit zu ihr gekommen war und ging aus dem Zimmer. Nachdem die Freundin das Tagegeld an der Information bezahlt hatte, gingen sie gemeinsam zum Parkplatz: „Wie soll das jetzt weitergehen?" Elke schaute besorgt in das offene Gesicht der fürsorglichen Freundin. „Erst mal nach Hause. Ich glaube, ich habe einen vortrefflichen Plan!" Unterwegs nahmen sie zwei Gerichte aus der Pizzeria mit und stellten den Wagen in die Tiefgarage des Mehrfamilienhauses. Mit dem Aufzug waren sie ein paar Minuten später in der Wohnung der netten Freundin, die sofort zwei Teller und Besteck aus der Küche holte: „Auch ein Bier?" fragte sie, als sie erneut zum Kühlschrank ging. Als sie sich gestärkt hatten, brachte Sabine das Geschirr in die Küche und stellte es in die Spüle, ließ etwas heißes Wasser ein und weichte so die Essenreste auf. „Noch ein Bier, oder lieber einen Espresso?" rief sie ins Wohnzimmer. Elke hörte nicht hin: „Du wolltest mir den Plan erklären, wie es nun weitergehen soll!" Sabine grinste: „Wollte ich das?" Sie kam mit zwei kleinen Tässchen zurück. „Ich will ihn leiden sehen! Es ist unglaublich, was er mit dir gemacht hat. Ich rufe ihn noch einmal an. Diesmal rede ich mit ihm, du bist ruhig!" Sie suchte im Display nach der abgespeicherten Nummer und wählte sie an: „Ja, bitte?" Sabine meldete sich mit der Frage, wie es einem Mörder wohl gehen müsste und erfuhr von ihm, dass er bereit war, ein Schweigegeld zu zahlen. Völlig überrascht von so viel Skrupel, entschloss sie sich ihn am nächsten Tag in eine Falle zu locken. Sie legte auf, um den Plan mit Elke zu besprechen. Der sah nun anders aus, als sie das vorher noch gedacht hatte. Walter sollte dafür bezahlen. „Woher will der das Geld nehmen?" fragte Elke und ihre Freundin hatte sogleich die passende Antwort: „Der will doch nicht zahlen! Der ist der irrigen Meinung, dass du schon tot bist. Der will mich als vermeintliche Zeugin zum Schweigen bringen." Sie waren sich schnell einig, dass sie ihn mit dem mobilen Telefon an den Tatort locken würden. Elke sollte sich dort versteckt halten, während Sabine mit ihm reden würde. „Ich mache nicht umsonst seit zehn Jahren Kampfsport", sagte Sabine, denn sie merkte, dass Elke Angst hatte. Sie sah dem gefährlichen Treffen äußerst skeptisch entgegen.

Am späten Nachmittag meldete sich Sabine bei Walter, der sofort einverstanden war, in den Stadtpark zu kommen. Es war ein kalter Tag. Kaum Leute ließen sich bei dem schneidigen Wind am See blicken. Ein idealer Tag für die Aussprache. Sabine hatte ein Diktiergerät eingesteckt und wollte so den betrügerischen Ehemann überlisten und zu einem Geständnis zwingen. Dann würde man ihn verhaften und mit dem Beweis vor Gericht bringen. Elke war hochgradig nervös. Sie nahm immer wieder die Dose mit dem Pfefferspray in die Hand. Sie beobachteten angespannt den einsamen Waldweg und Elke erkannte als erste den Wagen ihres Mannes, der langsam auf den Parkplatz rollte. Mit einem Fernrohr stand Sabine am See und erkannte, wie Walter sich in den Kofferraum beugte, einen Gegenstand nahm und unter dem Mantel versteckte. Dann leuchteten die Blinklichter des Autos drei Mal kurz auf und er kam den schmalen Weg herunter und verschwand für einen Augenblick hinter den dichten Bäumen. „Es ist soweit. Du rührst dich nicht von der Stelle!" sagte sie zu Elke, die sich hinter einer dicken Tanne versteckte. Nebeldunst zog langsam und gespenstisch über den kleinen See. Die Sonne hatte sich schon tief gesenkt und es war dunkler geworden, als Walter den Weg entlang kam: „Hier bin ich!" rief ihm Sabine zu und trat am Ufer auf den schmalen Holzsteg, der zehn Meter in den See ragte. Der Mann schaute sich um und erkannte, dass die Frau alleine zu sein schien. Dumm musste sie zudem auch sein, sich einem kräftigen Mann ausgerechnet auf diesem wackeligen Holzpodest zu trotzen. Walter kam langsam auf den See zu: „Wo ist sie?" fragte er. „Wo haben Sie die Leiche meiner Frau versteckt?" Das war sein einziger Gedanke, als er die Pistole aus seiner Innentasche zog und weiter auf sie zukam. Sabine hatte damit allerdings nicht gerechnet und suchte nun nach einem Ausweg. „Sie wollten mir Geld geben, für mein Schweigen. Von einer Leiche war nie die Rede!" Irritiert blieb Walter stehen. „Ich muss wissen, wo sie ist. Ich wiederhole mich nur ungern!" damit zog er den Verschluss seiner Pistole zurück und man hörte deutlich, wie die Patrone aus dem Magazin in den Lauf gestoßen wurde. Der Hammer war gespannt und Walter stand nun auch auf dem Steg. Sabine war nun ihrerseits in der Falle. Elke hatte entsetzt zusehen müssen, welche Veränderung in ihrem geliebten Mann vorgegangen war. Sie kannte ihn nicht wieder. Ein Fremder stand da vor der Freundin und bedrohte sie. Es hielt sie nicht mehr in ihrem Versteck und sie rannte ungeachtet der großen Gefahr auf das Ufer des Sees zu. „Halt, nimm die Waffe herunter!" schrie sie und war am Steg, bevor Walter realisieren konnte, wer da soeben gerufen hatte. Die Stimme war ihm vertraut, aber das konnte ja nicht sein. Er drehte sich um und erstarrte. Unfähig, die Pistole auf sie zu richten stammelte er etwas von: „Ein Geist! Ich bin wahnsinnig! Ein Geist!" Ihm wurde schlecht. Er fasste sich an die Brust, ließ dabei die Waffe fallen und rang nach Luft. Mitleid hätte man mit ihm haben können, aber Sabine handelte nicht. Leblos rollte er über die morschen Holzbretter und plumpste in den See. Er blieb auf dem Bauch in dem flachen Wasser liegen. „Wir haben ihn zufällig hier gefunden, verstehst du? Ruf die Polizei und einen Krankenwagen. Den sind wir erst einmal los."

Kapitel 5 (Wer andern eine Grube gräbt!)

„Gut, dass Sie ihn hier gesucht haben, aber Sie hätten ihrem Mann nicht mehr helfen können. Sagen Sie das auch der Bekannten, die Sie zufällig begleitet hatte. Ihr Ehemann hatte einen tödlichen Herzinfarkt. Tut mir aufrichtig leid. Sie waren verreist? Dann wussten Sie also nicht, dass Ihr Mann eine Vermisstenanzeige nach Ihnen aufgegeben hatte?" Elke saß dem Polizisten gegenüber, während Sabine im Nebenzimmer auf sie wartete. „Ich verstehe das nicht. Ich hatte ihm gesagt, dass ich für zwei Wochen mit Sabine in ein Wellnesshotel fahren wollte. Er hat das gewusst!" Sie stand auf, trocknete ihre Tränen und ging zu der Freundin. „Gehen wir?" Sabine stand auf und nahm die schluchzende Frau in den Arm. Elke lehnte sich an, während Sabine dem Polizisten zunickte. „Ich werde mich um sie kümmern. Sie braucht Ruhe, um das Geschehene zu verarbeiten". Sie öffnete die Schwingtür des Präsidiums und geleitete Elke sicher zum Parkplatz. Als sie im Wagen saßen, schauten sie sich an und mussten grinsen. „Gut, dass du es geschafft hast, ein paar Tränen zu opfern. Der Polizist hat dir jedes Wort geglaubt, richtig?" „Richtig!" war die knappe Antwort. Sabine startete den Motor und fuhr los. Sie hielt vor dem Lieblingslokal in der Innenstadt, wo sie sich ein herrliches Abendessen gönnten. Am späten Abend waren sie zuhause und gingen zu Bett. Sie hatten sich noch nicht entschließen können, ob sie gemeinsam bei Sabine wohnen bleiben würden, oder in Elkes Haus einziehen sollten, als sich nach acht Wochen die Lebensversicherung bei Elke meldete. Sie ließ den Mann reden, obwohl sie keinen Schimmer davon hatte, was der von ihr wollte. „Der natürliche Tod ihres Mannes ist uns vom Amtsarzt bestätigt worden. Der Auszahlung des Betrages an Sie steht nichts mehr im Weg. Es tut mir natürlich Leid um Ihren Mann. Wohin sollen wir das Geld überweisen?"

Einmal noch? Einmal zuviel!

Kapitel 1

„Das gibt es doch gar nicht, wo ist denn das ganze Geld geblieben?" Der erste Kassierer war verblüfft und erstaunt zugleich, als er am frühen Morgen sein Wechselgeld aus dem kleiderschrankgroßen Safe holen wollte. Kalt kroch ihm der Angstschweiß den Rücken herauf. Würden sein Chef und die Polizei genauso denken? Müssten sie ihn nicht als Ersten verdächtigen? Er alleine hatte die Schlüssel zum Schreibtisch, wo er den Tresorschlüssel zur Sicherheit vor Verlust jeden Abend hinterlegte. Schließlich wollte er am Wochenende diese wichtigen, wertvollen Schlüssel nicht zuhause haben, während er sich im Fitness-Studio sein Winterspeck abtrainierte, mit seiner Freundin zum Essen oder ins Kino ging. In den gesicherten Räumen der Bankfiliale waren die Sachen doch besser aufgehoben als bei ihm. Oder? Zweifel beschlichen ihn. Gab es einen zweiten Knochen? (So nannten sie liebevoll den doppelbärtigen Schlüssel). „Karin!" rief er aus dem Nebenraum in die Kundenhalle. „Der Tresor ist leer! Wir müssen die Revision und die Polizei anrufen." Sie kicherte zurück: „Wieder so ein blöder Witz von dir! Komm schon nach vorne, bring das Geld mit und lass den Quatsch. Ich muss meine Kasse einräumen."

Eine halbe Stunde später saß er im Büro des Kundenberaters. Ihm gegenüber hatten sein Filialleiter, der Revisor und zwei Beamte der Kriminalpolizei Platz genommen. Die beiden Kollegen warteten angespannt in der Kundenhalle. Draußen an der Eingangstüre hatten sie mit Klebeband von innen ein Schild angebracht: „Geschlossen wegen Überfall." Die Gardinen waren wieder zugezogen, um neugierige Blicke zu verhindern. Karin kaute nervös an ihren Fingernägeln: „Und ich dachte wirklich, der würde uns veralbern!" Der Berater schüttelte nur mit dem Kopf: „Als wenn der das Geld selbst genommen hätte. Wäre er dann heute zur Arbeit gekommen? Einer der so etwas macht ist doch schon längst in der Südsee oder anderswo, meinst du nicht auch?" Karin nickte bestätigend mit dem Kopf. Da öffnete sich die Tür und ihr Filialleiter Dieter Franzen kam mit dem Kassierer heraus: „Keine Unterhaltung untereinander! Frau Flog, kommen Sie bitte!" Karin stand ängstlich auf und betrat das kleine Büro ihres Kollegen. Wie oft hatten sie hier zusammen gesessen und gefeiert oder Pause gemacht. Jetzt wurde ihr dieses Zimmer unheimlich. Was sollte sie denn sagen? Sie war doch erst viel später als die anderen hereingekommen. Verängstigt stand sie vor den Männern. „Setzen Sie sich doch, bitte." Oberkommissar Blum schaute Sie eindringlich an: „Sie sind zur Wahrheit verpflichtet, dass versteht sich von selbst. Wann sind Sie heute Morgen hier gewesen?" Sie brauchte nicht lange zu überlegen, denn sie kam jeden Morgen mit dem gleichen Bus zur Arbeit und ging ohne Unterbrechung sofort zur Arbeitsstelle: „Halb acht, wie immer." „Also sieben Uhr dreißig! Gut. Wer schließt hier morgens auf?" Er schaute von seinen bisher gemachten Notizen auf. „Na jeder hat seinen eigenen Schlüssel. Wir gehen durch den Personaleingang. Die vordere Eingangstür für den Kundenverkehr wird vom Chef geöffnet, wenn wir alle fertig sind." Sie drehte sich zu dem Filialleiter um. Der nickte ihr gutmütig zu: „Karin, Sie brauchen hier keine Angst zu haben. Sagen Sie, was Sie wissen. Die Leute machen nur ihre Arbeit." Die nächste Frage war schon etwas verzwickter: „Wissen Sie, wo der Kassierer den Tresorschlüssel hat? Nimmt er den mit nach Hause oder wird der hier irgendwo aufbewahrt?" Ängstlich schaute sie wieder ihren Leiter an, aber der Beamte beharrte auf eine Antwort: „Hier bin ich! Schauen Sie mich an! Was ist? Ist die Frage nicht eindeutig?" „Am Wochenende. " fing sie vorsichtig

66

an und traute sich nun nicht mehr, ihren Chef anzuschauen: „Am Wochenende haben verschiedene Kollegen von der Hauptstelle hier Dienst. Hier ist samstags ein Notschalter und die wechselnden Mitarbeiter müssen ja irgendwie an ihr Geld kommen. Neben dem Büro das Fenster hier ist aus Panzerglas. Mit der Durchreiche werden von hier aus Schecks ausgezahlt. Das Foyer ist durchgehend geöffnet und deshalb wird von diesem Fenster aus bedient. In Ausnahmefällen können auch Einzahlungen angenommen werden. Der Schalter ist . . .” „Ja, ja. Das wissen wir schon. Also noch mal! Wie kommen die dann an das Geld im Tresor?“ Die Frau antwortete nicht und schaute verlegen auf ihre Hände, die sie auf den Schreibtisch gelegt hatte. „Andere Frage. Haben Sie auch manchmal samstags diesen Dienst?” Auf diese Frage hatte sie schon zitternd gewartet. „Ich hatte gestern Dienst,” flüsterte sie so leise, dass der Beamte sie aufforderte, deutlicher und lauter zu antworten. Sie räusperte sich und wiederholte den gleichen Satz, diesmal kräftiger. „Wie kamen sie denn an das Geld aus dem Safe, wenn Sie alleine hier waren. Oder kommt der Kassierer an diesen Tagen auch hierher und händigt Ihnen das Geld persönlich aus?” Genau diese Situation hatte sie immer vor Augen, wenn die Kollegen gleichgültig und viel zu lässig über den Samstagsdienst gesprochen hatten. „Der Knochen . . . . . “ „Wie bitte? Welcher Knochen?” „Wir nennen unter uns den Doppelbart-Schlüssel vom Tresor nur Knochen. Also den Knochen verschließt Herr Otten jedes Wochenende in seinem Schreibtisch. Oberste Schublade unter den Akten. Den Schlüssel für das Fach legt er unter sein Telefon. Wie sollen wir denn sonst hier Dienst machen?” Oberkommissar Gerd Blum schaute mit offenem Mund zuerst Kommissar Decker, seinen Kollegen, dann den Filialleiter an: „Wussten Sie davon?” Er hob resigniert die Schultern, denn er wusste, dass die Verantwortung dafür ganz alleine bei ihm lag. „Sollen wir den

Kassierer, wie Sie das eben angedeutet haben, jedes Wochenende auch immer hierher kommen lassen? Der hat so schon genug Überstunden! Außerdem weiß davon sonst niemand. Also außer den Mitarbeitern, die hier Zusatzdienst machen, und für die lege ich meine Hand ins Feuer." Der Beamte schüttelte ungläubig sein Haupt: „Nicht, dass Sie sich verbrennen." Dann schaute er wieder die verängstigte Bankangestellte an und stellte seine nächste Frage: „Haben Sie gestern Abend ordnungsgemäß den Tresor verschlossen?" Karin beeilte sich, schnell zu antworten. Es sollte nicht der Verdacht aufkommen, sie hätte etwas mit dem Verschwinden zu tun. „Ja sicher! Das Geld für uns war immer in Banktaschen verpackt. An das Geld von Heinz, äh von Herrn Otten brauchte ich doch gar nicht. Ich habe ein eigenes Fach." „Sie können gehen." Die Männer berieten sich und die Spurensicherung, die mittlerweile eingetroffen war, nahm sich die Personaltüren und den Tresor vor. Das Ergebnis war Ratlosigkeit. Es hatte keine Gewaltanwendung gegeben. Nur das gesamte Bargeld war spurlos verschwunden. Heinz Otten und Karin Flog wurden vorübergehend in die Hauptstelle versetzt. Ein neuer Kassierer und eine Schalterkraft kamen an ihrer Stelle zur Filiale. Die Handhabung der Schlüsselübergabe wurde überarbeitet und es wurde eine Sicherheitskassette mit zwei Schlüsseln zur Verfügung gestellt. Einen hatte der Kassierer, den zweiten bekam der diensthabende Mitarbeiter jeweils durch einen Boten im Laufe des Freitags gegen Quittung zugestellt. Vier Wochen lang tat sich nichts Ungewöhnliches und man war gerade dabei, die alten Mitarbeiter wieder zurück zu holen. Da war der Tresor an einem Montagmorgen wieder genauso leer, wie beim ersten Male. Die Polizei verzweifelte. Es musste einer von den Mitarbeitern sein, anders war der gewaltlose Zutritt in die Filiale nicht zu erklären. Es war Freitagabend und diesmal reagierte die Zentrale sofort. Sie installierten noch am gleichen Wochenende mehrere Digitalkameras, die mit hochempfindlicher Auflösung und Bewegungsmelder ausgestattet waren. Es war nur dem Filialleiter bekannt, dass die Anlage in Betrieb war. Aber auch Wochen und Monate danach passierte nichts mehr. Die Versicherung trat dennoch nicht für den entstandenen Verlust ein und das Misstrauen ließ das Betriebsklima auf den absoluten Tiefpunkt sinken. Keiner traute dem anderen, denn es musste ganz offensichtlich ein Insider sein, der hier am Werk war. Es war keine Gewalt angewandt worden, der Tresor war völlig unbeschädigt, kein Fenster war zerschlagen, auch die Alarmanlage hatte nicht angeschlagen, es musste einer von ihnen gewesen sein! Aber wie?

Kapitel 2

„Hatte es da nicht vor Monaten schon einmal so einen seltsamen Einbruch gegeben?" Der Beamte ging zu seinem Personal-Rechner und durchsuchte die internen Daten, die hier im geschützten Bereich abgespeichert waren. Suchwort: Bankeinbruch! Der Rechner brauchte nicht lange und listete in den letzten drei Jahre alle ähnlich gelagerten Fälle, nach Ort und Datum sortiert, auf. Unter den vorhandenen Daten wurde wieder unterschieden nach erledigt und unerledigt. Zwanzig Fälle wurden aufgezeigt, die in verschiedenen Städten und Gegenden Deutschlands nicht geklärt waren. Nun galt es, die fehlenden Verbindungen herzustellen. Fernfahrer, womöglich, die auf ihren Transporten quer durch das Land ihre Freizeiten genutzt haben könnten, erwiesen sich schnell als Irrtum. In einer Video-Konferenz wurden die unterschiedlichen Beamten zur Diskussion aufgefordert, weitere Einzelheiten zusammen zu stellen. Dabei kam verblüffender Weise heraus, dass alle betroffenen Banken ihre Tresore von derselben Firma hatten.

Weiterer Ermittlungen im Produktionswerk brachten dennoch keine neuen Erkenntnisse. Beamte ließen sich die Auslieferung der fertigen Stahlschränke bis aufs kleinste erklären. Man kam nicht weiter und verwarf den absurden Gedanken, es könnte mit dem Herstellungswerk zu tun haben. „Und was ist mit dem Dummy?" Kommissar Decker hatte sich genauestens bei den Arbeitern informiert und von einem zusätzlichen Schlüssel, einem „Rohling" erfahren. Das war ein sogenannter Notschlüssel, der Dummy. Blum schaute auf. „Und was ist damit? Wird der mit der installierten Anlage auch an die Banken ausgeliefert, oder verbleibt der in der Firma?" Decker nahm den Notizblock und blätterte. „Wird mit ausgeliefert. Hier steht's." Blum schüttelte den Kopf: „Das macht doch keinen Sinn. Dann kann man doch auch den Original-Schlüssel nehmen. Ich denke dieser Flummy, oder wie der genannt wird, also dieses Ding ist . . . . " „Dummy!" verbesserte Decker seinen Kollegen. „Die nennen den Dummy!" „Ja, ja. Ist auch egal. Du weißt doch, was ich meine." Sie kamen mit diesen Einbrüchen nicht weiter und der Frust saß bei ihnen tief: „Wir müssen abwarten, bis die einen Fehler machen!" Decker versuchte, seinen Kollegen darin zu bestärken, dass sie noch jeden Fall gelöst hatten. Na ja. Fast jeden. Gerd Blum drehte sich zu seinem Kollegen: „Ich glaube das auch. Aber sag das mal dem Staatsanwalt!" Sie beugten sich über ihre Papiere und suchten nach einem Hinweis, den sie vielleicht bei den Ermittlungen übersehen hatten. Hoffentlich war bald Feierabend. Dieser Fall war so nicht zu lösen. Das sah nun auch Blum ein.

Kapitel 3

Der Fall wäre nicht aufgeklärt worden, wenn es nicht Kommissar Zufall gegeben hätte. Raffgier führte dazu, dass der Täter immer noch einen drauf setzte. In jener Nacht, als der Rentner wieder einmal unterwegs war, um einen weiteren Tresor zu öffnen, kam er in eine allgemeine Verkehrskontrolle. Mit dem Fahrzeug war alles in bester Ordnung, nur bei der Frage nach einem Warndreieck und Verbandskasten öffnete er wohl zu unbedarft seinen Kofferraum und zeigte die verlangten Sachen. Ein Polizist schaute sich den großen, ungewöhnlichen Werkzeugkoffer etwas näher an, den er im Wagen mit sich führte. In einem Fach befand sich, sorgsam eingewickelt einen Schlüssel mit Doppelbart. Das war doch einigermaßen seltsam für einen Rentner, zumal er einen sehr konzentrierten Eindruck auf die Beamten machte . . . nicht verwirrt, oder senil! Wie konnte es sein, dass ein wichtiger Sicherheitsschlüssel in einem banalen Werkzeugkoffer eines Rentners auftauchte? Der Polizist schenkte seiner Entdeckung zunächst keine weitere Bedeutung. Er legte die Sachen wieder zurück und schloss den Kofferraum. äußerte sich dazu nicht und ließ den Mann weiterfahren, denn es war schließlich nicht verboten diese Gegenstände mit sich zu führen. Erst am nächsten Nachmittag, als er seine Spätschicht wieder antrat wurde ihm die Brisanz seiner Entdeckung schlagartig klar. In der vergangenen Nacht war wieder ein Safe gewaltfrei ausgeraubt worden. Der Polizist meldete seine nächtliche Beobachtung bei den Kollegen der Kripo und schon eine halbe Stunde später waren die ermittelnden Beamten bei ihm im Revier. Das KFZ –Zeichen, sowie die überprüften Personalien waren Grund genug für den Staatsanwalt, einer Hausdurchsuchung in der Wohnung des Rentners zuzustimmen. Die Beamten fanden im Keller des Mannes eine vollständig eingerichtete Werkstatt. Es war der

71

pensionierte Facharbeiter einer Tresorfabrik. Er war die letzten Jahre vor seiner Pensionierung für die Endabnahme der ausgelieferten Tresore zuständig gewesen. Natürlich war er immer persönlich mit auf die Baustellen gefahren, um dafür zu sorgen, dass die Tresoranlagen auch sachgemäß eingemauert und die Sicherheitsschränke ordnungsgemäß aufgestellt und die Alarmanlagen vorschriftsmäßig angeschlossen wurden. Bei jeder Auslieferung hatte er sich heimlich einen weiteren „Original-Schlüssel" angefertigt und mit genauer Adresse, Lageplan und Art der Alarmanlage in einem Ordner bei sich hinterlegt. Die umfangreichen Unterlagen, die man hier bei dem Rentner fand, hätten die Beamten noch über Jahre mit ungeklärten Fällen überschwemmt. Er hatte sich vor 3 Jahren zur Ruhe gesetzt und geschworen, zwei,- bis dreimal im Jahr eine „seiner" Banken vorzunehmen. Er hatte jedoch nicht mit dem Zwang gerechnet, der ihn dabei allzu schnell süchtig gemacht hatte. Nachdem er merkte, wie reibungslos die nächtlichen Überfälle gelungen waren, hatte er sich jedes Mal gesagt:

„Einmal geht noch! Ein einziges Mal!"

Nur diesmal war es einmal zu viel gewesen!

Rettung durch die Dame

Er schaffte es gerade noch, vom Auto zum Haus zu laufen, bevor mit grellen Blitzen und Donnerschlägen die Schleusen des Himmels ihre nasse Fracht entluden. Welch gewaltige Wassermassen vermochten die grauen Wolken, vom weit entfernten Atlantik kommend, bis hierher zu tragen? Sturzbäche bildeten sich in kürzester Zeit und suchten den Weg irgendwohin, sie würden sich mit Flüssen verbünden und zu ihrem Entstehungsort zurückfinden. Ein ewiger Kreislauf der Natur. Jetzt stand er im Flur, die nassen Sachen abstreifend ging er hastig ins Bad, um die Haare mit seinem Handtuch zu trocknen. Schlagartig hatte sich die Mittagssonne hinter düsteren Wolken versteckt und hinterließ ein bedrohlich braun,– gelbes Zwielicht. Er war gerade auf dem direkten Weg zurück von der Arbeit, mit seinem Wagen unterwegs nach Hause. Die paar Schritte bis zur Tür hatten ihm ein unerwartetes Vollbad beschert, den Anzug konnte er ohne eine gründliche Benzinreinigung nicht mehr anziehen. „Monika? Bist du zu Hause? Du wolltest doch für uns kochen? Ich riech nichts!" rief er laut durch den Flur, während er sich im Bad auszog. Seine Freundin antwortete nicht, sie schien ihr Versprechen nicht gehalten zu haben. Er wickelte ein Handtuch um seine Lenden und brachte die nassen Sachen in den Keller, um sie in dem kleinen Heizungsraum auf der Leine durch die warme Luft dort trocknen zu lassen. Er hatte gerade das letzte Stück mit einer Wäscheklammer befestigt, als sich die Haustürklingel mit einem durchdringenden „Ding Dong!" meldete. Er wunderte sich, warum Monika nicht den Schlüssel nahm und rannte, gleich zwei Stufen nehmend die Kellertreppe hoch. Er war also doch vor ihr zu Hause gewesen, obwohl sie doch früher kommen und als Wiedergutmachung das

Abendessen herrichten wollte. So dachte er und lief ungeachtet seiner spärlichen Bekleidung durch den Flur. Dann drückte er die Klinke herunter und wandte sich wieder ab. Über die Schulter lästerte er zurück: „Na? Hat dich der Regen überrascht? Du wolltest doch schon seit zwei Stunden hier sein." Als keine Antwort kam, drehte er sich so schnell wieder zurück zur Tür, dass beinahe sein Handtuch herunterfiel. Mit einem schnellen Reflex konnte er das gerade noch verhindern, sonst hätte er ganz nackt dagestanden. Eine fremde Frau wartete im Eingang und blickte amüsiert auf den gut gebauten Mann, der da vor ihr herumhampelte. Ihr Blick wanderte an ihm hoch, dann schaute sie ihm genau in die Augen. Neben ihr tauchte ein Polizist auf, der sich auch eines Lächelns nicht erwehren konnte: „Entschuldigung!" murmelte Oliver, „Ich dachte es wäre meine Freundin. Ja, bitte?" ergänzte er und hielt seinen Lendenschurz nun mit beiden Händen krampfhaft fest. Die junge Frau, sie mochte um die dreißig sein, hielt ihm ein kleines Plastikkärtchen entgegen: „Richter!" sagte sie dabei mit überraschend angenehmer Stimme, „Elke Richter, Kriminalpolizei." Sie deutete auf ihren Begleiter: „Das ist der örtliche Polizeibeamte, der den Un...." Sie stockte und fuhr vorsichtig fort: „Wollen Sie uns nicht reinlassen, wir müssen Sie dringend sprechen. Sie sind doch Oliver Steffens?" Verdattert und sprachlos ging er einen Schritt beiseite und deutete mit einer Hand.in den Flur. Er schloss die Tür und sagte: „Zweite Tür links. Gehen sie hinein. Ich zieh mir eben etwas über. Bin gerade nach Hause gekommen bei dem Sauwetter und wollte ins Bad. Wollen Sie etwas trinken? Einen Kaffee, vielleicht?" Er ging dabei die Treppe herauf und hörte die Frau rufen: „Nein, vielen Dank!" Der Polizist sagte gleichzeitig: „Ja, das wäre nett! Für mich mit Milch und Zucker, wenn's geht!" Mit einem Lächeln zog er seine Jeans und ein buntes Hemd an, ging zurück in die Küche und machte sich an die Kaffeemaschine. Als er die Vorbereitungen getroffen hatte, kam er zu den Beamten ins Wohnzimmer: „Warum stehen sie denn noch, setzten sie sich, bitte." Das ungleiche Pärchen nahm ihm gegenüber Platz. Während der Mann steif und verkrampft auf dem Sofa saß, kuschelte sich die Kripobeamtin in seinen wuchtigen Ledersessel. „Der Kaffee ist gleich durch, worum geht's? Bin ich zu schnell gefahren?" scherzte er, aber die beiden blieben ernst: „Sie sagten eben, dass Frau Bauer ihre Freundin sei. Sie wohnen hier zusammen? Seit wann?" Oliver war verwirrt: „Moment mal, was geht Sie das an? Sagen Sie mir einfach, was Sie hierhergeführt hat und was Sie wirklich von mir wollen. Dann kann ich auch darauf antworten." Die Frau nahm ein Notizbuch aus ihrer Handtasche, legte es vor sich auf den Tisch und blätterte darin. „Ihre Freundin hatte einen Unfall", sagte sie fast beiläufig, ohne ihn dabei anzuschauen. Dann, nach einer gekonnten Pause, blickte sie ihm in die Augen und ergänzte den angefangenen Satz: „ . . . .einen schweren, unerklärlichen Unfall!" Oliver hatte die Frau akustisch gut verstanden, den Inhalt aber nicht richtig wahrgenommen. Spontan wiederholte er das letzte Worte: „Unfall!" Verträumt stand er auf und ging in die Küche. Der Kaffee war fertig. Er nahm ein Tablett, stellte drei Tassen, Teelöffel, Milchkännchen und Zuckerdose darauf und brachte seine Fracht vorsichtig ins Wohnzimmer. Er stellte die Sachen auf den Couchtisch, holte danach die heiße Kanne und stellte sie ebenfalls dazu. „Unfall?" Erst jetzt kam seine Gegenfrage, denn er war vorher nicht darauf vorbereitet gewesen. Ohne eine weitere Erklärung nahm die Beamtin jetzt doch eine Tasse, schüttete ein wenig Milch hinein und warf zwei Würfelzucker dazu. Dann stand sie auf, nahm die Kanne und fragte in die Runde: „Wer noch?" Dass sie die Initiative übernommen hatte, die ihm als Hausherr zustand, merkte Oliver nicht. Er hing an ihren Lippen, denn er hatte wohl jetzt erst richtig die Tragweite und Bedeutung verstanden, dass Monika deshalb nicht hier sein konnte. Ungeduldig hakte er nach: „Ist sie verletzt? Ist sie mit dem Auto verunglückt? Ist ihr jemand reingefahren? So reden sie doch!" Der Polizist antwortete an ihrer statt. „Sie war nicht mit dem Wagen unterwegs. Sie ist vor dem Parkhaus gefunden worden." „Gefunden worden!" wiederholte Oliver und stellte seine leere Tasse wieder auf das Tablett. Er wollte keinen Kaffee mehr. „Man findet Gegenstände, aber doch keine Frau. Sie war vor dem Haus, gut und weiter? Muss ich jetzt jede nähere Information von ihnen erbitten? Sie sind doch hierhergekommen, um mir etwas mitzuteilen. Also sagen Sie, was zu sagen ist!" Die Kripobeamtin sah ihn an: „Gut, machen wir. Sie scheinen ja mental stark genug für die Wahrheit zu sein." Sie atmete noch einmal tief durch und ergänzte dann: „Ihre Freundin ist tot! Wie es aussieht, ist sie vom Dach des Hochhauses gefallen, oder …naja, das gilt es noch herauszubekommen . . . vielleicht auch geworfen worden. Auf jeden Fall kein schöner Anblick. Wir haben sie anhand ihres Ausweises identifizieren können." Oliver Steffens hatte sich eben noch gewundert, wieso sie nicht hier war. Sie hatte einen Unfall, haben sie doch zuerst gesagt. Aber tot? Wieso tot? Womöglich ermordet? Ihm wurde schlecht. Er hatte seit dem frühen Vormittag noch nichts zu sich genommen und dennoch rebellierte sein Magen. Er lief ins Bad, wo er sich augenblicklich im Waschbecken übergab. Seine Gedanken spielten Ping Pong. Sie waren kurz nach dem Frühstück am frühen Morgen wieder aneinandergeraten. Angeschrien hatte sie ihn, wegen ihrer Eifersucht. Sie war eifersüchtig auf seine Arbeitskolleginnen, die Kassiererinnen im Supermarkt, Verkäuferinnen in den Geschäften, schlicht und einfach auf jeden Rock, der ihn anlächelte. Was konnte er dafür, wenn er so gut aussah? Alle Bekannten würden aussagen, dass sie sich nicht besonders verstanden. Zwei Mal war sie in den letzten Wochen schon wutentbrannt ausgezogen und hatte bei einer Freundin übernachtet. Reumütig war sie jedes Mal wieder zu ihm und damit in die gemeinsame Wohnung zurückgekommen. Aber die Spannungen zwischen ihnen waren geblieben. Seine anfängliche Bewunderung für sie begann zu bröckeln. Für diesen heutigen Tag hatte sie ihm versprochen, wollte sie alles wieder gutmachen. Ein schönes Abendessen wollte sie ihm bescheren, mit Kerzen, einer Flasche Wein und einem leckeren Essen sollte er ihre Entschuldigung annehmen. Und nun das! „Kann ich sie sehen?" fragte er. Die Beamtin trank den letzten Schluck ihres Kaffees, stand auf und erwiderte: „Kann ist gut! Sie müssen!" Oliver kam sich vor, wie ein Traumwandler. Er ging zur Garderobe, nahm seine Jacke, kontrollierte noch einmal, ob er den Hausschlüssel eingesteckt hatte und zog die Turnschuhe an. „Bin fertig, wir können los. Soll ich hinter ihnen her fahren?" Die Beamtin schüttelte mit dem Kopf. „Sie fahren mit uns. Man wird Sie danach wieder nach Hause fahren, wenn sich herausstellt, dass Sie nichts mit ihrem Tod zu tun haben." Sie nahm kein Blatt vor den Mund und sprach offen aus, was sie beabsichtigte. Er musste sich konzentrieren, denn die Kripobeamtin schien ihn zu verdächtigen. Warum? Fragte er sich und musste nun erkennen, dass es nicht gut gewesen war, dass sie sich in aller Öffentlichkeit angeschrien hatten. Das würden jetzt natürlich im Nachhinein alle Neider und miesen Freunde sofort bestätigen. Er hörte sie schon reden: „Ja, das haben wir schon seit langem gewusst!" „Das konnte nicht gut gehen, mit den beiden!" und ähnliche Sprüche. Bei allem Elend dachte er nun an seinen alten Schulfreund, der Jura studiert und sich seit einem Jahr als Rechtsanwalt in der Nachbarstadt niedergelassen hatte. „Kann ich mal telefonieren?" fragte er, als sie im Dienstwagen saßen. Der Polizist hatte neben ihm auf der Rückbank Platz genommen und dementierte. „Gleich sind wir da. Dann werden wir weiter sehen." Der zweite Polizeibeamte, der im Wagen gewartet hatte, schaute zu der Kollegin und tauschte mit ihr einen seltsamen Blick. Hatte sie ihm schon von einem heimlichen Verdacht erzählt? War er von ihr schon vorverurteilt? Würde sie ihm jetzt überhaupt noch etwas von seiner Sichtweise, seinem Denken abnehmen? Die junge Beamtin musste sich vielleicht gegen ihre männlichen Kollegen durchsetzen und sich Sporen verdienen. Aber nicht auf seine Kosten! Er war vorsichtig und sensibel geworden, in den letzten Minuten, denn so einen Abend hatte er sich nicht vorgestellt. Diese Elke Richter hatte so vertraut getan, so lieb und verständnisvoll. Er hatte sie unterschätzt.

Der Mediziner in der pathologischen Abteilung war da viel einfühlsamer zu ihm. Er sprach beruhigend auf ihn ein, während sie langsam in den kahlen, bis zur Decke gefliesten Raum gingen. Es sah hier aus wie in der Umkleide eines Schwimmbades.....bis auf den steinernen Tisch, der in der Mitte stand. Mit einem weißen, großen Tuch war darunter ein Körper verborgen. Zweifellos war das die Verunglückte. Oliver atmete tief durch, denn er merkte, wie seine Sinne anfingen, ein Eigenleben zu entwickeln. Sein Kreislauf versagte. „Hier, riechen Sie daran!" sagte der Pathologe und hielt ihm ein kleines, offenes Fläschchen unter die Nase. Ein herber, stechender Geruch stach ihm ins Hirn und tatsächlich konnte er den drohenden Kollaps verhindern. Er träufelte ein paar Tropfen von der Flüssigkeit in sein Taschentuch, presste es gegen Mund und Nase, den Mediziner dabei anschauend. Der stand am Kopfende des breiten Tisches und sah ihn an. Oliver nickte, er war bereit. Vorsichtig deckte der Mann das Tuch ein wenig auf und zeigte ihm das Gesicht seiner Freundin. Er erkannte sie sofort, obwohl Stirn und Wangenknochen angeschwollen und stark gerötet waren. Ihre Augen waren geschlossen, sie sah friedlich aus. Oliver drehte sich um und der Arzt folgte ihm. „Woran ist sie gestorben?" Er blieb stehen und schaute ihn an. Die Antwort kam prompt: „Einen Sturz aus einer solchen Höhe kann man nicht überleben." Oliver nickte, er schien sehr gefasst. Innerlich tobten die wirren Gedanken, die nach einer Erklärung suchten. Er fühlte sich leer, ausgelaugt. „Nach Hause, bloß schnell nach Hause!" Dachte er und ging einen Schritt auf den Mediziner zu: „Haben Sie etwas für mich, damit ich mich beruhigen kann? Ich merke, dass mich das stark mitnimmt. Ein Schlafmittel, vielleicht?" Der Mann mit dem weißen Kittel nickte. „Später, Herr Steffens. Die Kollegen haben noch viele Fragen an Sie." Er beugte sich ein wenig vor und ergänzte: „Wenn Sie sich jetzt dazu in der Lage sehen! Rufen Sie einen Anwalt dazu, die Neue ist manchmal etwas übereifrig, wenn Sie verstehen!" Oliver verstand. Er wurde höflich in ein fensterloses Zimmer geführt. Die begleitenden Beamten stellten ein Mikrophon auf den kleinen Tisch, an dem man ihm auf einem unbequemen Stuhl Platz angeboten hatte. Er schaute sich um. Die hintere Wand, wie auch die beiden Seiten, waren weiß gestrichen, ohne Bilder. Er schaute direkt auf einen überdimensionalen Spiegel, der die Frontseite komplett einnahm. „Dahinter lauern sie nun", dachte er. „Sie warten auf eine ungeschickte Antwort. Ich werde mich nicht äußern, bevor der Anwalt da ist." Sie ließen ihn ziemlich lange warten und so stand er auf und ging ganz nah an die Spiegelwand. Er formte mit den Händen einen Trichter und versuchte, dahinter die Personen zu sehen, die er dahinter vermutete. Seine Aktion schien Erfolg zu zeigen, denn die junge Kripobeamtin kam herein: „Setzen Sie sich wieder?" Das war eine eindeutige Aufforderung! Keine Freundlichkeit, keine Bittet! Oliver wollte sie nicht unnötig provozieren und setzte sich, ohne ein Wort. Sie nahm ihm gegenüber Platz, zog das Mikrophon mit dem kleinen Ständer näher zu sich und sprach dort hinein: „Erste Vernehmung von Oliver Steffens zum Mord von Frau . . . . . . " weiter kam sie nicht, denn Oliver stand auf und ging zu der Tür. „Können Sie mich bitte hier rauslassen? Ich bin nicht blöd! Sie suchen einen Dummen, der auf solche plumpen Fragen hereinfällt. Ich war zuhause und habe auf sie gewartet und Sie haben nichts anderes vor, als mich zu beschuldigen." Elke Richter drehte sich sitzend herum: „Sie setzen sich wieder hin, jetzt! Sofort!" Die Tür öffnete sich und ein stämmiger Mann mit hellgrünem Hemd und dem Landeswappen auf der Brust ließ keinen Zweifel darüber aufkommen, dass er Oliver auch mit Gewalt zwingen würde, wieder an den Tisch zurück zu gehen. Er gab nach und setzte sich. Die Frau sprach ihren Satz ein zweites Mal in das Mikro und schob es ganz nah zu ihm hin. „Sind Sie nervös? Haben Sie mir etwas zu sagen, bevor ich die Fragen stelle?" Oliver wurde ganz ruhig: „Ja, hab ich. Wo bleibt mein Anwalt?" Ein fettes Grinsen breitete sich auf ihrem Gesicht aus. „Sie haben also etwas zu verbergen. Sie wollen sich mit einem Rechtsverdreher beraten, der Ihnen dann sagt, was Sie tun sollen? Sie verwechseln da etwas. Sie werden hier als Zeuge aussagen, was Sie wissen. Wir haben einen Mord zu klären. Wenn Sie das anders sehen, so ist das ihre seltsame Meinung. Sie machen sich durch solche Sachen verdächtig, ist Ihnen das bewusst?" Oliver schüttelte den Kopf und schwieg. Er senkte den Kopf und überhörte jede Frage der Beamtin. Stur biss er die Zähne zusammen und dann stellte sich der gewünschte Erfolg ein. Sie verlor ihre Fassung, wurde laut und schlug schließlich so fest mit der Hand auf den Tisch, dass das Mikrophon umfiel. Ein schriller Pfeifton kam daraufhin aus dem Steuergerät an ihrer Seite und sie sah sich gezwungen, die Aufnahme zu stoppen. Sie sprang wütend auf und ging zur Tür, klopfte und trat ein. Er hörte gerade noch ihre letzten Worte: „Ich bin mit ihm fertig! Ihr Zeuge!" Danach kam ein älterer

Mann zu ihm, stellte sich als Oberkommissar Meier vor und setzte sich nun auf den Stuhl, den soeben die junge Beamtin verlassen hatte. „Herr Meier, kann ich etwas zu trinken haben? Ich bin noch völlig fertig, dass meine Freundin heute Morgen noch lebend das Haus verließ und nun tot ist, das kann ich immer noch nicht glauben. Was wollt ihr von mir? Ich muss das erst einmal verkraften." Der Beamte strahlte ein gewisse Ruhe aus und stimmte ihm zu: „Meine Kollegin hat das etwas falsch formuliert. Sie sind bis zum jetzigen Zeitpunkt der Letzte, der Frau Bauer lebend gesehen hat. Unsere Aufgabe ist es nun, die Lücke zu füllen und den Tagesablauf ihrer . . . . . wie soll ich das nennen, ihrer Partnerin zu rekonstruieren. Verstehen Sie das? Wir haben dazu ein paar Fragen, dann können Sie selbstverständlich wieder nach Hause. Der Fahrdienst wird Sie gleich zurückbringen. Können wir jetzt?" Die Tür öffnete sich erneut und es wurde ein Tablett mit Mineralwasser und einer Tasse Kaffee hereingereicht. Oliver nahm einen Schluck aus dem Glas und nickte. „Gut, fragen Sie!" Der Beamte nahm erneut das Mikro, schaltete es ein und stellte es zurück auf den Tisch. Er machte keine erneute Ansage sondern fing sofort mit der ersten Frage an. „Hatten Sie Streit mit ihr? Oder ist Ihnen in den letzten Tagen irgendeine Veränderung an Frau Bauer aufgefallen?" Oliver nahm einen Schluck Kaffee, setzte sich aufrecht und ging auf die Fragen ein: „Meinungsverschiedenheiten hatten wir in letzter Zeit öfter, aber gestritten? So richtig mit anschreien, wie ihre Kollegin eben, meinen Sie? Nein, wir haben alles wie Menschen geregelt!" Dabei schaute er auf den Spiegel, denn er vermutete die Kripobeamtin dahinter, die jetzt vor Wut kochen musste. „Sie war ganz normal, als Sie das Haus, wie immer um 8.ooh verließ. Nur heute Abend wollte sie lange vor mir nach Hause kommen und uns ein leckeres Abendessen zubereiten. Sie war jedoch nicht da, als ich vom Regen durchnässt hereinkam. Das hat mich schon gewundert. Als dann die Klingel ging, bin ich schnell zur Tür gelaufen und habe sofort geöffnet. Ich dachte sie wäre es gewesen. Stattdessen stand diese Frau Richter mit dem Polizisten da. Ich hab mich richtig erschrocken. Aber das wird sie ja schon gesagt haben, oder nicht?" Wieder schaute er zum Spiegel. „Weiter weiß ich nichts. Ich habe auch nicht mehr mit ihr telefoniert. Tagsüber, meine ich!" Der Oberkommissar machte sich ein paar Notizen: „Können Sie mir sagen, warum Frau Bauer zu dem Parkhaus ging?" Oliver sah ihn verwundert an: „Na, sie wollte wohl zu ihrem Wagen, oder nicht?" Der Mann schüttelte den Kopf. „Das dachten wir zunächst auch, aber ihr Auto stand vor dem Parkhaus. Sie muss dort geparkt haben und ist noch einmal zurückgegangen. Merkwürdig!" Nun war auch Oliver noch mehr verwirrt, als zuvor. „Halten Sie sich für weitere Fragen bereit. Auf Wiedersehen, Herr Steffens. Und vielen Dank für Ihr Verständnis! Die Bereitschaft wird Sie nach Hause fahren. Wollen Sie vorher noch mit unserem Psychologen sprechen?" Oliver überlegte nur kurz. Nach dem Debakel mit der Beamtin entschied er sich dafür, sofort zum Wagen zu gehen. Es war schon nach Mitternacht, als er endlich wieder zu Hause war. Was für ein beschissener Tag. Er ging in die Küche und stellte den Elektroherd an. Drei Spiegeleier mit Schinken und Käse füllten seinen leeren Magen endlich und nach einer Flasche Bier wurde er auch langsam müde. Er ging zu Bett. Leider wurde er schon eine Stunde später wieder wach. „Wo blieb Monika bloß?" Es dauerte Minuten, bis er sich wieder erinnerte und traurig ins Wohnzimmer ging. Aus dem Nichts heulte er los, wie ein kleines Kind. Er würde wohl doch besser auf den Oberkommissar hören und einen Seelendoktor aufsuchen müssen.

Drei Tage später, er war nun in Behandlung und für zwei Wochen krankgeschrieben, meldete sich fürsorglich eine Arbeitskollegin bei ihm. Diese Manuela Koller kam nach der Arbeit zu ihm und brachte ein leckeres Essen und eine Flasche Rotwein mit. Er wunderte sich sehr darüber, weil er gerade diese Person auf der Arbeit immer nur als Kollegin gesehen hatte. Natürlich war ihm nicht entgangen, dass sie wohl mehr von ihm erwartete. Er lehnte den Wein ab und erklärte ihr, dass er sich sehr über die Anteilnahme und das Essen gefreut hätte, aber er nun wieder seine Ruhe haben wollte. Manuela durchbohrte ihn mit eiskaltem Blick, dann stand sie beleidigt auf, nahm die Weinflasche, lächelte ihn an und ließ sie vor seinen Augen auf den Boden fallen, bevor er reagieren konnte. Mit einem gefährlichen Blitzen in den Augen ging sie an ihm vorbei zur Garderobe, nahm ihre Lederjacke und machte die Tür auf. Bis zu diesem Zeitpunkt waren sie immer noch per Sie gewesen. Jetzt schaute sie ihm eindringlich in die Augen: „Das wirst du bereuen!" Mit diesem Satz ließ sie ihn im Flur stehen. Allein mit den Glasscherben und den Rotweinflecken stand er verwirrt in der Küche. Was war denn in die gefahren? Dachte er sich, während er mit dem Kehrblech die Splitter zur Mülltonne brachte. Er schaute auf seine Armbanduhr. Es war genau 22.ooh, als er zu Bett ging. Am nächsten Tag hatte er den gestrigen Vorfall schon fast vergessen. Die Nachrichten im TV brachten keine Neuigkeiten. Seine Hausklingel schon! Wer kann das denn sein, so früh schon! Er öffnete unbekümmert die Tür und stand der Kriminalbeamtin Elke Richter gegenüber. Sie wurde von zwei weiteren Männern begleitet. „Sie? Haben Sie etwas für mich? Gibt es neue Erkenntnisse?" Sie zeigte ihm ihr bezauberndstes Lächeln, nahm ihre Handschellen und legte ihm den neuen Schmuck an. „Wusste ich es doch!" sagte sie zur Bestätigung ihrer Maßnahme. Für ihn gab es dafür keine Erklärung. Diese folgte nun offiziell. „Herr Oliver Steffens. Sie sind vorläufig festgenommen. Sie stehen unter dem dringenden Tatverdacht, ihre Freundin ermordet zu haben!" Dann drehte sie sich zu einem, ihrer Begleiter um: „Bringen Sie ihn zum Wagen. Wir fahren zurück ins Präsidium!" Für Oliver brach nun seine Welt völlig zusammen. Dieses Wechselbad der Gefühle, die intimen Besprechungen mit seinem Therapeuten. Er hatte geglaubt, alles wieder in den Griff zu bekommen, und nun das. Was konnten das für neue Erkenntnisse sein? Ihm fielen gleich drei Namen ein. Der Verflossene seiner Freundin, der monatelag nicht wahrhaben wollte, dass Schluss war, oder Walter, ein Arbeitskollege von Monika. Er hatte bei der letzten Grillparty in der Küche offen dazu gestanden, dass er sie anhimmelte. Oder Reiner. Er war eifersüchtig und war zu allem fähig. Aber zu einem Mord? Dazu gehört mehr als nur Eifersucht, oder nicht? Einer wollte ihn reinlegen. Nun brauchte er doch einen Anwalt. Der sprach so, dass er sich schuldig fühlte. Der schien von seiner Tat überzeugt zu sein. Wusste er mehr als Oliver? Nach dem zweiten Verhör wurden ihm Sachen unterstellt, die ihm die Sprache verschlug. Er war zwischen den Mühlrädern der Justiz. Mit aller Konsequenz. Da man sich offensichtlich auf ihn als Täter eingeschossen hatte, musste er unbedingt freikommen. Wenn er nicht nach dem wahren Täter suchen würde, so wäre er verloren. Er wäre auch nicht der erste, der unschuldig ins Gefängnis kommen würde. Er war nur der Dumme, der hereingefallen war! Aber worauf? Wie konnte man von ihm ernsthaft glauben, dass er wegen einer anderen Frau seine Freundin vom Dach gestürzt hätte? Einfach absurd! Er war zum Zeitpunkt der Tat in seinem Büro, aber dafür gab es keine Zeugen. Die Kollegen hatten früher Schluss und der Pförtner war nicht an der Info, als er das Gebäude verlassen hatte. Er zermarterte sein Hirn, kam aber der Lösung nicht einen Schritt näher. Eine Entlassung auf Kaution wurde wegen angeblicher Fluchtgefahr abgelehnt!

Es war aussichtslos. Er konnte nur immer wieder die gleichen Sätze wiederholen, die von den Beamten als Lügen bezeichnet wurden. „Wir haben Beweise." Damit überraschten sie ihn am nächsten Tag. Eine Arbeitskollegin, den Namen wollten sie ihm noch nicht sagen, gab zu, mit ihm ein inniges, sexuelles Verhältnis zu haben. Sie gab zu Protokoll, dass er vorgehabt hatte, sich von Frau Bauer zu trennen. Als Beweis dafür legten die Beamten mehrere, verschlossene Plastiktüten auf den Tisch. „Erkennen Sie das wieder? Sind das Ihre Sachen?" wurde er gefragt und arglos nahm er die Beutel in die Hand. Sein Rasierapparat, seine Zahnbürste, sogar eine, seiner Unterhosen lag da vor ihm. Er nickte und bestätigte damit, dass ihm diese Sachen gehörten. Er ging davon aus, dass man sie aus seiner Wohnung geholt hatte. Das erwies sich nun als grausamer Irrtum: „Diese Gegenstände bekamen wir von einer Zeugin, der Sie gegenüber geäußert hatten, dass Sie schon seit langem vorhatten, sich von ihrer Freundin zu trennen. Sie wollten mit dieser Frau, die sich übrigens von ganz alleine bei uns gemeldet hat, zusammenziehen. Was sagen Sie nun?" Oliver schaute noch einmal auf die diversen Beutel, ein Anfassen wurde ihm nun jedoch verwehrt. „Was meinen Sie denn, wie diese persönlichen Sachen, die Sie vorher eindeutig als ihr Eigentum bezeichnet hatten, in die Wohnung der Dame gekommen sind? Sie haben kein Alibi für die fragliche Zeit! Abführen!" Jetzt stand er völlig neben sich. Nichts davon entsprach der Wahrheit! Er musste unbedingt schnell herausfinden, wer diese angebliche Zeugin war. Was konnte ihr diese Falschaussage bringen? Sollte er erpresst werden? Wozu? Er hatte keine Reichtümer. Es musste ein anderer Grund dahinter stecken, aber welcher? Nach zwei weiteren Tagen in der Untersuchungshaft kam sein Anwalt zu ihm und drohte damit, sein Mandat niederzulegen: „Wenn Sie mir die meisten Fakten verschweigen, wie soll ich Sie dann beraten? Ich wusste zum Beispiel nichts von Ihrem Doppelleben. Es ist nicht sehr erbaulich, dass ich das von der Staatsanwaltschaft erfahre. Das ändert Ihre sowieso schon verfahrene Sache ungemein. Also, reden Sie jetzt endlich Klartext! Sie verkennen Ihre Lage total!" Oliver schaute ihn entsetzt an. Da wurde hinter seinem Rücken ein Netz gesponnen. Ein so starkes Netz, dass er sich darin zu verfangen drohte: „Wie heißt diese angebliche neue Zeugin, von der hier gesprochen wird? Ich führe kein Doppelleben und weiß noch nicht einmal, wie meine Sachen in die Hände einer fremden Frau gelangen konnten." Der Anwalt setzte sich an den kleinen Tisch und der Justizbeamte achtete auf jede seiner Bewegungen, als er den Aktenkoffer vor sich öffnete und einige Papiere entnahm. Sorgsam blätterte er in den Unterlagen und reichte ihm endlich ein Schreiben. Oliver überflog den Text und legte das Blatt vor sich auf den Tisch, ihm war schwindelig geworden. „Diese Hexe!" entfuhr es ihm und sein Gegenüber nahm das Schreiben wieder an sich: „Ich wusste doch, dass es keine Unbekannte war." Oliver schüttelte den Kopf: „Sie verstehen gar nichts. Sie war kurz bevor ich verhaftet wurde in meiner Wohnung. Es ist eine Arbeitskollegin von mir, die mich schon seit längerer Zeit verfolgt. Ich dachte, sie könnte mir ein Alibi geben, denn sie war auch im Gebäude, an dem fraglichen Tag." Der Anwalt lächelte und vervollständigte seine Gedanken: „Und an jenem Tag haben Sie das erste Mal mit ihr ausführlicher gesprochen, eine Liebschaft hat zwischen ihnen nie bestanden und Sie wollten auch nichts weiter von ihr, richtig?" „Ja genauso war es!" „Sehen Sie, Herr Steffens. Genau diese Befürchtung hat uns Frau Manuela Koller geschildert. Sie würden die Beziehung zu ihr verleugnen, das hat Sie ausdrücklich zu Protokoll gegeben. Sie sehen also, ihre Lügen helfen Ihnen jetzt auch nicht mehr weiter, denn Ihre persönlichen Sachen haben wir von ihr. Sie hat uns diese Gegenstände mitgebracht." Oliver sagte nichts mehr. Er wusste nun, dass er sich nicht mehr rechtfertigen konnte. Dieses Biest! Hätte er die bloß nicht zu sich in die Wohnung gelassen. Stutzig war er zwar an jenem Abend gewesen, aber sie hatte so verständnisvolle Grüße von den anderen Arbeitskollegen mitgebracht, dass sein anfänglicher Argwohn schnell verflogen war. Er hätte bei ihrem theatralischen Auftritt, nachdem er sie zurückgewiesen hatte daran denken müssen. An so eine hinterlistige Sache hätte er im Traum nicht gedacht. „Damit kommt die nicht durch! Damit nicht." Sagte er zu sich selbst, um sich zu beruhigen. Realistisch gesehen waren ihm aber die Hände gebunden. Alle Indizien standen gegen ihn, seine Lage war aussichtslos. Sein Anwalt riet ihm, alles zuzugeben. Er hätte dann eine mildere Strafe zu erwarten. Der Anwalt wollte daraus einen Totschlag im Affekt machen, denn seine Freundin hätte diese Aussprache nicht hinnehmen wollen, sei auf dem Dach weggelaufen und dann gestolpert und über das Geländer gestürzt. So wollte er das vor Gericht glaubhaft darstellen. Er habe es dann mit der Angst bekommen und sei schnell nach Hause gelaufen. „Na, überlegen Sie mal, war das nicht genauso?" Diese suggestive Frage sagte ihm, dass auch sein eigener Rechtsanwalt von seiner Schuld überzeugt war. Was sollte er da noch machen? Oliver schaute ihn apathisch an und nickte, kaum merklich. Der erste Prozesstag kam und Oliver saß neben seinem Anwalt auf der Anklagebank. „Sie halten den Mund und werden sich nicht äußern! Haben Sie das verstanden?" Oliver nickte und schaute enttäuscht auf seine Hände, die er flach auf den Tisch gelegt hatte. Der Richter betrat den Saal und alle standen auf. Als Oliver wieder Platz genommen hatte, wünschte er sich nur eins: Hoffentlich war der Spuk bald vorbei und er konnte zurück in seine Zelle. Die anfänglich noch vorhandene Hoffnung auf Gerechtigkeit war verflogen, denn gegen die Intrigen und den tief liegenden Hass dieser verschmähten

Kollegin würde er nicht ankommen. Während die Beweismittel durch den Gerichtsdiener hereingebracht wurden, beugte er sich zur Seite und flüsterte fragend: „Wie viel, was meinen Sie?" Der Anwalt räusperte sich und antwortete hinter seiner flachen Hand, die er verstohlen vor die Lippen legte: „Wenn es gut für Sie läuft, sind Sie in vier Jahren wieder frei, natürlich nur bei guter Führung." Oliver nickte erneut. Für ihn war die Sache so gut wie gelaufen. Er hatte seiner laufenden Verhandlung nur halbherzig gefolgt. So verpasste er auch, dass die Kriminalbeamtin Elke Richter, die als Zeugin hätte aussagen müssen, nicht erschienen war und aus diesem Grund die Verhandlung auf den kommenden Mittwoch vertagt wurde. Der Grund für ihre Abwesenheit war dem Gericht nicht bekannt. So bekam sie eine Abmahnung in ihre Personalakte. Die drei Tage vergingen wie im Flug und schon saß Oliver wieder mit seinem Anwalt auf der Anklagebank. Eine Unruhe war unter den anwesenden Juristen zu bemerken. Sein eigener Verteidiger war nur kurz darüber informiert worden, dass es neue Anhaltspunkte gab, mehr wusste auch er nicht. Und das war sehr ungewöhnlich. Zu frisch war diese neue Spur, die von der Kriminalbeamtin nun erstmalig im Gerichtssaal den Anwesenden präsentiert wurde. Sie entschuldigte sich damit, dass in den letzten Tagen durch Befragungen erhebliche Zweifel an der Schuld des Angeklagten aufgekommen waren und die erforderlichen Beweise dazu erst gestern Nacht aufgearbeitet und heute Morgen an die Staatsanwaltschaft übergeben werden konnten. Hierbei sei herausgekommen und bestätigt worden, dass Frau Koller den hier unschuldig angeklagten Herrn Steffens schon seit Monaten nicht in Ruhe gelassen hatte. Sie wollte die Beziehung zu dessen Freundin unbedingt zerstören, das wusste fast jeder in der Firma. An jenem Tag wurde sie zur Tatzeit im Parkhaus von den Überwachungskameras gefilmt. Die Beamtin hatte die Bänder angefordert, um Oliver Steffens zu überführen. Stattdessen war darauf nicht ein einziges Foto von ihm. Jedoch hat uns überrascht, die Arbeitskollegin Manuela Koller eindeutig zu erkennen. Zuerst kam Monika Bauer aus dem Treppenhaus auf die obere Parkebene, dicht gefolgt von der angeblichen Affäre Frau Koller. Eine andere Kameraeinstellung zeigte die beiden Frauen, die sich wütend stritten, bis Frau Bauer ihren Wagen stehenließ und fortlief. Frau Koller rannte hinter ihr her und war damit aus dem Sichtfeld. Unmittelbar danach muss Frau Bauer vom Dach gestoßen worden sein, denn Sekunden später kam Frau Koller zurück ins Bild. Sie ging zum Wagen der Verunglückten, stieg ein und fuhr den Wagen aus dem Parkhaus. Sie hatte wohl angenommen, dass es nur am Ausgang eine Kamera gab, denn sie verbarg beim Herausfahren geschickt ihr Gesicht. Dann parkte sie das Auto vor dem Haus, warf die Schlüssel weg und ging auf die andere Straßenseite. Dort war sie dann auch außerhalb der Kameras. Frau Koller, die entsetzt die Ausführungen der Beamtin als Zeugin mitbekommen hatte, sprang auf und wurde an der Tür von dem Gerichtsdiener freundlich, aber bestimmt festgehalten und zurück an ihren Platz gebracht. Die Beamtin fuhr fort: „Euer Ehren, hohes Gericht. Es war zeitlich für mich zu knapp, hier im Gerichtssaal die Bänder zu zeigen. Sie sind alle beschriftet und liegen Ihnen jetzt vor!" Da es sich hierbei um eine ungeheuerliche Anschuldigung gegen die Zeugin Manuela Koller handelte, wurde sie noch im Gerichtssaal vorläufig festgenommen. Die Beweisaufnahme wurde auf den Nachmittag verschoben. Oliver hatte verwirrt und gespannt den Schilderungen der Kripobeamtin gelauscht. Er hatte sie völlig falsch eingeschätzt. Ausgerechnet diese freche Person, der er seine Verhaftung zu verdanken hatte, brachte ihn nun wieder in die Freiheit zurück. Da schrie plötzlich die überführte Arbeitskollegin mit schriller Stimme durch den Gerichtssaal:

„Du Trottel! Du hast dich doch nicht mehr mit ihr verstanden! Ich wollte dir helfen, für dich da sein." Ihre Stimme überschlug sich: „Als du mich jedoch zurückgewiesen hast, wollte ich dich nur noch leiden sehen. Dass die Schnepfe, " sie deutete dabei auf die Kripobeamtin und fuhr dann erregt fort: „dass sie dazwischenkommen würde, konnte ich nicht ahnen! Warum setzt sie sich so für dich ein?" Endlich hatte man die Frau zum Schweigen gebracht und abgeführt. Als der offizielle Freispruch ausgesprochen war, überwand er seinen Stolz und ging zu der Beamtin, die gerade dabei war, ihre Akten zu verstauen. „Danke!" Mehr bekam er nicht heraus. Die Frau drehte sich zu ihm um. Wie attraktiv sie doch sein konnte! Frech, so wie er sie kennengelernt hatte, erwiderte sie darauf nur: „Ist das alles? Keine Einladung zum Abendessen? Ich bin kein Staatsanwalt. Ich darf Offerten von unschuldigen Männern annehmen, wenn sie keinen geldwerten Vorteil für mich bedeuten." Er musste die Doppeldeutigkeit erst verstehen und holte tief Luft. Sie machte eine Pause und sah amüsiert zu, wie Oliver nach einer Antwort suchte. Einerseits war er von der Spontanität dieser attraktiven Frau angetan, andererseits hatte sie ihn aber auch ganz schön auf Trapp gehalten. Als seinerseits keine Antwort erfolgte, übernahm sie wieder die Initiative: „Gut, angenommen! Ich kann morgen Abend um 20.oo Uhr, und Sie?" Da kein Einspruch oder eine Verneinung seinerseits kam, ergänzte sie: „Alles klar, ich hole Sie ab." Mit einem Lächeln ging sie sehr nahe an ihm vorbei. „Ich weiß nämlich, wo Sie wohnen!" Er stand hilflos da und konnte immer noch kein Wort herausbringen. Er hatte noch den herben Duft ihres Parfüms in der Nase, als er im Taxi nach Hause gebracht wurde. „Morgen Abend, 20.oo Uhr!" dachte er dabei. „Die geht aber ganz schön ran und scheint keine Zeit verlieren zu wollen! Ich werde sie fragen müssen, ob sie das bei jedem ihrer erledigten Fälle immer so macht."

Das perfekte Verschwinden

„Ja, bitte?" Der Meister saß an seinem Schreibtisch und forderte den Arbeiter auf, einzutreten. „Chef, ich habe da etwas Merkwürdiges gefunden!" Mario konnte seine Aufregung kaum verbergen. Er sollte das Becken mit der Schwefelsäure für den nächsten Arbeitsprozess reinigen und war dabei auf eine Verstopfung im Siphon des Abflusses gestoßen. Das war einer der seltenen Vorfälle, die sofort gemeldet werden mussten. In den galvanischen Werkstätten hatten sie fünf unterschiedliche Becken, je nach Größe der Werkstücke, die zur Bearbeitung mit einer Laufkatze an Ketten hineingetaucht wurden. Eines dieser Becken hatte beim Versuch, die Säure abzulassen einen Alarm gegeben. Der Siphon war zu. „Schaffst du das alleine, oder soll Kramer dir behilflich sein?" Der Meister stand auf, um sich den Schaden aus der Nähe anzusehen. Keiner von ihnen konnte zu diesem Zeitpunkt ahnen, dass bald die Kriminalpolizei auftauchen und deren Nachforschungen den Betrieb für acht Stunden lahm legen würde. Der untere Abfluss konnte bei vollem Becken dicht verschlossen und das verstopfte Sieb ausgetauscht werden. Ein Ersatzsieb stand sofort zur Verfügung und die Vorbereitung ging vorerst nahtlos weiter. Franz Ahrbeck, der Meister, ließ die störenden Teile in einer neutralen Flüssigkeit von den Resten der Säure befreien, bevor er sie auf einem Tuch einer gründlichen Prüfung unterzog. Diese Prüfung führte dann augenblicklich zum Anruf bei der Polizei, denn es handelte sich eindeutig um Metallteile, die als letztes und einziges von einem Menschen übriggeblieben waren: Metallknöpfe und Ösen von der Arbeitskleidung, die Reste eines Zahnersatzes, samt fünf Porzellanzähnen, das Edelstahlgehäuse einer Herrenuhr mit Metallarmband, ein Ehering, ein Schlüsselbund mit fünf

Schlüsseln und mehrere, kleine Schrauben, die wohl von einem Brillengestell übrig geblieben waren. Wahrlich spärliche Reste eines Menschen, der nun keine Erdmöbel mehr benötigte. War es ein Unfall oder Mord? Drei Arbeiter hatten die gestrige Spätschicht angetreten und anhand der zahlreichen Funde und des Spind - Schlüssels hatte man schnell den Besitzer dieser Sachen ausgemacht. Ein Zahnarzt aus der Nachbarstadt bestätigte zudem auch, dass es sich um Bernd Schulze handelte. Ein Frührentner, der gelegentlich noch in seiner alten Firma mit einem € 400,-- Job aushalf. Er musste wohl an der obersten Kante der riesigen Wanne abgerutscht sein, denn dort hatte er vermutlich verzweifelt versucht, sich festzuhalten. Deutliche Blutspuren und Stoffreste zeugten davon. Fremdverschulden konnte man sehr schnell ausschließen, denn zu diesem Bereich bekamen nur Facharbeiter Zutritt. Mitarbeiter, die in der gefährlichen Halle gewohnt waren, nach höchstem Sicherheitsstandard zu arbeiten. Nur wer den entsprechenden Schlüssel hatte und für diese Tätigkeit eingeteilt war, durfte diesen Bereich betreten. Und in der Frühschicht war das Schulze, der aus verständlichen Gründen am Ende der Schicht nicht mehr anwesend war. Es gab keine Zeugen, keine weiteren Hinweise, nichts. Als die Polizisten bei den Angehörigen Fotos von dem Unfallopfer sahen, waren sich die Experten schnell sicher. Es handelte sich um einen Serien-Bankräuber, der anhand von eindeutigen Aufnahmen der verschiedenen Überwachungskameras wiedererkannt wurde. Man fand jedoch keinen einzigen Cent der verschwundenen Beute, so gründlich man seine gesamte Wohnung auch auf den Kopf stellte. Lediglich die verschiedenen Masken und die Tatwaffe konnten in seiner Dachwohnung, in der er ärmlich gewohnt hatte, sichergestellt werden. Man tippte zwar auf einen Komplizen, dies zu beweisen war jedoch schier unmöglich. Das Verfahren wurde eingestellt.

Sechs Wochen vorher schon hatte der Frührentner darüber gegrübelt, wie er dieser verzwickten Situation entkommen könnte. Im Fernseher hatten sie in den Spätnachrichten schon wieder diese Fahndungsfotos von seiner Person über den Bildschirm flimmern lassen. Es würde nicht mehr lange dauern und irgendein Schlaumann würde ihn wiedererkennen und sich die ausgelobte Belohnung einstreichen. Die Überfälle hatten ihm einen stattlichen Batzen Geld eingebracht. Angefangen mit der Abfuhr, sich einen neuen Wagen finanzieren zu lassen, wuchs bei ihm die Wut über den kleinlichen Beamten der Bank, der mit seinem Edelzwirn natürlich am längeren Hebel saß. Wenn die mir nicht freiwillig helfen, so hole ich mir das Geld eben mit Gewalt! So hatte er sich damals gedacht und war spontan mit dem Zettel, aus Zeitungen ausgeschnittener Worte: „DAS IST EIN ÜBERFALL! GELD HER!" zur Kasse gegangen. Es hatte wider Erwarten so gut geklappt, dass er nun in verschiedenen Städten nach gleichem Muster vorgegangen war. Dass mittlerweile dutzende von Fotos aus den diversen Überwachungskameras von ihm gemacht worden waren, störte ihn weniger. Das Haarteil, welches seinen kahlen Kopf schmückte, die abgedunkelte Brille und die verschiedenen, weiten Jacken, die er immer getragen hatte, ließen keinen Rückschluss auf seine Person zu. So hatte er bisher jedenfalls gedacht. Nun aber waren diese retuschierten Aufnahmen gezeigt worden, wo sich die Beamten unterschiedlichste Frisuren, auch bis hin zur Glatze ausgedacht und abgedruckt hatten. Überall in der Stadt tauchten die Fahndungsfotos auf. Jetzt war er selber erschrocken. Daraufhin war sein Plan gereift, dass er über kurz oder lang von hier zu verschwinden hatte, endgültig. Die alten Kollegen hatten ihm immer wieder ihr Leid geklagt, dass es zu wenige Leute gab, die wegen der giftigen Dämpfe in der Galvanik arbeiten wollten und es gab immer noch viel zu wenige, die die Arbeitsprozesse so genau und gut kannten wie er. Sein ehemaliger Arbeitgeber stellte ihn daraufhin gerne ein, da er sehr flexibel im Schichtdienst einspringen konnte, wenn der ein oder andere krank geworden war. Da er sich im letzten Urlaub in Thailand ein neues Gebiss hatte machen lassen, trug er seinen alten Zahnersatz ständig bei sich. Dann hatte er in der Karibik, besser gesagt auf den Cayman - Islands über eine Internet Bank ein privates Konto eröffnet und immer wieder in unterschiedlichen Städten und verschiedenen Geschäftsstellen Auslandsüberweisungen mit frei erfundenem Betreff regelmäßig Geldbeträge eingezahlt und auf sein neues Konto überwiesen, immer so um die € 10.000,--, damit kein Verdacht wegen Geldwäsche aufkam. Als er die letzte Einzahlung getätigt hatte, wartete er nur noch auf den richtigen Moment. In der Frühschicht des besagten Tages war die Lage ideal. Er ging zu dem Säurebecken, das sein Tor zum schönen Leben werden sollte und warf das geschnürte Bündel mit den ausgesuchten, persönlichen Sachen aus ungefähr fünf Metern Abstand hinein: seine Armbanduhr, die er immer bei der Arbeit getragen hatte, seine Schutzbrille, das ausgetauschte Gebiss und Metallknöpfe seines Arbeitsanzugs. Die Flüssigkeit kochte und brodelte, bis nur noch ein paar Blasen aufstiegen. Anschließend warf er seine Arbeitsschuhe hinterher, denn irgendetwas von den Gegenständen würde mit Sicherheit widerstehen und sein „Verschwinden" erklären. Augenblicklich blubberte und schäumte die Flüssigkeit wieder, bis oberflächlich betrachtet, nichts mehr von dem geschnürten Paket zu sehen war. Die Oberfläche glänzte und beruhigte sich wieder. Metall und Porzellanteile konnten sich nicht zersetzen und damit würden sie schnell auf seine Person kommen. Vorsichtig entnahm er aus einer mitgebrachten Plastiktüte das blutige Papiertaschentuch, mit dem er sein Gesicht unmittelbar nach der Nassrasur abgerieben hatte. Damit bestrich er mehrfach den oberen Rand und das Gestänge des

Säurebehälters. Dann riss er grob an seiner Arbeitsjacke und klemmte den Fetzen Stoff zwischen die Haltestangen. Jetzt nahm er die Handcreme, die neben dem Becken stand und rieb seine Hände dick damit ein, bevor er mehrfach die Umrandung, das Gestänge und die Tastatur der Steuergeräte anfasste. Seine Spur war gelegt und er verschwand durch den hinteren Eingang und ging zu Fuß nach Hause. Er hatte nun einen Vorsprung von vier Stunden, denn so lange würde die Schicht dauern. Alle Vorbereitungen waren akribisch geplant und er handelte Punkt für Punkt ab. Mit der Bahn fuhr er am frühen Abend in die Niederlande, wo er seinen Flug nach Montego Bay, auf Jamaica, unbehelligt antreten konnte. Dort hatte er eine Übernachtung eingeplant, bevor er mit der Übersee-Fähre in das Steuerparadies der Cayman – Islands übersetzte.

Sein Plan war aufgegangen, denn da er offiziell eine Woche später für tot erklärt wurde, brauchte man auch keine Nachforschungen mehr anzustellen. Die Kollegen trauerten um ihn, denn er war ein netter, alter Mann gewesen, der so manchen guten Ratschlag hatte geben können. So einen Abgang von der Bühne des Lebens hatten sie von ihm nicht erwartet. Er war doch zu Lebzeiten immer so vorsichtig gewesen war. Ausgerechnet dieser Profi wurde nun selber ein Opfer der heimtückischen, alles zersetzenden Säure? Ihm musste schlecht geworden sein . . . . hatte das Bewusstsein verloren und war in den Behälter gestürzt! Was für ein grässlicher Tod! So war die offizielle Erklärung, die man von der Geschäftsleitung an die Arbeiter weitergab. Nun wurden Verbesserungen eingeführt, damit sich ein solcher Zwischenfall nicht so leicht wiederholen konnte: Die Schicht wurde ab sofort nur von zwei Arbeitern gleichzeitig in der gefährlichen Halle begangen, obwohl die meisten Arbeitsprozesse vollautomatisch abliefen. Wenn die geahnt hätten, was wirklich passiert war . . . . . .

Wie du mir, so ich dir!

Es war schon lange keine Liebe mehr, die das Ehepaar Müller verband. Es war die pure Sucht nach dem ersparten Geld. Seitdem seine Frau vorgeschlagen hatte, eine gegenseitige, hohe Lebensversicherung abzuschließen, beäugelten sich die ehemaligen Partner ab sofort mit noch mehr Argwohn. Wer würde wohl zuerst sterben und damit dem anderen ein prächtiges, sorgenfreies Leben bescheren? Sie machten seit Jahren getrennt Urlaub und riefen dann fast täglich an, ob es dem Partner, bzw. der Partnerin auch noch gut gehe. Zwietracht wurde zur Besessenheit und irgendwann beschloss die Ehefrau, nicht allzulange auf den alles entscheidenden Tag X zu warten. Sie wollte endlich die Sache zu ihren Gunsten beschleunigen. Geschickt musste sie sein, denn es war klar, dass bei einem nachgewiesenen Mord die Versicherung nicht zahlen würde. Ein Unfall musste her! Ein tödlicher Unfall! Sie hatten sich eine kleine Firma außerhalb der Stadt aufgebaut, die er alleine als Geschäftsführer betrieb. Genau dort plante sie sein Ableben. Der marode Fahrstuhl in dem alten Gebäude würde ihr helfen, den ungeliebten Gatten zu entsorgen und damit eine reiche Witwe zu werden. Sie überlegte lange, wie sie es anstellen könnte, ihn im Lift einzusperren, oder den Fahrstuhl abstürzen zu lassen. Der Zufall half ihr unverhofft, als der nächste Urlaub kam und ihr Mann die Firma für zwei Wochen zumachte. Am letzten Tag, als der Ehemann als letzter sein Büro verließ, wartete sie im Keller des Gebäudes vor dem Sicherungskasten darauf, dass sich der Lift ein letztes Mal in Bewegung setzte. Sie hatte heimlich mit einer Stoppuhr die Zeit gemessen, die der Fahrstuhl für die fünf Etagen brauchte. Als der Motor angesprungen war und das Stahlseil abwickelte, zählte sie die Sekunden . . . . seine letzten Sekunden.

„Fünfundzwanzig, sechsundzwanzig, jetzt!" sagte sie laut vor sich hin und schraubte die Sicherungen heraus. Mit einem knirschenden Geräusch stoppte die Trommel, die das straff gespannte Seil ein letztes Mal leicht schwingen ließ. Es war totenstill im Haus. Vorsichtig schlich sie durch den Keller zum Hof, stieg in den Wagen und fuhr davon. „Den Rest wird die Zeit erledigen! Vierzehn Tage, zwei Wochen . . . . . ein halber Monat ohne Essen und Trinken! Das kann kein Mensch überleben! Hätte er mal besser den Lift regelmäßig überprüfen und warten lassen oder zumindest eine Alarmklingel angebracht! Nun war es zu spät!" Sie atmete siegessicher durch und genoss ihren Urlaub in Süddeutschland. Vorsorglich hatte sie vorher sogar gleich mehreren Nachbarn ihre Urlaubs Adresse aufgeschrieben, um ein stichfestes Alibi vorweisen zu können! Für alle Fälle!

Nach einer Woche war es schon soweit! Sie wurde im Hotel angerufen, weil in der Firma ihres Mannes etwas passiert sein musste und die Polizei ihre Hilfe benötigte. „Das hat ja schnell gegangen!" sagte sie sich und fuhr zurück. Zuhause angekommen schminkte sie sich ab, legte eine helle Creme auf und unterstrich mit einem dunklen Puder ihre Ränder unter den Augen. Nun war sie für ihre Aussage bei der Polizei bestens gerüstet. „Kommen Sie zur Firma ihres Mannes. Wir fahren sofort los!" erfuhr sie bei der Polizeistelle. Natürlich wartete sie vor dem Haus auf die Beamten, denn sie wollte nicht alleine dort hineingehen. „Ah, gut dass Sie sich die Zeit genommen haben, uns zu helfen. Wir müssen den Lift in Bewegung setzen, wissen aber nicht, wie und warum der überhaupt zwischen zwei Stockwerken steckengeblieben ist. Strom ist im ganzen Gebäude vorhanden." Sie war selbstverständlich bereit, zu helfen. „Wie kamen Sie denn darauf, dass etwas mit dem Fahrstuhl steht?" Der Beamte antwortete sehr freundlich: „Dem Wachdienst war von draußen aufgefallen, dass der

Etagenknopf blinkte. Die Frau nickte zufrieden und ging zur Kellertreppe. „Ich weiß, wo die Sicherungen sind. Ich geh nachschauen." Schon lief sie die Treppe herunter, um sie schnell wieder einzuschrauben. Dann konnte man den Fahrstuhlstopp als einen Wackelkontakt erklären.

Die wartenden Beamten konnte sich nicht erklären, warum die Kontrolle der Sicherungen so lange dauerte. Als dann endlich ein Polizist in den Keller folgte, sah er die arme Frau auf dem Boden liegend. Jede Hilfe kam zu spät! Es stellte sich heraus, dass der Sicherungskasten unter Strom stand. Sie hatte beim Öffnen der kleinen Metalltür einen tödlichen Stromschlag erlitten. Die Porzellan-Sicherungen waren alle eingeschraubt. Sofort wurde der Vorraum des Kellers abgesperrt und ein Elektriker hierher bestellt. Er nahm sich die marode Anlage vor und sorgte erst einmal für eine notdürftige Stromversorgung. Das Stahlseil spannte sich und der Fahrstuhl setzte sich endlich wieder in Bewegung. Als die alten Schiebetüren im Erdgeschoss zur Seite fuhren, nahm der Polizeibeamte sein mobiles Telefon und rief die notierte Rufnummer an: „Herr Müller? Wir haben Ihr Gepäck jetzt aus dem Lift holen können. Es ist aber leider ein furchtbarer Unfall passiert. Ihre Gattin, die uns behilflich sein wollte, ist dabei tödlich verunglückt. Es tut uns schrecklich leid. Wir wären Ihnen deshalb sehr dankbar, wenn Sie wegen der Formalitäten so schnell wie möglich zu uns ins Präsidium kommen könnten. Mein herzliches Beileid!"

Einen kleinen Augenblick blieb die Leitung tot, dann meldete sich der Ehemann verstört: „Danke, ich werde Morgen bei Ihnen sein! Ich mache mir die größten Vorwürfe, dass ich Sie angerufen habe, wie Sie sich denken können. Ich hätte besser diesen wichtigen Termin hier abgesagt und wäre selber nach Hause gekommen!" sagte Herr Müller, der an dem besagten Tag sein Gepäck in den Lift gestellt hatte und sich darüber wunderte, wieso der Fahrstuhl plötzlich seine Fahrt unterbrochen hatte. Als er dann im Keller sah, dass die Sicherungen herausgeschraubt waren, wusste er sofort, wer dahinter steckte. Er ging zum Hauptschalter im Heizungskeller und schaltete den Strom komplett ab. Mit einer Taschenlampe bewaffnet ging er zurück, zog die Schutzhüllen von den stromführenden Leitungen im Kasten ab und zertrennte die Kabel zum Lift. Dann drehte er die Sicherungen ein. Jetzt bog er die blanken Enden der anderen Drähte so nach vorne, dass sie von innen gegen den Sicherungskasten drückten. Erst danach betätigte er den Hauptschalter wieder und sorgte für Strom im Haus. Er rechnete stark damit, dass seine Frau versuchen musste, die unterbrochene Fahrt des Lifts zu vertuschen. Es war nur eine Frage der Zeit! Irgendwann würde sie wieder zu dem Sicherungskasten gehen.

Herr Müller schloss sofort einen Wartungsvertrag für den Lift ab, denn das war die Bedingung für die Auszahlung der Lebensversicherung, damit sich ein solcher „Unfall" nicht noch einmal ereignen könne.
Nach einem halben Jahr verkaufte er die Firma und wanderte in die Karibik aus, denn man muss verstehen, dass er nach diesem schweren Schicksalsschlag dringend etwas anderes sehen musste, denn er hatte doch seine Frau sehr geliebt . . . . . Das war die offizielle Version, die in den Akten stand. Wie es sich wirklich ereignet hatte, wurde nie aufgeklärt.

Gerechtigkeit oder Selbstjustiz?
Kapitel 1

„Sie werden sich daran gewöhnen müssen, dass es keine wahre Gerechtigkeit gibt! Wenn Sie das immer noch nicht erkannt haben, dann ist das der falsche Beruf für Sie!" Dieser traurige, aber ernstgemeinte Ratschlag seines Mentors traf ihn wie ein Faustschlag. Jahrelang hatte Frederic Berg wie ein Besessener Jura studiert und sich mit kritischen Fällen auseinandergesetzt. Wenn es seine knappe Zeit zuließ, so zog es ihn immer wieder zu verschiedenen Verhandlungen in den Gerichtssaal, um Prozesse zu verfolgen. Er wollte in seinem Job für Objektivität, für Gerechtigkeit sorgen und verhindern, dass die dicke Geldbörse darüber entschied, wer hinter Gittern landete und wer weiter seine durchtriebenen Spielchen mit anderen treiben durfte. Er hatte während des Studiums einmal den überheblichen Spruch gehört: „Too big for jail! Zu groß oder mächtig, um hinter Gittern zu landen!" Und dann hatte er noch den finanziellen Tipp seines Mentors mit auf den Weg bekommen: „Verteidigen Sie lieber die Großen und Mächtigen der Welt, denn die haben Einfluss und das Geld, der kleine Mann wird Ihnen nicht zu Ansehen und Reichtum verhelfen können!" Das konnte er mit seinem Gewissen niemals vereinbaren. Im letzten Semester wurde er von seinem Doktorvater unmissverständlich noch einmal daran erinnert, dass man bei Gericht lediglich ein Urteil fällt, denn der Mentor hatte bemerkt, dass sich sein bester Schüler immer öfter mit quälenden Gedanken beschäftigte, wenn einmal ein etwas delikates Urteil gefallen war. Von Gerechtigkeit hatte dabei noch nie einer gesprochen. Resignation machte sich in seiner Seele breit, denn er wurde zwangsläufig der Anwalt, den die Gesellschaft haben wollte. Natürlich freute er sich, wenn endlich einmal ein Prozess nach seinem Verständnis bewertet wurde und zufriedenstellend ausging, aber das war leider sehr selten der Fall. Auf der Toilette des Schwurgerichtes hatte ein Unbekannter mit einem schwarzen Filzstift folgenden Satz in Anlehnung an ein Bibelzitat hinterlassen: **Es geht eher ein Kamel durch ein Nadelöhr, als hier Gerechtigkeit zu erfahren!** Lange hatte er darüber nachgedacht, dass allem Anschein nach auch andere Menschen diese, seine heimliche Ansicht teilten, obwohl es natürlich immer auf die Betrachtungsweise ankommt. Auf der Party eines Freundes lernte er abends die Tochter eines Fabrikanten kennen. Vitamin „B", (Beziehungen) muss man haben, denn schon bald darauf durfte er die Rechtsabteilung ihres Vaters übernehmen, der einen großen Konzern leitete. Auch hier musste er leider sehr schnell erkennen, dass er gezwungen wurde, die Gesetze so auszulegen und für die Leitung so zu verbiegen, dass für ihn ein Drahtseilakt, ein Tanz auf Rasierklingen folgte. Er machte dabei zwar das ganz große Geld, aber er hatte dabei auch immer das Gefühl, als verkaufe er seine Seele. Sein Gewissen meldete sich immer stärken zu Wort und er erkannte, dass das nicht seine Welt war. Als dann auch noch seine Ehe zerbrach, war das Ende vorprogrammiert. Schlaflos saß er stundenlang in seiner Wohnung. Er aß kaum noch und merkte zu spät, dass er viel zu viel Alkohol trank und tablettensüchtig geworden war, um den Arbeitsalltag in einer kleinen Kanzlei und den Hohn der korrupten Klienten überstehen zu können. Sein totaler Zusammenbruch und die Einlieferung in eine geschlossene Klinik waren, im Nachhinein betrachtet sein Glück. Autogenes Training, die Suchtentwöhnung und das Verständnis der behandelnden Ärzte machten in zwei Jahren einen völlig neuen Menschen aus ihm. Er kaufte einen Bauernhof und zog sich aufs Land zurück. Mit seinen Ersparnissen konnte er ein unbeschwertes Leben führen, baute einen Reitstall auf und betreute die Vierbeiner der höheren Gesellschaft. Fünf Monate ging das gut. Dann bekam er durch Zufall mit, dass einer der Gäste in einen Korruptionsskandal verwickelt war. Sein Jagdinstinkt war noch nicht ganz erloschen und so besorgte er sich dank seiner alten, noch bestehenden Beziehungen eine Kopie der Gerichtsakten. Er ermittelte auf eigene Faust und stellte fest, dass sich der Verdacht so stark erhärtete, dass niemals mit einen Freispruch zu rechnen wäre. Dem Gast war nicht anzumerken, dass er für einige Zeit hinter Gitter müsste. Er änderte nicht im Geringsten sein Verhalten, denn er schien sich sehr sicher zu sein. Als der Tag der Verhandlung kam, ließ Frederic es sich nicht nehmen, dem Prozess beizuwohnen. Und tatsächlich geschah dennoch das absolut Unmögliche! Drei Anwälte vertraten den korrupten Mann und selbst die zwei Witwen der betrogenen Geschäftsmänner, die durch nicht bezahlten Leistungen in den Ruin getrieben, nur noch den Freitod gesehen hatten, standen genauso fassungslos vor dem Nichts. Die Anschuldigungen wurden geschickt verleugnet, verdreht und schließlich als nicht beweisfähig abgetan. Nach dem Freispruch gratulierten sich die Anwälte zu dem gewonnenen Verfahren und der Geschäftsmann ging auf dem Flur auf die Ankläger zu, verhöhnte sie und ließ sich lächelnd von seinem Fahrer abholen. Dem Urteil gehorchend, waren sie dazu verdammt, zu akzeptieren und zu schweigen. Jetzt schlug seine Stunde. In ihm keimte die Idee, solche ungerechten Urteile zu revidieren und das vermeintliche Recht wieder herzustellen. Er war besessen von dem Gedanken an eine geheime Feme und führte diesmal den Racheakt alleine, getarnt als Reitunfall durch. Der Mann hatte sich wohl als etwas zu ungelenkig auf seinem feurigen Araber beim Ausritt erwiesen und landete nach einem heftigen Sturz im Rollstuhl. Dass dieser Unfall auf den ehemaligen R.A. Berg zurückging, erfuhr niemand von der

Polizei. Um den Mann auch gesellschaftlich zu ruinieren, hatte er sich mit dessen Haushälterin, Fräulein Nicole angefreundet. Nachdem Berg auch ihr die Augen geöffnet hatte und sie von der Schuld ihres Chefs überzeugte, wollte sie dem ehemaligen Rechtsanwalt helfen. Sie zog zu ihm und war bereit, ihm diskrete Unterlagen aus dessen Schreibtisch zu besorgen. So war er bald im Besitz von Kontoauszügen einer Bank auf den „Cayman Islands". Er verkaufte diese Kontoauszüge anonym an eine Kanzlei, den Rest besorgte die Justiz. So konnte er am besten unerkannt der Gerechtigkeit dienen. Als sein Plan voll aufging, kam er auf den Geschmack. Bei vielen Gerichtsprozessen, die er ab jetzt regelmäßig verfolgte, spürte er immer wieder das feine Kribbeln im Magen. Er würde ab jetzt zweifelhafte Freisprüche nicht mehr einfach so akzeptieren, sondern im Gegenzug weiter Beweismittel sammeln und der Staatsanwaltschaft anonym zukommen lassen. Mehrere Fälle hatte er so weitergeleitet und wartete dann vergebens auf seine Genugtuung. Die Rechnung ging nicht auf. Er hatte in den letzten Jahren zusammen mit seiner neuen Freundin mehrere Fälle akribisch hinterfragt und seine Erkenntnisse weitergeleitet. Sogar zwei ungelöste Morde waren dabei. Aber die Fälle wurden nicht bearbeitet, die Beweise nicht zugelassen und die Verfahren eingestellt. Es musste einen anderen Weg für seine persönliche Genugtuung geben. Und den fand er endlich. Ein winziger Haken war jedoch dabei: Sein zukünftiger Weg war illegal und höchst verwerflich für einen Juristen! Bei ihm überwiegte jedoch die Suche nach Gerechtigkeit, so wie er sie sehen wollte. Zugegeben eine einseitige Sichtweise, aber er hatte sich dabei fest vorgenommen, wirklich eindeutige, zweifelsfreie Verbrechen zu sühnen. Nach außen spielte er weiter den interessierten und privat engagierten Durchschnittsbürger. So plante er akribisch sein weiteres Vorgehen und dazu gehörte natürlich, dass er aus

erster Hand, von der Quelle sozusagen informiert werden konnte. Nicole bekam, dank seiner Fürsprache, eine Anstellung als Sekretärin beim Schwurgericht und durch sie hatte er eine detaillierte Einsicht in die schweren Fälle, die er mit akribischer Genauigkeit verfolgte. Bei einem Freispruch mangels Beweisen kam er zum Zug! Dann schlug seine Stunde. Das gebot sein ausgeprägter Gerechtigkeitssinn. Skrupel hatte er dabei keine, denn er trug die wahnwitzige Idee in sich, die Welt lebenswerter zu machen. Es war ein aussichtsloser Weg, den er da eingeschlagen hatte, aber es gab anscheinend für ihn kein Zurück mehr . . . . . oder doch?
So begann sein zweites, heimliches Leben.

Kapitel 2

Er hatte einen Plan entwickelt, um ziemlich geräuschlos die, in seinen Augen nicht gerecht verurteilten Personen zu bestrafen. Zu diesem Zweck hatte er eine Armbrust und ein paar dazugehörende Bolzen mit austauschbaren Stahlspitzen gekauft. Der leichte Bogen aus Fiberglas hatte eine gewaltige Zugkraft, war zusammenklappbar und somit bestens für seine Zwecke geeignet. In einem abschließbaren Trakt seines Bauernhofes richtete er eine Werkstatt ein, in der er die erforderlichen Bolzen selber herstellen und für spezielle Bedürfnisse bearbeiten konnte. Es dauerte zwei Monate, bis er die Fertigkeit und Zielsicherheit erreicht hatte, um auf eine Distanz von fünfzig Metern den Bolzen in einen Apfel zu schießen. Weitere Monate gingen ins Land, bis er die Schnelligkeit seiner Schlussfolge so erhöht hatte, dass er einen Fehltreffer noch innerhalb einer Minute mit einem zweiten Bolzen präzise folgen lassen konnte. Jasmin brachte abends die Fotokopien eines neuen Falls mit nach Hause. Ein „mutmaßlicher, mehrfacher" Vergewaltiger war vorläufig festgenommen worden. Es zeichnete sich jedoch schon bei der Beweisaufnahme ab, dass eine Verurteilung schwierig sein würde. Mehrere junge Frauen waren nachts überfallen und belästigt worden. Als dann ungeklärte Sexualmorde dazukamen, hatte man bald einen Verdächtigen. Heinz Kramer, ein vorbestrafter Mann, der von seiner Ehefrau wegen körperlicher Gewalt angezeigt, aber nicht eingesperrt worden war. Er hatte ein Jahr auf Bewährung bekommen, was der geschädigten Ehefrau zu wenig gewesen war. Sie konnte mit dem Mann nicht weiter zusammenleben und hatte die Ehe auflösen lassen. Vielleicht wollte sich Kramer nun an allen Frauen dafür rächen, so hatte es der Psychologe in seinem Plädoyer vor Gericht beschrieben. Da jedoch keine eindeutigen Spuren gesichert werden konnten, musste man sich auf die drei schwer verletzten Frauen verlassen, die eine präzise Beschreibung des Täters hatten geben können. Dann plötzlich, nach zwei Tagen wurden die weiteren Verhandlungen unter Ausschluss der Öffentlichkeit geführt und drei Wochen später sogar überraschend eingestellt, denn alle drei Frauen hatten ihre Aussagen gleichzeitig widerrufen. Die ganze Stadt regte sich auf, aber keiner unternahm etwas dagegen, dass dieser Mensch mangels Beweisen freigesprochen werden musste. Frederic musste Licht in die Sache bringen. Er hatte schnell die Telefonnummern der betroffenen Damen und rief sie nacheinander an, um ihren Sinneswandel zu erfahren. Es überraschte ihn, dass sie ihm alle dasselbe sagten, wie auswendig gelernt. „Es wäre angeblich viel zu dunkel gewesen und sie wollten auf keinen Fall einen Unschuldigen verdächtigen . . .". Nach den polizeilichen Protokollen und den anfänglichen Ermittlungen waren das flüchtige Ausreden, die aber vom Gericht hilflos angenommen werden mussten und dann zur Einstellung des Verfahrens geführt hatten. Frederic war überzeugt, dass die Frauen gelogen hatten. Aber wann? Als sie den Mann verdächtigt und angeblich sofort wiedererkannt hatten? Oder als sie vor Gericht ihre Aussagen wegen der angeblichen Dunkelheit widerrufen hatten? Er musste Gewissheit haben und wartete auf eine Bestätigung für die eine oder andere Sache. Seine Beharrlichkeit und Geduld wurde belohnt, denn drei Tage später bekam er den anonymen Anruf einer Frau auf sein mobiles Telefon. Es konnte nur eine der Geschädigten gewesen sein, denn ihnen hatte er die Handynummer gegeben, aber nur sie konnten die präzisen Details der Taten wissen. Trotzdem gab sie sich nicht zu erkennen. „Meinen Namen nenne ich solange nicht, bis ich mich sicher fühle", sagte sie mit verstellter Stimme: „Sie sind auf der richtigen Spur. Endlich gibt es da einen, der mir geglaubt hatte! Dieses Schwein hat mich aber in der Nacht vor dem Prozess hier in meiner Wohnung aufgesucht. Er hat mir gedroht, mich umzubringen, sollte ich die Anzeige nicht sofort zurücknehmen. Ich habe verängstigt keinen anderen Ausweg gesehen, als bei den beiden anderen Frauen anzurufen, um sie zu warnen. Aber auch bei ihnen hatte er schon angerufen oder war persönlich vorbeigefahren und hatte das gleiche angedroht. Wir mussten so handeln, tut mir leid. Ich habe eine schulpflichtige Tochter und ihr Foto hat er mir lächelnd bei seinem Besuch auf den Tisch gelegt. Wer hätte uns vor dieser Bestie schützen können?" Eine kurze Pause entstand. Dann holte sie hörbar tief Luft: „Sie sagten, Sie wären vom Gericht. Wird das Verfahren von Ihnen untersucht?" Frederic durfte sich nicht verraten und beschwichtigte die junge Frau mit einer flüchtigen Ausrede und beendete das Gespräch. Sie hatte nur seine Handynummer, kannte ihn also nicht persönlich. Er nahm den Chip aus seinem mobilen Telefon und steckte ihn in den Reißwolf. Keiner durfte bei dem Prepaid Telefon die Spur zurückverfolgen können. Er besorgte sich neue Telefonkarten und nahm seine Arbeit auf. Einen ganzen Monat hatte er die

Gewohnheiten des Schurken studiert und drei Tage später kam sein Einsatz. Beim abendlichen Spaziergang durch den menschenleeren Park stand er dann endlich dem Mann gegenüber. Nachdem er ihm erklärte, warum er hier auf ihn gewartet hatte, schaute ihn der Mann nur eiskalt an, bis er unter seinem Mantel die Waffe hervorholte und auf ihn zielte. „Eine Armbrust! Wir sind doch nicht im Mittelalter oder spielen Sie hier Wilhelm Tell?" Sein Gegenüber zog die Augenbrauen hoch und ignorierte komplett diese überflüssige Frage: „Du hättest vor Gericht die Wahrheit sagen sollen. Ich hatte gedacht, du wolltest noch etwas älter werden, aber sei es drum. Verdient hast du es in deinem kurzen Leben allemal!" Frederic wollte dem Spuk ein Ende bereiten, denn um diese Zeit war es nicht ungewöhnlich, dass auch andere Personen hier herumlaufen könnten. „Ich hab keine Zeit für unbelehrbare Wesen." Ihn widerte diese Überheblichkeit an, von Reue nicht die geringste Spur. Eiskalt hob er die Waffe und betätigte den Abzug, der den kurzen Stahlbolzen mit einem schwirrenden Geräusch von der Führungsschiene schnellen ließ. Erstaunt presste Kramer die linke Hand gegen seine Hüfte. „Sie sind wahnsinnig! Sie schießen ja wirklich!" Frederic nickte nur: „Endlich hast du es erfasst! Endlich. Hat ja wirklich lange genug gedauert. Hättest du nicht geglaubt, stimmt's?" Frederic hatte absichtlich diese Stelle gewählt, damit der kurze Stahlbolzen keinen Knochen traf. Der Getroffene tastete vorsichtig die Stelle seitlich oberhalb seines Gürtels ab, an der er den kräftigen Schlag abbekommen hatte. Er konnte nichts ertasten. „Suchst du was?" Er legte ruhig den nächsten Bolzen auf die Schiene und erklärte dabei: „Wenn man eine sehr dünne, lange Spitze nimmt, so wird man in deinem Körper keinen Bolzen finden können, weil er leicht deine Fettmasse durchdringt." Kramer riss die Augen auf und starrte ihn an. Frederic fuhr ruhig fort: „Die Polizei wird sich Gedanken machen, wie du umgekommen bist. Willst du noch etwas sagen, oder bist du bereit?" Kramer zitterte. Aus der Fleischwunde, die der Bolzen gerissen hatte, als er aus dem Rücken herausgeschossen war, rann das Blut warm über sein Gesäß. Er knickte ein und lag vor Frederic hilflos auf dem Gehweg. Röchelnd versuchte er noch einmal den Kopf zu heben und seinen Peiniger anzuschauen. „Du wirst nie damit aufhören, Frauen zu quälen und als dein Eigentum zu betrachten. Ich verachte dich!" Er zielte auf dessen Gesicht: „Nein!" ächzte er erschöpft: „Bitte, ich werde, äh . . . tun, was Sie . . . äh verlangen!" Frederic schüttelte den Kopf. „Ich sagte doch, vor Gericht wäre für dich noch Zeit gewesen, deine Schuld einzugestehen. Ein guter Anwalt, eine Erklärung, dass du eine schlechte Kindheit hattest und die paar Jahre wären im Nu verflogen. Aber als du dann auch noch die Zeuginnen bedrohen und einzuschüchtern musstest, war das dein Todesurteil. Es ist besser, du sühnst deine Schuld, indem du nie wieder etwas anstellst. Und dafür werde ich sorgen! Für Reue ist es zu spät!" Er redete und redete, vielleicht versuchte er sogar, sein abscheuliches Tun zu rechtfertigen. Nach ein paar Minuten hob er die Waffe und wollte den zweiten Bolzen abfeuern, als er in die offenen, starren Augen des Liegenden sah. Er benötigte keinen weiteren Schuss mehr für seine Rache. Er steckte dem Toten ein vorbereitetes Schreiben in dessen Hosentasche und schaute den Mann ein letztes Mal an. Ob er verblutet war oder vor Angst einen Herzinfarkt bekommen hatte, wusste Frederic nicht. Ihm war das auch völlig egal, denn er hatte sein Ziel erreicht. Die Armbrust war schnell zusammengelegt und die gelben Federn am Ende des ersten Bolzens erleichterte ihm die Suche. Das kurze Stahlröhrchen steckte zwei Meter hinter dem Opfer in dem dichten Bretterzaum, der eine Baustelle abtrennte. Er drehte den Bolzen beim Herausziehen und steckte ihn ein. Es gab keine Zeugen. Angewidert drehte sich Frederic um und verließ den

Ort. Als der Mann gefunden wurde, war anhand der Papiere, die er bei sich trug, schnell klar, wen es da im städtischen Park erwischt hatte. Ein Raubmord schied auf den ersten Blick aus. Bei der genauen Untersuchung fand man den kleinen Zettel, der blutverschmiert in der Hosentasche steckte. Er war auf handelsüblichem Papier mit einem Drucker maschinell erstellt worden, trug keine Fingerabdrücke. „Bevor Sie die Suche nach mir starten, überprüfen Sie bitte vorher auch noch einmal ausführlich die angeblichen Alibis, die er für die Morde an den jungen Mädchen gehabt haben will! Ich habe andere, wirkungsvollere Mittel, um die Wahrheit ans Licht zu zerren, als es Ihnen gestattet oder möglich ist. Er hat mehr Schuld auf sich geladen, als in den Akten steht. Im Namen der Gerechtigkeit und der leidenden Menschen habe ich getan, was zu tun war. Sie müssen doch auch darunter gelitten haben, dass er ungeschoren mit seinen Taten bisher durchgekommen war. Mein Versuch, ihn freundlich davon zu überzeugen, endlich die Wahrheit zu sagen und ein ausführliches Geständnis abzulegen ist, wie Sie jetzt sehen können, fehlgeschlagen. Es ist für Ihre Ermittlung außerdem von größter Wichtigkeit, die drei Zeuginnen, die ihre Aussagen zurückgezogen hatten, noch einmal zu befragen. Sie taten das nämlich unter Androhung von Gewalt und nicht aus freiem Entschluss!

Gez. Alpha."

Fassungslos mussten sie im Nachhinein feststellen, dass die Darstellungen tatsächlich der Wahrheit entsprachen, trotzdem konnte man einen Wahnsinnigen nicht ungestraft als selbsternannten Rächer frei und unbehelligt seinen Gelüsten nachgehen lassen. Außerdem zermarterte man sich die Köpfe, woher dieser Unbekannte diese präzisen Informationen hatte. Nach kurzer Überlegung kam die Staatsanwaltschaft zum Entschluss, den zensierten Wortlaut dieser Erklärung in verschiedenen Tageszeitungen veröffentlichen zu lassen. Mit einer Belohnung und als Abschreckung gedacht, war das Ergebnis jedoch katastrophal! Ungewollt hatten sie das genaue Gegenteil damit erreicht. Eine Welle der Sympathie kam zum Ausdruck und man war unschlüssig, wie das weitere Vorgehen aussehen sollte. Schließlich entschloss die Staatsanwaltschaft dazu, nicht nur aus taktischen Gründen, Zurückhaltung zu üben, denn anscheinend hatte dieser Unbekannte den Nerv der Zeit erkannt und war bereit, die schmutzige Arbeit zu übernehmen und den Verbrechern den Kampf anzusagen. Rechtlich war dieses Stillschweigen auch bei der Justiz sehr umstritten, aber da keinerlei Ansatzpunkte zur Verfügung standen, musste man abwarten, was als nächstes geschehen würde.

Der Kommissar schaute seine Kollegin an: „Was jetzt? Ein selbsternannter Rächer! Das hat uns gerade noch gefehlt!" Die eingeleiteten Untersuchungen über die Lebensumstände und Gewohnheiten des Getöteten ergaben tatsächlich, dass er nicht das Unschuldslamm war, für das er sich gerne ausgegeben hatte. Wieso hatten sie diese Fakten übersehen? „Tröstet es Sie, wenn ich sage, dass wir die jetzt ermittelten Erkenntnisse über ihn im Prozess nie hätten beweisen können? Uns waren die Hände gebunden!" Franziska schaute ihn beschwörend an und wollte die zutreffenden Paragraphen zitieren. Sie war direkt von der Polizeischule ins Mord-Dezernat gekommen. „Halt, stopp!" Kommissar Garbis, dem sie als Assistentin zugeteilt war, entgegnete entsetzt. „Ich kenne das Gesetz und befolge es. Aber das hat jetzt bei Ihnen fast so geklungen, als würden Sie ihn auch noch bewundern für das, was er getan hat!" Erstaunt schaute sie ihn an: „Klang das so? Ich wollte lediglich anmerken, dass der Mann Recht hat. Es ist für einen privaten Schnüffler manchmal eben einfacher, sonst nichts!" Die Diskussion wurde jäh unterbrochen, als am Telefon ein erneutes Verbrechen gemeldet wurde. Man rief sie zu einem

Toten, der eine Schusswunde in der Brust aufwies. Bei der anschließenden, näheren Untersuchung in der Pathologie der Gerichtsmedizin stellte die Amtsärztin fest, dass der Tod durch ein verhältnismäßig kleines Kaliber verursacht worden war. Die entstandene Wunde stand nicht im Einklang mit dem herausgeschnittenen Projektil. Das seltsame Geschoss hatte eine fragile Kappe, die beim Aufschlag geplatzt war und eine ätzende Säure freigegeben hatte. So konnte sich die Medizinerin auch erklären, warum die Fleischwunde so zerfressen aussah. An ähnlichen Verletzungen alleine, war bislang niemand gestorben. Die Analyse ergab, dass es sich um eine anorganische Säure aus der Metallverarbeitung handelte. Und wieder fanden die Beamten einen erklärenden Brief, den der Tote bei sich trug.

Er endete auch mit den gleichen Worten:

„........ gez Alpha!"

Kapitel 3

In der breiten Öffentlichkeit wurde der „nächtliche Richter", wie er genannt wurde, unverhohlen bewundert. „Wenn diese Verbrecher das bestehende Gesetz mit der Hilfe von zwielichtigen Anwälten aushebeln, warum ausgerechnet soll für diesen Unbekannten ein strenges Gesetz gelten?" Der Staatsanwalt durfte solche Äußerungen nicht dulden und war gezwungen, diesen geheimen Rächer so schnell wie möglich zu stoppen. Anarchie und Selbstjustiz wäre sonst die logische Folge, denn die Sympathie für diese Taten war rechtlich nicht zu vertreten und für den Stadtrat und die Gerichte nicht auszuhalten. Frederic Berg bekam diese Anerkennung zu spüren, denn überall wurde über diesen Unbekannten geredet und spekuliert. „Wie Zorro, damals in Mexico!" „Endlich einer, der etwas gegen diese Verbrecher unternimmt!" Das waren die positiven Stimmen! Aber es gab auch die gekränkte Justiz! Und die ließ sich nicht zu solchen Äußerungen hinreißen, im Gegenteil. Man suchte schon nach der Quelle, die an solche, teils geheimen Urteile und Informationen gekommen war und diese weitergegeben hatte. Berg war schlau genug, jetzt seine Freundin nicht mehr um den Gefallen zu bitten, ihn über ungelöste Fälle zu informieren. Sie steckte schon viel zu tief mit drin und er wollte sie nun schützen. Ihr fiel dabei ein Stein vom Herzen, denn sie hatte die letzten Wochen vor Angst kein Auge mehr zu machen können. Frederic hatte noch einen letzten Auftrag, den er erfüllen wollte, denn es handelte sich um einen korrupten Justizbeamten, den es zu stoppen gab. Nur in diesem Fall recherchierte er länger und ausgiebiger, denn es sollte sein letzter Mord werden. Als er sich ganz sicher war, den Mann zuhause anzutreffen, fuhr er mit einem großen Koffer zu seinem Haus und wartete, denn sein Opfer würde für ein paar Stunden in die Eckkneipe verschwinden, wie er das jeden Freitagabend zu tun pflegte. Als der Mann pünktlich die Wohnung verlassen hatte, wartete Frederic noch ein paar Minuten, bevor er sich mit einem Spezialschlüssel Eintritt in seine Wohnung verschaffte. Mit größter Präzision verteilte er den Inhalt seines Koffers geschickt in verschiedenen Räumen. Zwei Säureflaschen stellte er unter die Spüle in der Küche, eine Plastikplane legte er auf den Wohnzimmertisch, die vorbereiteten Schreiben vom Angeklagten neben den Personal-Computer, den er im Schlafzimmer gefunden hatte. Im abgedunkelten Wohnzimmer wartete er auf die Rückkehr seines Opfers, den Revolver mit der säuregefüllten Spezialmunition legte er neben sich auf die Couch. Es dauerte eine Stunde länger als üblich und Frederic hoffte inständig, dass er diesmal keine Bekanntschaft mit nach Hause bringen würde. Als der Schlüssel in der Tür gedreht wurde und sein Opfer alleine die Wohnung betrat, fiel ihm ein Stein vom

Herzen. Er wartete in Ruhe ab, bis der Mann das Wohnzimmer betrat und die Deckenbeleuchtung einschaltete. Zuerst hatte ihn der Mann nicht wahrgenommen, denn er ließ die Rollos vor den Fenstern herunter. Dann drehte er sich um und wollte sich in den Sessel setzen. Jetzt erst stutzte er, sah Frederic mit einer Pistole auf ihn zielend und erschrak: „Was wollen Sie denn hier? Wer sind Sie?" Berg antwortete nicht und forderte den Mann unmissverständlich auf, sich an den Tisch zu setzen. Jetzt schaute der korrupte Beamte auf die ausgebreitete Plastikplane und die diversen Gegenstände, die verteilt darauf lagen. Frederic erklärte nicht, warum der Mann nun sterben sollte. Er beugte sich vor, setzte die Waffe unter das Kinn des Mannes und drückte ab. Er wusste natürlich, dass die Kappe des Geschosses in dessen Körper aufplatzen und die Säure freigeben würde. Der Getroffene sackte auch sofort in sich zusammen. Frederic sprang auf, legte den Mann im Sessel zurück und presste mehrfach die Waffe in dessen rechte Hand. Zum Schluss bog er die leblosen Finger noch mehrfach um den Griff der Pistole. Als logische Folgerung wollte er damit einen Suizid vortäuschen, denn Säurefläschchen und weiteren Utensilien ließen keinen anderen Schluss zu. Er legte den vorbereiteten Abschiedsbrief auf den Tisch neben die Schachtel mit der säuregefüllten Munition, hob den Oberkörper an und wuchtete ihn auf die Tischplatte. Er trat einen Schritt zurück und betrachtete sein Werk. Noch einmal verbesserte er ein paar Sachen, riss an der Tischdecke, um den Gewaltakt echt aussehen zu lassen. Er hatte alles perfekt für den letzten, entscheidenden Akt inszeniert. Zufrieden nahm er seinen leeren Koffer, den er hinter den Vorhang gestellt hatte, ließ absichtlich das Licht brennen und ging in den Flur. Nun streifte er die Latexhandschuhe ab, zog die Plastikhülle von seinen Straßenschuhen, öffnete die Wohnungstür und saß kurze Zeit später in seinem Wagen. Zufrieden fuhr er wieder nach Hause.

Er parkte den Wagen in der Garage und kam ins Wohnzimmer, wo seine Freundin schon das Abendessen vorbereitet hatte: „Gab es Probleme?" Frederic schüttelte den Kopf: „Nein, er war zu überrascht, er hat sich nicht mehr wehren können. Du wirst ja in den nächsten Tagen erfahren, was die Kripo ermittelt hat. Ich bin gespannt, ob ich alles richtig gemacht habe. Jetzt ist es amtlich! Alpha ist tot!" Erleichtert kuschelte sich Nicole an ihn und wiederholte: „Ich bin froh, dass Alpha gestorben ist, ich habe meinen Teil dazu beigetragen, hoffe ich . . . . ." Frederic legte den Arm um seine Freundin und atmete tief durch: „Hör mir bitte gut zu! Ich bin immer noch ein wenig in Zweifel. Versuch mich in Zukunft zu bremsen und bring mich wieder zur Vernunft, wenn ich wieder meinem übertriebenen Gerechtigkeitsfimmel folgen will! Ich weiß selbst, dass es diesmal noch gut gegangen zu sein scheint, aber wer weiß, ob das überhaupt noch lange so einfach weitergegangen wäre . . ." Nicole schaute ihn ernst an: „Nicht mehr sehr lange, fürchte ich, denn du hast sie alle vorgeführt. Der Staatsanwalt und die Beamten der Kripo stehen immer noch unter großem Druck, denn der Präsident duldet keine, ... wie hatte er sich ausgedrückt? Moment: Er sagte sinngemäß: Wo kämen wir denn hin, wenn ein **jeder** meint, das Gesetz zu seinen Gunsten auslegen zu können?" Frederic streckte sich, schüttelte vehement den Kopf: „Stopp, stopp! So kann ich das nicht im Raum stehen lassen! Also erstens: Ich bin nicht **jeder**! Und zweitens: Wer hat denn das Gesetz gebeugt? Diese Gangster mit ihren zwielichtigen Anwälten oder ich, der versucht hatte, ein gewisses Gleichgewicht wieder herzustellen?" Nicole lachte ihn unverhohlen an: „Ja, so kann man das auch sehen! Aber du bist nicht der Staat! Trotzdem, sei froh, dass alles vorbei ist, denn auch du wirst die Menschen nicht verändern!"

Unverhoffte Amtshilfe

Was für ein Sommer! In der brütenden Mittagshitze fühlte sich jede noch so kleine Bewegung an, als wäre man in der Sauna, kurz nach dem Aufguss. Wer es sich leisten konnte, blieb in den klimatisierten Räumen seines Büros oder flüchtete in den Supermarkt. Mike schaute die Straße hinauf. Über dem Asphalt flimmerte die heiße, aufsteigende Luft so stark, dass die Männer, die hinter dem Hügel auftauchten, als unkenntlich gemachte Striche erschienen. Er konnte nicht erkennen, wie viele es waren. Kamen sie herunter oder entfernten sie sich vom Ort? Was war geschehen? Der laute Knall hatte Mike aus dem Hotel gelockt, aber er war zu spät gekommen. Sein Wagen war nicht wiederzuerkennen. Jetzt lag nur noch ein dampfender, verbeulter Blechhaufen an der Stelle, wo er vor Stunden den Chevrolet geparkt hatte. Wieder schaute er zu den Personen, die anscheinend jetzt abwartend stehengeblieben waren. Hatten sie mit dem Anschlag zu tun oder waren es vielleicht Zeugen, die alles beobachtet hatten? Mike legte den Daumen und Zeigefinger der rechten Hand, zu einem kleinen Kreis geformt, an seine Lippen. Er schickte damit einen durchdringenden Pfiff die Straße hoch, in ihre Richtung. Mit zusammengekniffenen Augen blinzelte er hoch, zu den immer noch regungslos dastehenden Figuren. Sein Pfiff zeigte keine Reaktion. Mittlerweile hatten sich mehrere Frauen und Männer auf der Straße versammelt und schauten ihn an. „Was war das? Ist das Ihr Auto?" Mike schüttelte den Kopf: „Das war einmal mein Auto! Der fährt jetzt keine Meile mehr!" Aus der Gruppe der umherstehenden löste sich ein Uniformierter und kam auf ihn zu. Mike Stevens sah den glänzenden Metallstern an der Brust und fluchte leise. Den Sheriff konnte er jetzt am wenigsten gebrauchen, denn er hatte sich mit einem

Verbrechersyndikat aus der Stadt angelegt. Man hatte ihn wohl allzu schnell hier, in dem kleinen Kaff aufgespürt und wollte ihn mit dieser Aktion eindeutig ein letztes Mal warnen. Wie sollte er dem Gesetzeshüter erklären, dass er mit dem unterschlagenen Schwarzgeld der Drogendealer hierher geflüchtet war?

„Sind Sie verletzt?" wollte der Sheriff von ihm wissen, nahm seine Sonnenbrille ab und steckte sie in die Brusttasche seines schwarzen Hemdes. Wie kann man bei dieser Bullenhitze überhaupt so dunkle Farben tragen? Die hellste Birne im Distrikt schien er nicht zu sein, denn sonst hätte er diese überflüssige Frage nicht gestellt. Mike antwortete nicht sofort und musterte den Beamten, der mit etlichen Beuteln und Geräten an seinem Gürtel aussah, wie ein Taucher mit Bleigewichten. Die halbhohen Stiefletten aus Schlangenleder gehörten sicherlich auch nicht zu seiner Uniform. „Ich war im Haus und habe den Knall gehört, das war alles." Ein paar Neugierige waren ihm gefolgt und standen nun erwartungsvoll im Halbkreis um den zerstörten Pick-up, während der Sheriff seine Schirmmütze abnahm und sich die nasse Stirn mit einem überdimensional großen Tuch abwischte. Er steckte es danach halbherzig so in seine Gesäßtasche zurück, dass es wie eine Fahne hinter ihm her wehte, als er sich über den Schrotthaufen beugte. „Mann oh Mann! Das sieht böse aus! Hatten Sie Gasflaschen an Bord?" Mike schüttelte, leicht amüsiert den Kopf. „Sprayflaschen?" Wieder verneinte er und hielt dem Beamten ein Dokument hin. Der Sheriff überflog die Zeilen und gab es ihm zusammengefaltet zurück: „Aha! Also ein Leihwagen! Vollkasko, nehme ich an?" Mike nickte diesmal und sah ihn erwartungsvoll an. „Na, das werden wir schnell geregelt haben. Rufen Sie die Leihfirma an, damit man Ihnen ein Ersatzauto hierher bringt, oder soll ich das für Sie machen?" Als Mike nicht sofort antwortete, ergänzte er: „Wird schneller gehen, wenn ich anrufe! Ich werde das eben im Büro schriftlich aufsetzen!" Er machte eine fahrige Handbewegung zum Himmel: „Ist eh viel zu heiß hier! Kommen Sie!" Er zeigte auf das Backsteinhaus auf der gegenüberliegenden Straßenseite. Auf dem großen Holzschild, dass über dem Eingang baumelte, stand in dicken Lettern: „State Office". Mike folgte ihm. Der Cop schien nicht im Geringsten daran interessiert zu sein, wie der Wagen explodiert war oder wer dafür verantwortlich zeichnete. Mike konnte das nur recht sein. Kurz bevor er in das Büro eintrat, schaute er noch einmal zum Horizont. Die Männer waren nicht mehr zu sehen.

Nachdem der Sheriff das notwendige Telefonat für ihn geführt hatte, gab er Mike das angefertigte Schriftstück. „Wollen Sie lange bei uns bleiben?" wollte der Beamte wissen und Mike antwortete: „Ich bin auf der Durchreise zur Ostküste. Da lebt meine Großmutter! Sie will, dass ich ihr Geschäft übernehme." Freundlich nickte ihm der arglose Cop zu: „Gratuliere! Der Wagen wird spätestens morgen Nachmittag hier sein. Sie wohnen hier im Ort wo?" Mike zeigte mit dem Finger auf das Schriftstück, das der stupide Beamte selber eben ausgefüllt hatte und noch offen vor ihm lag. „Im Hotel in der Mainstreet, da sehen Sie? O.K., das wäre erledigt. Darf ich Sie jetzt noch auf einen Drink einladen?" Der Uniformierte sprang schnell auf: „Du darfst! Du darfst!" Als wenn er darauf gewartet hätte, kam er um den Schreibtisch. „Ich heiße Ben!" Mike antwortete: „Meinen Namen kennen Sie. . . . kennst du ja von den Papieren: John Smith. Angenehm!" Seinen richtigen Namen durfte er natürlich nicht wissen, denn auch der Leihwagen war aus verständlichen Gründen unter dem häufig vorkommenden Namen „Smith" angemietet worden. Die Gangster hatten zehnmal schneller geschaltet, als dieser Dorftrottel, der den Anschlag als Unfall darstellte und von einer angeblichen Flüssiggasflasche faselte, die man ihm bei dieser Hitze auch noch unberechtigter Weise auf die Ladefläche des Pick-ups abgestellt hätte. Mike konnte darüber nur den Kopf schütteln, aber das war bestimmt die einfache Art des Beamten, sich so wenig, wie möglich Arbeit einzufangen. Nach der Devise: Was ich nicht weiß, kann ich auch nicht bearbeiten. Der Kerl trank nun schon den sechsten Bourbon ohne Eis und schien davon immer noch nichts zu spüren, Mike hatte derweil unter dem schmunzelnden Gelächter der Gäste schon beim vierten Drink das Handtuch geworfen und nach einem deftigen Essen verlangt.

Der Abend senkte sich auf das verschlafene Dorf am Rand der Wüste und brachte endlich eine sehnlichst erwartete, kühlende Frische mit. Mike ging zur Rezeption, nahm seinen Schlüssel und stieg wankend die schmale Stiege empor, die zu seinem Zimmer führte. Drei Mal zielte er auf das viel zu kleine Schlüsselloch, bis er endlich traf und aufsperren konnte. Er wollte eintreten, als er in der hinteren Ecke des Flurs einen Schatten wahrnahm. Schnell schob er sich ins Zimmer und drückte die Tür ins Schloss. Auf dem Flur warnte ihn eine quietschende Diele, daraufhin tat er so, als würde er grölend ins Bett fallen. Er zog laut singend seine Schuhe aus und ließ sie polternd auf den Boden fallen. Dann stand er leise auf und schlich zurück zur Tür. Im Halbdunkel nahm er den Eisenhaken vom offenen Kamin in seine geballte Faust und stellte sich hinter die noch geschlossene Tür. Fast lautlos senkte sich die Klinke und gab das Schloss frei .... Mist! ... er hatte wohl in der Eile vergessen, den Riegel vorzulegen. Flüsternde Stimmen verrieten ihm, dass es mehr als eine Person sein musste, die ihm ans Fell wollte. Schon schob sich ein muskulöser Mann zu ihm ins Zimmer und drückte die Tür hinter sich ins Schloss. Mike hob die eiserne Stange, wartete einen Augenblick, bis er im Rücken des Fremden war und schlug dann umso kräftiger zu. Dumpf fiel der Mann vor seine

Füße und rührte sich nicht mehr. In der Rechten hielt er dabei immer noch den Trommelrevolver, mit dem er ihn zweifelsfrei ins Jenseits geschickt hätte. Mike bückte sich und sah in die geöffneten, leblosen Augen seines Gegners. Der Mann war auf der Stelle tot. Schnell nahm er dessen Colt an sich, rannte zum offenen Fenster und schoss damit zwei Mal in den Garten. Dann lief er zurück zur Tür, stöhnte laut auf und stampfte mit den Füßen auf den Holzboden. Seine Geräusche taten im Flur ihre Wirkung: „Pst, Jose . . . . alles in Ordnung?" flüsterte eine fremde Stimme durch die geschlossene Tür. Wortlos entriegelte Mike die Tür und hielt die Waffe schussbereit. Als der Mann im Raum stand, zielte er aus nächster Nähe direkt auf dessen Brust. Der Fremde war völlig verwirrt, begriff seine aussichtslose Lage und wollte schnell zurück in den Flur. Mike zögerte keine Sekunde, drehte die Waffe um und schlug mit dem Griffstück des Revolvers zu. Wie ein nasser Sack fiel der Mann in sich zusammen. Schnelle Schritte auf dem Flur, die sich entfernten, signalisierten ihm, dass ein Dritter die Flucht angetreten hatte. Kurze Zeit später klopfte auch schon wieder der neugierige Hotel - Portier an seine Tür: „Alles in Ordnung, Mr. Smith?" Mike reagierte schnell: „Ja, entschuldigen Sie den Lärm! Ich habe etwas zu viel getrunken." Der Angestellte gab keine Ruhe: „War das nicht eben ein Schuss?" Mike beruhigte ihn: „Hab ich auch gehört und bin zum Fenster gegangen. Da unten im Hof ist eben ein Ford Mustang weggefahren, der Fehlzündungen hatte. Gute Nacht!" Er horchte noch eine Weile an der Tür, bis der Mann endlich missmutig etwas von „auch so, Nacht!" faselte und wieder herunterging. Mike atmete auf, zog den ohnmächtigen, zweiten Mann ins Schlafzimmer und legte ihn vors Bett. Er riss dessen Hemd in Streifen und fesselte ihm damit seine Beine. Dann drehte er den leblosen Körper auf den Bauch, nahm dessen Arme und verschnürte sie fest auf den Rücken. Nun legte er ihn auf die Seite, steckte ihm ein

Taschentuch in den Mund und verklebte seine untere Gesichtshälfte mit Pflaster, das er im Bad gefunden hatte. Er musste über seine neu entstandene Situation in Ruhe nachdenken und seinen Rausch ausschlafen. Morgen würden ihm schon die notwendigen Schritte einfallen. Er legte den Toten in die Badewanne und zog auch den Gefesselten aus dem Zimmer, er wollte in der Nacht seine Ruhe haben. Mit dem Colt in der Hand lag er angezogen auf seinem Bett, während er noch eine Weile das leise Stöhnen seines Gefangenen hörte, aber auch das verstummte bald. Nach einer Stunde döste er dahin.

Das laute Klopfen an der Tür weckte ihn viel zu früh. „Wollen Sie jetzt ihr Frühstück?" Der neugierige Portier von gestern Abend schien immer noch nicht locker zu lassen. Verschlafen stolperte er zur Tür, bis ihm einfiel, dass er nicht alleine war. „Später, etwas später! Wieviel Uhr ist es denn?" Die Stimme vom Flur kam prompt: „Zehn! Es ist schon zehn Uhr!" Mike rief zurück: „Ich habe Urlaub und das Zimmer ist für eine Woche gebucht! Also bitte . . . . stören Sie mich nicht!" Maulend trabte der Angestellte wieder nach unten. Mike ging ins Bad und machte sich am Waschbecken frisch. Duschen konnte er aus verständlichen Gründen nicht in der Wanne. Er seifte sein Gesicht ein und nahm das Rasiermesser, dabei kam ihm eine glänzende Idee. Seine Verfolger kannten ihn als Mike Stevens, aber hier war er unter falschem Namen abgestiegen und die Bombenleger hatten ihn zweifelsfrei in seinem Zimmer aufgesucht, um ihren angenommenen Auftrag eiskalt auszuführen. Was lag also näher, als . . . . er senkte sein Rasiermesser und schaute freudig mit dem weißen Schaumbart in den blinden Spiegel. Er hatte eine geniale Idee. Das ist es! Das könnte die Lösung werden!

„Haben Sie den Wagen gestern denn nicht richtig untersucht?"
Der Monteur hatte den Ersatzwagen mitgebracht und von der
Rampe heruntergelassen. Nun stand er vor dem Wrack des
zerstörten Wagens, in dem plötzlich ein Toter lag. „Holen Sie
sofort den Sheriff hierher! So kann ich den Wagen unmöglich
anfassen, geschweige denn aufladen!" Mike stand neben dem
neuen Wagen und schaute den Monteur fassungslos an „Der
Sheriff hat sich das gestern angeschaut. Ich war da nicht dran!"
Endlich kam der Sheriff über die Straße und ging auf die
beiden zu: „Na, John, ausgeschlafen?" Mike nickte und gab
ihm die Hand: „Hallo, Ben. Dieser nette Mann hat mir gerade
den neuen Wagen geliefert und dabei festgestellt, dass es wohl
gestern einen Toten gab. Da, im Wagen! Der lag doch gestern
noch nicht da!" Er wartete ab, bis der verdutzte Mann in das
Wageninnere geschaut hatte. „Vielleicht wollte er das Auto
stehlen!?" Der Beamte ging um den zerstörten Wagen herum.
Immer wieder murmelte er dabei: „Das auch noch! Das auch
noch!" Mike ging zu ihm. „Bekomme ich dadurch jetzt
Scherereien?" Ben schaute ihn flüchtig an: „Was? Ach . . . . .
iwo! Ich überlege nur, wie ich das am besten in meinem
Bericht formulieren soll!" Mike wollte derweil den
Ersatzwagen quittieren, aber der Monteur blieb stur und
schüttelte den Kopf. „Erst muss das mit der Leiche geklärt
werden!" Ben war wieder ins Büro gelaufen und kam nun in
Begleitung von zwei Männern zurück und gab dem Monteur
ein amtliches Schreiben. „Wir werden den Mann hier
beerdigen! Bei dieser Sommerhitze können wir ihn nicht hier
liegenlassen, und ein Kühlhaus gibt es hier nicht. Ich kläre
das." Er wischte sich mit dem großen Taschentuch den
Schweiß von der Stirn und wandte sich noch einmal an den
Fahrer: „Sie können Mr. Smith den neuen Wagen geben. Ich
quittiere Ihnen die Rechtmäßigkeit und dass Sie das zerstörte
Auto erhalten haben!" Leise flüsterte er Mike zu: „Von dem

Toten braucht niemand etwas zu erfahren." Dann rief er dem Fahrer zu: „Ich nehme das zu Protokoll und damit ist die Sache für Sie erledigt. So können wir uns viele unnötige Fragen ersparen." Der Monteur hob seine Arme. „Von mir aus. Mir ist das egal. Hauptsache ich bring den Schrott-Wagen in die Werkstatt. Das ist mein Auftrag." Während die beiden Männer die Leiche aus dem Wagen holten, legte sich der Monteur unter das zerstörte Auto. „Seid ihr fertig?" fragte er die Männer, die gerade den Toten am Straßenrand abgelegt, und mit einem Tuch bedeckt hatten. „Fertig!" klang es fast zweistimmig und der Monteur befestigte ein Stahlseil an der Vorderachse des Wracks. Er kroch wieder hervor, schaute zur Kontrolle kurz auf den zugedeckten Mann, ging zum Führerstand und ließ die Motorwinde den Schrotthaufen langsam auf seine Ladefläche ziehen.

Der Fahrer bekam das Schreiben des Sheriffs und nahm die Quittung von Mike entgegen, die er mit John Smith unterschrieben hatte. Er bedankte sich und fuhr los.

Dann gingen sie zu dem Toten. „Kennst du ihn?" fragte Ben, als er das Tuch von dessen Gesicht nahm. Mike bückte sich, tat erstaunt und log dem Sheriff dreist seine zurechtgelegte Geschichte vor.

„Ja, tatsächlich! Ich kenne den! Das ist der Mann, den ich als Anhalter mit hierher genommen hatte. Wie hieß der nochmal?" Er tat, als würde er angestrengt nachdenken. „Stiere . . . Steffel . . .? Nein jetzt hab ich`s . . . . . Stevens hieß der Mann! Mike Stevens! Er hat mir erzählt, dass er in seiner Heimatstadt zu sehr viel Geld gekommen sei und in seiner Heimatstadt deponiert habe. Er hat dabei jedoch Andeutungen gemacht und so seltsam gegrinst, so fand ich es besser, nicht weiter nachzufragen. Ganz geheuer war der mir nicht! Außerdem schien es . . . ." Er kam ein wenig näher und flüsterte: „ . . . es schien mir gestern Morgen auf der Fahrt hierher so, als würde er verfolgt." Ben wurde hellwach: „Verfolgt? Von wem? Kannst du ihn beschreiben?" Mike, der sich an den erdachten, neuen Namen „John" gewöhnen musste, beschrieb genau den Mann, den er gestern Abend wohl ein wenig zu kräftig eingeschnürt hatte und der daraufhin in der letzten Nacht in seiner Wanne erstickt war. „Genauso hab ich ihn in Erinnerung. Der war gestern Abend auch im Hotel und hat nach ihm gefragt." Ben wurde ganz aufgeregt: „Das ist der Mann!" rief er. „Heute Morgen haben sie im Stall einen Mann gefunden, auf den deine Beschreibung passt. Der ist erstickt worden! Mann oh Mann! Das wird ja immer schlimmer! Die müssen sich gestern noch getroffen haben. Dabei kam es wohl zum Streit und dann haben sie sich gegenseitig umgebracht! Ich bekomme auch noch raus, wie!"

Glückliches Ende

„Wenn du noch einmal in der Gegend bist, so lass von dir hören!" Ben verabschiedete Mike, der sich jetzt John nannte und nicht mehr gesucht wurde. Mit dem Geld hat er an der entgegengesetzten Westküste ein rentables Geschäft aufgemacht. Selbst wenn Ben misstrauisch geworden wäre, so müsste er lange suchen, um ihn an der Ostküste bei seiner Großmutter zu finden. Die Männer, die sich zwei Wochen später nach Mike erkundigten, wurden vom Sheriff aufgeklärt, dass sich zwei Männer gegenseitig, wie auch immer umgebracht hatten. Der richtige Mike lebte glücklich und zufrieden im Westen. Er bekam weder mit der Polizei, noch mit der Unterwelt jäh wieder Streit und muss manchmal lächeln, wenn er an das verschlafene Wüstenkaff dachte, dass ihm unbewusst so zu seinem Glück verholfen hatte.

Ein Störenfried muss weg!

Er hatte seine Probezeit mit Bravour überstanden und nicht nur die Damenwelt himmelte ihn an. Jürgen kannte den Chef nicht mehr wieder. „Herr Berg, wenn es Ihnen nicht zu viel ausmacht, so würde ich mich glücklich schätzen, wenn Sie die Ausarbeitungen für das bevorstehende Referat bis Mitte nächster Woche fertig hätten." Der Neue fühlte sich zu recht geschmeichelt und stimmte zu, denn mit einer solchen Aufgabe, die man über das Wochenende zuhause vorarbeiten musste, war natürlich auch eine saftige Prämienzahlung verbunden. Die Kollegen schauten sich nur an, aber jeder von ihnen dachte das gleiche. Früher, als dieser Andreas Berg noch nicht hier gearbeitet hatte, hieß es einfach: „Schmitt, Hansen, in mein Büro!" Dort wurden ihnen ähnliche Arbeiten zugeteilt und nicht, wie bei dem Neuen, höflich darum gebeten. Unruhe kam auf, in dem Großraumbüro und keiner fühlte sich mehr gleichwertig. Mit Berg konnten sie nicht mehr mithalten. Kam er morgens zu spät, so wurde vom Chef jede seiner Entschuldigungen akzeptiert. Wenn Monika, die einzig Alleinerziehende etwas früher gehen wollte, so wurde sie in ungebührender Weise daran gehindert, sogar alleine schon für diese Frage damit erpresst, dass man auf solche unverlässlichen Mitarbeiter gut verzichten könnte. Es kam, zugegeben, sehr selten vor, aber alle Kollegen hielten in solchen Momenten zusammen. Außer dem netten Herrn Berg, der sich dann ungefragt immer wieder in den Vordergrund spielte und „natürlich" dem Chef recht gab und solche Wünsche nicht verstehen konnte. Nun kam seit ungefähr zwei Jahren regelmäßig am Freitagvormittag der Sohn eines ehemaligen Mitarbeiters ins Büro. Er hatte einen Bauernhof und lieferte den Angestellten frische Eier. Eines Tages wollte Berg an diesem Service teilnehmen und bestellte auch 10 Eier. Es war nichts Ungewöhnliches und das brachte Hansen auf eine geniale Idee. Der Neue hatte das Betriebsklima verseucht und alle waren sich einig, wenn der nicht mehr bei ihnen wäre, so hätte man wieder den alten, eingefahrenen Trott. Keiner wagte das zwar laut auszusprechen, hinter der Hand jedoch wurde geflüstert und ratlos nach einer Lösung gesucht. Hansen wollte ihm eine Lektion erteilen und ihn für ein paar Tage aus dem Verkehr ziehen. Dazu kaufte auch er zehn Eier und nahm sie am Wochenende mit nach Hause. Mit einer Einwegspritze zog er aufgelöstes Rattengift in die Kanüle, durchbohrte die Schale von zwei Eiern und presste vorsichtig das Gift hinein.

„Das wird ihm eine gehörige Magenverstimmung bescheren!" Die präparierten Eier warteten in der Kühlbox die ganze Woche auf den Einsatz. Die anfänglichen Zweifel und Skrupel, die sich bei Hansen einstellten, waren schnell verflogen, als Berg in den folgenden Tagen immer dreister auftrat und als Gipfel am Dienstag zum Abteilungsleiter ernannt wurde. Jeder hätte das mehr verdient, als dieser hergelaufene Lackaffe, der nicht die Routine und das Wissen der Sachbearbeiter besaß, Fehler verleugnete und den Kollegen unterschob. Jetzt war der Tag gekommen! Schnell hatte er in einem unbemerkten Augenblick die vergifteten Eier ausgetauscht und nun wartete er ungeduldig die ganze Woche darauf, dass sich dieser Fiesling krank melden würde. Am Mittwoch der folgenden Woche war es endlich soweit. Der Platz von Berg blieb unbesetzt. Hansen fasste sich ein Herz und ging zum Chef: „Ich hab eine Frage an den Kollegen Berg, ist der heute nicht da?" fragte er scheinheilig. Traurig schaute ihn der Chef an: „Schließen Sie die Tür und setzen Sie sich." Hansen tat erstaunt und überlegte schon, wie lange Berg wohl krankgeschrieben war. Sein Gesicht entglitt ihm, als der Chef vom Ableben des Kollegen sprach. „Wie? Wieso tot?" fragte er ungläubig.

(Hatte er zuviel Gift genommen? Er sollte doch nur eine Magenverstimmung davon bekommen!)
„Wie mir die Polizei mitgeteilt hat, ist er gestern Abend tödlich verunglückt. Schrecklich! Er war alleine im Auto und ist ohne zu Bremsen gegen einen Baum gefahren. Furchtbar! Ob der übermüdet war?" Hansen schaute ihn mit offenem Mund an. Er konnte nichts dazu sagen. Wieso lag der nicht zuhause im Bett und krümmte sich vor Schmerzen? Wieso fuhr der dann noch mit dem Auto? Sei es drum!

Hansen wurde zum Abteilungsleiter ernannt und ein Verdacht, dass er den Kollegen mit Lebensmittel vergiftet haben könnte, kam nie auf.

Folgendes war passiert:

Berg hatte sich an diesem Dienstagabend ein leckeres Omelett mit drei Eiern gegönnt, bevor er in die Stadt fahren wollte. Dort kam er, wie die Polizei mitteilte, nicht an. Der plötzliche Schweißausbruch und die Krämpfe, verbunden mit der verschwommenen Sehkraft, hatten zu dem Verkehrsunfall geführt. Der Auslöser dazu muss nach Ansicht der Gerichtsmedizin, ein Rattengift gewesen sein, mit dem er wohl unbeabsichtigt in Berührung gekommen war. Die Herkunft des toxischen Präparates blieb ungeklärt und Hansen hütete sein Geheimnis, denn das Ergebnis war ein sehr gesundes Betriebsklima und das war das Einzige, was er gewollt hatte.

Der Erbschleicher

Ein Lehrgangsseminar im Altenheim brachte Harald Stöcker, den 35 jährigen Krankenpfleger, der sich mit einem eigenen Pflegedienst selbstständig machen wollte, hinterlistig auf eine, wie er es nannte, geniale Idee. „Insulin". Er hatte beim Studium zum Heilpraktiker im Krankenhaus mitbekommen, dass die Schwestern und Pfleger größte Sorgfalt walten ließen, wenn sie für die Zuckerkranken die individuell abgestimmten, täglichen zu ermittelnden Werte notierten. „Die Spritzen und Tabletten für die Erkrankten müssen genau errechnet werden. Wenn ein Gesunder Insulin erhält, wird er verwirrt reagieren, bis hin zum Koma." Dieser Satz ging dem jungen Mann nicht mehr aus dem Kopf, denn Krankenpfleger war er nicht aus Überzeugung. Der Ersatzdienst hatte ihn in diesen Job verschlagen. Schnell hatte er gemerkt, wie lukrativ diese Arbeit sein konnte. Wie dankbar zeigten sich die gebrechlichen, alten Leute, wenn man etwas lieber und netter mit ihnen umging. „Wir haben pro Bewohner maximal zehn Minuten Zeit!" Den Satz wollte er nicht wahrhaben, denn wenn ein Mensch gefüttert werden musste, kann man sich die fehlende Zeit selbst ausrechnen. So machte er sich schließlich selbstständig und ließ sich privat buchen. Er spezialisierte sich auf Reisebegleitungen, besonders Kreuzfahrten mit betuchten Patienten unternahm er nun. Das brachte Geld, Fernreisen und Anerkennung. Sein bester Patient war der pensionierte Chemiker Dr. Gero Kantar. Schnell hatte Stöcker bei seinen täglichen Besuchen erkannt, dass der Achtzigjährige immer gebrechlicher und unselbstständig wurde. Bald konnte der alte Mann in seiner großen Villa nicht mehr alleine bleiben. Verwandte, und damit Erben waren keine vorhanden. Es kam der Tag, dass Stöcker ihm vorschlug, für eine Versorgung rund um die Uhr zu sorgen. Die Einlieferung in ein Pflegeheim lehnte der gebrechliche Mann jedoch strikt ab. Geschickt machte der Pfleger ihm daraufhin den Vorschlag, bei ihm einzuziehen und sich einzig um ihn zu kümmern, sofern die Bezahlung einigermaßen stimmen würde. So könnte er in seiner vertrauten Umgebung bleiben und sich hier von ihm betreuen lassen. Die Einlieferung ins Heim hätte doppelt so viel gekostet, wie das feste Gehalt, das er gerne seinem privaten Pfleger zahlte. Stöcker nahm sehr gerne das günstige Angebot an, jetzt schon seinen perfiden Plan im Auge, denn er wusste natürlich, dass sein Privatpatient nicht zuckerkrank war. Als der alte Herr an einem Abend über seine mangelnde Mobilität klagte, war das der gegebene Anlass für Stöcker, ihm eine Therapie vorzuschlagen. „Da gibt es mittlerweile die Möglichkeit für Sie, mit ihrem gereinigten und mit Sauerstoff und wertvollen Vitaminen angereicherten Eigenblut eine erhebliche Leistungssteigerung und damit eine Verbesserung des Gesamtzustandes zu erzielen." Der ehemalige Chemiker schien daran interessiert zu sein, denn wer würde einer Vitalisierung seines Körpers negativ gegenüberstehen? Nun hatte der Pfleger die Möglichkeit, unter dem Vorwand dieser Therapie seinem Patienten Blutabnahmen und Spritzen zu verabreichen.

Das Insulin besorgte er sich, indem er nebenbei mehrere, ältere Patienten zuhause aufsuchte, um ihnen bei der schwierigen Ausrechnung der Broteinheiten behilflich zu sein und für sie die Spritzen vorzubereiten. So kam er pro Woche an eine Glas-Ampulle des begehrten Stoffes, den er bald für seine Zwecke verwenden könnte. Die Eigenblut-Therapie schlug hervorragend an und Dr. Kantar war überglücklich mit der Wahl seines Pflegers. Stöcker wollte die Haltbarkeit und damit verbundene Wirkung des Insulins nicht zu lange hinauszögern und begann jetzt unter dem Vorwand dieser Therapie, seinem Patienten regelmäßig kleinste Einheiten zu spritzen. Es dauerte keine zwei Wochen, da machten sich die ersten Anzeichen einer Verwirrung bemerkbar. Stöcker hatte sich genau informiert, unter welchen Umständen er von „seinem" Patienten Erben könnte, ohne Gefahr zu laufen, dass die Behörden skeptisch reagieren würden. In einem günstigen Augenblick einer solchen Verwirrung, ließ der Pfleger den Alten ein perfekt vorbereitetes Testament unterschreiben, dass ihn als alleinigen Erben benannte. Als es nur noch eine Frage der Zeit war, wann der Alte das Insulin nicht mehr verkraften würde, suchte er nach einer Urlaubsvertretung. (Er durfte nicht verantwortlich sein, wenn der Exitus bei dem Patienten eintrat.) Eine Pflegerin, die eine ganztägige Betreuung für zwei Wochen übernehmen konnte, war bald gefunden. Sie war zwar nachts nicht anwesend, hatte aber für den eventuell hoffentlich nicht eintretenden Notfall am Bett des alten Herrn einen Sender anbringen lassen. Spätestens in einer halben Stunde konnte sie so von zuhause aus Hilfe herbeirufen oder bei ihm sein.

Harald Stöcker war nicht weggefahren, sondern wartete vor der Villa, bis die Pflegerin das Anwesen verlassen hatte. Nun schlich er sich ins Schlafzimmer des Alten, nutzte dank der Schlaftabletten die Situation aus und verabreichte dem alten Mann jeden Abend die doppelte Dosis Insulin. Am vierten Abend sah er schon bei seiner Ankunft, dass die Villa hell erleuchtet war. Polizei und Krankenwagen standen im Park und beruhigten die Pflegerin, die immer wieder beteuerte, dass sie sich den plötzlichen Tod des Patienten nicht erklären könnte. Stöcker gab sich nicht zu erkennen, fuhr langsam an der Villa vorbei und genoss die weiteren Tage in einer kleinen Pension an der Ostsee. Nach einer Woche rief er in der Villa an, um sich nach dem Befinden seines Patienten zu erkundigen. Natürlich klingelte er vergebens und fragte in einem zweiten Telefonat bei der Polizei nach, ob etwas in seiner Abwesenheit „passiert" sei, denn in der Villa hatte sich niemand gemeldet.

Der Plan ging auf ganzer Ebene auf.

Selbst nach dem überraschten Tod erbrachte die obligatorisch angeordnete Obduktion keinen Tatverdacht, da es sich beim Insulin um eine Substanz handelt, die der Körper nach einiger Zeit verarbeitet hatte. Nach weiteren Wochen wurde das Testament eröffnet, dass man im privaten Safe des ehemaligen Chemikers gefunden hatte. Harald Stöcker tat sehr verblüfft und verwundert, als man ihm das gesamte Erbe vorlas. (Natürlich nahm er das Erbe an!) Ausdrücklich hatte der Notar dem Erben als letzten, zusätzlichen Willen, eine Flasche seines Lieblingsgetränks mit einem Brief seines früheren Arbeitgebers überreicht. Als er am Abend zufrieden im Kaminzimmer seiner geerbten Villa saß, nahm er den Brief und die Flasche Malt Whisky und setzte sich in den ledernen Ohrensessel, den er schon zu Lebzeiten des Alten so gemocht hatte und öffnete den Umschlag, der ein Schreiben und einen weiteren Brief enthielt.

„Guter Freund, Sie haben mir einen Lebensabend in meinen eigenen vier Wänden ermöglicht, wofür ich Ihnen aufrichtig danke. Sie erinnern sich an das wertvolle Trinkglas neben dem Service?

Nehmen Sie sich aus dem Schrank dieses Whiskyglas, das ich Ihnen versprochen hatte, füllen Sie es mit dem köstlichen Lebenswasser und trinken Sie auf mein Wohl! Wenn Sie es geleert haben, so dürfen Sie den zweiten Umschlag öffnen, denn ich habe noch eine weitere Überraschung für Sie!

Ihr Dr. Gero Kantar"

„Ein wahrer Gentleman!" flüsterte Stöcker, ging zum Schrank, nahm das beschriebene Whiskyglas und erfüllte den Wunsch des Verstorbenen. Als sich die Wärme des „Uisce beatha" (Wasser des Lebens) in seinem Innersten ausgebreitet hatte, öffnete er den zweiten Umschlag:

„Wenn Sie diese Zeilen lesen, so ist es auch für Sie zu spät! Ich habe nämlich, für den Fall meines plötzlichen Todes, bei meinem Notar diese Flasche und den dazugehörigen Brief hinterlegt. Nur Sie wissen, welches Glas ich darin beschrieben habe. Ihre Bestrebungen, mir schmackhaft zu machen, Sie als Alleinerbe einzusetzen, ließen mich in lichten Momenten stutzig werden und zu diesen drastischen Maßnahmen greifen. Das Gift, mit dem ich das Glas präpariert habe, stammt von mir und glauben Sie mir, es ist absolut tödlich! Sie haben jetzt nur noch diese eine, letzte Nacht, um über Ihr scheußliches Tun nachzudenken. Zuerst werden Sie eine Müdigkeit spüren, das müsste ungefähr jetzt der Fall sein . . . . . die Beine versagen Ihnen den Dienst! Stimmt's?" Stöcker war zu Tode erschrocken und versuchte sofort aufzustehen, was ihm nicht mehr gelang. Zitternd nahm er den Brief wieder an sich, dessen Zeilen vor seinen Augen verschwammen. Lange starrte er auf die Buchstaben, bis er wieder im Stande war, auch den Rest dieser bitteren Erkenntnis zu lesen: „Mein Leben ist gelebt. Aber Menschen, wie Sie einer sind, ist ein ehrenvolles Dasein nicht vergönnt. Mein Vermögen soll bekommen, wer will . . . . Sie sind das jedenfalls nicht!"

Da saß er nun im Kaminzimmer, der geliebte Lehnstuhl würde sein Sterbebett werden und sein Lieblingswhisky war noch mehr als halbvoll. Sein mobiles Telefon, mit dem er hätte Hilfe rufen können, lag direkt vor ihm, aber trotzdem unerreichbar für ihn auf dem Tisch. Seine Zunge schwoll an, seine gelähmten Hände zitterten und nun bereute er, diesen Plan ausgeführt zu haben. In den frühen Morgenstunden wurde er von seinen starken Schmerzen für immer erlöst.

Er hatte sich offensichtlich mit dem Falschen angelegt.

Perfekte Problemlösung

Die Anfragen und Bitten wurden ihm durch einen Rechtsanwalt postlagernd zugeschickt. Weder der Anwalt, noch die jeweiligen Auftraggeber wussten, wer sich hinter dem Decknamen „Orden Secreto" verbarg. Der Anwalt ahnte natürlich auch nicht, dass sich illegale Aufforderungen in der weitergeleiteten Post befanden. Geschickt hatte Thomas sein Geschäft mit dem Tod aufgebaut. Wenn man die gewaltsame Tötung überhaupt als ein Geschäft bezeichnen konnte. Heinrich-Thomas Meister, Antiquitätenhändler. Er war vor Jahren aus dem ehemaligen Ostblock nach München gezogen und hatte, um seine Herkunft zu verschleiern, einen typisch deutschen Namen angenommen. Seine dunkle Seite würden primitive Menschen als Mörder auf Bestellung nennen. Er selber sah sich als Künstler. Er empfand es als Hilfe für benachteiligte Menschen, die es sich finanziell leisten konnten, seine kostspielige, aber sehr effektive Arbeit in Anspruch zu nehmen. Zwei Bedingungen waren notwendig, um ihn zu einer Tat bewegen zu können. Der oder die betroffenen Personen mussten volljährig sein und zusätzlich ein entsprechendes Maß an Schuld auf sich geladen haben. Zweitens wollte er natürlich die genaue Adresse und wenn vorhanden, ein möglichst neues Foto von dem potentiellen Opfer haben. Wer auch immer den Auftrag erteilte, nach Prüfung der Umstände bekam er nach spätestens zwei Wochen auf dem gleichen Weg seine Zu,- oder Absage zugestellt. Höchstens dreißig Prozent der Wünsche waren in seinen Augen überhaupt annähernd berechtigt. Die anderen, angeblichen Probleme entpuppten sich schnell als Erbstreitigkeiten, banale Auseinandersetzungen oder als plumper Versuch, mit falschen Anschuldigungen eine lästige Person oder einen unbequemen Konkurrenten beseitigen zu lassen. Solche Aufträge waren unter seinem Niveau und primitiv! Geschmacklos! Er musste selbst davon überzeugt sein, dass es sich wirklich um einen eiskalten, brutalen Zeitgenossen handelte, der aus seiner neuralen Sichtweise kein Weiterleben verdient hatte. Da er tagsüber einer normalen, seriösen Tätigkeit als Antiquitätenhändler nachging, hatte er viele soziale Kontakte bis in die höchsten Kreise. Seine Aufträge wurden immer mit höchster Präzision, als Unfälle getarnt, innerhalb eines Jahres erledigt. Wem das zu lange dauerte, wurde strikt von ihm abgewiesen, denn den größten Teil seiner Arbeit widmete er den Vorbereitungen, Erkundigungen und Erarbeitung eines präzisen Zeitplans. Je besser und genauer die Daten ausgearbeitet waren, umso besser und einfacher war der darauf folgende, angebliche Unfall zu bewerkstelligen. Individuell widmete er sich gezielt den Lebensumstände, tägliche Gewohnheiten, Freunden und Beziehungen seiner Opfer. Alles konnte verwandt werden und spielte somit eine entscheidende Rolle bei der Ausführung seiner Taten. An seinen ersten Auftrag erinnerte er sich noch genau: Es war jetzt gut zwei Jahre her, als er von einem Betroffenen davon erfuhr, dass ein brutaler Vergewaltiger mangels Beweisen durch die Staatsanwaltschaft seiner gerechten Strafe nicht zugeführt werden konnte. Das Opfer hatte schwer verletzt überlebt, wenn man das Weiterleben nach einer solchen Tat überhaupt als ein solches bezeichnen konnte. Damals hatte er angefangen, diese brutalen Verbrechen nicht einfach so hinzunehmen, als wären sie unabwendbar. Man müsste etwas dagegen unternehmen, dem Täter einen Denkzettel verpassen, den er so schnell nicht mehr vergessen würde. An Mord hatte er dabei damals tatsächlich noch nicht gedacht. Er wollte lediglich verhindern, dass von demselben Täter weiterhin eine Gefahr ausging, er wollte ihm drohen, ihn züchtigen. Dass das ein Trugschluss war, dem er dabei unterlag erkannte er, als er dem Mann endlich alleine nachts im Park aufgelauert hatte. Ausgerechnet an diesem Abend schien er sich ein weiteres, weibliches Opfer ausgesucht zu haben. Merkwürdig gehetzt wirkte der Mann, der sich im Schatten der wenigen Bäume verbarg. Diesmal würde er ihn auf frischer Tat erwischen und ihm dafür einen Denkzettel verpassen. Der Täter beachtete ihn nicht und war nur auf die Frau fixiert, die hier im Stadtpark ihrem Sport nachging und ein paar Runden um den angelegten Teich lief. Nun musste auch Thomas stehenbleiben, um sich nicht zu früh zu verraten, denn noch waren vereinzelte Personen auf dem Heimweg und eilten durch die Dunkelheit. Da hörte er einen erstickten Schrei aus der Richtung, wo er vorher noch den observierten Täter gesehen hatte. Alle Vorsicht beiseite schiebend, rannte er los um das Schlimmste verhindern zu können. Der Mann sah ihn nicht kommen und als er sich zu der, am Boden liegenden Frau herunterbeugen wollte, schlug er sofort zu. Dieser dicke, flexible Kabelstrang, den er für diesen Zweck mitgenommen hatte, verfehlte seine erhoffte Wirkung nicht. Seltsam starr, einer Holzpuppe gleich, fiel der Mann zur Seite und lag nun friedlich neben seinem vermeintlichen Opfer. Schon sah er von weitem mehrere Leute quer durch den großen Park zu ihm herüberlaufen. Die Frau sah ihn erschrocken und erleichtert zugleich an. Auf lange Erklärungen hatte er keine Lust und so rannte er in entgegengesetzter Richtung zur Hecke, zwängte sich hindurch und war bald auf der belebten Maximilian-Weyhe-Allee. Von hier aus ging er zufrieden in die Altstadt. Nach einem Glas Bier fuhr er mit der U-Bahn nach Hause. Es waren genug Leute da, die nun der Frau weiterhelfen konnten. Der Täter würde noch eine Weile verletzt liegenbleiben und die Aussage der gepeinigten Frau würde zu seiner erneuten Verhaftung führen. So hatte er sich das zurechtgelegt und er schlief an diesem Abend spät, aber sehr zufrieden ein.

Als er am frühen Morgen aus dem Bad kam, schaltete er gewohnheitsmäßig das Radio ein. Der Wetterbericht verhieß nichts Gutes. Wenn es nach den Wetterfröschen ging, würde es ein verregneter, trüber Tag werden. „Die Nachrichten! Düsseldorf, gestern in den Abendstunden wurden im Hofgarten hinter dem Opernhaus zwei Leichen entdeckt. Ein Pärchen lag oberhalb des Weges tot nebeneinander. Weitere Einzelheiten zu diesem Fall wird die Kriminalpolizei in einer Pressekonferenz um 12.oo h abgeben. - Neuss, die vereinbarten, neuen Gesetze zum . . . .“ Thomas Meister war hellwach. Den Rest der Nachrichten hörte er schon nicht mehr. So hatte er sich das nicht gedacht. Was war da schief gelaufen? Zitternd füllte er seine Tasse und verbrühte sich fast an dem heißen Kaffee. „Zwei Leichen? Tot?“ er schüttelte den Kopf. Das konnte nicht mit seinem Verhindern zu tun haben. Und doch hatte man ausdrücklich von den Örtlichkeiten berichtet, an denen er gestern Abend diese erneute Grausamkeit dieses Triebtäters zu verhindern versucht hatte. War sein Schlag zu heftig gewesen? Wieso war die Frau auch tot? Er musste um 12.oo h die Nachrichten hören. Ungewohnt nervös ging er nach unten, öffnete die Ladentür und schaltete dann im angrenzenden, kleinen Büro das Radio ein. Unterhaltsame Schlager plärrten über den Sender, Thomas drehte die Lautstärke zurück und setzte sich auf den bequemen Ledersessel, der hinter seinem Schreibtisch stand. „Wenn ihn einer gesehen hatte?“ er schaute auf die Armbanduhr. „9.ooh“. Das wurden drei höllische Stunden, denn kein weiterer Hinweis wurde bis dahin bekannt gegeben. Drei Kunden hatten ihm mehr schlecht als recht die Zeit etwas verkürzt. Er hatte sogar eine Anrichte und einen vergoldeten Lüster verkaufen können. Gestern noch hätte er darauf eine Flasche Schampus geöffnet, heute war er in einem verklärten Zustand, der sich hoffentlich durch die Pressekonferenz positiv verändern würde. 11.3o h, in dreißig

135

Minuten also! Noch eine halbe Stunde. Nervös nestelte er an der kleinen Blechdose und fischte ein Pfefferminzbonbon heraus. Wäre er Raucher gewesen, er hätte eine Packung Zigaretten hintereinander weggepafft. Um 11.55 h ging er zur Tür, verriegelte sie und drehte das Schild „Geöffnet" herum: „Mittagspause" stand nun an seiner Tür. Er wollte ungestört die Nachrichten hören. Gespannt lauschte er auf das letzte Lied . . . . dann kam die letzten Sekunden der vertraute Pieps-Ton, bis sich mit einem Gong die Sprecherin meldete: „Wir stehen hier im Saal des Rathauses, wo vor wenigen Minuten der Staatsanwalt und der Polizeipräsident eingetroffen sind. Da kommen die Herren auch schon zu ihren Plätzen. Blitzlichter erhellen den Raum, bis der erste Redner sein Mikrofon einschaltet, wir hören einmal rein . . ." Thomas lauschte angespannt und erfuhr nicht zuletzt durch die intensiven Fragen der anwesenden Journalisten, dass es sich bei der männlichen Leiche um einen, der Polizei sehr gut bekannten Mann handelte. Zeugen hatten gesehen, dass dieser Mann eine Frau angegriffen und so brutal zusammengeschlagen hatte, dass sie noch am Tatort ihren Verletzungen erlegen war. Anschließend flüchtete er in den angrenzenden Stadtpark, wo er, so die Aussage von mehreren Zeugen anschließend eine weitere Frau brutal niederschlug. Diesmal jedoch wurde er an einem weiteren Verbrechen gehindert, denn ein bisher Unbekannter verteidigte die wehrlose Frau und versetzte dem Täter einen tödlichen Schlag. Die Polizei geht von Notwehr aus. Dieser Mann wird dringend gebeten, sich zu melden. Man will ihn lediglich als Zeugen befragen. Thomas schaltete das Radio aus. Keinesfalls würde er sich das antun und zur Polizei gehen. Die ganze Sache war ihm total aus dem Ruder gelaufen. Hatte dieser Mensch tatsächlich vorher schon ein weiteres Verbrechen ausführen können, dass er nicht verhindert hatte? Beim nächsten Mal musste er die Sache sorgfältiger angehen.

Vor allem hatte er eventuelle Zeugen unterschätzt. Dieser erste Fall prägte sein weiteres Vorgehen. So etwas durfte nicht noch einmal passieren.

Ein halbes Jahr nach diesem ersten, lehrreichen Versuch hatte er einen Brief in seine alte Heimat geschrieben. Die brillanteste, aller Lösungen fand er gerade noch früh genug ganz einfach innerhalb seiner engsten Familie. Er schlug sich selber vor den Kopf, weil er da nicht sofort drauf gekommen war.

Dann, zwei Monate später, kam es zu einem weiteren Vorfall. Diese Sache hatte er jedoch akribisch vorbereitet. Am frühen Vormittag suchte er sein zweites Opfer auf. Ein stadtbekannter Zuhälter, der erfolglos mehrfach wegen Mädchenhandel angeklagt, jedoch nie verurteilt worden war. Auf dem Straßenstrich hatte sich Thomas mit einigen, dieser „Frauen" nach längerem Zögern vertraulich unterhalten können. Dabei zeigten ihm die verängstigten Mädchen ihre versteckten Blessuren, die so geschickt, aber sehr schmerzhaft von ihrem brutalen „Beschützer" verabreicht worden waren, dass sie dem „Geschäft" als „beschädigte" Ware keinen Abbruch tun konnten. Den Schläger wollte er sich am helllichten Tag in seiner bekannten Absteige vorknöpfen. Er betrat um 11.oo h die Bar, als gerade geöffnet wurde. „Na, Kleiner? Du hast es aber eilig!" war die Begrüßung des wuchtigen Kleiderschranks, der ihm den Weg zur Theke zeigte. „Na, edler Mann, Bier, Sekt, Gesellschaft? Was darf es sein?" Die barbusige, grell geschminkte Frau am Tresen hatte ihre besten Jahre schon lange hinter sich und begrüßte jeden Gast mit diesem Standardspruch. Thomas beugte sich ein wenig vor und schob unter der flachen Hand einen grünen Schein in ihre Richtung. Die reflexartige Bewegung war so schnell, dass er nur noch sah, wie sie ihr Korselett zurechtrückte, die Banknote war verschwunden. „Wo finde ich Eddie, den Chef?" flüsterte er und ihre kaum merkliche Kopfbewegung zeigte auf den schweren Vorhang, der eine gepolsterte Tür verbarg. Thomas nickte und setzte sich in Bewegung. Sein Ziel war klar und er brauchte nicht viele Worte dazu. Schnell war er an der Tür, die nicht abgeschlossen war und riss sie auf. Der Gesuchte saß an seinem Eichentisch in einem kitschig eingerichteten Büro. Vor sich hatte er vier flimmernde Bildschirme, die er jedoch nicht zu beachten schien. Er hatte wohl auch einen anderen erwartet, denn er drehte sich nicht um und sagte in den Raum: „Zimmer vier muss noch gereinigt werden, kümmre dich darum und nun verschwinde!" Bevor er sich umdrehen konnte traf ihn der harte Gummischlauch seitlich am Hals. Der Kopf knickte sofort ab, sein Genick war gebrochen. Wozu Zeit verlieren? Er nahm die zweite Tür, die zu dem hinteren Ausgang führte und verließ den Tatort. Die anschließenden Nachrichten, die er im Radio hörte, verschwiegen seine Tat. Lediglich von einem Wechsel des Besitzers erfuhr Thomas, als er sich beiläufig bei den ihm bekannten Mädchen auf der Straße erkundigte. Man hatte ihn zwar in der Bar gesehen, trotzdem wurde keine Beschreibung oder eine Phantomzeichnung von ihm veröffentlicht. Warum schwieg man sich über die Umstände der Tat aus? Wahrscheinlich waren die eigenen Mitarbeiter über den plötzlichen Tod gar nicht so traurig gewesen. Thomas dachte daran, dass man ihn durchaus eines Tages sehen und eindeutig wiedererkennen könnte. Wollte er seinen Feldzug weiter fortsetzen, so musste er im Vorfeld für den Zeitpunkt der Tat ein stichfestes Alibi vorweisen können. Eine Möglichkeit wäre es, sich im Kino einen Film anzuschauen und jede Kleinigkeit der Handlung einzuprägen. Dann, nach ein paar Tagen, wenn der ausgesuchte Tag der Entscheidung gekommen war, konnte er vorher zur Abendkasse gehen und eine weitere Karte kaufen. Dabei musste er irgendwie besonders auffallen. (z.B. sehr dumme Fragen stellen oder sonst einen Anlass heraufbeschwören, der bei der Servicekraft einen deutlichen Eindruck von ihm hinterlassen musste. So konnte er das ungenutzte Ticket aufbewahren und hatte zwei Stunden Zeit, denn solange würde man beschwören, dass er im Kino gesessen hatte. Den Ablauf des Filmes konnte er genau erzählen.) Aber er hatte zusätzlich einen besseren Weg gefunden. Es kam, wie es kommen musste. Bei der Ausführung seiner letzten Tat hatten ihn gleich mehrere Zeugen gesehen. Nachdem man eine Zeichnung angefertigt und in den Medien verbreitet hatte, wurde er von einem Kunden als der Antiquitätenhändler erkannt, der in der Altstadt ein eigenes Geschäft hatte. Er wurde zum Verhör abgeholt und hatte, zum großen Erstaunen der Beamten genau für diese gefragte Zeit ein stichfestes Alibi. Er hatte nämlich in seinem Geschäft gearbeitet und seine Kunden, mit denen er ein längeres Gespräch geführt hatte, konnten sich einwandfrei an ihn erinnern. Es stand Aussage gegen Aussage. Seine weiteren Aufträge erledigte er nun immer tagsüber, denn während er im Geschäft arbeitete oder, für jeden sichtbar auf der Straße vor dem Geschäft einen Cappuccino trank, konnte er nicht gleichzeitig am anderen Ende der Stadt einen Mord verübt haben. Die Polizei kam nie dahinter, dass sein Zwillingsbruder, den er vorsichtshalber vor etlichen Monaten schon nach Deutschland geholt hatte, den gemeinsamen Laden verwaltete, während er ungestört seine nächtlichen Aufträge erledigte. Zusammen hatte man die exakt gleich aussehenden Männer noch nie zu Gesicht bekommen und Thomas achtete sehr darauf, dass das auch in Zukunft so bleiben sollte.

Reingelegt!

Es gab genügend Zeugen für diesen schrecklichen Unfall, der sich da soeben vor ihren Augen ereignet hatte. Manche sahen wie gelähmt zu, wie dieser arme Mensch versucht hatte, sich an Grasbüschen festzuklammern, als er kopfüber in den reißenden Gebirgsbach gestürzt war. Einige standen hier in den österreichischen Alpen auf der breiten Holzbrücke und schauten hilflos auf den um sich schlagenden Mann, der da im Wildwasser auf sie zutrieb und kurze Zeit später unter ihnen verschwunden war. Alle rannten auf die andere Seite und beugten sich weit über das Geländer. Da tauchte der leblose Torso wieder auf und wurde schnell weiter mit fortgerissen. „Unten ist ein Wehr! Schnell! Das Gitter wird ihn aufhalten!" Die Männer liefen von der Brücke und stolperten parallel zum Bach den Abhang hinunter. Was war passiert?

Eine Wandergruppe hatte an einem Abhang Rast gemacht und schaute hinunter in die schäumende Gischt des hellgrünen Gebirgsbaches. Andere standen gut 50 Meter unterhalb von ihnen, auf der breiten Holzbrücke, die gut zehn Meter breit das Tal überspannte. Die Konstruktion war schon etliche Male bei Hochwasser weggerissen worden und die Bergwacht hatte beim Bürgermeisteramt eine Eingabe gemacht, die Pfeiler höher anzubringen, damit im Frühjahr das Schmelzwasser nicht wieder sein zerstörerisches Werk vollbringen könnte. Da passierte es! Ein Gast hatte den Halt verloren und war kopfüber in die schäumenden Fluten gestürzt. Hilflos mussten die Leute mit ansehen, wie der Mann gegen die Wassermassen kämpfend, unter der Brücke verschwand. Als er auf der anderen Seite wieder auftauchte, schien er verloren zu haben, denn seine kraftlosen Arme waren jetzt ein leichtes Spiel der nassen Elemente. Geschockt blieben einige stehen, während die meisten dem Aufruf gefolgt waren und zum Eisengatter liefen, das die dicken Baumstämme und Felsbrocken daran hindern sollte, den darunter liegenden Hütten und Häusern gefährlich zu werden. Zwei Bergführer stiegen herab und suchten, neben den reißenden Fluten stehend, zwischen dem Wirrwarr von Ästen und Gestrüpp, den roten Anorak zu finden, den der Verunglückte angehabt hatte. „Da!" rief einer der Männer und zeigte auf die gegenüberliegende Seite, wo tatsächlich ein rotes Etwas auf,- und abtauchte. Nach einer halben Stunde hatten sie den Mann geborgen. Sein Gesicht war völlig verunstaltet und es gab wohl keinen Knochen in seinem zerschundenen Körper, der nicht zertrümmert war. Natürlich brauchten sie keinen Arzt mehr, denn jeder Laie hätte sehen und erkennen können, dass dem Mann nicht mehr zu helfen war. Die Identität war bald geklärt, per mobilem Telefon die Gendarmerie alarmiert und der Abtransport in die Wege geleitet. Nun lag die traurige Pflicht bei dem jungen Beamten, der wartenden Ehefrau im Hotel diese grausame Nachricht zu überbringen.

Mit den persönlichen Sachen des Verunglückten und einem Seelsorger ging er im Tal zu der Ehefrau, die ihn fassungslos anschaute und nicht glauben wollte, was er ihr da mitteilte. Der Pfarrer blieb bei der Frau und die beiden Bergführer, sowie die vielen Zeugen hatten bald ihre Aussagen zu Protokoll gegeben. Der tragische Tod des Mannes wurde als Unfall zu den Akten genommen. Nach zwei Tagen meldete sich eine junge Frau auf dem Revier und behauptete, dass sie den Verunglückten in einer kleinen Pension gesehen hätte. Er war angeblich in Begleitung einer jungen Frau, die ihn aus dem Nachbardorf mit einem Sportwagen abgeholt hatte.

Alois Huber, der junge Beamte, versuchte der Frau zu erklären, dass es sich um eine Verwechslung handeln musste, denn die eigene Ehefrau hatte ihren Mann einwandfrei identifiziert. Außerdem lag das Röntgenbild seines Gebisses vor, das wir aus

Deutschland von seinem Zahnarzt angefordert hatten. Trotzdem nahm er ein Protokoll auf, denn die junge Dame ließ sich nicht davon abbringen, dass es sich um den Verunglückten handeln musste. Sie war selber mit der Gruppe aufgebrochen und hatte sich anregend mit dem Mann unterhalten. „Er war es, glauben Sie mir! Ich habe lange mit mir gekämpft, ob ich hierher kommen sollte, denn ich hab es zuerst selbst nicht für möglich gehalten, nachdem ich immer noch die Bilder des geschundenen Körpers vor Augen hatte. Ich verstehe es doch selber nicht!" Sie hatte sich das KFZ-Zeichen des Autos notiert und Huber versprach, der Sache nachzugehen.

Bei seinen Vorgesetzten stieß er damit jedoch auf Granit. Man nahm die Aussage der Frau nicht ernst und gebot dem jungen Beamten, sich um andere, wichtigere Sachen zu kümmern. Huber hatte die Grenzer angewiesen, ihn anzurufen, wenn der Wagen bei ihnen auftauchen sollte. Die Zöllner hatten die Pässe des Pärchens kontrolliert und sie weiterfahren lassen, denn es gab keinen Grund, die Beiden festzuhalten. So wurden nur die Personalien telefonisch dem hartnäckigen Beamten mitgeteilt, der daraufhin ein paar Tage Urlaub nahm, um sich dem Fall widmen zu können, denn von Seiten der Behörden war das gar kein Fall, sondern ein unglücklicher Unfall.

Die Ehefrau des Verunglückten brach aus verständlichen Gründen ihren Urlaub in Kärnten ab und fuhr wieder zurück nach Deutschland, um alle Formalitäten zu regeln. Der Leichnam ihres Mannes wurde nach der Obduktion freigegeben und nach Deutschland überführt.

Huber fand bald darauf heraus, dass eine stattliche Lebensversicherung fällig wurde, die der Ehefrau auszuzahlen war. Die angeschlagene Firma der Eheleute war gerettet und wurde schuldenfrei zum Kauf angeboten, da sich die arme Witwe nicht in der Lage sah, die Firma alleine weiter zu führen.

Huber beschattete das Anwesen in Deutschland und staunte nicht schlecht, als er den Sportwagen mit der jungen Frau tatsächlich in der breiten Auffahrt bemerkte. Sie hatte einen Aktenkoffer bei sich und ging gerade zurück zum Wagen. Huber wendete und fuhr der Frau hinterher. Als sie ihren Wagen geparkt hatte und auf ein Mietshaus zuging, versuchte er sie anzusprechen. Sie reagierte sehr gereizt und ging schnell und gehetzt zum Haus. Der Jagdtrieb des Beamten war geweckt, denn er ahnte, dass hier etwas nicht stimmte. Er wartete in seinem Wagen vor dem Haus, jedoch tat sich nichts Verdächtiges. Plötzlich wurde seine Fahrertür aufgerissen und ein Mann versetzte ihm einen Faustschlag, bevor er reagieren konnte. Als er wieder zu sich kam, lag er auf der Rückbank seines Autos, das schnell durch die nächtlichen Straßen fuhr. Das periodische Blitzen der Laternen zeigte ihm, dass man sich auf einer belebten Straße befinden musste. Auf dem Beifahrersitz hatte die junge Frau Platz genommen und blickte kontrollierend immer wieder nach hinten. Noch hatten beide nicht bemerkt, dass er wieder bei Bewusstsein war. „Das ist kein Zufall! Gut, dass Sie mich sofort angerufen haben. Wie hat der das bloß herausbekommen?" Huber schloss die Augen, denn der Fahrer unterhielt sich leise mit der Frau. „Muss ich mit dabei sein?" fragte sie zaghaft und schaute noch einmal auf den Rücksitz. Huber war an Armen und Beinen fest zusammengeschnürt. Der Mund war mit einem Band fest verklebt. „Sicher ist sicher!" antwortete der Fahrer. „Ist Ihre Partnerin noch hinter uns?" Der Fahrer nickte: „Wie sollen wir denn sonst wieder zurückkommen?!" Vorsichtig versuchte die Frau, den Sinn zu erfahren, mitfahren zu müssen: „Der wird reden, wenn er wieder frei ist, glauben Sie mir! Der muss doch in einem Auftrag handeln. Ob das ein Detektiv ist? Was meinen Sie?" Es dauerte, bis eine knappe Antwort kam: „Weiß nicht? Keine Ahnung wer den geschickt oder beauftragt hat. Ich weiß

nur, dass der verschwinden muss!" Der Wagen wurde langsamer und schien abgebogen zu sein, denn es schaukelte heftig und es waren auch keine Lichtreflexe mehr, die Huber wahrnehmen konnte. Endlich stoppte das Auto und der Fahrer stieg aus. Er unterhielt sich mit der Fahrerin, die ihnen die ganze Zeit gefolgt war. Sie schienen heftig zu streiten, denn die Unterhaltung wurde immer lauter. Dann war plötzlich Ruhe und die Türen wurden aufgerissen. „Nehmen Sie seine Beine!" sagte der Mann und schob Huber aus dem Wagen. Silbern glänzte die Oberfläche eines Sees, an dessen Ufer die beiden Autos hintereinander parkten. Der unheimliche Ruf eines Uhus schallte durch die Äste, als die junge Beifahrerin mit einem wuchtigen Schlag zusammenbrach. „Da hinten ist ein Steg. Hol die Seile!" flüsterte der Mann seiner Partnerin zu, die sofort an den Kofferraum ihres Wagens ging. Kurze Zeit später war auch die junge Beifahrerin gefesselt und lag neben Huber auf dem Holzsteg. Dicke Steine hingen fest verknotet an den Beinen der beiden Gefesselten, als das mörderische Pärchen zwei Mal Schwung nahm und erst den verdutzten Österreicher, dann das genauso verdutzte Fräulein ins Wasser warfen. Blasen stiegen empor und zeichneten kreisrunde Ringe auf die glatte Oberfläche des Waldsees. Wieder meldete sich der Uhu, der dieser gespenstischen Sache tatenlos zusehen musste. Ohne Zeit zu verlieren, lud der Mann mehrere Steine in Hubers Wagen, löste auf dem abschüssigen Waldweg die Handbremse und ließ das Auto ins Wasser gleiten. Mit einem Glucksen und Sprudeln versank es im schwarzen Nichts. Der Mann klopfte sich die Hände ab und ging zum zweiten Wagen. „Kommst du?" sagte er zu der Begleiterin, die noch kontrollieren wollte, ob die Blechkarosse wirklich unter Wasser blieb. Die Oberfläche glänzte silbern und spiegelte den Vollmond wieder, als sie rückwärts wieder auf die Straße zurück fuhren.
„War das wirklich nötig? Mit ihr meine ich." Der Mann

steuerte den Wagen zurück in die Stadt. „Wen, frage ich dich, hat dieser Österreicher aufgespürt? Dich? Nein! Mich? Auch nicht. Sie hätte uns alles vermasselt. Als sie mich anrief und in der Wohnung von dem jungen Mann erzählte, der sie angeblich auf der Straße angesprochen und anschließend vor ihrem Haus aufgelauert hatte, wusste ich was zu tun war. Ich hab das Geld heimlich wieder aus ihrem Koffer genommen und beschlossen, dass nichts mehr auf uns deuten würde. Noch zwei Tage, dann läuft die Frist für die Versicherungssumme ab und wir sind reich! Mein Plan war doch genial, oder nicht?" Die Witwe sagte nichts und schaute ihn nur von der Seite an. „Es geht mich zwar jetzt nichts mehr an, aber wie hast du meinen Mann umgebracht?" Der Fahrer lachte und offenbarte seinen genialen Plan. „Du hast mich beauftragt, ihn zu erledigen. Das war die Abmachung. Dass ich mich in dich verliebt habe, konnte ich da noch nicht wissen." Er lächelte siegessicher. „Lenk nicht ab", sagte sie und wiederholte: „Erzähl mir, wie du das angestellt hast!" Und er erzählte. „Ich habe deinem Mann versichert, dass ich ihm auf einer Bergtour etwas ganz Besonderes zeigen würde. Eine Überraschung, sozusagen. Ich hab ihm auch gesagt, dass er bequeme Sachen anziehen sollte. Dann bin ich mit ihm die Strecke gegangen, die mir der Hotelangestellte für den gemeinsamen Spaziergang am nächsten Tag angekündigt hatte. Es war später Nachmittag und kaum noch ein Wanderer unterwegs. An der besagten Brücke haben wir uns ins Gras gesetzt und ich habe ihn ganz banal mit einem Stein erschlagen und unter die Brücke gelegt. Von seiner Kleidung habe ich Fotos gemacht und mir ähnliche Sachen für die Wanderung am nächsten Tag besorgt. Ich war Kampfschwimmer bei der Bundeswehr, deshalb kam mir an dem reißenden Bachlauf diese Idee. Als wir dann am nächsten Tag losgegangen sind, habe ich allen erzählt, dass ich dein Mann wäre. Ich habe mich auch vom Hotel aus abholen lassen, das weißt du doch!" Die

Frau wurde ungeduldig: „Ja, weiter!" „Also, als wir kurz vor der Brücke waren, hab ich meine Show abgehalten und mich ins Wasser fallen lassen. Ich tat so, als könnte ich nicht schwimmen und ließ mich bis zur Brücke treiben. Dann bin ich darunter herausgekrochen und hab deinen Mann an meiner Stelle hineingeworfen . . . den Rest kennst du!" Anerkennend nickte sie und zeigte auf die Straße. „Wir sind da!" Sie drehte sich um und schaute auf den Rücksitz: „Ist das das Geld, dass du ihr gegeben hattest, damit sie dich abholt?" Lächelnd und immer noch siegesgewiss erwiderte er: „Ja, in der Plastiktüte!" Er parkte den Wagen in der Tiefgarage des Hotels und stieg aus. „Kommst du mit nach oben, oder willst du nach Hause, um weiter die trauernde Witwe zu spielen?" Sie nahm die Plastiktüte und kam auf ihn zu: „Ich komm mit zu dir. Ich muss doch wissen, wo du wohnst. Welches Zimmer hast du, sagtest du?" „Suite 6304, warum?" „Weil ich nicht mit dir zusammen gesehen werden möchte, Dummchen. Ich fahr mit dem Lift direkt nach oben. Du kannst derweil deinen Schlüssel holen und nachkommen, O.K.?" Er nickte und ging zur Treppe, während sie mit dem Lift nach oben fuhr.

Als sie in der Suite waren, wollte er sie in die Arme nehmen. „Nicht so stürmisch", sagte sie und ging auf den Balkon. Sie schaute auf die Straße, die tief unter ihnen lag und drehte sich zu ihm um: „Komm, worauf wartest du?" Wieder lächelte er und kam ins Freie. Sie stand am Geländer und nahm ihn in die Arme. Als er sich im siebenten Himmel wähnte, wurde er völlig überraschend mit einem gekonnten Hüftschwung über die Brüstung befördert. Fassungslos konnte er sich gerade noch an der Haltestange festhalten und schaute sie entsetzt an. „Was war das? Hilf mir! Ich kann mich nicht mehr lange halten!" Jetzt lächelte sie siegessicher und sagte: „Das lernt man in der ersten Stunde beim Judo! Du bist ein Dilettant! Das Geld bekomme ich ausbezahlt, nicht du! Warum soll ich teilen, wenn du schon das arme Ding entsorgen musstest. Weiß einer, dass wir zusammen waren? Nein! Also, dabei soll es auch bleiben! Nichts für ungut!" Sie zog ihre Stöckelschuhe aus und schlug auf seinen Hände. Mit einem enttäuschten Blick verschwand er lautlos. Nach ein paar Sekunden hörte sie Reifen quietschen. Nur nicht nach unten sehen. Er war doch ganz alleine im Zimmer. . Sie zog ihren Schuh wieder an und verließ die Suite, fuhr in die Tiefgarage und anschließend mit ihrem Wagen wieder nach Hause: „Was für eine Nacht!" sagte sie, als ihr Cognac vor ihr stand und sie den Tag revuepassieren ließ. Sie ging zu Bett und hatte einen wunderschönen Traum.

Der Verkauf der Firma brachte ihr eine stattliche Summe ein, die Lebensversicherung zahlte für den tragischen Unfalltod ihres geliebten Gatten und sie konnte endlich ihre lang ersehnte, ausgiebige Kreuzfahrt machen, bevor sie sich danach in Ruhe an die weitere Planung ihres neuen Lebens machen wird. Es scheint immer noch Menschen zu geben, deren Gewissen anders aufgebaut ist, als das unsrige . . . . . denn sonst müsste doch Satan mit seinen quälenden, immer wiederkehrenden gleichen Fragen irgendwann zum Erfolg kommen und solche Leute nie wieder ruhen lassen oder zumindest zu Fehlern verleiten . . . . leider ist das nur ein Wunschdenken, denn sie hat Jahre später tatsächlich neu geheiratet und ist jetzt ein ehrenwertes Mitglied der höchsten Gesellschaft, wo es natürlich solche Verbrechen nicht gibt und nie geben wird!

Die betrogene Ehefrau

Sie war es Leid immer wieder zu Unrecht von ihm kritisiert zu werden, aber sie beklagte sich nie darüber. In letzter Zeit schien er sogar Gefallen daran gefunden zu haben, sie in aller Öffentlichkeit zu demütigen. Wenn ihre Bekannten das mitbekamen, und das war oft der Fall, dann rieten sie ihr immer wieder, sich endlich zu wehren, sich mit ihm auszusprechen. Diese zurückhaltende, leidende Art konnten sie nicht mehr mit ansehen. „Warum lässt du dich nicht einfach scheiden?" Das war immer wieder die Frage, der sie sich stellen musste und sie betonte dann auch immer wieder, dass sie ihn doch liebte. Keiner verstand das! Und so kam es, dass sich die Freunde von ihr distanzierten und sie als gemeinsames Pärchen auch nicht mehr zusammen ausgingen. Sie kapselte sich, anscheinend damit abgefunden, zuhause ein, während ihr Göttergatte sich darin sonnte, von anderen Frauen umschwärmt zu werden. Er machte keinen Hehl daraus, dass er jedem willigen Rock nachstieg. Bald kam er nachts entweder gar nicht oder erst sehr früh am Morgen nach Hause. Sie konnte sich denken, dass er nicht mit Freunden Kegeln oder Kartenspielen gewesen war. Lippenstift am Hemdkragen, fremder Parfümgeruch am Anzug, die Zettel mit den Handynummern in den Hosentaschen, usw. . . .
Die eindeutigen Artikel in den Frauenzeitschriften im Wartezimmer ihres Arztes, hatten die richtige Erklärung für ein solches Phänomen, dem die graumelierten Herren der Schöpfung unterlagen, wenn sie in die Jahre kamen und nach fremdem Fleisch gierten. Hatte sie sich wirklich damit abgefunden? - Mitnichten!
Sie spielte weiter das treusorgende Schaf, nur mit dem Unterschied, dass sie nicht mehr sein Bett teilte. Sie war nicht

gewillt, sich von einer dieser Schlampen etwas einzufangen. Wenn er das so haben wollte. . bitte schön! Er würde die Quittung für sein Tun bekommen, sehr bald sogar! Und das sehr konsequent. Sie wollte ihm einen Denkzettel verpassen, mehr nicht.

Er fühlte sich sehr sicher, in der Art, wie er nun neben ihr lebte. Zu sicher! Er wurde immer unvorsichtiger. Als er wieder einmal von einem Abenteuer zurückgekommen war und ins Bad ging, konnte er nicht ahnen, dass von der gegenüberliegenden Küche durch ein Loch in der Wand ein Starkstromkabel mit der Edelstahldusche verbunden war. Unglücklicherweise war zu diesem Zeitpunkt der FI – Schalter des Hauses nicht aktiv. Zu allem Überfluss konnte dem Unglücklichen, der anschließend zuckend in den letzten Atemzügen auf den Fliesen des Badezimmers lag, keiner mehr helfen, denn seine kleine, unschuldige Frau hatte ein Date mit einem netten, jungen Mann, der nebenbei als Installateur arbeitete. Sie blieb nachweislich die ganze Nacht bei ihm. Das konnte er bezeugen. Ihre spätere Aussage, die sie unter Tränen bei der Polizei machte, war, dass sie nie damit einverstanden gewesen war, ihrem Mann das Verlegen der elektrischen Leitungen in der Küche und im Bad alleine überlassen zu haben . . . .

Irgendwann musste es ja so kommen . . . . .

Was nicht sein darf, gibt`s nicht!

Kapitel 1

„Da kommt unser zerstreuter Wetterfrosch!" Die jungen Frauen kicherten und verschwanden in ihren Büros. Der junge Mann, den sie damit meinten, ging zielsicher durch den Gang, dabei führte er Selbstgespräche: „Ich habe den Eindruck, dass die Winterstürme von Jahr zu Jahr immer heftiger werden. Oder täusche ich mich?" Harald Gruner blieb kurz stehen und wunderte sich, dass er alleine auf dem Flur stand. Der junge Doktorand hatte sich bisher immer nur um Wetterdaten und deren Aufzeichnungen gekümmert. Nie hatte er diese Ermittlungen mit den früheren Jahren verglichen. „Es muss mit der veränderten Umwelt zu tun haben. Mit der Klimaerwärmung und den dramatischen Folgen, die sich immer mehr zeigen und die trotzdem keiner wahrhaben will." Er murmelte vor sich hin, was ihn seit geraumer Zeit beschäftigte, obwohl ihm niemand zuhörte. Jetzt stand er vor der Garderobe und hängte seinen völlig durchnässten Mantel auf. Mit dem Bus war es für ihn innerhalb der Stadt am bequemsten, hier ins Wetterlabor der wissenschaftlichen Fakultät zu gelangen. Bei seiner täglichen Anfahrt, die ihn an der südlichen Küstenstraße vorbeiführte, sah er immer wieder interessiert auf die morgendliche, starke Brandung, die kraftvoll versuchte der Steinküste immer mehr Land zu entreißen. Die gierigen Wellen reckten sich hoch gegen die felsigen Abschnitte und im Frühjahr, wenn er dort unten am Meer spazieren ging, sah er zu seinem Entsetzen, dass die scheinbar harmlos wirkenden Schaumkronen wieder einmal große Teile vom Hang herunter gerissen und am Strand zertrümmert hatten.

Er ging in sein Büro, setzte sich an den Schreibtisch und suchte, wie jeden Morgen als erstes im Netz nach den bisher ermittelten und bereits gesendeten Wetterdaten. Am späten Nachmittag wurde er von einem seltsamen Anruf überrascht. Sein leitender Direktor gab die neuste Meldung ohne weiteren Kommentar so weiter, wie er sie selbst soeben erhalten hatte. Man merkte ihm am Telefon sofort an, dass er selbst nicht im Geringsten an den Wahrheitsgehalt glaubte. Da jedoch die Meldung direkt von allerhöchster Stelle gekommen und ungesehen von seinem Programmdirektor freigegeben war, musste er sie sofort einspielen. Er wollte sich nicht querstellen und dadurch riskieren, womöglich seine Stelle zu verlieren. „Spielende Kinder hatten angeblich an dieser Steilküste eine seltsame Entdeckung gemacht. Sie hatten eine glatte, freigespülte Fläche im Felsplateau entdeckt, die so seltsam und unnatürlich auf sie gewirkt hatte, dass sie ihren Eltern davon erzählten". Diese hatten dann die Presse informiert und über den Ticker war die Nachricht nun auch an ihren Chef gelangt. Der wollte einen Bericht und Fotos von dem Ereignis haben und bestimmte ein paar Mitarbeiter, die sich auf den Weg dorthin machen sollten. Nach einer Stunde hatten die Männer und Frauen diese unwirkliche Meldung bestätigt und einen Bautrupp zusammenstellen lassen. Das hatte er während seiner Arbeitszeit mitbekommen und war dadurch neugierig geworden. Nach Feierabend stieg Harald Gruner in der Nähe dieser Fundstelle oberhalb des Küstenabschnittes an einer Haltestelle aus. Er schlug den Kragen seines Mantels hoch, denn hier in unmittelbarer Nähe der Klippe wehte immer eine steife Brise. Er musste noch gute zweihundert Meter gehen, dann sah er auch schon die Männer in den weißen Overalls, die mit ihren weißen, gelben und blauen Schutzhelmen von weitem so aussahen, als würden bunte Kugeln durcheinanderrollen. Es ging unglaublich lebhaft in dieser ansonsten so einsamen Gegend zu. Mehrere schwarze Limousinen standen unter auf dem breiten Abschnitt des Sandstrandes und Massen von

Menschen schauten auf die schroff abfallende Küste. Harald sah jetzt auch die Polizisten, die dieses Gelände weiträumig abgesperrt hatten. Weiß – rote Plastikbänder hielten die gaffenden Menschen davon ab, weitergehen zu können. Er nahm seinen Ausweis und ging auf die Absperrung zu: „Gruner, wissenschaftliche Abteilung." Die Polizisten nickten ihm zu und ließen ihn passieren. Er schaute zu dem schroff abfallenden Hang hinauf, konnte aber nichts Ungewöhnliches entdecken. Als er endlich bei den Arbeitern angekommen war sah er, dass man mit riesigen Planen die Sicht verdeckte. Er tauchte darunter und erschrak. Mitten in der Felswand glänzte ein rundgewölbtes, metallähnliches Gebilde. Freigelegt hatte man eine geschätzte Fläche von zwanzig mal dreißig Metern. Am unteren Ende dieses riesigen Kolbens waren schwarze, dick aufgebrachte Striche zu erkennen. „Wer sind Sie und was machen Sie hier?" Ein Soldat hatte ihm diese Frage gestellt und verwundert bemerkte er nun, dass es hier von Militär nur so wimmelte. Er zeigte seinen Presseausweis und durfte passieren. „Harald, was machst du denn hier? Hast du schon Feierabend? Ich dachte du bringst das Wetter in den 20 Uhr Nachrichten?" Der Angesprochene legte seinen Zeigefinger auf die Lippen und ging auf die Mitarbeiterin zu: „Eva, was ist hier los? Weißt du Näheres?" Eva Walter arbeitete mit ihm in der Fakultät. Sie war zuständig für die Einhaltung der Richtlinien, die europaweit Höchstwerte von Umweltgiften überwachen. Verschmutzungen und Verseuchungen wurden meist nur durch Zufall entdeckt oder anonym angezeigt. Sie schüttelte den Kopf: „Man munkelt, dass die Soldaten sich da unterhalb einen Tunnel gegraben haben und nun wartet man ab." „Worauf wartet man ab?" Sie zog ihn beiseite: „Die Offiziere da drüben, "sie deutete vorsichtig mit dem Kopf in deren Richtung: „Weltraumbehörde! Ich habe einen Anruf bekommen. Man gab mir einen Tipp. Bevor ich jedoch nachfragen konnte, hatte die

Frau schon aufgelegt. Eine Nummer war nicht im Display." Harald schaute sich um. Da standen, umringt von Personenschützern mit Kopfhörern und dick ausgebeulten Jacken, etliche Männer in dunklen Anzügen. „Was machen die denn für einen Aufstand wegen so einer Felswand?" „Pst! Bist du verrückt? Kannst du nicht noch lauter schreien? Das ist keine Felswand, das ist auch kein uns bekanntes Material. Die vermuten irgendetwas Utopisches, weiß auch nicht was!" Eine Sirene ertönte und fast gleichzeitig hörten sie einen dumpfen Knall. Plötzlich kam Bewegung in die Menschen. Hektische Telefonate mit ihren mobilen Apparaten folgten, dann schauten alle zu dem kleinen Stollen, den die Soldaten dort in den Fels gesprengt hatten. Ein flimmernder, heller Rauch kroch aus dem Schacht und verteilte sich schnell über den gesamten Strand. Bald würde es auch sie erreicht haben und Harald nahm seine Kollegin am Arm: „Weg hier! Da stimmt was nicht!" Sie versuchte sich zwar zu wehren und ein paar Aufnahmen davon zu machen, als aber die ersten Leute an ihren Hals griffen und stöhnend zusammenbrachen, fing auch sie an zu laufen. Sie rannten an den verwundert dreinschauenden Männern vorbei, hoben die flatternden Absperrbänder hoch und blieben kurz stehen: „Evakuieren sie den Strand. Alle Leute müssen sofort das Gelände weiträumig verlassen." Rief er bestimmend aber man hörte nicht auf ihn. „Wir haben dazu keinerlei Veranlassung, wer sind Sie, dass Sie uns solche Befehle erteilen wollen?" Harald schüttelte den Kopf und winkte ab. „Machen Sie, was Sie wollen! Ich bring mich in Sicherheit, Sehen Sie denn nicht, was da vor sich geht?" Nun schauten auch die Polizisten zurück und ließen augenblicklich die gestreiften Bänder in den Sand fallen: „Lauft! Lauft um euer Leben!" Panik ergriff die Menschen, manche stolperten, andere rannten einfach über sie hinweg und alle flüchteten hoch zu der vermeintlich rettenden Straße. Harald und seine Begleiterin

153

hatten bald die Anhöhe erreicht und schauten zurück. Der breite Strand war nun mit einem dünnen Nebel bedeckt. Alle Menschen, die eben noch mit ihren mobilen Geräten telefoniert, oder sich unterhalten hatten, lagen verkrümmt und leblos im Sand. Kein einziger Mensch stand noch da unten. Die Nebelwand kroch über die Wellen und es schien immer mehr von diesem hellen Dunst aus der gesprengten Höhle zu fließen. Was war geschehen? Harald schaute zur Seite. Seine Mitarbeiterin hob ihre Schultern. „Gase! Das müssen giftige Gase sein. Jedenfalls sind sie schwerer als Luft, siehst du?" Die alles vernichtende Nebelwand strömte unaufhörlich aus der Steilklippe und dehnte sich dabei nur über das Wasser aus. Sie wurde durch den Wellengang verwirbelt und schien sich weit hinten im Meer allmählich aufzulösen. Vielleicht lag es aber auch daran, dass die Gase spärlicher wurden, jedenfalls war bald nichts mehr von den vernichtenden Lüften zu sehen. Der Strand sah von hier oben aus, als würden Touristenscharen in der Sonne liegen. Nur dass sie alle völlig leblos und bekleidet da lagen, störte das ansonsten harmonische Bild.

Mehrere Helikopter kamen im Tiefflug und sprühten eine milchige Flüssigkeit über den gesamten Strand. Es sah aus, als würde man einen Waldbrand bekämpfen. Als die Hubschrauber zurückkamen war zu ihrer Überraschung der gesamte Abschnitt nur noch mit grauem Sand bedeckt. Kein einziger Körper lag mehr da. Alles Organische schien sich in Nichts aufgelöst zu haben. „Gehen Sie weiter, hier gibt es nichts zu sehen!" Eva schaute Harald an und nickte den Soldaten zu. „Entschuldigung, wir haben nur die Flugzeuge gesehen und gedacht..." Der Uniformierte hatte seine Anweisungen und zitierte genau, was man ihm gesagt hatte: „Wir haben hier ein Manöver. Sie befinden sich im militärischen Sperrgebiet." Spätestens jetzt wussten sie beide, dass hier etwas Entsetzliches passiert war und nun vertuscht werden sollte. Eva hatte ihren Wagen hier oben an der Straße geparkt. Sie stiegen wortlos ein und fuhren schnell zurück ins Labor. „Eine ganz heiße Kiste ist das. Wie wollen die Soldaten die vielen Toten denn erklären?" „Sei besser ruhig. Ich will die Nachrichten sehen." Schweigend erreichten sie ihre Arbeitsstelle und gingen an dem Pförtner vorbei in ihr Labor. Dort stand ihr kleiner Fernseher, den sie manchmal in den Pausen oder bei einem wichtigen Fußballspiel einschalteten. Der alte, schwarz-weiße Apparat rauschte und das flimmernde Bild stabilisierte sich langsam. Im Hintergrund sahen sie ein Standbild des Strandabschnittes, während ein Sprecher von einem Blatt ablas. „Lauter! Man versteht ja nichts!" sagte Harald und warf sein Jackett achtlos auf den Schreibtisch. Dann rollte er mit dem Bürostuhl näher an das Gerät. Eva hatte den Knopf für die Lautstärke höher gestellt. „ . . . . . steht noch nicht fest. Es geschah während cines Militärmanövers, so konnten die Soldaten gerade noch Schlimmeres verhindern. In Mexico haben die Parlamentswahlen begonnen. Die …" Eva schaltete sofort auf einen anderen Kanal um und so bekamen sie gerade noch die offizielle Stellungnahme mit, die soeben verlesen wurde: „ . . . die Flutwelle ausgelöst haben könnte. Das Epizentrum lag sechzig Meilen von der Küste entfernt. Die Zahl der Vermissten ist nicht bekannt, aber es hielten sich viele Schaulustige an dem Strandabschnitt auf, die die Flugkünste unserer Armee aus nächster Nähe miterleben wollten. Trotz der Absperrung ist es den Menschen gelungen, sich in dem Gebiet aufzuhalten." Jetzt schaltete sie das Gerät aus. „Clever formuliert. Die lügen das Blaue vom Himmel. Manöver, das ich nicht lache! Ruf die seismographische Station in Süddeutschland an. Die müssten doch Aufzeichnungen haben, wenn es ein Seebeben gegeben haben sollte." Harald stand auf und zog den Stuhl rollend zu seinem Schreibtisch, der am Fenster im Labor stand. Er hob den Hörer und suchte im

Speicher seines Telefons. Nachdem er die Nummer aus Bayern gefunden hatte, drückte er die Wahltaste. Natürlich bestätigte man ihm, was man intern schon vermutet hatte: „Es gaben in den letzten fünf Tagen nur die normalen Ausschläge auf der Richter-Scala von leichteren Beben, die ihr Epizentrum auf der entgegengesetzten Erdhälfte hatten. Das war auch genauso protokolliert und weitergegeben worden. Ein so gewaltiges Seebeben, wie es angeblich geschehen sein sollte und wie wir auch soeben in den Nachrichten gehört haben, ist ein reines Hirngespinst. Wir haben sogleich beim Fernsehsender interveniert, jedoch waren die nicht dazu bereit, diese Falschmeldung richtig zu stellen, da sich bereits die Regierung eingeschaltet hatte. Nationales Interesse, wenn Sie verstehen, was ich meine. Ich habe Ihnen schon mehr gesagt, als ich gedurft hätte, belassen wir es dabei! Einen schönen Tag noch!" Auch sie hatten einen Maulkorb verpasst bekommen, das war allzu deutlich. So klang also die Antwort des verantwortlichen Leiters, der eine schriftliche Stellungnahme dazu strikt ablehnte. Man war von höchster Stelle also schon sehr schnell tätig geworden und gerade das machte sie besonders stutzig. War da nicht vor Jahren die Debatte gewesen von den chemischen Abfällen, die keiner haben wollte? Es war zum Eklat gekommen und fast hätten die Politiker ihre Macht in die Hände der Umweltschützer geben müssen, ihr milliardenschweres Geschäft mit der Wirtschaft wäre nicht zustande gekommen. Schwarze Konten wurden geleugnet und konnten nicht nachgewiesen werden. „Wem gehört dieser Strandabschnitt?" wollte Gruner wissen: „ich habe da so meine Vermutung!" Eva wurde blass: „Du meinst doch nicht, dass die Verantwortlichen damals illegal den hochgradig toxischen Chemieabfall einfach vergraben und so in den hohen Dünen am Strand kostengünstig entsorgt haben?" „Doch", erwiderte er: „genau das meine ich. Das waren fünf voll beladene

Güterzüge! Keiner wollte die Fracht haben! Einen illegalen Transfer mit dem Schiff in die dritte Welt hatten die Umweltschützer damals gerade noch mit viel Mühe und ausgestrahlten Videos im Netz verhindern können. Und dann war plötzlich Ruhe! Das Problem war gelöst, Nachfragen unerwünscht. Wo zum Teufel sind diese Tonnen von hochgiftigem Material geblieben sein? Wir müssen uns mit den Umweltschützern von damals in Verbindung setzen und du sei bitte so lieb, melde dich bei deinen alten, beruflichen Freunden und kläre bitte auch im Grundbuchamt, wer für das Gelände in Strandnähe als Besitzer eingetragen ist." Sie hatten wenigstens einen Plan und wussten nun auch, dass es sinnlos war, sich der Obrigkeit anzuvertrauen. Von offizieller Stelle hatte es sich um eine Naturkatastrophe gehandelt. Im Augenblick war es für die einfach, alles auf den Klimawandel zu schieben, denn wenn keiner eine Information bekam, so konnte auch das Gegenteil schwerlich bewiesen werden. Eva hatte im Stadtarchiv bald in alten Zeitungen die Gruppe ausfindig gemacht, die damals intensiv darüber berichtet und auch massiv dagegen demonstriert hatte. Als sie jedoch erfuhr, dass mehrere, der damaligen Aktivisten kurz nach den Demonstrationen in hohen Staatsämtern eingestellt wurden, hatte man damit ihre Neugier erst recht angestachelt. Die Nachfragen im Amt und die Bitten um eine Stellungnahme zu den aktuellen Ereignissen hatten dann bitterböse Folgen. Zwei Beamte ließen sich beurlauben, drei weitere waren plötzlich von der Bildfläche verschwunden und zwei weitere Damen, die sich anscheinend nicht hatten kaufen lassen, kamen seltsamerweise bei Autounfällen ein paar Tage danach tragisch ums Leben. Kurz gesagt: Es war unmöglich, auch nur einen dieser sehr aktiven Demonstranten von damals zu sprechen, geschweige denn persönlich zu treffen. Am nächsten Tag war eisiges Schweigen im Büro eingekehrt. Verdächtig kurz war die Begrüßung gewesen, bis es

Eva nicht mehr aushielt und Harald in eine stille Ecke zog: „Ich bin anonym am Telefon bedroht worden!" Harald atmete tief durch: „Du auch?" Eva sah ihren Kollegen ernst an: „Sind wir zu weit gegangen? Sollen wir Ruhe geben, wie die das verlangen?" Ihr Kollege schüttelte den Kopf: „Genau das wollen die doch damit erreichen! Die haben zu hoch gepokert! Da steht viel auf dem Spiel für die Verantwortlichen. Es werden Köpfe rollen, sag ich dir! Pst!" fügte er an und flüsterte: „Der Chef!" Sie gingen auseinander, aber ihr Vorgesetzter sprach sie an: „In mein Büro! Beide!" dann drehte er sich um und ging voran. Die Wissenschaftler folgten ihm und als er sich auf seinem Ledersessel niedergelassen hatte, kam nur ein knappes: „Tür zu!" Harald drehte sich um und folgte mürrisch der Anweisung. Dann schauten sie den Vorgesetzten erwartungsvoll an. „Setzt euch!" er deutete auf die beiden Stühle, die vor dem Schreibtisch standen. „Was muss ich da von euch hören? Wieso fangt ihr an, Ermittlungen anzustellen und die Nachrichten anzuzweifeln? Ist das eure Aufgabe, für die ihr bezahlt werdet? Ich will in dieser Sache nichts mehr hören. Man hat euch im Visier! Ihr wollt doch weiterkommen, oder?" Harald war genauso sprachlos, wie seine Kollegin und er stellte sofort eine Gegenfrage: „Wer beschwert sich über uns? Das Fernsehen?" Dr. Koller stand auf, beugte sich vor und stützte sich auf seine Arme. Er ging auf die Frage nicht ein, sondern sagte in einem gefährlich leisen Ton: „Die Kiste ist zu heiß für euch, für uns! Gebt Ruhe, sonst kann ich euch nicht mehr schützen. Ihr wisst hoffentlich, was fristlos entlassen zu werden, bedeutet?" Harald rieb sein Kinn: „Jetzt verstehe ich, Sie werden unter Druck gesetzt! Sie drohen uns, nur weil wir logisch folgern können, nachdenken und die Bevölkerung davon informieren wollen, um sie zu schützen?" „Warum so theatralisch? Dazu ist die Regierung da. Eure Aufgabe ist es, zu forschen und Daten weiterzugeben.

Nicht mehr und nicht weniger, verstanden?" Eva zog den Kollegen am Ärmel: „Dem hat man einen Maulkorb verpasst, Harald. Haben wir doch auch von den Bayern mitbekommen. Was nicht sein darf, ist nicht vorhanden! Bis die ersten verseuchten Toten angeschwemmt werden. Bis die Bevölkerung von sich aus unliebsame Fragen stellt." Dann drehte sie sich respektlos zu ihrem Chef um: „Sie können mich entlassen, wenn ich Ihnen nicht mehr passe, aber meinen gesunden Menschenverstand werde ich für Sie nicht opfern! Nicht für Sie und nicht für irgendwelche Manager und Politiker, die sich mit den giftigen Abfällen bereichert haben. Das Internet ist eine große Macht! Eine Meldung, ein Klick und die Unruhe ist geschürt!" Sie ging zurück, denn ihr Vorgesetzter hatte sich wieder gesetzt und starrte sie mit offenem Mund an. So hatte er die zierliche, junge Frau vorher noch nie erlebt. „Macht Sie das nicht zum Mitwisser? Zum Dealer an einem schmutzigen Geschäft? Denken Sie darüber einmal nach. Wenn es später heißt, was haben Sie dagegen unternommen, sagen Sie dann, ich habe davon nichts gewusst?" Der Leiter saß starr auf seinem Sessel. Die Beiden gingen zur Tür, warfen einen verächtlichen Blick zurück und verließen das Büro. Die Tür ließen sie absichtlich weit offen, dann gingen sie entschlossen an den anderen Kollegen vorbei: „Macht's gut! Wir können und wollen nicht dazu schweigen. Ihr könnt euch ja bücken und hoffen, dass der Kelch an euch vorbeigeht." Sie nahmen ihre Unterlagen, lösten die Notebooks vom Stromkabel und gingen damit in die Tiefgarage. Keiner der Kollegen sagte etwas. Zu groß war die Angst vor den Konsequenzen. Als sie die Stahltür im Kellergeschoß öffneten, schaute Eva ihn an. „Und was jetzt?" Harald war fest entschlossen, die Initiative zu ergreifen: „Erst mal zu mir!" Er legte sein Fahrrad in ihren Kofferraum. Eva saß hinter dem Steuer: „Schalte jetzt besser dein Handy aus!" Er drückte den entsprechenden Knopf seines mobilen Telefons. Eva nahm es danach an sich, entfernte zusätzlich den Akku und gab es ihm zurück: „Sicher ist sicher!" meinte sie kurz. Dann fuhren sie ins Freie.

Derweil saß ihr Chef noch in seinem Büro. Er hatte die Tür wieder verschlossen und versuchte sich aufgeregt am Telefon zu rechtfertigen: „Ich habe alles versucht, die sind nicht zu stoppen, glauben Sie mir! Es tut mir leid!" Der angerufene Teilnehmer schwieg eine Weile, dann erwiderte er: „Haben Sie sich wenigstens von Ihren Angestellten endgültig verabschiedet? Sie werden die nämlich nicht mehr wiedersehen, nicht auf dieser Welt!" Die Leitung war tot, aufgelegt! Er wusste natürlich sofort, dass die beiden jetzt in höchster Gefahr waren, aber sie hatten sich das selbst zuzuschreiben. Er konnte und wollte da nicht mit hineingezogen werden. Er ging zum Schrank, nahm die Flasche mit dem guten Cognac und ein Glas. Dann schaute er aus dem Fenster und sah in die feuerrote Kugel, die am Horizont langsam ins Meer glitt. Er ging einen Schritt zurück, sah sein Spiegelbild im Fenster und prostete sich selbst zu: „Auf Eva und Harald! Und auf meine Gesundheit! Wer kann euch jetzt noch schützen? Ihr dummen, sturen Kollegen! Ihr seid zu weit gegangen! Mit denen darf man sich nicht anlegen, das werdet ihr auch noch schmerzlich erfahren."

Kapitel 2 (Die Treibjagd ist eröffnet!)

„Das ist aber ziemlich einsam hier draußen! Weiß wirklich niemand von dem Haus?" Eva schaute sich ängstlich mit der Taschenlampe in der Blockhütte um. „Niemand!" antwortete Harald: „Die gehört Mike, einem Freund von mir, der sich zur Zeit in den Staaten aufhält. Hier sind wir sicher. Wir können von hier aus mit dem mobilen Telefon aber nicht ins Netz." Er nahm den Akku und wollte sein Handy wieder einschalten. „Beim letzten Mal hatte ich hier keinen Empfang!" Eva zog die Augenbrauen hoch: „Bist du wahnsinnig? Wenn die schon den Alten wegen uns unter Druck gesetzt haben, dann kennen die nicht nur unsere Adressen. Dann warten die nur darauf, dass wir das Telefon wieder einschalten, oder uns womöglich auch noch mit dem Laptop drahtlos einloggen und damit verraten! Lass uns nicht riskieren, dass doch irgendwelche Impulse von hier aufgefangen werden." Harald kratzte sich verlegen am Hals. Er musste sich eingestehen, dass sie damit völlig Recht hatte. Er wäre mit Sicherheit jetzt geortet worden und es hätte keine Stunde mehr gedauert, dann wären sie auf dem Weg hierher gewesen. „Wir müssen neue Prepaid-Karten haben!" Eva schaute ihn an: „Ich hab da draußen nur einen riesigen See gesehen. Ist hier in der Nähe überhaupt ein Haus, ein Geschäft oder womöglich ein Telefonladen? Wir brauchen eine neue Sim-Karte. Der Anbieter ist egal!" „Zuerst einmal brauchen wir Licht." Äußerte Harald und Eva bestätigte: „Stimmt! Ich kann nicht immer mit der Lampe hin und her leuchten!" Jetzt ging er zum Sicherungskasten in der kleinen Diele und schraubte die veralteten, weißen Porzellan-Birnen in die Messinggewinde. Sogleich fing der Kühlschrank in der Küche an zu surren. Gleichzeitig flackerte die Neonröhre und gab kurz danach ihr hell strahlendes Licht ab. Dann ging er zurück in den Wohnschlafraum, schaltete die Deckenbeleuchtung an und öffnete eine Schublade im Schrank. Triumphierend zeigte er ihr ein kleines, schwarzes Elektronik-Kästchen. „Das ist das tragbare Telefon vom meinem Freund! Satellitenempfang! Für den Notfall, hat er immer gesagt, aber bisher habe ich das nie benutzt!" Eva überlegte: „Versuch es mal einzuschalten. Dann wird auch der Akku leer sein. Ohne Ladekabel nutzt das nichts!" Harald, eben noch euphorisch, ließ enttäuscht seine Schultern sinken und ging zurück zur Schublade. Er fand schnell das dazugehörige Ladegerät und schloss das Handy an der Steckdose neben der Tür an, ohne die Batterieladung zu prüfen. Das Gerät leuchtete rot auf und das Display blinkte: Akku wird geladen. Dann bauten sich mehrere, kleine Vierecken zu einer Säule auf und zerfielen wieder. Bald würden sie das Gerät gefahrlos einschalten können. „Hunger?" Harald ging Kühlschrank. Natürlich war der leer. Kein Wunder. Bei dem ausgeschalteten Strom wäre jedes Lebensmittel längst verfault. „Heute nicht mehr, aber vielleicht könnte ich was trinken." Harald nickte und räumte den kleinen Tisch zur Seite, schlug den Teppich hoch, griff nach dem eingelassenen Stahlring und hob eine Falltür hoch. Daran war ein stabiler, meterlanger Stab befestigt, mit dem er das viereckige Brett abstützen konnte. Dann stieg er hinab in den Keller. Bald hatte er auch hier den Lichtschalter gefunden und nach kurzer Zeit rief er zu ihr hoch: „Rotwein, Sekt, Sprudel oder Bier?" Der Abend war gerettet.

Kapitel 3 (Der erste Tag)

Am frühen nächsten Morgen tranken sie nur Tee, denn etwas anderes hatten sie hier nicht finden können. Sie mussten unbedingt in einem Supermarkt etwas Essbares kaufen, wenn sie hier längere Zeit bleiben wollten. Das kleine Transistorradio war die einzige Möglichkeit, durch die stündlichen Nachrichten etwas Näheres zu erfahren. Während Harald gebannt vor dem kleinen Gerät saß und lauschte, stand Eva an der Spüle und reinigte nur mit fließendem Wasser die Teetassen: „Glaubst du, die würden dir etwas Handfestes mitteilen? Die erzählen in den Nachrichten nur, was sie wollen, dass du das glaubst. Die Wahrheit wirst du da nicht hören!" Harald ließ sich durch ihren Einwand nicht stören. „Pst! Sei mal still! Die senden da etwas von uns. Hör doch!" Zur Bestätigung drehte er die Lautstärke höher und trotz des schlechten, knisternden Empfanges hörte sie es tatsächlich jetzt auch: „. . . Verfehlungen in ihrer Dienststelle. Die Polizei bittet um ihre Mithilfe. Harald Gruner, 29 Jahre, sportliche Figur, ist ca. 1.85m groß. Er hat dunkelbraunes, volles Haar und trägt eine randlose Brille. Seine Begleiterin, Eva Walter, 22 Jahre alt, zierlich, Konfektionsgröße 34, hat schulterlanges, blondes Haar, das sie meistens hochgesteckt trägt. Sie trägt keine Brille. Informationen auf www fahndungsfotos xxy. de. oder bei jeder Polizeidienststelle. Wer dazu sachdienliche Hinweise geben kann, wende sich bitte an . . . . . . " Harald hatte das Radio empört ausgeschaltet: „Hat man da Töne? Die suchen uns jetzt offiziell! Warum?" Eva setzte sich in den bequemen Ledersessel: „Du kannst Fragen stellen! Wir sind lästig geworden! Lästig und gefährlich. Weil wir nicht alles glauben, was man uns da von dem peinlichen Umweltskandal aufgetischt hat, deshalb!" Harald stand auf und ging ins Bad. Als er wieder zurückkam grinste er zufrieden und hielt Eva triumphierend einen elektrischen Rasierapparat hin: „Hier, nimm! Mach mir eine Glatze! Das ist im Augenblick für junge Männer angesagt!" Eva kräuselte die Stirn: „Bist du dir da sicher, dass du kahl geschoren werden willst?" Harald hatte schon ein Handtuch über seine Schultern gelegt und nickte: „Na klar! Hast du nicht eben selbst gehört? Die suchen einen jungen Mann mit dunkelbraunem, vollem Haar! Ich setz mir dann eine Sonnenbrille auf und geh einkaufen. Dir bring ich dann eine Haarfärbung mit. Du wirst bald eine schwarze, kurze Frisur haben!" Eva fand die Idee gar nicht mal so schlecht und schaltete den Rasierer ein, überlegte kurz und schaltete ihn wieder aus. „Was ist? Los, mach!" Eva schüttelte mit dem Kopf. „Man kann nur kurze Haare rasieren. Der packt deine dicken Strähnen doch überhaupt nicht! Wo ist hier eine Schere?" Bald darauf wurde sie fündig, schnitt an seinen

Haaren herum und dann sah ihr Begleiter aus, wie ein fellkrankes Meerschweinchen. Immer wieder setzte sie an, um wuchtige Büschel von seinem Kopf zu schneiden. Es tat ihr in der Seele weh, aber es musste sein. Als sie endlich das elektrische Gerät zum Einsatz brachte, merkte sie, dass sich seine Kopfhaut rötete. Sie musste vorsichtiger damit umgehen. Als sie ihn endlich von seiner Haarpracht befreit hatte und ihm ins Gesicht sah, erkannte sie ihn kaum wieder: „Du siehst ganz verändert aus. Dein Kopf wirkt so lang, wie ein Ei!" Jetzt musste auch Harald sein Konterfei im Spiegel sehen und ging ins Bad. „Oh, Mann! Was bringen wir für Opfer!" Er nahm den Wagenschlüssel und ging ins Freie: „Du wartest hier! Ich bin in einer Stunde zurück, spätestens!" Er stieg in den Wagen und fuhr los. Sie sah ihm noch eine Weile hinterher, bis er hinter dem kleinen Wäldchen verschwand. Hoffentlich würde das gut gehen, denn einige von den Umweltschützern, sogar auch ein paar ehrliche Politiker, die den Sumpf hatten aufdecken wollen, waren unter mysteriösen Umständen entweder spurlos verschwunden oder innerhalb kurzer Zeit alle tödlich verunglückt. Sie ging zurück in die Hütte, fand ein paar alte Bücher, holte sich die halbleere Flasche Rotwein aus der Küche und setzte sich auf die Liege. Sie nahm einen kräftigen Schluck aus der Flasche, denn Gläser hatten sie auch gestern Abend keine benutzt. Nach einer halben Stunde überkam sie eine leichte Müdigkeit, rutsche in eine liegende Stellung und deckte sich mit der Tagesdecke zu. Sie hatte anderthalb Stunden geschlafen, es war ihr wie eine Ewigkeit vorgekommen. Plötzlich war sie wach. Sie meinte, ein Geräusch gehört zu haben, oder war es der Rest des Traumes, der sie so abrupt gestört hatte? Wo war sie hier? Sie sah sich in dem Zimmer um, schaute auf den Tisch, die leere Weinflasche und langsam kam die Erinnerung wieder. Jetzt war sie hellwach! Wo war Harald? Ach ja, der wollte mit dem Auto in die Stadt. Eine

Stunde, höchstens! Sie schaute auf die Uhr und erschrak. Er war überfällig! Hoffentlich hatten sie ihn nicht erwischt! Sie sprang auf und rannte vor die Hütte. Kein Auto, kein Harald. Wenn jemand hierher kommen würden, in welche Richtung hätte sie laufen können. Sie ging zurück in die Stube, klemmte eine Stuhllehne unter die Türklinke und nahm ängstlich ein Messer aus der Küche. Wo war Harald?

Kapitel 4 (Unfreundlicher Besuch im Labor)

„Seit wann sind die weg? Wo sind sie hin? Sie müssen doch wissen, wo die Beiden sich versteckt halten!" Dr. Koller hatte unliebsame Gäste. Er wurde fest in seinen Sessel gedrückt und an der Schulter unsanft festgehalten, während er von dem elegant gekleideten Mann, der sich bequem im Besuchersessel rekelte, befragt wurde. „Ich weiß es nicht, wie oft soll ich das noch sagen!" Es war lange nach Feierabend und sie waren auf der gesamten Etage, wahrscheinlich sogar im ganzen Haus, völlig alleine. „Man hat mich damit beauftragt, die beiden zum Schweigen zu bringen und über kurz oder lang wird uns das auch gelingen. Sie können uns dabei helfen und das beschleunigen, oder . . .!" Koller sah entsetzt, dass es nun auch für ihn bitterer Ernst geworden war. Sein Gegenüber nickte und er bekam von dem Kleiderschrank, der neben ihm gestanden hatte, einen harten Faustschlag in die Magengegend. Er drohte, bewusstlos aus dem Sessel zu rutschen und wurde aber unsanft wieder zurechtgerückt. Er hing mehr, als dass er von alleine saß und wurde von zwei durchtrainierten Männern zum Fenster geschliffen. Sie befanden sich hier im neunten Stock und mussten zuerst das Schiebefenster aufschließen. Ein gewaltiger Wind pfiff durch das geöffnete Fenster, als die Männer ihr Opfer weit hinausgebeugt, festhielten: „Bleiben Sie dabei, dass Sie nicht wissen, wo die beiden sind?" Koller hörte hier draußen nichts von der Frage. Er zitterte am ganzen Körper und schrie verzweifelt auf, als ihn die Männer noch höher hoben und dann plötzlich losließen. Jetzt schrie er nicht mehr, Leere umgab ihn. Nur die Windgeräusche waren noch zu hören und die Stockwerke rasten an ihm vorbei…dann war es dunkel. Still! Kein Schmerz mehr, keine Fragen! Dr. Koller war tot. Sein zerschmetterter Körper lag in einer riesigen Blutlache auf dem Asphalt. Die Männer beugten sich etwas vor, um ihr Werk zu betrachten. Selbst bei dem Dämmerlicht und aus dieser Höhe konnte man das Häufchen Kleider und die große, dunkelrote Lache im Lichtkegel der Hoflaterne gut erkennen. „Er war hoffnungslos überarbeitet. Ruf unseren Auftraggeber an. Sag ihm, dass die Ampel auf gelb steht und bald auch auf grün umspringen wird. Er soll Fehlleistungen dieses Labors auflisten und an die Presse geben. Dann glaubt uns jeder, dass er aus Verzweiflung keinen anderen Weg mehr gesehen hatte, als zu springen. So, oder so ähnlich soll das morgen in der Zeitung stehen. Burnout! Aber wir brauchen uns da nichts einfallen zu lassen. Der weiß selber, was man in einem solchen Fall schreibt. Er hat wahrlich Übung darin. War hier noch was zu erledigen?" Die Männer schüttelten mit den Köpfen. „Gut, wenn du telefoniert hast, können wir gehen." Geduldig warteten sie ab, bis das Telefonat erledigt war. Dann gingen sie in aller Ruhe zum Fahrstuhl, stiegen ein und fuhren in die Tiefgarage. Dort stand ihr Geländewagen mit den getönten Scheiben. Als der Wagen langsam die Einfahrt hochfuhr, schaltete der Fahrer das Licht ein, denn es dunkelte bereits. Jetzt drehten sich die beiden Männer auf der Rückbank um und grinsten. „Das kann Stunden dauern, bis die den finden." Der Wagen bog auf die Straße und mischte sich in den fließenden Verkehr.

Kapitel 5 (Die Hütte am See)

Harald wurde sehnlichst von Eva erwartet. Er war nun schon zwei Stunden weg und sie hatte sich in der Blockhütte verschanzt. Verzweifelt saß sie zitternd vor Angst in einer Ecke, mit einem langen Brotmesser in der Hand. In ihrem desolaten Zustand hätte sie sich eher selbst verletzt, als dass sie sich damit würde verteidigen können. Dann, nach gut drei quälenden Stunden der Unsicherheit, hörte sie endlich einen Wagen den Kiesweg hochkommen. Sollte sie sich darüber freuen oder war jetzt alles vorbei? War es Harald oder hatte man sie hier aufgespürt? Dann hörte sie endlich die vertraute Stimme und war erleichtert: „Eva! Bin wieder da! Es hat etwas länger gedauert." Ja eindeutig, es war seine Stimme. Während er auf das kleine Haus zukam, räumte Eva den Stuhl wieder zur Seite, den sie unter die Klinke geklemmt hatte. Sie öffnete ihm die Tür und schaute an ihm vorbei nach draußen, um sich zu vergewissern, ob er wirklich alleine zurückgekommen war. Er schaute sie verblüfft an, die beiden Plastiktüten noch in den Händen. Sie holte aus und gab ihm eine kräftige, schallende Ohrfeige. Seine Sonnenbrille flog im hohen Bogen gegen die Wand. Dann nahm sie den verdatterten Kollegen fest in die Arme: „Ich habe Todesängste ausgestanden! Bist du wahnsinnig? Mir ging alles durch den Kopf! Ich bin in einer Stunde zurück! Hast du mal an mich gedacht?" Er senkte den Kopf: „Darf ich erst mal reinkommen? Was ist das für eine Begrüßung!" Er stellte die Einkaufstüten ab und rieb seine Wange, die krebsrot angelaufen war. „Entschuldige, aber lass mich nie mehr so lange im Ungewissen! Tut mir leid, dass ich so impulsiv war!" Sie nahm ihn noch einmal in die Arme und dann sah sie ihn erwartungsvoll an: „Na? Wie sieht es aus? Wird nach uns gesucht?" Er schüttelte den Kopf: „Ich fürchte, dass man das viel raffinierter anstellt, als wir das denken. Wir werden als Kriminelle behandelt, sicher! Aber die stellen uns eine Falle, da bin ich mir sicher. Die Macht der Medien ist nicht zu unterschätzen. Man wühlt genug Unrat und Staub auf, um die eigentlichen Gründe zu verschleiern. Wer wird uns denn noch glauben, dass es in Wirklichkeit um diese Schweinerei am Strand ging? Das wird gedreht und manipuliert, bis man uns irgendeine Verwicklung angehangen hat, die wir dann nicht mehr widerlegen können. Wir haben weder den Zugang zur Presse, noch einen Vertrauten, der sich für uns und unsere Sache verwenden wird. Es ist aussichtslos!" Er fing an, den Kühlschrank mit den gekauften Lebensmitteln zu füllen. „Willst du eine Pizza?" fragte er sie, um das Gespräch auf ein anderes Thema zu lenken. Eva saß immer noch auf dem Sofa und starrte vor sich hin. „Eric!" flüsterte sie zuerst ganz leise, dann rief sie es förmlich heraus: „Natürlich! Warum habe ich nicht sofort an ihn gedacht! Eric wird uns glauben, er war schon damals am Umweltschutz interessiert, aufgeschlossen und nett!" Harald kam in den Wohnraum: „Eric? Wer zum Teufel ist Eric?" Eva war fast schon zu euphorisch: „Du kennst ihn nicht! Ich habe ihn auf dem Kongress in Stockholm kennengelernt. Er hatte damals gerade eine Auszeichnung erhalten, weil er von einer radioaktiven Verklappung in der Ostsee berichtet hatte. In der Nähe von Gotland hatten Taucher nach seinen Angaben dann auch mehrere Fässer mit Plutoniumabfällen auf dem Meeresgrund gefunden." Harald schaute sie an: „Wann warst du das letzte Mal in Stockholm?" Sie drehte sich langsam zu ihm um: „Das weißt du nicht mehr? Du warst doch auch mit unserer Abteilung da! Umweltschutzkonferenz der Europa - Staaten, im August 2010." Harald nickte: „Das weiß ich, aber dass du damals einen Journalisten kennengelernt hattest, das hast du uns nicht erzählt!" Eva hob ihre Schultern: „Wozu sollte ich das erzählen? Ich saß damals in dem kleinen Bistro vor dem

Konsulat, weißt du noch, welches? Dort habe ich mit meiner Dolmetscherin Ana Fried nach dem Vortrag einen Kaffee getrunken. Da kam dieser Eric dazu, ihr Mann." Harald atmete erleichtert auf, denn seine Gedanken waren mit ihm durchgegangen. Er hatte schon Angst gehabt, dass Eva eine Affäre mit ihm gehabt haben könnte. Sie schien seine Gedanken zu lesen und grinste verschmitzt: „Du hast was anderes gedacht?" Er wandte sich ab, denn er merkte, dass eine leichte Röte in sein Gesicht stieg. Eva fasste an sein Kinn und drehte sein Gesicht zu sich: „Ich hab dich was gefragt!" Sie schaute ihm fest in die Augen. Harald nahm ihr Gesicht in beide Hände: „Du hast es gewusst?" Sie lächelte: „Gewusst nicht, aber gehofft!" Sie schloss ihre Augen und wartete. Endlich würde sie von ihm den lang ersehnten Kuss bekommen, von dem sie so oft heimlich geträumt hatte. Sie wartete vergebens, denn er ließ ihr Gesicht los und wollte in die angrenzende Küche gehen. Wütend öffnete sie die Augen und stampfte mit dem Fuß auf: „Nicht so! So nicht!" Sie riss ihn an der Schulter herum und übernahm die Initiative. Wie kann ein Mann nur so schüchtern sein! Harald wurde von ihr völlig überrumpelt. Als er am nächsten Morgen in ihren Armen wach wurde, schaute er in ihre offenen Augen. Sie lächelte ihn glücklich und zufrieden an: „Und? War das so schlimm?" Harald drückte sie fest an sich: „Ich war mir nicht sicher, deshalb habe ich mich nicht getraut, dir zu sagen, dass du mir nicht gleichgültig bist!" Sie löste sich aus seinen Armen und trommelte mit den Fäusten auf seine Brust: „Nicht gleichgültig? Nennt man das so? Ich will etwas anderes von dir hören als gleichgültig!" Harald scherzte weiter: „Was soll ich sagen? Ich mag dich?" Sie kuschelte sich wieder an ihn: „Du bist ein Scheusal!" Er grinst zufrieden und sagte: „Ich weiß, deshalb liebst du mich ja auch!" Als sie gefrühstückt hatten, kam Harald noch einmal auf das schwedische Ehepaar zurück:

„Hast du seine E-Mail Adresse oder wenigstens eine Telefonnummer?" Eva war in Gedanken und schaute ihn verwundert an: „Wie? Was?" „Von diesem Eric! Hast du eine Kontaktadresse?" Eva setzte sich aufrecht: „Mist! Die ist in meinem Handy. Aber wenn ich das einschalte, dann werden uns die Log-in-Daten verraten!" Harald schüttelte mit dem Kopf: „Nicht, wenn du nur die Adresse aufrufst. Das machst du im Keller, denn der besteht aus zwei eingegrabenen Containern; rundum aus Stahl und damit abgeschirmt. Du hast zwar von da unten keinen Empfang, aber dein Handy bekommt auch keinen Kontakt mit einem Sendemast und du kannst ungestört deine gespeicherten Daten abrufen!" Eva nahm ihr tragbares Telefon, den Akku und ging in die Wohnstube: „Schlag den Teppich zurück. Wo ist der Lichtschalter?" Harald hob die Falltür hoch und gab die steile Leiter frei. „Der Schalter ist am Ende der Treppe, auf der rechten Seite in Augenhöhe. Aber ich muss die Tür schließen, damit wirklich keine Strahlen ankommen können. Ruf, wenn du fertig bist!" Als unten das Licht anging, schloss Harald die Luke. Gerade noch rechtzeitig, bevor mit einem krachenden Splittern die Fensterscheiben zerbarsten: „Hier spricht die Polizei! Kommen Sie mit erhobenen Händen langsam heraus! Wir wissen, dass Sie da sind! Ergeben Sie sich!" Harald öffnete noch einmal die Kellerluke und rief leise nach unten: „Sei ruhig! Die haben mich! Ich leg den Teppich wieder darüber. Sie sollen dich nicht in die Hände bekommen, ich lass mir was einfallen. Hoffentlich klappt das mit dem Schweden!" dann schloss er die Falltür, legte den Teppich zurück und schob den Tisch über die Stelle: „Ich komme jetzt raus! Nicht schießen." Langsam ging er zur Tür und öffnete sie. „Hände über den Kopf!" riefen ihm die uniformierten Männer zu, die im Halbkreis um die Blockhütte standen. Harald legte seine Hände hinter den Kopf und ging nach draußen. Er konnte keine Gesichter sehen, denn alle Beamten hatten einen abgedunkelten Sichtschutz auf ihren Schutzhelmen. Er sah ihre Panzerwesten und geschnürten Haftstiefel, sowie die Sturmgewehre, die in seine Richtung zielten: „Ist er das?" hörte er leise einen der Männer fragend zweifeln und die Beamten senkten daraufhin ihre Schusswaffen: „Wie ist Ihr Name?" Harald sah seine Chance: „Mein Name ist Mike Sender, das ist meine Hütte, das muss Ihnen doch bekannt sein! Wen suchen Sie denn?" Er hatte voll ins Schwarze getroffen, denn sein augenblickliches Aussehen entsprach in keiner Weise dem angegebenen Steckbrief. Zwei Männer gingen kontrollierend in das Blockhaus. Unruhe kam auf und einer der Männer schob sein Visier hoch: „Entschuldigen Sie, aber wir hatten wohl falsche Informationen." Die beiden Beamten kamen aus der Hütte zurück und schüttelten mit den Köpfen: „Negativ!" riefen sie und gingen zurück zu den Kollegen. „Ist Ihnen ein Harald Gruner, oder eine Eva Walter bekannt?" Harald wusste nun endgültig, dass er nicht von den Männern erkannt worden war: „Eva wie?" fragte er frech und nahm seine Hände wieder herunter. „Eva Walter." antwortete der Polizist. Harald erwiderte: „Kenn ich nicht. Aber Harald ist ein Bekannter von früher. Den hab ich aber lange nicht mehr gesehen. Was haben die beiden denn angestellt?" Er bekam keine Antwort darauf. Nur eine Karte wurde ihm zugesteckt: „Rufen Sie uns sofort an, wenn er Kontakt mit Ihnen aufnehmen sollte. Der Mann ist gefährlich." Dann drehte er sich zu seinen Kollegen: „Abmarsch!" Harald wollte noch mehr erfahren, denn das war jetzt vermutlich die letzte Gelegenheit dazu: „Wer kommt jetzt für den Schaden auf?" Er zeigte auf das zersplitterte Fenster und tat erbost. Dann fügte er noch hinzu: „Das war doch bestimmt dieser Franzen. Der Nachbar hat mich angeschwärzt weil er will, dass ich ihm die Hütte verkaufe, stimmt's?" Die Männer blieben stehen und ihr Anführer sah sich genötigt, ihm noch ein paar erklärende Informationen zu geben. „Das hat

171

nichts mit Ihrem Nachbarn zu tun. Wir haben das Auto von dieser Frau im Ort gefunden, mit dem die Beiden geflohen sind. Wir müssen sie jetzt hier überall suchen. Er hätte ja durchaus sein können, dass sie sich hierher geflüchtet hatten. Den Schaden können Sie bei der örtlichen Polizei melden. Wir sagen denen Bescheid. Seien Sie weiter wachsam! Wiedersehen!" Harald tippte mit der Hand an seine Stirn: „Tschüss!" sagte er, denn auf ein Wiedersehen mit den Männern war er wirklich nicht scharf. Er wartete, bis die Beamten in den olivfarbenen Bus eingestiegen waren, der am oberen Waldrand geparkt war. Als sie abgefahren waren ging er zurück zur Hütte. Er musste Eva aus ihrem Versteck holen und so schnell, wie irgendwie möglich eine neue Bleibe suchen. Vielleicht würden die Männer wiederkommen, was er zwar nicht hoffte und was sehr unwahrscheinlich schien, aber man konnte das auch nicht ausschließen. Dann jedoch würden sie nicht mehr so einfach abzuwimmeln sein. Er öffnete die Falltür aber zu seinem Erstaunen war im Keller kein Licht. „Eva?" er rief unsicher ihren Namen, denn sie konnte unmöglich von alleine herausgekommen sein. „Eva!" nun etwas lauter und energischer. Nichts! Keine Antwort, kein Lichtschein! Er keilte die Falltür auf und stieg mit der Taschenlampe hinab. Der Lichtkegel tastete schnell die Wände ab. In dem zweckentfremdeten Container waren nur die vertrauten Regale, Weinflaschen und Kästen mit Sprudel und Limo. Wo war Eva? Er wandte sich wieder der steilen Treppe zu und wollte soeben wieder hochsteigen, als sich eine Hand auf seine Schulter legte. Ihm entfuhr ein ängstlicher Schrei und er rutschte unkontrolliert aus und fiel, samt Taschenlampe auf den Boden. Der Strahl warf sein Licht seitlich gegen das Weinregal . . . „Das war für die Stunden meiner Angst!" sagte Eva, die nun den Lichtschalter betätigt hatte und triumphierend über ihm stand. „Bist du wahnsinnig?" Sie schüttelte den Kopf. „Ich

172

nicht, aber du! Ich dachte, du kennst die Hütte, aber das scheint nicht der Fall zu sein!" Stolz löste sie einen Haken von der Wand und klappte ein leeres Regal auf einer Seite rechtwinklig ab. Ein dunkles, hüfthohes Loch führte in einen weiteren Raum. Harald sprang auf und schaute sie an: „Woher hast du, wie hast du das entdeckt?" „Du hast mich drei Stunden hier alleine gelassen. Drei Stunden! In der Zeit habe ich nachgedacht. Durch Zufall fiel mir ein Zettel auf, der an der Pin-Wand hing. Darauf war der zweite Raum erklärt. Ich habe den abgerissen, man kann ja nie wissen, wofür das mal gut sein könnte. Und nun war es soweit. Die hätten ruhig herunterkommen können, niemals hätten die mich gefunden. Genial, dein Freund." Harald nahm die Taschenlampe und kroch in das Loch. Ein weiterer, gleichgroßer Raum schloss sich an. Hier standen ein weiteres Bett, ein Kühlschrank und ein großes Regal. Neben dem Eingangsloch, das mit einem Brett verdeckt werden konnte, standen drei LKW – Batterien, deren Kabel zu einer kleinen Stehlampe und zum Kühlschrank verlegt waren. „Ein Versteck!" entfuhr es dem erstaunten Harald und Eva ergänzte: „Und was für ein Versteck! Sollen wir immer noch von hier abhauen? Meinst du wirklich, dass die wiederkommen?" Harald schmunzelte: „Nicht, wenn ich weiter Mike Sender bin und morgen zur Polizei gehe, damit das Fenster repariert wird. Dann werden die keinen Verdacht mehr schöpfen und weiter hier bei uns suchen. Übrigens, du bist deinen Wagen los!" Eva stützte ihre Hände in die Hüften: „Wie bitte? Hast du den etwa geschrottet? Du bist doch gestern mit dem Wagen zurückgekommen!" Harald grinste: „Mit einem Wagen! Aber das war nicht deiner! Den hab ich gestern abgeschlossen am nördlichen Stadtrand auf einem öffentlichen Parkplatz abgestellt. Du siehst aber, wie schnell die den aufgespürt haben. Was meinst du denn, warum die so schnell hier waren. Die suchen jetzt die ganze Gegend ab." Eva ließ

ihre Schultern hängen: „Und der war gerade abgezahlt!"
„Beruhige dich, da draußen steht das Auto von Mike. Die
glauben doch jetzt sowieso, dass ich Mike bin. Du siehst, es
passt alles zusammen!"

Kapitel 6 (Im Labor des Institutes)

„Selbstmord! Eindeutig Selbstmord! Was wir da alles für
Ungereimtheiten entdeckt haben, Mann oh Mann!" Die
Kriminalbeamten machten schon am Tatort keinen Hehl mehr
daraus, was man ihnen aufgetragen hatte und was sie als
Erklärung offenbaren sollten. Die Arbeitskollegen von Harald
und Eva sahen die letzten Ereignisse jedoch mit einer
gehörigen Portion Skepsis. Hatte ihr Chef sie vor einer Woche
nicht alle ausdrücklich davor gewarnt, etwas in dieser Richtung
zu sagen? Harald hatte von einem Umweltskandal größten
Ausmaßes berichtet und war im Institut mit Eva zusammen
zum Schweigen verdonnert worden. Nun waren sie
verschwunden und wurden von der Polizei gesucht, weil sie
sich angeblich grobe Verfehlungen geleistet hatten? Und ihr
Chef? Der sollte sich selbst umgebracht haben? Dieser Feigling
soll allen Ernstes alleine aus dem Fenster gesprungen sein?
Wenn es nicht so traurig wäre, man hätte lachen können! Es
war naiv, so unsäglich plump und unglaubwürdig, wie lange
würde man diese Lügen denn noch verbreiten können? Wie
viele Menschen würden noch zum Schweigen gebracht
werden? Harald hatte Recht gehabt! Da war eine riesige
Schweinerei im Gange. Wenn die Polizei und das Umweltamt
dabei mitmachten, wer zum Teufel sollte dagegen ankommen?
Die Wissenschaftler hüllten sich in Schweigen. Sie wussten
natürlich, dass Harald und Eva unschuldig waren, aber jeder
von ihnen hatte auch Familie, Kinder, Geschwister! Keiner
wollte daran schuld sein, wenn ein nahestehender Verwandter

von ihnen plötzlich vom Auto überfahren, oder wie ihr Chef „freiwillig" aus dem Fenster fallen sollte. Sie schämten sich für ihre Feigheit, aber die Angst vor den versteckten Drohungen war stärker. Ein neuer Mann war ihnen heute allzu schnell als Vorgesetzter präsentiert worden. Er kam direkt aus dem Ministerium und schien ein ganz scharfer Hund zu sein. Er duldete keinerlei Fragen zur Vergangenheit. Eine Sekretärin, die am ersten Tag vor allen Kollegen offen angezweifelt hatte, dass Harald etwas Schlimmes getan haben könnte, wurde daraufhin sofort fristlos entlassen. Als warnendes Beispiel für die anderen. Es zeigte dann auch den erhofften Erfolg. Keiner traute dem anderen. Das früher so familiäre Arbeitsverhältnis war dahin. Aber es war auch ein Vertrauensbruch. „Wenn die da oben alles tun dürfen und nicht dafür belangt werden, so müssen wir uns auch nicht an Gesetze halten!" Das war nun die Meinung von Karin, der entlassenen Sekretärin. Sie war zu Harald immer wie eine Schwester gewesen, kannte ihn seit dem Kindergarten nur zu gut und bezweifelte alles, was man in den Nachrichten offiziell von ihm hörte. Ihr Mann war als Rechtsanwalt in einer Gemeinschaftspraxis tätig und natürlich wurde auch dort über die gesuchten, ehemaligen Freunde gesprochen. Bei einem Grillfest, dass Karin mit ihrem Mann, Dr. Peter Kohlhaas zuhause veranstaltete, lenkte die Hausherrin im Verlaufe des späteren Abends geschickt die Unterhaltung auf das brisante Thema der gesuchten Arbeitskollegen. Der Alkohol hatte zum Glück die Zunge der Anwesenden gelöst und so konnte sie die freundlich gemeinten Überlegungen von den anderen unterscheiden. Sie wusste nun, wer von den „Freunden" auf die Berichte hereingefallen war und wer vertrauenswürdig auf ihrer Seite stand. Sie würde die Erkenntnisse zu nutzen wissen. Am Mittag des nächsten Tages saßen sie gemütlich auf der Terrasse und genossen die wohltuenden, warmen Strahlen der Sonne. Sie hatte gedacht, dass ihr Mann vom Trinken einen Kater gehabt hatte, aber ihn schien ein ganz anderer Schuh zu drücken: „Musstest du gestern Abend unbedingt dieses leidige Thema auf den Tisch bringen?" Karin kam von der Liege hoch, setzte sich und schob die Sonnenbrille in ihre brünette Lockenpracht: „Was sagst du da? Leidiges Thema? Mein Schulfreund ist samt einer weiteren Kollegin verschwunden und wird polizeilich gesucht, mein früherer Chef soll angeblich Selbstmord verübt haben, ich bin fristlos entlassen, weil ich den Wahrheitsgehalt angezweifelt habe und du sprichst abwertend von einem leidigen Thema?" Ihr Mann hatte diese Reaktion nicht erwartet und versuchte sich zu rechtfertigen: „Du hast jetzt alle Ereignisse der letzten Tage in einen Topf geworfen. Da hat doch das eine nicht das Geringste mit dem anderen zu tun. Deine Entlassung fechten wir vor dem Arbeitsgericht an, dein Vertrag kann so ohne weiteres nicht einfach gekündigt werden, das weißt du doch. Und die anderen Ereignisse haben doch damit nichts zu tun!" Karin schaute ihn lange an: „Bist du das wirklich? Früher warst du mutiger! Nichts hast du dir gefallen lassen, alles hast du vor den Kadi gezerrt! Das ist mein Beruf, Schatz! Hast du dann gesagt. Und nun? Wo es wirklich um die Existenz meiner Kollegen geht, da willst du kneifen? Ich hätte erwartet, dass du hinter mir stehst, dass du mir hilfst!" Peter ging durch die offene Balkontür ins Wohnzimmer und kam mit der Whiskyflasche und einem Glas zurück. Es war sehr ungewöhnlich, dass er sich so früh am Tag einen genehmigen würde. Er schüttete sein Glas halbvoll und leerte es in einem Zug. Schon war das Glas wieder gefüllt und Peter setzte sich neben seine Frau und legte vertraut den Arm um ihre Schulter. „Du musst das verstehen, das ist ein heißes Eisen!" Abrupt stieß sie seinen Arm von sich und schaute ihn an. Sie kannte ihn nun schon fünfzehn Jahre. Seit zwölf Jahren waren sie verheiratet. Sie kniff die Augen gefährlich zusammen und sah

176

ihn an: „Du verheimlichst mir etwas! Was weißt du?" Jetzt wurde er nervös und leerte sein zweites Glas. „Hätte ich bloß nicht von gestern angefangen!" Karin bohrte weiter, denn vor dem Mittagessen hatte Peter noch nicht einmal seinen Aperitif getrunken. Und nun war er dabei, sich zu betrinken. „Habt ihr in der Kanzlei damit zu tun?" Fahrig wollte er wieder zur Flasche greifen: „Womit?" fragte er und wirkte dabei ziemlich hilflos. Karin nahm ihm den Whisky aus der Hand und stellte ihn auf den Tisch. „Peter, sag endlich was los ist! Du weißt doch ganz genau, was ich meine!" Er gab seinen Widerstand auf und zog sie am Ärmel ins Haus. „Nicht hier draußen! Komm, ich erzähl dir alles, aber im Wohnzimmer!" Sie standen auf und Karin wusste sofort, dass ihr eigener Mann irgendwie in diese Ereignisse verwickelt war. Wieso hatte sie das nicht schon vorher gemerkt? Was wollte er ihr sagen? Sie setzte sich erwartungsvoll in den Sessel, während er die Balkontür verschloss, sogar die Gardinen zog er zu. Erst dann setzte er sich auf den Sessel, der ihr gegenüber stand: „Wo soll ich anfangen?" Leise, fast geflüstert entfuhren ihm diese Worte. Sie schüttelte mit dem Kopf. Ihr eigener Mann? Er hatte Geheimnisse vor ihr? „Ich will alles wissen, alles! Was weißt du von Harald?" Peter drehte den Kopf gelangweilt zur Seite: „Von dem weiß ich doch nichts! Es geht um deinen Chef. Bis vor einer Woche wusste ich nicht mehr, als du. Dann geschah da dieser grässliche Unfall in deiner Arbeitsstelle . . ." Sie unterbrach ihn protestierend: „Mord! Peter, Mord! Warum kannst du das nicht richtig sagen? Das war Mord!" Peter wartete einen Augenblick und fing dann erneut an: „Mutmaßungen bringen uns nicht weiter! Soll ich erzählen, was ich weiß, oder willst du weiter so erregt rumschreien? Hör doch erst einmal richtig zu." Karin setzte sich entspannt zurück und ließ ihren Mann nun aussprechen. „Eveline kam vergangenen Dienstag in die Kanzlei. Sie sprach auch von

Mord." Sie musste ihn hier erneut unterbrechen: „Wer ist Eveline? Kenn ich die?" Peter nickte: „Ja, du kennst sie. Eveline Koller. Das ist die Frau von deinem verunglück…" er sah die hochgezogenen Augenbrauen seiner Frau, sah sich aber immer noch nicht veranlasst, von Mord zu sprechen und fuhr fort: „Sie verlangte von uns, dass wir sie vor Gericht vertreten sollten, da man ihr offensichtlich keinen Glauben schenkte, oder wenn ihr etwas zustoßen würde." Peter senkte den Blick. „Und? Weiter? Wie kam die denn darauf? " Er atmete tief durch: „Entweder wurde das Paar erpresst, oder das war so eine weibliche Vorahnung, ich weiß auch nicht. Jedenfalls müssen wir nun ihrem Wunsch entsprechen." Karin schaute ihn an: „Du wolltest mir alles erzählen. Was ist nun? Raus damit!" Er wiederholte den letzten Satz: „Ihr Wunsch war, den bei uns deponierten Brief an das Gericht weiterzugeben, wenn ihr etwas zustoßen sollte. Das war vor einer Woche. Ich hätte niemals daran gedacht, aber gestern ist es dann geschehen. Sie hatte einen schweren Autounfall knapp überlebt! Ich habe dann schnell reagieren wollen und dem Staatsanwalt den Brief übergeben." Karin saß blass im Sessel und man sah ihr an, dass die grauen Zellen schwer zu tun hatten: „Man muss sie beschützen!" Ihr Mann nickte zustimmend. Zu diesem Zeitpunkt konnten sie beide nicht wissen, dass ein anonymer Anruf schon dafür gesorgt hatte, dass die Gegenseite alles daran setzen würde, Evelin endgültig zum Schweigen zu bringen. Der Brief muss so brisant gewesen sein, dass ihr Leben am seidenen Faden hing. Peter schien das nun auch zu ahnen und rief im Amt an. Als er endlich die Sekretärin des Staatsanwaltes am Telefon hatte, merkte er an ihrer Reaktion, dass sie etwas verschwieg. Der Chef sei nicht da, er hätte sich ein paar Tage Urlaub gegönnt. Peter konnte förmlich spüren, dass da etwas nicht stimmte: „Zieh dich an, wir fahren ins Krankenhaus!" sagte er zu seiner Frau und zog die Schuhe an.

Er griff zum Autoschlüssel und ging in die Garage. Karin war überrumpelt und konnte nicht so schnell folgen. Als sie endlich die Haustür hinter sich zu ziehen wollte, gab es eine fürchterliche Detonation. Eine riesige Staubwolke schoss aus der Garage über den Vorhof. Schnell rannte sie schreiend zum Tor. Als sie sich umdrehte, erkannte sie von den Wagen nicht wieder. Es war nur noch ein dampfender, schwarzverkohlter Schrotthaufen. Ihr Mann Peter war tot! Zerfetzt von einem Sprengsatz, der schon gestern Abend angebracht worden sein musste. Nachbarn kamen aus ihren Wohnungen und versuchten verzweifelt, Karin zu trösten, zu beruhigen oder in die Arme zu nehmen. Sie schrie und schlug um sich, tobte und war nicht zu bändigen. Erst ein gerufener Arzt, der mit dem Krankenwagen und der örtlichen Polizei gekommen war, konnte ihr eine Beruhigungsspritze geben. Apathisch drehte sie auf der Liege den Kopf zur Seite und konnte gerade noch ihrem herbeigerufenem Bruder zuflüstern: „Bleib bei mir! Beschütz mich!" Ihr Kopf fiel zur Seite, das verabreichte Medikament zeigte Wirkung. Heinz stieg sofort zu ihr: „Ich begleite sie!" sagte er entschlossen: „Sie ist meine Schwester und braucht mich jetzt!" Die Krankenpfleger schauten sich ratlos an. Sie konnten nicht allzulange warten und Heinz saß schon neben der Liege und hielt Karins Hand. Keine zehn Pferde würden ihn hier rausholen. Die Helfer zuckten mit den Schultern und schlossen die Tür. Mit hoher Geschwindigkeit rasten sie durch die Stadt, von Zeit zu Zeit ertönte kurz das Martinshorn, wenn sie sich einer Kreuzung näherten. Keine zehn Minuten später wurde der Transporter langsamer und geschäftig wurde die Trage auf ein Gestell vor der Einfahrt des Hospitals gesetzt. Heinz begleitete die beiden Pfleger, die nun seine Schwester übernommen hatten. „Wo bringt ihr sie hin?" wollte er wissen und bekam die knappe Antwort: „In die Notaufnahme. Sie hatte einen Zusammenbruch?"

Heinz schüttelte den Kopf und flüsterte leise: „Ich nehme an, dass sie einen Schock erlitt, als mein Schwager mit seinem Auto in die Luft geflogen ist!" Die Pfleger hörten auf, die Transportliege über den Weg zu schieben und blieben mitten auf der Einfahrt stehen: „Kohlhaas? Ist Ihr Name Peter Kohlhaas?" Heinz nickte: „Ja, warum?" Die Pfleger waren sich einig: „Sie schwebt in Lebensgefahr! Kurz vor unserem Einsatz haben wir ein Gespräch vom Oberarzt mitgehört, dabei ging es um eine Karin Kohlhaas. Sie soll bei der Einlieferung sofort isoliert werden. Das heißt, keiner kann dann mehr mit ihr sprechen. Wenn wir jetzt gleich die Papiere für die Anmeldung machen, so nennen wir sie Frauke Müller. Die Ausweise werden nachgereicht, verstehen Sie? Die Formalitäten dauern dann etwas länger. Weichen Sie nicht von ihrer Seite! Sobald sie aufwacht, müssen Sie mit ihr von hier verschwinden. Es braut sich etwas zusammen, wird sie gesucht?" Heinz schüttelte mit dem Kopf: „Oh mein Gott! Wo denken Sie hin!" Ein Pfleger kam sehr nahe und flüsterte nun: „Handeln Sie! Aber von uns wissen Sie das nicht! Wir wollen uns nur raushalten und nichts von diesem ekelhaften, schmutzigen Komplott wissen!" Der andere nickte und erinnerte ihn gleichzeitig an seinen neuen Namen: „Haben Sie das jetzt verstanden, Herr M ü l l e r? Sie werden Ihre Frau nicht alleine lassen!" Heinz nickte. Karin hatte so etwas geahnt, denn nicht umsonst wollte sie ihn an ihrer Seite wissen: „Beschütz mich!" hatte sie ihm gesagt und genau das würde er jetzt tun! Sie wurde untersucht und konnte die Nacht nur mit Beruhigungstabletten schlafen. Am nächsten Tag bat sie darum, auf eigenen Wusch wieder nach Hause zu dürfen. Als der Arzt ihnen die Kladde mit den Entlassungspapieren übergab und ihre Unterschrift verlangte, erinnerte er sie daran, ihre Krankenkarte vorzulegen. Karin nickte und nahm den Füller. „Soll ich dir helfen, F r a u k e?" sagte ihr Bruder noch einmal deutlich, damit sie nicht mit ihrem richtigen Namen das Schreiben quittierte. Als sie das Blatt zurückgab, bekam sie einen Durchschlag: „Für die Versicherung!" Der Arzt verabschiedete sich mit den Worten: „Alles Gute, für sie beide!" Dann flatterte der weiße Kittel aus dem Zimmer. „Ich werde dich zu unseren Eltern bringen! Da bist du fürs erste in Sicherheit!" Karin drückte ihren Bruder und dann verließen sie das Hospital.

Kapitel 7 (Der Gegenangriff)

In der Hütte am See hatten die beiden einen Entschluss gefasst. Sie wollten auf jeden Fall zunächst hier bleiben. Dazu hatten sie in den ebenerdigen Räumen alles aufgeräumt und sich in dem verborgenen, zweiten Kellerraum häuslich eingerichtet. Die Klappe stand offen und in weniger als drei Minuten wären sie bei Gefahr unten, versteckt hinter dem Kellerregal. Den Teppich hatten sie zu diesem Zweck mit Klebeband so fixiert, dass er die Einstiegsluke gut verdecken würde, wenn sie nach unten gestiegen waren. Die Nächte verbrachten sie zudem jetzt schon in dem Versteck. „Es wird Zeit, dass wir die Presse informieren. Hast du die Telefonnummer von deinem schwedischen Freund gefunden?" Eva nickte und tippte die Telefonnummer des schwedischen Journalisten in das aufgeladene Gerät. Ein endlosen Knacken und Knistern folgte, bis die Leitung endlich stand und eine männliche Stimme zu hören war: „Svensson . . . . ." den Rest verstand sie nicht, denn ein ganzer Schwall von nordischen Silben wurde ihr ins Ohr geschüttet. Sie musste den unverständlichen Redefluss unterbrechen und rief: „Eva Walter, hier! Deutschland. Ihre Frau hat für mich übersetzt! Auf einem Kongress in Stockholm. Verstehen Sie mich?" Der Angerufene war jetzt ruhig. „Deuss'?" fragte er nur und Eva atmete auf: „Ja, ich bin

Deutsche. Ist Ihre Frau da? Ana-Fried?" Sie hörte ein Knacken in der Leitung und hatte schon Angst, dass entweder jemand mithörte, oder die Leitung unterbrochen war. Sie hörte jedoch kein Freizeichen: „Hallo!" rief sie enttäuscht und drehte sich zu Harald um: „Ich fürchte, der hat aufgelegt!" Sie nahm den Hörer noch einmal ans Ohr: „Hallo, Eric!" Nun bekam sie Antwort: „Ana-Fried is außen. Is gleis da. Kenn is dis?" „Ich bin Eva. Ihre Frau war Dolmetscherin für mich bei dem Kongress in Stockholm. Ich brauche eure Hilfe. Es sind entsetzliche Sachen passiert, hören Sie?" Ein Augenblick war die Verbindung unterbrochen, dann war die Schwedin endlich am Hörer: „Svensson!" „Ja, endlich!" rief sie erleichtert, denn sie erkannte sofort ihre Stimme wieder: „Ana-Fried! Gott sei Dank!" „Ja, Ana Fried Svensson, wer ist denn da?" Es sprudelte nur so aus ihr heraus und es dauerte eine geraume Zeit, bis die freundliche Schwedin verstanden hatte, worum es bei dem Anruf ging. „Sie müssen sich verstecken? Warum? Ist das wegen der Sturmflut am Strand, die so viele Tote gefordert hat?" fragte sie und hatte damit schnell verstanden, dass sie ihre Hilfe dringend benötigten. Wenn ausländische Medien über den Vorfall berichten würden, so wäre das internationale Interesse natürlich von immenser Bedeutung und so hofften sie, dass man die Suche nach ihnen einstellen würde. Sie erzählte, worum es dabei ging und welche falschen Darstellungen man hier in den Nachrichten verbreitete. Die Schwedin hatte ihren Lautsprecher eingeschaltet und übersetzte die Nachricht für Eric, ihren Mann. Der Journalist würde in der morgendlichen Zeitung einen Artikel zu dem Vorfall schreiben, wenn er die Aussagen überprüft und von seinen zuständigen Stellen genehmigt bekam. Ana-Fried machte den beiden Mut, durchzuhalten und mit ihnen in Kontakt zu bleiben, dann legte sie auf. Harald schaute seine Kollegin lange an: „Meinst du, das wir das Richtige getan haben?" Eva legte ihre Hand auf seine Schulter: „Wenn nicht sie, wer sollte uns dann helfen können?"

Hatten sie zuviel erwartet, oder waren ihre schwedischen Freunde nicht konsequent genug gewesen? Jedenfalls wurde der Bericht in den Medien nur am Rande erwähnt. Da sie nicht alle Sender verfolgen konnten, bekamen die wissenschaftlichen Mitarbeiter jedoch nichts davon mit. Sie hofften weiterhin, dass ein Wunder geschehen würde und sie wieder ungestört zurück in ihre Wohnungen gehen konnten. Täglich hörten sie nun die Nachrichten, aber man berichtete nur über andere Ereignisse, die Wirtschaft, Verkehrsunfälle, Überschwemmungen und sonstiges . . . . von ihrem brisanten Fall kein einziges Wort. Nach einer ganzen Woche wurde die Stimmung bei beiden sehr schlecht, denn sie hatten jegliche Hoffnung verloren. Zurück konnten sie nicht mehr, denn ihr altes Leben war zu gefährlich geworden. Dann kam der entscheidende Bericht, den sie mit Fassungslosigkeit im Radio hörten: „Nun ist es amtlich. Das fürchterliche Seebeben vor unserer Küste hatte zu dieser Flutwelle geführt, die den Küstenabschnitt unbewohnbar gemacht hat. Da sich der gesamte Strandabschnitt im Besitz des Landes befindet, wurden von amtlicher Seite aus entsprechende Maßnahmen getroffen, hier ab sofort ein Sperrgebiet einzurichten. Für unsere Streitkräfte werden dort im Herbst erstmals Manöver abgehalten, denn ein großräumiger Truppenübungsplatz in Strandnähe war der sehnlichste Wunsch unserer Marine. Die weitsichtigen Beamten, die sich zu dieser Maßnahme entschlossen haben, wurden ausdrücklich für diese kostengünstige Maßnahme gelobt." Harald und Eva nahmen sich wortlos an die Hand. Als sie sich ansahen, platzte es gleichzeitig aus ihnen heraus, sodass sie sich gegenseitig nicht verstehen konnten.

„Du zuerst!" Harald schaute sie an. „Eva! Wir müssen von hier verschwinden! Wenn man uns fasst, sind wir erledigt, Wir

183

haben Informationen, die sind zum Sprengstoff für die Leute geworden! Was meinst du?" Sie nickte deprimiert: „Ich hätte es nicht besser ausdrücken können. Aber wohin sollen wir?" Harald zeigte auf das Auto seines Freundes, das vor dem Haus geparkt war. „Ich hab da so eine Idee! Vertrau mir."

-.-.-.-.-.-.-.-.-.-

„Vier, dreiundfünfzig! Hast du?" Eva schrieb die Zahlen in die Tabelle und nickte ihrem Mann zu. „Das war's für heute, wir machen Schluss. Eric hat uns eingeladen. Wir sollen zur Mittsommernacht an den Strand kommen." Eva legte die flache Hand schützend vor ihre Stirn und schaute über den Fjord. „Wann, heute Abend?" fragte sie dabei und Harald ergänzte: „Wenn wir mit den Auswertungen fertig sind. Ich bin froh, dass wir die Stelle hier bekommen haben, nach dieser Odyssee!" Sie waren über die grüne Grenze nach Schweden geflohen und durch die Verbindungen der einheimischen Bekannten hatten sie diesen Arbeitsplatz bekommen. Eric und Ana-Fried entschuldigten sich dafür, dass sie nicht in der Lage gewesen waren, die Veröffentlichung ihres Berichtes hier im Land durchzudrücken. Auch sie hatten sofort Willkür der Behörden zu spüren bekommen.
„Was nicht sein darf, gibt's nicht!" sagte Eva. „Denk nicht mehr darüber nach, denn wir waren von Anfang an machtlos und hätten nichts ändern können. Die Verantwortlichen sind aufgestiegen und die Kleinen mundtot gemacht worden. So ist das eben!"

Wenn Gefühle verrücktspielen. .

Kapitel 1

Der Mann war ermordet worden, da gab es keinerlei Zweifel. Und doch war es völlig unmöglich, in das gut gesicherte Haus einzudringen, ohne die Alarmanlage auszulösen. Die heruntergelassenen Rollos und der penetrante, süßliche Geruch hatten den Gärtner nach mehreren Tagen veranlasst, die Polizei einzuschalten. „Ich mache mir ernsthafte Sorgen, denn mein Chef hat mit keiner Silbe erwähnt, dass er vorhatte, das Haus zu verlassen. Sie müssen kommen und die Tür aufbrechen, denn außer ihm besitzt niemand einen Schlüssel und mit einem zusätzlichen Riegel ist sie von innen nochmals gesichert." Die Beamten schauten den Mann ungläubig an, doch er beharrte auf seiner Aussage und erklärte die Maßnahme des Hausherrn so: „Er wurde schon einmal bestohlen, seitdem ist er extrem vorsichtig geworden." Nun wurde die ganze Maschinerie in Gang gesetzt, Nachbarn befragt, Telefonate überprüft und schließlich sogar auf dem Grundstück Spürhunde eingesetzt, denn bevor man sich mit Gewalt einen Zutritt verschaffen durfte, sollten alle juristischen und privatrechtlichen Bedenken ausgeräumt sein. Die Lage wäre etwas einfacher, sollte Gefahr für Leib und Leben bestehen, und genau das war dann der Fall. Ein Leichensuchhund hatte schließlich angeschlagen und ließ sich kaum noch bändigen. Die hintere Hoftür wurde nun auf richterlichen Beschluss aufgebohrt. Unter ohrenbetäubendem Lärm versuchten sie danach vergeblich, die ausgelöste, schrille Alarmanlage abzustellen. Endlich gelang es dem eilig herbeigerufenen Elektriker, den Strom abzuschalten und für Ruhe zu sorgen. Da standen nun die vier Beamten der Mordkommission eine weitere Stunde später im Schlafzimmer des Hauses und hielten sich getränkte Tücher vor ihre

Gesichter, um den Geruch einigermaßen zu neutralisieren. „Wie lange liegt der schon hier?" war die Frage des Kommissars, der sich abgewandt hatte und mit dem Kollegen Flesgen in der Küche auf die ersten Ergebnisse der Spurensicherung wartete. Sein Assistent nickte und ging zurück, um vom Polizeiarzt den ungefähren Zeitpunkt des Todes zu erfahren. Der Mediziner konnte nur eine grobe Schätzung abgeben, nähere Informationen würde die Obduktion ergeben, aber er konnte mit Sicherheit sagen, dass der Mann schon mindestens vierzehn Tage hier lang, das hatte er an den Maden und Fliegen sofort sehen können, die den leblosen Körper schon stark angegriffen und als Brutstätte für ihren eigenen Nachwuchs missbraucht hatten. Von den Leichenflecken abgesehen, die sein Gesicht maskenhaft erscheinen ließ, schien der Mann friedlich eingenickt und dann im Schlaf verstorben zu sein, wenn der geschulte Blick des Arztes nicht sofort die winzigen Spuren eines kleinen, verkrusteten Rinnsals gesehen hätte, das aus einem Ohr des Toten gekommen war. Diese Verletzung stammte nicht von den Insekten, es musste dem Opfer lebend zugefügt worden sein. „Ein spitzer Gegenstand, vermute ich, wird sein Trommelfell durchstoßen haben und ist gewaltsam bis ins Hirn eingedrungen. Der Mann war sofort tot!" Gruber bedankte sich, nahm das parfümierte Tuch wieder vors Gesicht und ging zurück in die Küche, um seinem Chef diese ersten Erkenntnisse mitzuteilen. Nachdem der Fotograf alle erforderlichen Bilder gemacht hatte, wurden die sterblichen Überreste in die Pathologie gebracht und das Haus versiegelt. In der Umgebung der Villa hatten die Spürhunde nichts Verdächtiges finden können, was nach geschätzten vierzehn Tagen für Oberkommissar Heinz Weidner gut nachzuvollziehen war. „Hoffentlich wird das nicht so ein ungeklärter Fall. Keine verwertbaren Spuren, nichts. Das hat mir kurz vor der

Pensionierung gerade noch gefehlt! Trotzdem, wir werden unser Bestes tun! Bringen Sie in Erfahrung, ob es Verwandte gibt, die zu benachrichtigen sind, denn der Gärtner konnte uns diesbezüglich keine Angaben machen!" Assistent Gruber hatte mitgeschrieben und folgte den anderen zum Dienstfahrzeug. Alle waren froh, hier draußen endlich wieder frei atmen zu können.

Die Untersuchung bestätigte den ersten Befund des Mediziners durch eine Röntgenaufnahme des Kopfes. Der spitze Gegenstand, der mit Gewalt eingedrungen war, musste die Form einer Stricknadel gehabt haben. Innere, starke Blutungen hatten zum sofortigen Tod des 48 jährigen Mannes geführt, der bis zu diesem Zeitpunkt ein recht feudales Leben geführt hatte. Die große Frage, die im Raum stand war, wie man eine Alarmanlage umgehen konnte, die von innen eingeschaltet wurde und sowohl alle Fenster, als auch die beiden Eingangstüren absicherten. Vorläufig blieb dieses Rätsel ungelöst. Im Umfeld des Adeligen, der keiner Arbeit nachging und das Erbe seiner Vorfahren verlebte, hörte man jedoch nur Gutes. Er schien sich zu Lebzeiten sehr sozial verhalten zu haben. Keine Feinde, kein böses Wort! Und doch war er eiskalt ermordet worden. Wie ging das zusammen? Es musste aber hier einen Menschen gegeben haben, der anderer Ansicht gewesen war.

Kapitel 2

Der nächste Todesfall ereignete sich drei Wochen später. Auf den ersten Blick schien es keinerlei Zusammenhänge mit dem Mord an dem Adeligen zu geben, denn die junge Frau war mit ihrem Auto in einer scharfen Kurve einfach geradeaus gefahren und in einem Teich gelandet. Von dem Wagen schaute nur noch das Dach aus der grünlichen, mit Algen bewachsenen Brühe. Zum Mord wurde der Fall erst, als die Gerichtsmedizin

187

feststellte, dass die Frau nicht ertrunken, sondern erstickt war. Die hinteren Fenster waren halb nach unten gekurbelt und die linke Tür hinter dem Fahrersitz schien bei dem Unfall aufgeflogen zu sein. Man hatte schnell die Adresse der Unglücklichen ermittelt und war noch in der gleichen Nacht dorthin gefahren. Am Klingelschild standen zwei Namen: „Entschuldigen Sie die Störung. Kriminalpolizei. Mein Name ist Oberkommissar Weidner und das ist mein Kollege Polizeimeister Gruber. Wohnt hier eine Frau Editha Blome? Steht zumindest an der Tür!" Der junge Mann trat zur Seite und ließ die Beamten freundlich eintreten: „Ja, stimmt! Das ist meine Verlobte! Wenn das Kind da ist, wollen wir sofort heiraten, worum geht's denn?" Weidner ging in den Flur: „Später", sagte er dabei, „später!" In der gemeinsamen Wohnung, die sie offensichtlich mit diesem Mann in einer eheähnlichen Beziehung teilte, fand man keinerlei Hinweise, die auf den Tod hätten schließen lassen. Kein Abschiedsbrief, nichts. Ein Suizid schien ebenfalls ausgeschlossen zu sein. Ihr Lebenspartner schrie sofort laut los, als er vom tödlichen Unfall seiner Freundin erfuhr. „Wir hatten uns so sehr auf das Kind gefreut!" sagte Frank Tauber immer wieder und schien so durcheinander zu sein, dass ein Kollege ihn ins Krankenhaus brachte. Die Rücksprache mit dem Frauenarzt der Getöteten brachte schließlich den entscheidenden Hinweis darauf, dass der Lebensgefährte nicht der Vater des Kindes sein konnte. Man hatte ihm bei der Einlieferung ins Krankenhaus vorsorglich eine Blutprobe entnommen. Kommissar Flesgen hatte diese dann sofort mit den Daten des Frauenarztes abgleichen lassen und dabei wurde festgestellt, dass sie nicht mit dem ungeborenen Fötus übereinstimmten. Bei der weiteren Durchsuchung des verunglückten Wagens fand man das mobile Telefon der Ermordeten. Im Polizeilabor schafften Spezialisten es, die Daten trotz der Beschädigung aus dem zentimetergroßen

Chip zu rekonstruieren. Er fand sowohl die Telefonnummer, als auch die Adresse eines Felix von Patenberg im Register ihres Handys! Jetzt konnte man die beiden Fälle in einen Zusammenhang bringen. Man musste nur noch nach den erklärenden Gemeinsamkeiten suchen. Gruber und Flesgen kamen fast gleichzeitig auf die Idee, einen DNA-Abgleich von dem Adeligen mit dem Ungeborenen zu veranlassen. „Was liegt näher, als ein Racheakt? Eine Verzweiflungstat, vielleicht? Wenn Patenberg der Vater sein sollte, und davon gehe ich aus. Könnte ihr Verlobter etwas geahnt haben?" Weidner schaute ihn an: „Könnte, könnte bringt uns nicht weiter. Es müssen Fakten her! Beweise! Das sind unbewiesene Vermutungen. Wir müssen sicher sein und vorrangig zwei Punkte klären:
Erstens, wer ist der Vater?
Zweites, hat er davon wissen können? Ermitteln Sie das!"
„Treffer!" Arno Gruber kam überglücklich ins Präsidium und hielt ein Attest in der Hand. „Bingo", rief er und ging ins Büro seines Chefs. „Herr Oberkommissar, hier ist der Beweis! Felix von Patenberg wäre der Vater des Kindes geworden und hier! Dieses Ultraschallbild mit einer Widmung hatte die junge Frau im Auto bei sich." Der Oberkommissar bedeutete ihm, die Bürotür hinter sich zu schließen: „Nicht so laut, junger Freund! Geben Sie mal her!" Er musterte das Papier und hob die Schultern. Gruber machte eine Kreisbewegung mit seinen Fingern: „Umdrehen, Chef!" sagte er dabei und nun konnte auch Weidner die verschwommenen Buchstaben entziffern, die auf der Rückseite des digitalen Fotos standen. „Unsere gemeinsame Tochter! Ich liebe dich! Felix v. P." Weidner legte die neuen Beweise in die geöffnete Akte, die vor ihm auf dem Schreibtisch lag. „Wieso kann man das so schlecht lesen?" Der Assistent rückte den Sessel zurück und nahm unaufgefordert Platz: „Die Spurensicherung hat das im Wagen gefunden und irgendwie wieder lesbar gemacht. Die Rückseite sah vorher

total fleckig und völlig unlesbar aus!" Sein Chef musste ihm
Anerkennung zollen: „Gut gemacht, Gruber. Sie können bald
mit einer Beförderung rechnen. Jetzt müssen wir nur noch
beweisen, dass der Lebenspartner auch davon gewusst hatte,
aber unabhängig davon ist das die erste, heiße Spur!" Gruber
bedankte sich und verließ stolz das Büro.

Kapitel 3

Kommissar Flesgen kam verspätet ins Büro. Die tägliche
Besprechung war fast zu ende, als er hereinkam. Er nickte nur
kurz, um den Redefluss seines Vorgesetzten nicht zu stören.
Trotzdem hielt der sofort inne: „Kollege Flesgen beehrt und
doch noch!" sagte er mit einem unüberhörbaren Unterton, der
dem Angesprochenen nicht verborgen blieb. „Das ist unfair,
Chef!" unterbrach er die weitere Besprechung seines
Vorgesetzten. „Ich komme soeben vom Tatort. Die Villa des
Adeligen, meine ich. Die Zentrale hatte mich dorthin geschickt,
weil hier im Büro noch niemand anwesend war!" Ein Lächeln
huschte über das Gesicht des Leiters. „Nun mal nicht so
empfindlich, Flesgen! War es denn wichtig?" Er ging zu
seinem Schreibtisch und sagte beiläufig: „Ich weiß jetzt, wie
man in die Villa eindringen konnte, ohne die Alarmanlage
auszulösen! Wenn das nicht wichtig ist, dann weiß ich auch
nicht!" Schlagartig war es völlig still im Büro, die Kollegen,
die an anderen Fällen arbeiteten, verließen nach Aufforderung
das Büro. Nur noch Gruber und die Sekretärin blieben
abwartend stehen und sahen den Kommissar an. „Na, dann
legen Sie mal los!" Weidner hatte wieder auf seinem Sessel
Platz genommen und schaute erwartungsvoll auf den Kollegen.
Flesgen kostete seinen Triumpf aus, indem er nur
bruchstückhaft erklärte: „Das Dach . . . " sagte er und nickte
seinen Kollegen zu. „Da hat noch nicht einmal die Spusi dran

gedacht!" „Flesgen! Keine Abkürzungen! Das heißt immer noch Spurensicherung!" Der Kommissar ignorierte den Hinweis und erklärte weiter. „Die Kollegen der Spus . .Spurensicherungen hatten seltsamen Staub neben dem Bett gefunden, den sie nicht zuordnen konnten. Erst die genaue Analyse in unserem Polizeilabor brachte einen Hinweis auf gebrannten Ton und eine glänzende Lasierung, die nur von Dachziegeln stammen konnten. Auf dem Dachboden waren von dieser Substanz dieselben frischen Spuren, die zur hinteren Dachspitze führten. Daraufhin wurde hier angerufen und gemeinsam fanden wir den Ausschnitt zwischen den Sparren am obersten First der Villa. Die Dachziegel waren sauber und fachgemäß hochgeschoben worden und die darunterliegende Dämmung war an dieser Stelle entfernt. Die ausgesägte Holzverkleidung hatte einen Durchmesser von gut einem halben Meter." Die Beamten schauten sich an: „Ist Ihnen das schon einmal in Ihrer Laufbahn bei irgend einem Einbruch begegnet?" Weidner konnte nicht darauf antworten. Er stellte sich diesen Riesenaufwand vor, der nur darauf abzielte, den Hausherrn zu töten. Er schüttelte mit dem Kopf: „Da stimmt etwas nicht! Das war niemals ein Einbrecher. Das muss von langer Hand geplant worden sein. Aber wer war dazu in der Lage und zu welchem Zweck? Sollte tatsächlich der Lebenspartner darin verwickelt sein? Auftragsmord? Wieso wurde dann die eigene Frau getötet, die er anscheinend geliebt hatte? „Wusste dieser," Der Oberkommissar blätterte in seinen Akten, bis er die Seite gefunden hatte: „Tauber, Frank Tauber! Wusste der davon, dass er nicht der Vater des Ungeborenen war?" Betroffenheit machte sich breit und alle erkannten, dass diese Kenntnis der Schlüssel zur Lösung des Falles sein würde. „Also, ihr wisst, worum es geht. Sucht nach einem Beweis dafür oder dagegen. Dann sind wir ein ganzen Stück weiter!"

Kapitel 4

Gezielt nahmen sie sich den Lebenspartner der Getöteten vor, obwohl sein ganzes Gehabe nicht den geringsten Anlass dazu zu geben schien. Es war zuerst das Gespür für Ungereimtheiten gewesen, danach die Erkenntnis, dass er aus Eifersucht gehandelt haben könnte. Er wurde Tag und Nacht observiert, ohne das geringste Ergebnis zu erhalten. Dann wurde Kommissar Flesgen stutzig, als er bei seiner Beschattung den Verdächtigen in ein fremdes Haus gehen sah. Noch konnte es sich um einen Bekannten oder Freund des Mannes handeln, doch dann kamen er und eine Frau aus dem Haus und schauten auf das Dach. Sie gestikulierte und erklärte ihm etwas und Tauber nickte nur, ging mit der Frau um das Haus herum und kam mit einer zusammengeschobenen Aluminium-Leiter zurück. Gekonnt verlängerte Tauber die Tritthilfe und stieg gekonnt bis zur Dachrinne, kletterte auf das Dach und bewegte sich dort, als hätte er nie vorher etwas anderes gemacht. „Ein Dachdecker! Ich wird verrückt!" flüsterte Flesgen und wählte die Nummer seines Chefs. „Weidner, Mordkommission!" „Sie werden mir nicht glauben, was ich hier sehe!" Er erzählte ihm, wo er sich gerade befand und schon setzten sich Oberkommissar Weidner und Assistent Gruber in Bewegung. Mit dem Dienstwagen waren sie eine halbe Stunde später bei Flesgen. „Dringender Tatverdacht! Wir werden ihn mit aufs Präsidium nehmen und Flesgen, Sie durchsuchen seine Wohnung noch einmal gründlich und tun Sie uns den Gefallen, finden Sie etwas!"

Eine Stunde später waren der Schlüsseldienst und Kommissar Flesgen ein zweites Mal in der gemeinsamen Wohnung der Ermordeten und ihres verdächtigen Lebensgefährten. Der Beamte nahm Proben von seinen Sportschuhen und der Kleidung, die ungewaschen in einem Wäschekorb im Keller lag. Zusätzlich nahm er den Rechner und persönliche Unterlagen des Verdächtigen mit auf die Wache. Er musste etwas finden! Der Mann wurde noch vernommen und Flesgen ließ seinen Kollegen Gruber zu sich kommen, um ihn zu bitten, die Schuhe, die Tauber im Augenblick trug, mit ins Labor zu bringen. Alle Proben wurden so schnell als möglich auf die gleichen Substanzen untersucht, die sie auf dem Dachboden und neben dem Bett des Toten gefunden hatten. Während Gruber und Flesgen abwartend einen Kaffee zu sich nahmen, klingelte das Telefon. „Weidner hier! Wenn ihr nichts gefunden habt, müssen wir ihn wieder gehen lassen!" Der Kommissar klopfte gegen die Glasscheibe des Labors und der Kollege hob seine Hand und streckte drei Finger in die Luft. „Noch ein paar Minuten, Chef. Halten Sie ihn hin. Ich melde mich, sobald das Ergebnis feststeht!"

Mit großer Erleichterung und dem Bericht des Laboranten gingen die Kollegen zurück ins Präsidium. „Endlich!" Weidner stand auf dem Flur und wartete nervös auf ein erlösendes Wort. „Chef, dürfen wir reingehen? Wir versprechen Ihnen, dass er gestehen wird! Er muss, denn die Beweise sich zu erdrückend!" Weidner atmete tief durch, ging vor und ließ die jungen Kollegen in den Verhörraum eintreten, während er sich hinter die einseitig durchsichtige Glasscheibe stellte. Er schaltete Mikrophon und Aufzeichnungsgerät ein und wartete ab. Die Kollegen betraten das kahle Zimmer und setzten sich mit dem Rücken zu ihrem Chef an den Tisch. Tauber stand teilnahmslos in einer Ecke, bewacht von einem Beamten. „Wie lang soll ich hier noch warten und was sollte das?" Tauber drehte sich zu den Kripobeamten um und hob demonstrativ einen Fuß und zeigte seine Strümpfe. „Das hat alles seinen Grund. Setzen Sie sich erst einmal hier an den Tisch. Sind Sie einverstanden, dass wir das Gespräch aufzeichnen?" Tauber schlenderte bewusst gleichgültig zum Tisch und hob die

Schultern: „Hab nichts zu verbergen! Nachbarschaftshilfe! Ich arbeite nicht schwarz!" Flesgen lächelte und drückte die Taste auf dem Tisch, bog das Mikro in Taubers Richtung und eröffnete: „Befragung von Frank Tauber. Anwesend ist Polizeimeister Arno Gruber und Kommissar Jonathan Flesgen. Sind Sie bereit?" Tauber lehnte sich zurück: „Fragen Sie schon, ich will noch die Sportschau im Abendprogramm sehen!" Der Kommissar fragte unverblümt nach den Alibis für beide Tatzeiten und erntete damit einen wütenden Sturm der Entrüstung: „Befragung haben Sie gesagt! Befragung! Das hört sich ja wie ein Verhör an!" Flesgen blätterte in seinen Unterlagen und schaute seinen Gegenüber nicht an, als er beiläufig erwähnte: „Ist es auch, mein Lieber. Ist es! Dringender Tatverdacht in zwei Fällen. Wir können Ihnen das beweisen und fragen Sie höflich, wollen Sie einen Anwalt hinzuziehen?" Tauber schien sehr sicher zu sein, dass man ihm nicht das Geringste nachweisen könnte. „Anwalt? Wozu? Das käme ja einem Geständnis gleich!" Der Kommissar schüttelte den Kopf: „Es würde sich strafmildernd vor dem Schwurgericht auswirken, wenn Sie uns allen die Arbeit erleichtern würden und uns sagen, wie alles geschehen konnte!" Tauber fing an, seine Fingerkuppen zu zerbeißen: „Sie haben Beweise? Warum machen Sie dann hier so eine Show? Beweisen Sie, was Sie zu wissen glauben!" Flesgen räusperte sich, klopfte zur Kontrolle auf das Mikro und fing an:
„Punkt 1: Die Staubpartikel neben dem Toten sind identisch mit den gefundenen Abstrichen auf dem Dachboden und auf Ihren Sportschuhen.
Punkt 2: In Ihrer Waschküche haben wir Ihre Jeans und T-Shirt gefunden, die im gleichen Teich gewesen sein müssen, wie das verunglückte Fahrzeug Ihrer Freundin.
Punkt 3: . . . . ." Weiter kam er mit seinen Aufzählungen nicht, denn die Beweislast war zu erdrückend.

„Hören Sie auf, damit!" Unbeeindruckt fuhr Flesgen fort und wiederholte: „Punkt 3, ich bin noch nicht fertig . . ." Tauber brach zusammen und hielt sich mit beiden Händen fest die Ohren zu. „Ich will nichts mehr hören!" Der Kommissar schaute Tauber an. „Dreifacher Mord und kein freiwilliges Geständnis!" Der Mann war nicht wiederzuerkennen. Seine Augen waren zurückgetreten und lagen in dunklen Höhlen, sein Blick wurde fahrig und ängstlich. „Drei? Wieso drei? Fragte er und Flesgen zählte ruhig die ermordeten Personen auf: „Ihre Frau, Editha Blome, der Graf Felix von Patenberg und ein ungeborenes Kind. Nicht Ihr Kind! War das der Anlass?" Jetzt brachen alle Dämme und er schien seine drückende Last endlich loswerden zu wollen.

Das Geständnis. . . . . .(Eifersucht!)

Er war außer sich gewesen, als er vom Verhältnis seiner geliebten Frau zu dem doppelt so alten Adeligen erfahren hatte. Als er dann auch noch ihre Ultraschallbilder vom ungeborenen Fötus und einen Liebesbrief des Adeligen bei ihr gefunden hatte, war sein Zorn grenzenlos. Er hatte nur noch einen Gedanken: Der Mann musste sterben, dann würde sie von ganz alleine wieder einsichtig werden und zu ihm zurückkommen. Das genaue Gegenteil von dem, was er erwartet hatte, trat jedoch wider Erwarten ein. Sie trauerte und gestand ihm erst jetzt, dass nicht er, sondern der Ermordete der Vater ihres Ungeborenen war. Der Tote würde immer zwischen ihnen stehen und deshalb sah er rot. Er gab zu Protokoll, dass er angeblich erst wieder zu sich kam, als der Wagen auf dem Wasser aufschlug. Er will noch den Seidenschal in beiden Händen gehalten haben, mit dem er von der hinteren Sitzbank aus seine Freundin erwürgt hatte. Unwirklich senkte sich der Kühler nach unten, während seitlich das Wasser gegen die

Fenster schwappte. Panisch hatte er versuchte, seine Tür zu öffnen, was ihm jedoch wegen des Wasserdrucks erst gelang, als er die Fenster heruntergekurbelt hatte. Einem Sturzbach gleich, schoss daraufhin eine grüne Algenbrühe ins Innere, während der Wagen schon sanft aufsetzte. Der Teich war hier nur anderthalb Meter tief, deshalb kam er unverletzt aus dem Tümpel.

Die Gerichte hatten nun die Aufgabe, eine gerechte Strafe zu verhängen. Der Fall war gelöst und Gruber wurde zum Kommissar befördert.

Falsche Zeit, falscher Ort
Kapitel 1

Es war zu spät! Keiner glaubte ihm seine Geschichte. Dumpf breitete sich ein starker Kopfschmerz von der Stirn ausgehend über seine linke Gesichtshälfte aus. Er hatte den Kopf auf beide Hände gestützt und saß auf der grau-gestreiften Matratze des Feldbettes. Die Zelle war sehr klein. Das Waschbecken und die Klosettschüssel waren aus matt glänzendem Edelstahl, es gab keinen Klodeckel. Das vergitterte Fenster, knapp unter der Decke, war von außen mit einem feinmaschigen Draht gesichert. Der grobe Baumwollstoff des Arbeitsanzuges kratzte auf seiner empfindlichen Haut. Was hatte er falsch gemacht? Ein klapperndes Geräusch auf dem Gang ließ ihn aufhorchen. Leises Stimmengewirr drang an seine Ohren, dann wurde am unteren Ende der Tür eine Stahlklappe aufgeschoben: „Zurücktreten!" rief barsch eine Stimme und schob einen Blechteller, samt Löffel mit einer undefinierbaren, grau-grünen Masse in seine Zelle. „Brot?" fragte die Stimme und bevor er antworten konnte, war die Klappe wieder verschlossen. Bei der Nachbarzelle schien der gleiche Ablauf stattzufinden, denn er hörte dieselben, kurzen Sätze, die wie auf einem Kasernenhof klangen. Er zog den Blechteller über den Boden in seine Richtung. Er roch daran und beschloss, den lauwarmen Gemüsebrei nicht anzurühren. Auf dem Bett liegend ging er die Ereignisse der letzten Nacht noch einmal durch, er musste irgendetwas übersehen haben: Auf dem Heimweg war er, wie jeden Abend, durch eine dunkle Gasse gekommen. Er erinnerte sich genau daran, dass er seitlich zwischen den Häusern ein stöhnendes Geräusch gehört hatte. Er nahm seine Taschenlampe und leuchtete dorthin. Verkrümmt lag da eine wehrlose Gestalt, dessen Taschen von einem Mann durchwühlt wurden. Aufgeschreckt starrte der in die unerwartet helle Lichtquelle. Er war glatt rasiert und trug einen grauen, gutsitzenden Anzug. Beim Aufstehen ließ er einen glänzenden Gegenstand fallen. „Es ist nicht so, wie das aussieht. Machen Sie sofort das Licht aus!" Entschlossen hatte er noch entgegnet: „Wie sieht es denn aus?" Da war der Mann jedoch schon auf ihn zugesprungen und hatte ihn mit einem Faustschlag niedergestreckt. Als er wieder zu sich kam, war die Gasse hell erleuchtet und er schaute in die Gesichter von zwei Polizisten. „Langsam, ganz langsam! Legen Sie das Messer weg!" Erst jetzt fühlte er einen feuchten, harten Griff in seiner rechten Hand. Er selber lag neben einem leblosen Körper und seine Kleidung war, wie das Messer blutverschmiert. Verwirrt wollte er noch erklären, was soeben passiert war: „Ich kam hier zufällig vorbei und wollte helfen. Wo ist der andere Mann? Er muss doch hier sein!" Ein Beamter bückte sich zu ihm und nahm mit Zeigefinger und Daumen der linken Hand die Spitze des Messers und legte es vorsichtig in eine Plastiktüte. Dann wurde er hart auf den Bauch gedreht und seine Hände auf dem Rücken mit Handschellen gefesselt. „Ja, ja! Kennen wir! Das können Sie alles dem Haftrichter erzählen. Schauen Sie sich doch mal an! Sie können in der dunklen Straße doch unmöglich jemanden gesehen haben." Verzweiflung stieg in ihm auf. „Doch, hab ich! Mit der Taschenlampe! Ich habe den Mann genau gesehen! Er hatte einen grauen Anzug an!" Die Beamten verloren die Geduld: „Mit welcher Lampe? Wir haben nichts dergleichen gefunden. Der arme Kerl ist neben Ihnen verblutet. Hatten Sie mit ihm einen Streit?" Er antwortete nicht darauf, denn was sollte er jetzt noch sagen. „Vermutlich haben Sie ihn damit getötet!" Er deutete auf die Plastiktüte, die neben ihm lag: „Ist das Ihr Messer?" Spätestens jetzt war ihm klar, dass er verloren hatte. Warum war er überhaupt in diese verdammte Gasse gegangen? Helfen wollte er, weil er seltsame Geräusche gehört hatte und nun war er verdächtig und saß alleine hier eingesperrt auf dem Bett! Schritte näherten sich wieder auf dem Flur und jemand klopfte an der Zellentür: „Zurücktreten!" Das kannte er bereits. Zu seinem Erstaunen wurde die Tür geöffnet und zwei Beamte kamen herein. „Hände auf den Rücken!" Wieder wurde er mit Handschellen gefesselt, bevor sie ihn mitnahmen. „Wir haben nach Ihrer Beschreibung einen Verdächtigen hierherbestellt. Sind Sie mit einer Gegenüberstellung einverstanden?" Lomber atmete auf. Wenn man diesen Kerl gefasst hatte, so würde er ihn wiedererkennen. Bereitwillig ging er mit. Als er durch den gekachelten Flur geführt wurde, erkannte er den Mann sofort wieder. Er stand jedoch nicht, mit einem Nummernschild versehen in einer Reihe mit anderen zusammen, so wie er das aus Filmen kannte, sondern dieser Mann stand entspannt in einer Gruppe von Beamten, die miteinander scherzten. Der hatte zwar einen anderen Anzug an, aber sofort erinnerte er sich wieder genau an jedes Detail. Zu seinem Entsetzen zogen ihn die Beamten an der Gruppe von Männern vorbei, die ihn kaum wahrnahmen. „Halt! Das war er!" rief er und zeigte auf den wiedererkannten Mann. Ein müdes Lächeln war die einzige Antwort darauf. „Was soll das jetzt? Wir gehen doch zur Gegenüberstellung! Schon vergessen?" Sie öffneten eine Tür und schoben ihn in einen abgedunkelten Raum. Hinter einer dicken Glasscheibe standen vier Männer nebeneinander, die gelangweilt Pappschilder vor der Brust hielten. „Na? Erkennen Sie einen davon wieder?" Martin Lomber fühlte sich verschaukelt. „Wie kann er da drin sein? Er war doch eben im Gang!" Wieder lächelten die Beamten. Sie gingen mit ihm zurück und fragten erneut: „Wen von den Männern wollen Sie denn erkannt haben?" Lomber streckte sein Kinn vor, denn seine Hände waren immer noch auf dem Rücken gebunden. Er ging auf die Männern zu und sprach den Verdächtigen an: „Sie haben sich aber schnell umgezogen. Warum haben Sie mich in diese Lage gebracht und mir ins Gesicht geschlagen?" Alle Umstehenden lachten. Martin war sich sicher, dass es dieser Mann gewesen war, der ihn jetzt ansah. Seine eiskalten, grauen Augen hatten einen stechenden Blick: „Ja bitte? Kennen wir uns?" Die Beamten hatten genug. Sie griffen hart seine Arme und schoben ihn weiter den Gang entlang: „Entschuldigen Sie, Herr Direktor. Ein verzweifelter Versuch des Verhafteten. Sie kennen das ja!" Lomber drehte sich noch einmal um und sah ein triumphierendes Lächeln im Gesicht des Mannes „Sind Sie wahnsinnig? Wissen Sie, wer das war? Wie können Sie den Amtsleiter beschuldigen?" Lomber wiederholte: „Ihr Chef? Wo war der denn gestern Abend? Hat er ein Alibi? Ich habe ihn erkannt, verdammt, warum glaubt mir denn keiner!" Kurz darauf lag er wieder in seiner Zelle. Seine Lage war aussichtslos. Bald darauf ertönte eine Klingel und gleichzeitig ging das Licht aus. Nur ein schwaches Notlicht, an das er sich erst gewöhnen musste, würde ihm helfen, in der Nacht die Toilette zu finden. Gerade als er eingeschlafen war, legte sich eine Hand auf sein Gesicht. Wie war das möglich? War jemand hier herein gekommen, ohne dass er die Tür gehört hatte? Eine leise, aber scharfe Stimme flüsterte ihm ins Ohr: „Wenn du noch einmal so etwas behauptest, so wird es das Letzte sein, was du in deinem Leben machen wirst! Es passieren hier kuriose Unfälle, merk dir das!" Martin konnte nicht sehen, wer diese Drohung aussprach, er sah nur im Halbschlaf schemenhaft, dass eine zweite Person an der Tür wartete. Die Zelle wurde wieder verriegelt. Er war wieder alleine, konnte jedoch danach die ganze Nacht nicht mehr schlafen. Kurz zweifelte er noch, ob er das nicht geträumt hatte, bis er die feuchten Abdrücke von Schuhen auf dem Boden sah. Man hatte den Flur mit Wasser ausgespritzt und ließ ihn über Nacht trocknen. Deshalb waren diese Spuren noch deutlich zu erkennen. Er sprang aus dem Bett, ging zum Klosett und nahm mehrere Blätter vom Toilettenpapier. Er legte sie so zusammen, dass eine saugfähige, ca 35 cm lange und 20 cm breite Fläche entstand. Dann kratzte er mit dem Löffel den Kalk von einer Wand und fing ihn in der anderen Hand auf. Das feine, graue Pulver streute er auf den feuchten Abdruck, der im Augenblick noch am deutlichsten zu sehen war. Jetzt presste er mit beiden Händen das Papier auf den Boden, um es kurz danach wieder vorsichtig anzuheben. Er ging zu der kleinen Notbeleuchtung, um sein Werk zu betrachten. Deutlich zeichnete sich das Profil der Sohle ab. Er atmete tief durch und wiederholte mit weiteren Blättern bei den noch vorhandenen Abdrücken diesen Vorgang. Er musste irgendwie seine Unschuld beweisen. Wer war der Tote und in welchem Verhältnis stand er zu dem Polizeichef.

Kapitel 2

„Wohnt hier ein gewisser Martin Lomber?" Die beiden Kriminalbeamten standen vor der Wohnungstür und die junge Frau schaute die Männer verwirrt an: „Ja, wieso? Ist ihm etwas zugestoßen?" Die Beamten steckten ihre Dienstausweise wieder ein und ignorierten ihre Frage: „Dürfen wir hereinkommen?" Kathy trat zur Seite und wiederholte ihre Frage: „Er ist gestern Abend nicht nach Hause gekommen. Hatte er einen Unfall?" Die Männer schauten sich in den kleinen Flur um und einer drehte sich um und beantwortete endlich ihre brennende Frage: „Er ist gesund, wenn Sie das meinen. Macht er das häufiger?" Katharina schüttelte ihren Kopf: „Ich verstehe nicht. Was wollen Sie von mir? Kann ich noch einmal ihre Ausweise sehen?" Lächelnd hielten sie ihr die eingeschweißten Karten hin und gingen unaufgefordert durch die geöffnete Tür in den Wohnraum. „So und nun sagen Sie uns, wer Sie sind. Seine Frau?" Die Frau kam ihnen nach und setze sich auf einen Sessel: „Katharina Roberts. Wir sind seit zwei Jahren zusammen." Dann schaute sie auf den Boden: „Verheiratet sind wir nicht! Noch nicht!" Verständnisvoll nickte ihr Gegenüber und deutete mit der flachen Hand auf seinen Kollegen: „Oberkommissar Lüders, mein Chef. Mein Name ist Heinrichs. Kommissar Walter Heinrichs. Wir sind von der Mordkommission, wie Sie ja unseren Ausweisen entnehmen konnten!" Katharina hatte zwar darauf bestanden, die Ausweise noch einmal zu sehen, war aber sehr unerfahren mit solchen Sachen und hatte nur flüchtig hingeschaut, denn sie war viel zu verunsichert über den frühen Besuch der Beamten. Entsprechend erschrocken reagierte sie jetzt. „Mo.. Mord? Ihm ist als doch etwas zugestoßen! Wo ist er?" Lüders schüttelte seinen Kopf: „Wir haben ihn vorläufig festgenommen. Er steht unter dem dringendem Tatverdacht, gestern Abend einen Mann erstochen zu haben." Katharina stand auf. „Das muss ein Irrtum sein. Warum sollte Martin so Etwas tun? Einen Mann umbringen? Weshalb?" Kommissar Heinrichs antwortete ihr: „Wissen wir das? Wir ermitteln noch. Die näheren Umstände werden geprüft." „Und wie lange dauert das? Wer soll solange die Bücherei führen? Ich muss arbeiten!" Bevor der Beamte antworten konnte, ging Katharina in den Flur, zog ihre dicke Jacke und die Straßenschuhe an, nahm ihre Handtasche und kam ins Zimmer zurück: „Ich bin fertig! Gehen wir?" Die Polizisten schauten sich an: „Wohin?" Trotzig entgegnete sie: „Sie glauben doch nicht, dass ich hier das ganze Wochenende herumsitze und nicht weiß, was man ihm konkret vorwirft?" Der Kommissar schüttelte den Kopf: „Frühestens am Montag können Sie ihn besuchen!" Katharina lächelte gequält: „Sie sind falsch informiert!" sagte sie: „Ich werde jetzt meinen Vater anrufen. Der wird uns begleiten. Wir wollen sehen, ob Sie einem Rechtsanwalt den juristischen Beistand verwehren dürfen!" Mit offenem Mund saßen sie da und schauten sich an, während Kathy im Flur ein Telefonat führte. Sie hielt den Hörer zu und rief ins Zimmer: „Wie ist die genaue Adresse?" „Polizeirevier Gerichtsstraße 5 – 7!" kam die Antwort, die sie sofort weitergab und auflegte. „Wir können fahren. Mein Vater kommt direkt dorthin!"

Kapitel 3

„Sie haben Besuch!" Ein Beamter war kurz nach dem Frühstück in die Zelle gekommen und holte Martin ab, um ihn ins Besucherzimmer zu bringen. Während er an einem Tisch saß und wartete, hatte der Justizangestellte neben der Tür auf einem Stuhl Platz genommen. An der Stirnwand wurden durch eine weitere Tür seine Freundin und ihr Vater, der Anwalt eingelassen. „Nur der Verteidiger! Sie müssen draußen warten!" wollte der Beamte einwerfen, doch der Mann lächelte und zeigte ihm ein Schreiben. „Das ist meine Sekretärin. Sie lassen uns mit meinem Mandanten alleine. Ich werde klopfen, wenn wir fertig sind!" Dann wartete er, bis der Beamte missmutig das dargereichte Schreiben überflogen und danach das Besucherzimmer verlassen hatte. Jetzt drehte sie sich zu Martin um. „Was in aller Welt ist passiert?" Martin gab seinem zukünftigen Schwiegervater die Hand und umarmte danach seine Freundin fest. „Ich weiß es nicht! Ich weiß es wirklich nicht!" Ausführlich schilderte er nun sein nächtliches Erlebnis und auch, dass er den Mann hier im Gebäude gesehen hatte. Es soll angeblich der Polizeichef persönlich gewesen sein, was völlig abwegig schien. Dr. Roberts notierte sich alles, während Martin seine Jacke aufknöpfte. „Ich werde bedroht!" flüsterte er leise und legte zur Bestätigung seiner Worte die getrockneten Blätter auf den Tisch. Man konnte deutlich die Abdrücke erkennen. Schnell ließ der Anwalt die Papiere in seiner Aktentasche verschwinden und gab Martin den Rat, sich zu nichts mehr zu äußern. Er wollte einen Privatdetektiv auf den Polizeichef ansetzen, um Beweise sammeln zu können. „Unternimm nichts Unbedachtes! Wenn du Recht hast, so wartet man nur auf einen Fehler, um dich aus dem Verkehr zu ziehen. Wir machen das schon!" Nachdem sie sich verabschiedet hatten, rief Dr. Roberts noch im Auto den Detektiv an und verabredete sich mit ihm, um die weiteren Schritte zu vereinbaren. Mit seiner Tochter fuhr er ins Büro und fotokopierte die Blätter mit den Fußabdrücken, die sich sehr deutlich auf dem zusammengepressten Toilettenpapier Dank des grauen Staubes, abgezeichnet hatten. Eine halbe Stunde später saß Dahlmann, ein ehemaliger Kripobeamter im Büro des Anwaltes und hörte sich die Schilderungen des Rechtsanwaltes aufmerksam an, während er sich hier und da seine Notizen machte. Die Kopien nahm er ebenfalls an sich und ging noch am selben Nachmittag zu einem pensionierten Schuster, der anhand von Schablonen schnell die Größe und die Art des Schuhs ermittelt hatte. Es war zum Glück eine sehr seltene Sohle eines hochwertigen Fabrikates, das in wenigen Fachgeschäften angeboten wurde. Da ein solcher Laden in der benachbarten Großstadt war, entschloss sich der Detektiv noch am gleichen Tag dorthin zu fahren. Auch hier war ihnen das Glück hold und noch am selben Abend besuchte er den Anwalt in seiner Villa am Stadtrand und präsentierte das neu gekaufte Paar Lederschuhe in der gleichen Größe und mit derselben Sohle, wie es die Fotokopie vorgegeben hatte. „Vierhundert Euro ist ein stolzer Preis für solche Treter!" fügte Dahlmann hinzu. „Ich werde mir das private Umfeld von unserem Polizeichef einmal etwas näher anschauen müssen. Hast du seine Adresse?" Wortlos nahm der Rechtsanwalt sein mobiles Telefon und suchte nach den Daten. „Du hast seine Telefonnummer gespeichert?" fragte ihn der Detektiv und Dr. Roberts entgegnete: „Das sind geschäftliche Unterlagen. Hier hab ich nur seine Telefonnummer und damit auch ganz schnell seine Adresse! Irgendetwas in seinem privaten Umfeld muss im direkten Zusammenhang mit dem Ermordeten stehen. Martin hat ihn einwandfrei wiedererkannt und schwebt deshalb in akuter Lebensgefahr. Ich werde beantragen, dass er in ein anderes Gefängnis verlegt wird. Hier scheint er nicht sicher zu sein." Der Rechtsanwalt bemühte sich redlich um einen schnellen Termin beim Staatsanwalt, doch seine Bemühungen waren vergebens. Der Polizeichef erfuhr von dem Gesuch und handelte umgehend. Er würde dafür sorgen, dass es zu keinem weiteren unliebsamen Zusammentreffen kommen würde.

Kapitel 4

In der darauffolgenden Nacht legte sich eine Hand auf seinen Mund, glcichzeitig wurde er fest an beiden Armen gepackt. Wieder hatte er nächtlichen Besuch bekommen, auch diesmal kannte er die Männer nicht: „Du redest zu viel! Meinst du vielleicht, dass der Anwalt von deiner Unschuld überzeugt ist?" Die Männer hatten plötzlich einen Schal und legten ihn fest um seinen Hals. Dann wurde ruckartig daran gezogen. Es war unmöglich, sich aus dieser aussichtslosen Lage zu befreien. Man verdrehte die Enden in seinem Genick und zog sie immer fester zusammen. Zunächst sah er nur hell aufblitzende Punkte, dann wurde er federleicht und Dunkelheit umfing ihn. Seine Zunge war weit aus seinem Mund gequollen und die Augen verfärbten sich rot, denn mehrere Adern waren geplatzt. Die Männer lösten ihre Umklammerung und hoben den leblosen Körper aus dem Feldbett. Während einer den Toten stützte, verknotete der andere das lose Ende des Schals am Fenstergitter. Vorsichtig ließen sie ihn los. Er baumelte mit den Füßen gut einen halben Meter über dem Boden. Den Holzschemel legten sie unter ihm quer auf den Boden und verließen die Zelle wieder so, wie sie gekommen waren. Die Männer hatten ihre Arbeit vortrefflich erledigt und dem Amtsleiter einen unschätzbaren Dienst erwiesen. Die Angelegenheit wäre damit erledigt gewesen, wenn . . . . Dr. Roberts nicht diesen Privatdetektiv damit beauftragt hätte, die verhängnisvolle Nacht zu rekonstruieren.

Noch nicht einmal die Kollegen der Kripo waren informiert worden. Martins Ableben wurde von der Gefängnisleitung sofort als Suizid dargestellt, als Eingeständnis seiner Schuld. Der Fall wurde als erledigt betrachtet und Dr. Roberts noch einmal auf Revier bestellt, um den Abschluss-Bericht zu formulieren.

Kathy konnte nicht mitkommen. Sie wollte niemanden mehr sehen und wurde vorsorglich von ihrem Vater in eine Privatklinik gebracht, denn sie wurde mit diesem Ereignis offenbar ohne ärztliche Hilfe nicht alleine fertig. Sie hatte einen Nervenzusammenbruch erlitten, als man ihr die traurige Nachricht vom angeblichen Selbstmord ihres Verlobten mitgeteilt hatte. Ihr Vater nahm sich fest vor, das Gegenteil davon herauszubekommen und aufzuklären, weshalb Martin als Bauernopfer herhalten musste. Das war das Mindeste, was er noch für seinen fast Schwiegersohn in Spe würde tun können. Er schwieg über die weiteren Ermittlungen, denn er konnte nicht wissen, wie weit auch die untergeordneten Dienststellen den wahren Hergang kannten und ihren Chef deckten. Es sollte jedoch ganz anders kommen. Oberkommissar Lüders bat ihn in sein Büro, wo auch der ermittelnde Kommissar Heinrichs zugegen war. Bevor die Akten ein letztes Mal bearbeitet und damit abgeschlossen werden sollten, spürte der Rechtsanwalt, dass dem erfahrenen Kriminalbeamten dieser Schritt, der von seinem Chef angeordnet worden war, äußerst schwer fiel. „Können Sie sich denken, warum sich Lomber umgebracht hat?" Er wollte dem

Rechtsanwalt auf den Zahn fühlen, seine Stellungnahme hören. Dr. Roberts ließ sich nicht auf ein solches Gespräch ein: „Wo soll ich unterschreiben?" Er ignorierte die Frage und schaute den Beamten offen an. „Johan," fing Lüders noch einmal an. „Du weißt doch was! Du hast mit deiner Tochter mit ihm gesprochen. Was hat er dir dabei zugesteckt? Meinst du, wir hätten euer Zusammentreffen nicht beobachtet? Hilf mir, denn ohne Beweise muss ich den Anweisungen vom Polizeirat Folge leisten und die Akte schließen!" Roberts schaute kurz auf, drehte die Verschlusskappe seines Füllers wieder zu und antwortete knapp: „Befolge die Anordnungen, Franz. Und erkläre gleichzeitig, woher der Schal stammte, mit dem sich angeblich Martin erhängt haben soll und von wem die diversen Schuhabdrücke in seiner einsamen Einzelzelle stammten. Und nun gib mir das Schreiben, ich hab noch einen Gerichtstermin!" Er ärgerte sich, denn er hatte doch viel zu viel gesagt. Tatsachen, die er für sich behalten wollte, aber die Zweifel des Kommissars hatten auch ihn stutzig gemacht. Vielleicht ahnte sein ehemaliger Studienfreund doch etwas und wusste nicht, wie er ihn einschätzen sollte. Lüders kannte den Rechtsanwalt privat sehr gut und legte die Hand auf seinen Arm: „Sei vorsichtig, Johan!" sagte er, klappte die Mappe auf, entnahm das besagte Schreiben und legte es wortlos auf den Tisch. Beide Beamte gingen zur Tür: „Lass dir Zeit mit der Unterschrift. Vielleicht finden sich noch neue Indizien. Wer weiß?" Die Glastür stand immer noch offen, als Roberts das Schreiben eingesteckt hatte und das Büro verließ. „Meine Telefonnummer hast du ja!" rief ihm der Oberkommissar zu und machte damit den Rechtsanwalt unsicher. Der zögerte kurz, ging aber dann doch wortlos aus dem Zimmer. Er wollte sich lieber mit Dahlmann, dem Detektiv absprechen, der in dieser Sache neue Ermittlungen anstellte und sicher irgendwann etwas Handfestes herausfinden würde.

„Was? Rauschgift? Aber doch nicht unser Polizeirat!" Der Rechtsanwalt saß hinter seinem Schreibtisch in der Kanzlei. Axel Dahlmann saß ihm gegenüber und hatte die ersten Erkenntnisse gesammelt und seinem Auftraggeber präsentiert: „Schauen Sie sich doch die Fotos an. Ich habe einen sehr lichtempfindlichen Film genommen, denn ein Blitzlicht wäre in dieser Situation für mich tödlich gewesen!" Roberts schaute auf die eindeutigen Bilder, die den honorigen, verdienten Ehrenbürger so ganz anders darstellten, als man ihn gemeinhin allerorts kannte. Nur mit einem Handtuch um die Lenden, saß er in einem einschlägig bekannten Saunaclub. Flankiert von drei vollbusigen Damen, die ihm zuprosteten. Mal beugte er sich bis zur Tischkante vor, ein anderes Bild zeigte ihn mit weißem Puder unter der Nase. „Kokain?" fragte Roberts und Dahlmann konnte natürlich nur eine Vermutung äußern. Er wiegte den Kopf hin und her: „Kann sein, weiß nicht so recht, was es war . . . . . . aber Mehl war es bestimmt nicht. Als er dann am frühen Morgen das Etablissement wieder verließ, schien er sehr gereizt und nervös gewesen zu sein, denn er musste mehrmals auf seinen Zündschlüssel drücken, bis sich sein Wagen blinkend zurückmeldete. Die Aufnahmen sind in Frankfurt entstanden. Da scheint ihn niemand zu kennen, jedenfalls hatte er den Wagen weit ab auf einem öffentlichen Parkplatz abgestellt, obwohl die da eine Tiefgarage hatten." Der Rechtsanwalt klopfte seinem langjährigen Freund auf die Schulter: „Gute Arbeit! Nun müssen wir am Ball bleiben, denn es wird äußerst schwierig werden, ihn zu überführen und ihm den Mord an Martin Lomber nachzuweisen. Wir müssen das schaffen und du weißt auch warum!" Dahlmann schaute ihn an: „Wie geht es ihr denn?" Roberts atmete schwer, stand auf und ging zum Fenster. Mit dem Rücken zum Privatdetektiven sagte er leise: „Sie sieht keinen Sinn mehr im Leben. Im Frühjahr wollten sie heiraten und dann das . . . . ! Wir müssen dieses

Schwein unbedingt hinter Gitter bringen, koste es was es wolle! Ich will meine Tochter zurückhaben!" Er nahm verstohlen ein Taschentuch, schnäuzte sich und wischte die Tränen aus dem Gesicht. Verstohlen stand Axel auf und ging zur Tür: „Ich melde mich! Wir schaffen das, Johan!" Dann verließ er das Büro, während der Rechtsanwalt immer noch hinausschaute, ohne etwas von draußen wahrzunehmen. Er wiederholte nur immer wieder leise die letzten Worte des Detektiven: „Wir schaffen das . . . wir schaffen das!"

Kapitel 5

„Wurde das Verfahren nicht eingestellt?" Dr. von Lorenz stellte diese Frage mit einem gefährlichen Unterton. Oberkommissar Lüders spürte das sofort und schaute ihn mit zusammengekniffenen Augen an. Wieso kam sein oberster Chef so überraschend in sein Büro und stellte so seltsame Fragen zum angeblichen Suizid des einfachen Buchhändlers? Was interessierte ihn so sehr an dem Fall, wo er doch selbst bei der Begegnung im Flur abgestritten hatte, den Mann überhaupt zu kennen. War da vielleicht doch mehr dran? „Der war das! Ich erkenne ihn wieder!" hatte Lomber auf dem Flur gerufen und alle hatten ihn belächelt. Keiner von ihnen hatte auch nur im Geringsten daran gedacht, dass da etwas völlig falsch laufen könnte. Sein Chef stand immer noch abwartend vor seinem Schreibtisch und wedelte mit der Akte. „Durch seinen Freitod hat er doch seine Schuld eingestanden! Schließen Sie die Akte, das ist eine ausdrückliche Anordnung!" Lüders streckte seine Hand aus und nahm den Ordner entgegen. Der Polizeirat deutete das kaum merkliche Nicken als Einverständnis: „Na also! Geht doch! Wie kommen Sie mit dem Raubmord im Stadtpark weiter?" Er lenkte das Gespräch auf seinen neusten Fall, den er heute Morgen erst auf den Schreibtisch bekommen hatte: „Wir warten noch auf den Bericht der Gerichtsmedizin, da wir nicht von einem Fremdverschulden ausgehen können." Als er die hochgezogenen Augenbrauen seines Chefs sah, ergänzte er: „Der hatte fast drei Promille Alkohol im Blut und außerdem stand er unter dem Einfluss starker Drogen. Keine äußeren Verletzungen, alle Wertsachen hatte er noch bei sich . . . . wir müssen noch abwarten!" Dr. von Lorenz schien damit zufrieden zu sein und wandte sich zur Tür. Bei Hinausgehen sagte er: „Halten Sie mich auf dem Laufenden und der andere Fall ist erledigt, haben Sie mich verstanden?" Dann war er auf dem Flur und ging zum Lift. Durch die halb geöffnete Zwischentür kam der Kollege Heinrichs in sein Büro: „Was war das denn eben? Hab ich das richtig mitbekommen?" Lüders legte den Zeigefinger auf seine Lippen: „Tür zu!" sagte er dabei und machte eine Handbewegung, die seinem Kollegen zeigte, dass er wieder in sein Büro gehen sollte. Kommissar Heinrichs dachte jedoch nicht daran und stellte sich vor den Schreibtisch des Abteilungsleiters. Der Oberkommissar atmete tief durch: „Ich bitte dich, Walter, sag jetzt nichts dazu!" Heinrichs wiederholte seine Worte, als wollte er sie buchstabieren: „Sag jetzt nichts dazu? Das ist nicht dein Ernst! Merkst du nicht, dass da was zum Himmel stinkt? Seit wann kümmert der sich um unsere Fälle? Nur wenn die Ermittlungen zu lange gedauert haben, kam ein Anruf von ihm . . . . aber wann war der das letzte Mal hier im Büro? Na, wann meinst du?" Lüders nickte: „Ich weiß! Aber mir sind die Hände gebunden! Mir kommt das auch sehr seltsam vor, dass die Beamten vom Gefängnis sofort von Selbstmord gesprochen hatten und den armen Kerl schon im Zinksarg hatten, bevor wir überhaupt von seinem Ableben informiert wurden." Dann fiel Lüders noch etwas ein: „Sag mal Walter, du hast doch auch auf dem Gang gestanden, als man Lomber zu der Gegenüberstellung gebracht hat, oder?" Der Kommissar nickte:

„Eine peinliche Sache war das! Da haben wir alle noch gedacht, dass sich dieser kleine Fisch rausreden wollte, indem er irgendeinen verdächtigt, aber jetzt? Nach dem Auftritt glaub ich das nicht mehr." Lüders warf den Ordner auf den Tisch: „Wir ermitteln weiter! Ich will Gewissheit, aber kein Wort zu den anderen. Der Alte darf davon keinen Wind bekommen!" Ein flüchtiges Lächeln huschte über das Gesicht seines Gegenübers: „Das wollte ich von dir hören! So gefällt mir das. Wo fangen wir an?" Oberkommissar Lüders ging zur Tür und kontrollierte, ob sie fest verschlossen war. Dann knetete er verträumt sein Kinn, drehte sich wieder zu seinem Partner um und sagte: „Johan!" Kommissar Heinrichs zog erstaunt eine Augenbraue hoch: „Muss ich das jetzt verstehen?" Franz lächelte ihn an: „Na, der Rechtsanwalt Johan Roberts. Der weiß mehr, als er sagt. Er hat ein persönliches Interesse an dem Fall, denn der Verstorbene sollte sein Schwiegersohn werden". Heinrichs nickte: „Verstehe! Aber du kannst ruhig sagen, der Ermordete. Das war niemals ein Suizid!" „Genau aus diesem Grund werde ich mit meinem Schulfreund zusammenarbeiten, denn er hat gute Kontakte zu Dahlmann, du kennst ihn doch auch!" „Wie heißt der? Dahlmann? Sag bloß Axel Dahlmann? Ist das nicht unser ehemaliger Kollege?" „Genau! Der arbeitet jetzt sehr erfolgreich als Privatdetektiv! Er hat als privater Schnüffler Möglichkeiten, von denen wir nur träumen dürfen!" „Du wirst ihn aber nicht in unsere Arbeiten und Pläne einweihen, oder?" Lüders war entschlossen: „Warum eigentlich nicht! Es geht schließlich um Gerechtigkeit! Und ich bin Johan, dem Anwalt noch einen Gefallen schuldig! Fährst du mit?" Sie standen auf und gingen durchs Treppenhaus nach unten in die Tiefgarage, um dem Rechtsanwalt einen besonderen Besuch abzustatten.

Kapitel 6

„Verstehe ich euch richtig? Ihr hegt selber Zweifel an den Worten eures Chefs?" Roberts hatte sich in seinem Ledersessel zurückgelehnt und genoss es sichtlich, dass ihn sein Freund um Hilfe bat. Lüders und Heinrichs nickten. „Stimmt! Da war so ein Vorfall, der uns jetzt in einem anderen Licht erscheint!" Der Rechtsanwalt nahm die Zigarre aus dem Mund, legte sie vorsichtig in den Aschenbecher und schaute die beiden Kriminalbeamten abwartend an: „Und? Weiter?" Unschlüssig drehte sich Heinrichs zur Seite, aber sein Leiter und Kollege von der Mordkommission nickte ihm aufmunternd zu und forderte ihn auf: „Es war deine Idee! Nun erzähl ihm auch, was auf dem Flur passiert ist! Ich war nicht dabei!" Heinrichs drehte sich wieder um und erzählte den Hergang, der sich vor der Gegenüberstellung des verhafteten Buchhändlers auf dem Flur des Präsidiums mit dem Polizeichef zugetragen hatte. Dem Rechtsanwalt schien dieses Ereignis nicht neu zu sein. Er nickte nur, griff wieder zur Zigarre, klopfte die Asche ab und entzündete die Spitze erneut. Nach ein paar Qualm Wolken, die er paffend an die Decke blies, sagte er nur: „Passt genau zu den Aussagen!" Dann gab auch er sein Wissen an die Beamten weiter. Er zeigte das getrocknete Papier mit dem Schuhabdruck und berichtete von den Erkenntnissen, die Dahlmann schon gesammelt hatte. „Johan, du musst doch verstehen, dass mir die Hände gebunden sind . . . offiziell, jedenfalls darf ich nicht weiter ermitteln. Die Akte ist erledigt und geschlossen. Wir sind uns aber einig darüber . . . . " er ließ seinen Zeigefinger zwischen seiner Brust und Heinrichs hin und herwandern: „Wir kennen Martin doch beide! Glaubst du etwa an einen Suizid!" Dr. Johan Roberts schüttelte den Kopf: „Und jetzt? Soll ich für dich die Kastanien aus dem Feuer holen? Und wenn es schief geht, so weißt du nichts davon? Soll es so laufen?" Franz war entsetzt: „Natürlich nicht! Du bekommst jede Unterstützung, die du brauchst, um den Kerl vor Gericht zu bringen. Ich will mit offenen Karten spielen, denn es liegt auch in meinem Interesse, dass er bestraft wird!" Der Rechtsanwalt schmunzelte: „Weil du seine Stelle einnehmen könntest? Ist das richtig?" Verlegen schaute Lüders seinen Kollegen an und musste auch ihm gestehen, dass er sich schon vor ein paar Monaten um das Amt beworben hatte und fest damit rechnete, dahin versetzt zu werden, spätestens, wenn Dr. Lorenz in Pension gehen würde. Nun könnte dieser Augenblick noch schneller in greifbare Nähe rücken. Heinrichs hob gleichgültig die Schultern: „Ist mir nur recht! Einen besseren Chef kann ich mir nicht wünschen!" Lüders fiel ein Stein vom Herzen, denn er hatte mit einer abwehrenden Haltung seines langjährigen Wegbegleiters gerechnet. „Was gedenkst du zu tun?" fragte Lüders den befreundeten Rechtsanwalt und bekam sofort die Antwort: „Dahlmann arbeitet für mich an dem Fall. Wie soll er Kontakt mit dir aufnehmen?" Der Kriminalbeamte schrieb seine private Handynummer auf ein Blatt und reichte es weiter. „Er soll sich bei mir melden, dann kann ich alles Weitere mit ihm persönlich besprechen . . . . . schließlich war er ja einmal mein Kollege und ein sehr guter noch dazu!"

Dahlmann wartete nicht einmal zwei Tage, um mit dem Kriminalbeamten Kontakt aufzunehmen: „Hallo Franz! Hätte ehrlich gesagt nicht damit gerechnet, dass ich noch einmal so eng mit euch zusammenarbeiten würde, aber sei es drum. Wo fangen wir an?"
„Gehen wir seine seltsamen Behauptungen einmal durch! Was könnte denn Direktor Lorenz in dieser Gegend gewollt haben? Wo ist die Taschenlampe geblieben, die Martin Lombers auf dem Heimweg immer bei sich trug? Wieso hatte er einen Bluterguss im Gesicht, wenn er definitiv und nachweisbar nicht

vom Opfer geschlagen wurde? Wer war nachts in seiner verschlossenen Zelle und wo war der Schal her, mit dem er erhängt wurde? Es gibt so viele Ungereimtheiten, das stinkt zum Himmel! Wir müssen bei dem Amtsleiter ansetzen! Überwacht ihn, rund um die Uhr! Ich will alles von ihm wissen, Freunde, Feinde, sogar wann er aufs Klo geht und wo er seine Abende verbringt! Habt ihr verstanden? An die Arbeit!" Die nächtlichen Recherchen brachten erstaunliche Neuigkeiten als Licht. Der Polizeirat war beileibe nicht der Saubermann, für den ihn alle hielten. Man entdeckte, dass er sein Haus abends durch einen Nebeneingang verlies. Ein langer Mantel und ein großer Hut sollten wohl dafür sorgen, dass man ihn nicht so schnell erkennen könnte. Er nahm ein Taxi, zwei Straßen von seinem Haus entfernt und ließ sich immer wieder in die Altstadt fahren. Er trieb sich hier mit zwielichtigen Gestalten der Unterwelt herum und bald war auch klar, was ihn zu dieser Verzweiflungstat getrieben haben könnte: Er war gern gesehener Gast in einem Bordell, konsumierte Kokain und war dadurch in gewissen Kreisen erpressbar geworden.

Es galt nun, ihm zu beweisen, dass er an jenem Abend in der einsamen Gasse gewesen war und dem Zufallsopfer Martin Lomber den Mord an einem Dealer in die Schuhe geschoben hatte. Seine Macht und sein Einfluss waren so groß, dass er Justizangestellte für sich gewinnen konnte, die die Drecksarbeit in der Zelle für ihn erledigt hatten. „Euch wird nichts geschehen, denn es wird keine Untersuchung geben!" hatte er ihnen versprochen. Als Lüders und sein ehemaliger Kollege Dahlmann aber unvorbereitet in der JVA erschienen und die Bediensteten nacheinander befragten, brachen die Männer ihr Schweigen und beschuldigten den Direktor Dr. v. Lorenz, der sein Wort nicht gehalten hatte. Man wollte nicht der alleinige Prügelknabe sein und für ihn am Pranger stehen. Fünf Anwälte versuchten nach seiner Inhaftierung, die Zeugen als unzurechnungsfähig zu erklären. Bei der Gerichtsverhandlung leugnete der Polizeirat immer noch, in den Fall verwickelt zu sein und sprach von einer hässlichen Hetzkampagne gegen ihn. Der Privatdetektiv hatte eine Idee. Man brauchte seine DNA. Der Polizeifriseur gab daraufhin Haarsträhnen des verdächtigen Direktors an die Staatsanwaltschaft. Im Labor wurde einwandfrei festgestellt, dass Lorenz hochgradig kokainsüchtig war. Ein Gutachter stellte daraufhin fest, dass der Polizeirat aufgrund seines Suchtverhaltens nicht mehr in der Lage war, Recht und Unrecht zu unterscheiden. Er wurde vom Dienst suspendiert, konnte aber wegen seiner weiteren Vergehen nicht zur Rechenschaft gezogen werden. Er wurde in eine Entzugsklinik eingeliefert. Das Ende der Ermittlungen war alles andere als zufriedenstellend, aber nach den Ergebnissen rechtskonform.

Das Wespennest

Mürrisch stieg der Oberkommissar aus seinem Wagen, schlug den karierten Stoffkragen seiner gewachsten Jacke hoch und ging auf die Absperrung zu. Dieser dünne, feine Nieselregen machte ihm zu schaffen. Er nahm ein Papiertaschentuch, schnäuzte sich und ließ es wieder zusammengedrückt in der Hosentasche verschwinden. Dann tippte er mit dem Finger grüßend an die Krempe seines wasserdichten Filzhutes und der Polizist hob daraufhin das stramm gespannte, rot-weiße Plastikband. „Moin, so'n Scheißwetter! Warum muss es immer regnen, wenn wir Einsatz haben, wissen Sie das?" Der Uniformierte lächelte, traute sich aber nicht, etwas dazu zu sagen. Der Kriminalbeamte schaute sich kurz um und ging dann zu seinem Kollegen, der ihn eben angerufen hatte. „Hast du dir schon einen Überblick verschaffen können?" Er schaute ihn dabei auffordernd an. Den ganzen Tag hatten sie in alten Akten gewühlt und dabei eine ganze Kanne Kaffee getrunken. Danach waren sie nach Hause gefahren, in der Hoffnung auf einen entspannten Abend. Das war gerade vor drei Stunden. Nun waren sie schon wieder im Dienst. Dass er gehofft hatte, die Nacht bei seiner neuen Flamme verbringen zu können, verschwieg er natürlich. Hoffentlich war sie noch wach, wenn er gleich zurückkam. „Geldbörse, Papiere und seine Armbanduhr! Alles noch da, hier!" Sie knieten sich und zogen die dünnen Latex-Handschuhe an. Zur Bestätigung nahm der Assistent, Kommissar Walter Kramer, den linken Arm des Mannes hoch. Der Tote lag auf dem Bauch in der abschüssigen Wiese. Die Uhr am Handgelenk schien sehr teuer gewesen zu sein.
Zwei Scheinwerfer erhellten den Gehweg hier unten am Rheinufer. „Wer hat ihn gefunden?" Ein Polizist deutete auf

den alten Mann, der mit seinem Hund auf dem hinteren, geöffneten Teil des Krankenwagens saß und in eine dicke Decke gehüllt war. „Warum ist der im Krankenwagen? Hat der sich verletzt?" wollte der Leiter der Mordkommission, Jens Schröder wissen. „Nein", sagte Kramer, „wir wollten ihn nur sicher versorgt wissen, denn du willst ihn doch noch befragen, oder nicht?" Schröder nickte, legte seine Hand auf Walters Schulter und beide gingen zu dem grell-roten Einsatzwagen des städtischen Krankenhauses. „Guten Abend, Herr . . Ähh . .", Schröder schaute auf den Chronographen seines Handgelenks und verbesserte sich: „. . oder besser gesagt, guten Morgen." Der Alte schaute ihn nur erwartungsvoll an, erwiderte aber nichts. Der Leiter zog seinen Dienstausweis aus der Brusttasche und zeigte ihm die kleine, eingeschweißte Karte. Der Mann warf einen flüchtigen Blick darauf und man sah ihm dabei an, dass er damit keinerlei Erfahrung hatte. „Sie haben den Toten gefunden?" war seine routinemäßig, erste Frage. Der Angesprochene trank einen Schluck Tee und schüttelte den Kopf. Endlich antwortete er: „Ich nicht, ich wäre glatt an dem vorbeigegangen. Waldi hat ein Spektakel gemacht und ist dorthin gerannt. Er hat ihn entdeckt!" Der kleine Dackel schien zu merken, dass von ihm die Rede war, denn er wedelte mit dem Schwanz und schaute aufmerksam sein Herrchen an. „Haben sie etwas bemerkt? Waren Sie zu diesem Zeitpunkt hier unten alleine? Jede Kleinigkeit kann für uns wichtig sein." „Nichts habe ich gesehen. Es war ja stockdunkel. Bei weitem nicht so hell wie jetzt." Damit machte er eine fahrige Handbewegung zu den aufgestellten, grellen Lampen. Er schaute zu seinem Hund und ergänzte: „Außer uns beiden war niemand hier!" „Was haben Sie gemacht, nachdem ihr Hund den Mann gefunden hatte?" Der Alte schaute auf und runzelte die Stirn: „Was soll ich schon gemacht haben? Ich bin zur Kneipe da drüben gegangen, die war noch geöffnet. Von da aus habe ich euch angerufen. Ich besitze nicht so ein modernes Telefon, mit dem alle in der Stadt herumlaufen und mit den Fingern darüber streichen. Ich wüsste auch gar nicht, wie man die Dinger bedienen sollte. Damit habe ich mich nie befasst. Ich schaue den Leuten lieber ins Gesicht, wenn ich mich unterhalten will." Die beiden Beamten schauten sich an und mussten unwillkürlich schmunzeln, denn manchmal verfluchten auch sie ihre kleinen, mobilen Rechner. Besonders dann, wenn sie keinen Empfang hatten oder ihnen damit nicht die erwünschten Ergebnisse geliefert wurden. „Wir haben ihre Adresse. Wenn wir noch Fragen haben, so wenden wir uns nochmal an Sie. Sollte Ihnen noch irgendetwas einfallen, so", weiter kam Schröder nicht, denn der Mann hatte seinen Hund schon auf den Boden gesetzt und drehte sich um. Über seine Schulter hinweg sagte er nur noch: „Ja, ja ich weiß! Dann komme ich ins Präsidium. Ihr Kollege hat mir seine Karte schon gegeben. Ich bin jetzt müde, gute Nacht!" damit war er auch schon bei der Absperrung und ging über die leeren Straßen nach Hause. „Schöne Bescherung, wir müssen die Untersuchungen abwarten. Ich gehe auch." Schröder gab den Tatort frei, der von seinen Männern fotografiert und gründlich untersucht worden war. Die Leiche wurde in die Gerichtsmedizin gebracht, vorläufig konnten sie nicht mehr machen.

Am nächsten Tag, es war kurz vor der Mittagspause, kam der Anruf aus der Gerichtsmedizin. „Vorab will ich euch in Kenntnis setzen über die Todesursache von gestern Abend. Der schriftliche, ausführliche Bericht folgt. Der Mann hatte den gesamten Bauchraum voller Blut. Er hatte viel zu hohen Blutdruck. Die Kollegen von der Pathologie suchen noch nach einer geplatzten Aussackung der Bauchschlagader. Ein Fremdverschulden liegt allem Anschein nicht vor, denn alle Wertsachen hatte der Mann ja noch bei sich. Die Ausweise habe ich eingescannt und euch zusammen mit den Fotos auf den Rechner geladen." Oberkommissar Schröder hatte den Lautsprecher an seinem Telefon eingeschaltet, sodass sein Assistent jedes Wort mitgehört hatte. Kramer kam um den Schreibtisch. „Den Schriftkram kann Sabine übernehmen." Sabine Vogt gehörte als Sekretärin auch zu dem Team und hatte schon vorgearbeitet: „Ich habe die Daten schon aufgerufen und warte noch den endgültigen Bericht der Gerichtsmedizin ab, Chef." Schröder und Kramer waren zufrieden. Ein solcher Vorgang war durchaus an der Tagesordnung. Sie wurden immer zuerst gerufen, wenn es die Streife oder ein Arzt für nötig hielt. Bei Ungereimtheiten, undeutlichen oder versteckten Anzeichen für ein eventuelles Fremdverschulden, beispielsweise. „Erinnerst du dich noch an die alte Dame in der Bahnhofstrasse?" Sein Kollege nickte: „Auch natürlicher Tod. Aber eine Woche unentdeckt in der Wohnung zu liegen ist auch kein schöner Gedanke." Nachdem Sabine ihren Bericht geschrieben und Schröder vorlegte hatte, kamen ihm jedoch Zweifel. Der Verstorbene war Chemiker und arbeitete für das Militär an einem geheimen Projekt.

Der plötzliche Tod änderte nichts daran, dass die Polizei von dem Arbeitgeber keinerlei Auskünfte über seine Tätigkeit bekam. In der Sterbeurkunde wurde amtlich bestätigt, dass die Todesursache eindeutig nicht durch Fremdeinwirkung ausgelöst worden war, obwohl man keine geplatzte Ader oder ein Aneurysma hatte finden können. Die Leiche wurde zur Bestattung freigegeben. Der zweite Tote, der mit inneren Blutungen aufgefunden wurde, ließ den Fall in einem anderen Licht erscheinen. Die Mordkommission wurde auch in diesem neuen Fall routinemäßig wieder hinzugezogen, da der Tote gerade fünfunddreißig Jahre geworden war und sich bis zum plötzlichen Ableben bester Gesundheit erfreut hatte. Sein Name war Theodor Klein. Man fand bei ihm zwar auch keinen

Hinweis auf Gewalteinwirkung, aber die angeordnete Durchsuchung seiner Wohnung ließ die Beamten stutzig werden. Man fand mehrere Fotos von dem, eine Woche vorher verstorbenen Chemiker Dr. Krenzler in verschiedenen, alltäglichen Situationen. Sie waren mit Klebeband befestigt, unter der Schublade eines Schreibtisches in einer Mappe gefunden worden. Die Bilder zeigten ihn in der Stadt, beim Einkaufen, in einem Restaurant mit mehreren Männern zusammen, sogar als er alleine lesend im Stadtpark auf einer Bank saß. Außerdem fanden sie einen USB-Stick mit Formeln, die die Kommissare sofort an Spezialisten weitergab. Sie erkannten sofort, dass es sich hierbei um den Bauplan zur Herstellung von chemischen, hochtoxischen Stoffen handelte. Diese Kopie war allerdings nicht vollständig. Das neuartige Mittel war nach vorliegenden Unterlagen geruchsneutral und tötete in Sekunden, so hatten mehrere Versuche an Tieren angeblich gezeigt.

Der Aufgefundene war offiziell Fotograf und hatte ein kleines Geschäft in der Innenstadt. Er war jedoch im Amt bestens bekannt. Man ahnte schon seit längerer Zeit, dass er auch als Schnüffler für dubiose Auftraggeber tätig war. Bis zu diesem Tag konnte man ihm das zwar nicht zweifelsfrei nachweisen, nun aber hatte man ein ganzes Arsenal von Fotos, Akten und Schriftstücken gefunden. Auch in seinem Rechner fand man brisante Hinweise, nachdem der Programmierer der Krimimalpolizei das Kennwort geknackt und somit diese Datei ausgelesen hatte. Allerdings gab es, außer den schon erwähnten Fotos und Formeln keinen Zusammenhang zwischen den ungleichen Männern. Die Fälle fügten sich nur durch die gleiche Art des Todes zusammen und Schröder glaubte schon lange nicht mehr an Zufälle. Er stand auf, schaltete den Rechner aus und nahm seine Jacke. „Komm Walter, wir müssen noch einmal ausführlich mit den Kollegen der

Gerichtsmedizin sprechen!" Als sie im Fahrstuhl standen und die unterste Taste für die Pathologie gedrückt hatten, setzte sich ruckend der alte Lift in Bewegung. „Denkst du das Gleiche?" Schröder machte ein besorgtes Gesicht. Er nickte und Kramer wusste seine Gedanken zu deuten. Sie arbeiteten jetzt schon fünf Jahre als Team sehr erfolgreich und eng zusammen, das verbindet! Ungereimtheiten konnten und wollten die Beamten nicht zulassen, aber Schröder brauchte Klarheit, eindeutige Beweise. Es zerriss ihn innerlich, wenn er im Dunkeln tappte und keinen Anhaltspunkt fand. Gerade dann biss er sich in einen Fall fest, wie sein Terrier, der den Knochen nicht hergeben wollte. Stillschweigend waren sich die langjährigen Kollegen einig: Mord! In beiden Fällen. Es musste Fremdverschulden vorliegen. Nur, was konnte die Todesursache gewesen sein. Sie würden es bald erfahren, denn mit einem weiteren Ruck stoppte der Aufzug und die beiden silbern glänzenden Türen falteten sich seitlich ineinander und gaben den Ausgang frei. Der gekachelte Gang war hell erleuchtet. Sie befanden sich drei Stockwerke unterhalb der Kellerräume und dem Archiv. Eine Neonlampe flackerte und gab dabei ein surrendes Geräusch ab. Nach zwei verschlossenen Türen standen sie vor der schweren Plastikmatte, die den Sektionsraum vom Flur abtrennte. Da der Raum im Dunkeln lag, ging Kramer zur gegenüberliegenden Tür und klopfte an. Ohne eine Antwort abzuwarten, traten die Männer ein. „Oh, die Ermittler geben sich die Ehre und besuchen das Fußvolk? Habt ihr wieder eine Leiche?" Mansen zeigte auf die Sitzgruppe, kam zu den Kollegen und sie setzten sich. Schröder eröffnete das Gespräch: „Jörg, ich will nicht um den heißen Brei reden. Wir haben ein Problem!" Der Pathologe gab seiner Assistentin Nadeshda Saratow, die am Schreibtisch in der Ecke arbeitete, einen Wink worauf sie sofort das Büro verließ. Mansen zog seine Schublade auf und entnahm

Zigaretten und Feuerzeug. Dann zog er den halb mit Kippen gefüllten Aschenbecher zu sich und hielt den Beiden die Schachtel hin. Schröder verdrehte die Augen: „Wann kapierst du endlich, dass wir mit dem Rauchen aufgehört haben? Hast du keine Angst davor, einmal aufgeschnitten zu werden, damit deine Kollegen dir die schwarzen Teerlappen entfernen?" Gekränkt ging er nicht darauf ein, nahm trotzig einen kräftigen Zug und schaute die Männer erwartungsvoll an: „Was ist euer Problem?" fragte er und blies eine graue Wolke durch die zusammengekniffenen Lippen seitlich in den Raum.

„Der Chemiker und der Fotograf!" sagte Schröder und wartete ab, aber Dr. Mansen zeigte keine Regung: „Und, weiter?" Kramer kam seinem Freund zuvor: „Mensch Jörg, wie lange kennen wir uns jetzt? Das stinkt doch zum Himmel! Ader geplatzt! Welche Ader denn? Man hat nichts dergleichen gefunden! Ich glaube das nicht. Und dann bei Menschen, die eine Verbindung miteinander haben müssen. Zwei Mal die gleiche Diagnose? Niemals, das kann man riechen!" Mansen machte einen weiteren, tiefen Zug aus dem Glimmstängel. Er atmete zwei Mal aus, bevor diesmal leichter Qualm aus seiner Nase kam. „Ihr zweifelt doch nicht allen Ernstes meinen Bericht an, oder?" Schröder versuchte es noch einmal: „Jörg, unter uns, kommt da wirklich kein Fremdverschulden in Frage?" Ohne zu antworten stand der Pathologe plötzlich auf: „Ich habe noch zu tun. War das alles? Dafür kommt ihr runter?" Schröder schaute zuerst ihn, dann seinen Assistenten unverständlich an. War das ihr gemeinsamer Freund, mit dem sie regelmäßig Golfen spielten? Er nickte und stand wortlos auf, ignorierte die dargebotene Hand und beide gingen ohne Gruß aus dem Zimmer. Bewusst ließen sie die Tür weit auf. Kopfschüttelnd gingen sie wieder zum Lift, der sie zurück in ihr Büro brachte. Sie ließen sich enttäuscht in ihre Bürosessel fallen. „Das stinkt jetzt sogar noch mehr!" sagte Schröder.

Kramer versuchte vorsichtig eine Antwort zu finden: „Vielleicht haben die bei der ersten Obduktion etwas übersehen und trauen sich nicht, den Fehler zuzugeben." Das Telefon riss beide aus ihren Gedanken und Sabine nahm ihr Gespräch an und hörten nur: „Sie sind beide hier, Chef." Es folgte eine kurze Pause, bei der sie immer nur nickte. Dann wurde das Gespräch beendet: „Ja ich sag es ihnen. Sofort Chef. Danke!" Sie legte den Hörer auf die Gabel und fragte: „Was ist passiert? Seid ihr mit der Aufklärung zu langsam oder schon irgendwo angeeckt? Ihr sollt sofort in sein Büro kommen, beide!" Ohne Antwort gingen sie wieder aus dem Zimmer und klopften kurz danach an der Tür ihres Leiters. Grimmig wurden sie empfangen und noch im Stehen erklärte ihr Chef: „Die beiden letzten Todesfälle, ihr wisst schon, welche ich meine . . . ", er holte tief Luft und fuhr fort: „Sie sind abgeschlossen! Kümmert euch jetzt um diesen Hinweis eines Informanten." Damit übergab er einen Ordner und beugte sich wieder über seinen Schreibtisch. „Das war alles!" Verwirrt sahen sich die beiden an. Das sollte es gewesen sein? Sie schauten ihren Chef abwartend an. „Sonst noch was?" fragte er provozierend, als die Männer bewusst in seinem Büro stehen blieben. „Chef, so geht das nicht. Wir haben einen berechtigten Verdacht." Jetzt schaute der Leiter wieder von seiner Arbeit hoch: „Erledigt, meine Herren, die Fälle, wenn es denn Fälle geworden wären, sind abgeschlossen. Muss ich noch deutlicher werden? Keine Fragen mehr! Verstanden?" Sie kannten den Leiter des Dezernates nun schon seit mehreren Jahren. Ein Kriecher vor dem Herrn. Offensichtlich hatte die Obrigkeit ein Machtwort gesprochen und wollte sie zurückpfeifen. Schröder nickte und sagte gleichzeitig: „Ich habe noch eine Woche Urlaub. Die darf ich doch nehmen, oder haben Sie etwas dagegen einzuwenden?" Kramer ergänzte: „Ich hätte da auch noch, . . ." weiter kam er nicht, denn der Choleriker tobte sofort los:

„Raus! Beide! Und keine Alleingänge mehr, oder " Die Männer ergänzten den bekannten Satz gleichzeitig: „wir werden suspendiert, Chef! Wie immer, wenn man wichtigen Leuten zu nahe kommt, wir wissen Bescheid!" Sie drehten sich zur Tür und verließen enttäuscht das Büro. Sie waren es von ihrem Vorgesetzten gewohnt, dass er ihnen keine Rückendeckung gab, wenn es brenzlich wurde, denn dazu war er viel zu feige. Er drängte immer auf schnelle Erfolge, damit er vor dem Bürgermeister und dem Staatsanwalt gut dastand und für seine Abteilung gelobt wurde. Er erntete die Lorbeeren, nicht das Fußvolk. Wie solche Ergebnisse zustande kamen, war ihm egal. Hauptsache es ging schnell. Diesmal schien ihr Chef jedoch von einer höheren Macht ausgebremst worden zu sein. Ungestraft würde auch er einen solchen Fall nicht lassen, aber das er so schnell von „normalen" Todesfällen sprach zeigte ihnen eindeutig, dass man ein Interesse daran zu haben schien, die ermittelnden Beamten da heraus zu halten. Ein Freundschaftsdienst konnte es nicht sein, da musste mehr hinter stecken, viel mehr! „Was meinst du? Sollen wir die Füße stillhalten?" Jens blieb stehen und schauten seinen Kollegen an: „Wie lange arbeiten wir jetzt zusammen?" Kramer nickte, ging auf die gestellte, provotierende Frage natürlich nicht ein und sagte bloß: „Das sehe ich auch so!" „Dann sind wir uns also einig. Sabine soll so diskret wie möglich versuchen, weitere Informationen ranzuschaffen." Sie öffneten die Tür ihres Büros, als Kramer gerade sagte: „Ich tippe auf den Verfassungsschutz, der mischt da mit und wir sollen die Füße still halten!" Sabine grinste: „Schließt die Tür, ihr habt fast richtig getroffen! Es ist der MAD! Aber seid nicht so traurig! Morgen wissen wir mehr!" Die Männer schauten sich verwundert an, als sie vielsagend aus dem Zimmer ging.

Sabine traf sich am nächsten Tag in der Mittagspause mit ihrer langjährigen Kollegin aus der Pathologie. Die osteuropäische

Ärztin, Dr. med. Nadeshda Saratow war schon drei Jahre länger dort tätig und immer noch verstört darüber, dass man damals dem unerfahrenen, männlichen Kollegen, der gerade sein Examen absolviert hatte, den Vortritt für die Leitung der pathologischen Abteilung übergab. Unter dem Mantel der Verschwiegenheit erfuhr Sabine, dass Nadeshda die Obduktion der beiden Männer vorgenommen, und sehr schnell die wahre Todesursache gefunden hatte. Ein gut 15 cm langer, spitzer Gegenstand, durch den Verletzungskanal eindeutig identifiziert, (eventuell eine angeschliffene Stricknadel), hatte durch je zwei tiefe Stiche die seitlich in der Hüfte liegenden Nieren perforiert. Die Verletzung wurde von den Betroffenen zunächst nur als einen dumpfen Schlag wahrgenommen, bevor nach ein paar Minuten das Ausbluten in die Bauchhöhle begann. Die Ergebnisse ihrer Untersuchung wurden vom Chef der Pathologie als lächerlich abgetan. Sie bekam eine andere Aufgabe und musste sich frustriert damit abfinden. „Du kannst diese Information gerne an deine beiden Kollegen weitergeben. Ich will auch nicht, dass man die Fälle einfach so unter den Tisch kehrt. Aber zieh mich bloß nicht zu früh mit rein!" Sabine versprach, dass ihre Abteilung die Info vertraulich behandeln würde und lenkte das Thema geschickt in eine andere Richtung. Sie hatte erfahren, was sie heimlich schon vermuteten und was ihre Kollegen in diesem Fall mit Sicherheit enorm weiterbringen würde.

Am Nachmittag des nächsten Tages bekamen Schröder und Kramer von Sabine diese vertrauliche Info, die alles in anderem Licht erscheinen ließ. Die beiden waren unterdessen auch nicht untätig gewesen und hatten erfahren, dass sich ein fremder Geheimdienst für die Arbeiten des Chemikers interessiert hatte. Ein V-Mann sprach von einer illegalen Prämie, die bereitgestellt wurde, um die verschwundenen

Formeln doch noch zu beschaffen. Dass die Morde auf das Konto der Agenten gingen, zweifelte der Mann jedoch an, denn von einem Privatdetektiv hatten sie nichts gewusst. Nach zwei Tagen meldete sich der Informant noch einmal bei Oberkommissar Schröder: Die ausgesetzte Prämie war zurückgezogen worden, offensichtlich stand man kurz vor dem Abschluss des illegalen Geschäftes.

Der Zufall brachte die Beamten auf eine andere Spur, denn durch den überraschenden Anruf der langjährigen Lebensgefährtin richtete sich die Aufmerksamkeit jetzt in diese Richtung. Die Geliebte des ermordeten Chemikers erkundigte sich, wann sie endlich ihren Freund beerdigen dürfte. Da sie es offensichtlich sehr eilig damit hatte, erkundeten sie das Umfeld dieser jungen Dame. So erfuhren sie vom Krankenhaus, ihrem Arbeitgeber, dass sie eine große Erbschaft in Aussicht und deshalb gekündigt hatte. Die Kriminalbeamten mussten reagieren und widersetzten sich der Anordnung ihres Chefs, sich aus den weiteren Ermittlungen herauszuhalten. Sie riefen einfach die Frau an, die verstört darauf wirkte und die Beamten nicht empfangen wollte, da sie angeblich den Notar mit dem Geld erwartete.

„Die versucht die Originale der Formel zu verkaufen! Wir müssen los!" Mit diesem Verdacht fuhren sie zur Villa des Chemikers. Als sie dort ankamen, verließen gerade zwei Männer das Anwesen und stiegen in eine schwarze Limousine, die mit hoher Geschwindigkeit davonfuhr. Während Kramer die Verfolgung aufnahm, wartete Schröder vor der Villa. Er bat die Kollegen der Streife, die beiden Männer durch eine Verkehrskontrolle an der Flucht zu hindern. Durch die Straßensperre und anschließende Durchsuchung des Fahrzeugs waren die Männer so überrascht, dass sie keine Gegenwehr machen konnten. Man fand die brisanten Unterlagen und nahm die Insassen in polizeilichen Gewahrsam.

Kramer fuhr zurück, um mit dem wartenden Kollegen die Krankenschwester an ihrer Flucht zu hindern. Nach mehrfachem Klingeln brach Kramer die Tür auf. Sie fanden Monika Kleber tot im Wohnzimmer. Sie hatte sich vergeblich gewehrt, als man die Drahtschlinge um ihren Hals gelegt hatte. Unter ihrem Bett fanden die Beamten angeschliffene Stricknadeln, die am unteren Ende mit Holzgriffen versehen waren. Beweisspuren für die These, dass sie es war, die sowohl ihren Freund, als auch den Detektiv damit ermordet hatte. Die Stahlstifte waren steril gesäubert worden, wie man das von einer Krankenschwester nach vollbrachter Operation erwartet. Die weiteren Untersuchungen, speziell die dünnen Wundkanäle, die das Tatwerkzeug im Körper der Leichen hinterlassen hatten, sprachen eindeutig dafür, dass man die Tatwaffe gefunden hatte. Das erhoffte Geld fand man nicht bei ihr. Alle Unterlagen wurden an das Labor zurückgegeben und dem Chef der Dienststelle blieb nichts anderes übrig, als sich für die erfolgreiche Einmischung seiner Beamten zu bedanken. Es war das erste Mal, dass er sich hinter seine Männer stellen musste.

Mord im Theater

„Hinfort, Sie Grobian! Es ist die meine, die Ihr im Arm zu halten versucht!" Der letzte Akt hatte begonnen und gebannt hingen die Blicke der Zuschauer am Körper des jungen Helden, der in gespielter Verzweiflung seine Liebste aus den Fängen des vermeintlichen Schurken zu befreien versuchte. Das Gute musste schließlich immer siegen! Nur dann waren die Zuschauer zufrieden und konnten sich damit besser arrangieren. Den gezogenen Degen hielt er dem schwarz Gekleideten entgegen und forderte seine Geliebte auf, langsam zu ihm zu kommen. Da zog der Verräter eine Pistole und schoss! Genauso hatten sie es wochenlang einstudiert, so wollte es der Regisseur haben, exakt nach Drehbuch. Röchelnd und vollendet gekonnt, knickte der Jüngling ein und fiel ansatzlos auf sein Gesicht. Das war sehr gekonnt gespielt. Der Vorhang schloss sich und das begeisterte Publikum klatschte frenetisch, man forderte durch das rhythmische Klatschen eine nochmalige Verbeugung und Vorstellung der einzelnen Akteure, um sie mit noch mehr Applaus zu beglücken. Trotz der intensiven Pfiffe und lauten Jubelschreie wurde der Vorhang aber nicht mehr geöffnet, denn nur der Intendant hatte sofort gesehen, dass sein Hauptdarsteller unnatürlich umgefallen war und auch jetzt noch liegenblieb. Er war tödlich getroffen. Ein hektisches Durcheinander war auf der geschlossenen Bühne entstanden. Die Helfer des Roten Kreuzes bemühten sich zwar noch um ihn, aber die Kugel aus einer großkalibrigen Waffe hatte ihm die halbe Brust zerrissen. Die Kriminalpolizei war schnell vor Ort, noch bevor der Saal endgültig leer war. Das begeisterte Publikum diskutierte im Foyer noch über die hervorragende, künstlerische Leistung der Darsteller und die Leitung des Theaters bewahrte

Stillschweigen über den unerwarteten, tragischen Ausgang des Stückes. Erst als die Experten ihre Arbeit am Tatort aufnahmen, war schnell klar, dass aus der Waffe des völlig verzweifelten Gegenspielers war der tödliche Schuss nicht abgegeben worden. Aus seiner Waffe kam tatsächlich nur der präparierte Schreckschuss. Der Getötete hatte auf der Brust jedoch diese grässliche Wunde. Das Einschussloch im Rücken fanden die Gerichtsmediziner erst, als sie ihn bei der Obduktion auf der steinernen Wanne liegen hatten. Es war Mord, das war klar gewesen, jedoch kam der tödliche Schuss von schräg oben, aus der Empore. Hätte man das vorher auch nur annähernd geahnt, wären alle Gäste verhört worden. Nun war die Pleite perfekt. Der Vorhang hatte sich geschlossen und einige Zuschauer eilten schon zum Ausgang und der Garderobe. Die meisten hatte ja noch nicht einmal von dem schrecklichen Ereignis erfahren und erst am nächsten Tag voller Entsetzen in der Zeitung lesen müssen, was da noch passiert war. Man konnte nicht mehr nachvollziehen, wer sich in dieser besagten Loge, die man anhand der Ballistik schnell ermittelte, aufgehalten hatte. Sie war an diesem Abend offiziell nicht verkauft, und somit wohl auch nicht besetzt gewesen. Die Theaterbesucher mit Abonnement saßen immer auf den gleichen Plätzen und kamen nicht für dieses Verbrechen in Frage. In der leeren Loge mussten sich doch irgendwelche Spuren finden lassen denn eine solche Präzisionswaffe hier hineinzuschleusen war die eine Sache, sie aber zusammenzusetzen und zielsicher zu benutzen war keine Meisterleistung, denn die Entfernung betrug nur ca. zwanzig Meter und die Bühne war hell und gut ausgeleuchtet. Der Schütze muss weit im Dunkeln zurückgesessen haben, sodass die Nachbarn in den besetzten Logen nebenan nicht stutzig oder aufmerksam geworden sind. Die Beamten ließen die Spurensicherung noch einmal akribisch die besagte Loge untersuchen. Sie fanden endlich winzige

Kratzspuren auf der mittleren Rückenlehne eines Sitzes in der vorderen Reihe. Alle Sitze auf den Emporen waren gleich aufgebaut. Vorne drei, dahinter versetzt zwei samtbezogene Klappsitze. Der Schütze schien auf dem linken hinteren Sitz Platz genommen zu haben und hat seine Waffe auf die Lehne vor sich aufgelegt, um besser zielen zu können. Beim Schuss hatte dann der Rückschlag dazu geführt, dass diese Kratzer auf der vorderen Rückenlehne entstanden waren. Dieser Mord musste sehr genau und sorgsam vorbereitet worden sein und schloss einen „Zufall" völlig aus. Man konzentrierte sich auf das Umfeld des Ermordeten: Freunde, Bekannte, Zufallsbekanntschaften und eventuelle Neider, die durch den Erfolg des Künstlers mit der Zeit zu Feinden geworden waren, denn davon gab es einige. Es wäre unmöglich gewesen, mit ihm an diesem Abend auf der Bühne gestanden zu haben und spekulativ gesehen, in einer Pause diesen Anschlag aus dem Zuschauerraum zu verüben. War es vielleicht doch ein Auftragsmord, wie ein Kollege voreilig behauptet hatte?

Nach einigen Tagen meldete sich der Intendant des Theaters bei der Mordkommission. Er fürchtete um seinen Job, wenn sein Haus nicht bald wieder geöffnet wurde. Die Presse hatte geschickt die Tat so geschildert, dass man nicht in Zukunft davon ausgehen musste, selbst ein Opfer zu werden, wenn man sich ein Boulevardstück oder eine Operette ansehen wollte.
Die Freigabe machte alle Darsteller glücklich, denn sie konnten nicht so schnell erwarten, an einem anderen Haus angestellt zu werden. Wie unter Künstlern üblich, so galt auch hier der Spruch: Das Leben geht weiter, oder wie man gebräuchlich sagt: The Show must go on!

Die kommenden Tage war jede Vorstellung ausverkauft, denn es gab tatsächlich nicht wenige, die auf eine weitere Sensation hofften. Sie wollten so nahe wie möglich dabei sein, wenn wieder etwas Ungewöhnliches auf der Bühne passieren würde. Und es geschah tatsächlich etwas! Jedoch nicht während einer Abendvorstellung, sondern unmittelbar davor! Ein Scheinwerfer hatte sich im oberen Bereich der Empore gelöst und war ohne Vorwarnung zwischen die Sitzreihen gefallen. Dabei wurden fünf Zuschauer, die gerade Platz genommen hatten, zum Teil schwer verletzt. Einer von ihnen verstarb sogar noch, bevor der angeforderte Krankenwagen eintraf. Ein paar Minuten später war auch die Polizei wieder vor Ort, denn man konnte ein vorsätzliches Verbrechen nach dem vorherigen Mord nicht ausschließen. Der zuständige Beleuchter war fassungslos, denn er hatte seinen luftigen Arbeitsplatz noch gar nicht eingenommen. Trotzdem wurde er mit aufs Präsidium genommen und ausgiebig verhört. Die Veranstaltung musste wieder abgesagt werden – ein Desaster für das Schauspielhaus.

Die Verantwortlichen des Hauses, der Intendant, der Theaterdirektor und der Eigentümer waren bemüht, den entstandenen Schaden als einmaligen, traurigen Unfall darzustellen und eine Wiederaufnahme der Aufführungen und des gesamten Programmablaufes zu erwirken. Die Zustimmung dafür fing jedoch in Anbetracht der vorherigen Ereignisse immer mehr an zu bröckeln und erste Schauspieler verließen das geschundene Haus, um in einem anderen Theater angestellt zu werden. Da war nichts mehr von: the show must go on! Jetzt wurde bis auf weiteres jede Vorstellung abgesagt. Die verbliebenen Schauspieler konnten nicht mehr bezahlt werden, offene Rechnungen blieben liegen, der Eigentümer meldete Konkurs an. Das Haus war pleite.

Die Kripo, die immer noch im Bekanntenkreis des ersten Opfers, das auf der Bühne erschossen worden war, vergebens nach Hinweisen gesucht hatte, kam durch die neuerlichen Ereignisse von diesem Verdacht ab. Man hinterfragte nun umso mehr, wer vom Schließen des Theaters profitierte und kam durch ausführliche Recherchen auf ein kleines, umgebautes Kino. Es lag seit mehreren Jahren in einem Rechtsstreit mit dem jetzt geschlossenen Theater, das diesen Prozess in letzter Instanz gewonnen hatte. Das ehemalige Kino war kurz davor, alle weiteren Bemühungen einzustellen, da kulturell die Behörde keinen Bedarf darin sah, in der kleinen Stadt zwei Häuser mit Steuergeldern zu unterstützen. Jetzt hatte sich die Lage gewaltig geändert und der zuständige Sachbearbeiter im Amt informierte Betreibern des Kinos jetzt offiziell vom Schließen ihres Konkurrenten. Damit waren die beiden Brüder, die mit viel Leidenschaft und Geld vorgehabt hatten, aus dem Kino ein modernes Schauspielhaus zu machen, am Ende doch noch als Sieger vom Platz gegangen.

Sie hatten aber auch gewaltig an der Schraube gedreht! Der gekaufte Killer, der wahllos in einer laufenden Veranstaltung auf ihr Geheiß hin einen Schauspieler erschossen hatte und Tage später als Hilfskraft die Halterung des Scheinwerfers gelockert hatte, war gut für seine erfolgreiche Arbeit bezahlt worden und wurde nie überführt. Die Prämie, die die beiden Brüder dafür bezahlt hatten, war eine gut angelegte Investition gewesen und hatte den schon verlorenen Rechtsstreit zu ihren Gunsten so also doch noch verändert.

Auch die angestellten Ermittlungen, die von den Beamten weiter vorangetrieben wurden, brachten keine Beweise für diese richtige Vermutung der Polizei.

Der Fall musste unerledigt und mangels eindeutiger Beweise zwangsläufig zu den Akten gelegt werden.

Tödlicher Stromschlag

„Ein Fön in der Badewanne! Das haben wir auch lange nicht mehr gehabt. War der Stromschlag sofort tödlich?" Sein Partner nickte: „Innerhalb von Sekunden, hat der Doc gesagt." Der Kommissar starrte in die Wanne. Er massierte mit der rechten Hand sein Kinn. „Geht das überhaupt noch? Soweit ich weiß, gibt es doch einen Schutz, oder nicht?" „Stimmt, das war auch das erste, wonach wir gesucht haben. Die Spurensicherung hat festgestellt, dass ein FI Schalter eingebaut war!" „Dieser Spannungsschutz?" „Richtig, der ist in jedem Haushalt schon seit Jahren Pflicht, wie du ja auch erwähnt hattest. Wir müssen jetzt nur noch abklären, ob der erst durch den Unfall herausgesprungen ist oder gar nicht eingeschaltet war. Der Strom muss ungehindert weitergeleitet worden sein, denn sonst wäre der Mann schließlich nicht tot. Den Schalter mit den kleinen Sicherungen hat der Kollege schon fotografiert und nach Fingerabdrücken untersucht. Hier draußen im Flur, in dem eingelassenen Blechkasten ist der gekennzeichnete Knopf mit dem Kippschalter darüber. Er sollte in regelmäßigen Abständen überprüft werden, indem man ihn drückt. Danach muss der ausgelöste Hebel wieder eingeschaltet werden, vielleicht hatte der Verunglückte das bei seiner Kontrolle vergessen." Der Kollege wusste schon mehr über den Wohnungsinhaber und verbesserte ihn sofort. „Der, und das vergessen? Das ist . . . . das war ein Elektromeister. Seine tägliche Routine! So einer vergisst das nicht, merkwürdig sehr merkwürdig! Ungestört kommt doch niemand an den Kasten, es sei denn . . . " Er war in Gedanken und rieb mit den Fingern der rechten Hand sein glattrasiertes Kinn. „Na, sag schon!" Er schüttelte den Kopf und verwarf die Idee, die er soeben dazu gehabt hatte. „Nichts, nur so eine Vermutung." „Du meinst, da war einer mit einem anderen Vorwand in der Wohnung und hat dabei schnell an dem Kasten gewerkt?" Der Kommissar schüttelte den Kopf: „Und wie kam dann der Fön ins Wasser? Man badet normalerweise alleine, oder?" Er machte eine kurze Pause: „Frau, Freundin?" „Er ist geschieden und für eine weitere Person, die sich in den letzten Stunden hier aufgehalten hat, gibt es keine Anzeichen." Diese Fälle, die sich schon im Vorfeld als äußerst schwierig darstellten, liebte er überhaupt nicht! „Wir müssen wie gewohnt vorgehen: Umfeld, Freunde, Feinde, ich will alles wissen. Seine Lebensgewohnheiten usw., du weißt schon." „Sonst noch was?" Der Kollege verneinte: „Wir können zurück ins Büro. Wir haben noch keine Erkenntnisse und ohne den Obduktionsbericht, die Fotos und nähere Angaben über sein Umfeld und seine Gewohnheiten kommen wir nicht weiter, wir können fahren!"

Bei den Befragungen der ehemaligen Angestellten bekamen sie von seiner Sekretärin einen entscheidenden Hinweis. Der korrekte Elektromeister war in den letzten Monaten vor der Geschäftsaufgabe nicht mehr ganz bei der Sache. Er vergaß Termine, fuhr zu den falschen Kunden und drangsalierte die anderen Elektriker. Er gab mit seinem seltsamen Verhalten letztendlich selber den Anlass dazu, dass immer öfter Aufträge ausblieben und er gezwungen war, sich zur Ruhe zu setzen. Seine Frau trennte sich von ihm und ließ sich ein paar Monate danach von ihm scheiden. Sie lebt seit über zwei Jahren mit ihrem neuen Partner in der Großstadt. Als man sie befragte, bekamen sie die Bestätigung, dass seine Konzentration tatsächlich merklich nachgelassen hatte. Sie hatte ihm noch dringend angeraten, sich ärztliche Hilfe zu holen, denn sie machte sich damals Sorgen und verständigte seine Schwester, sich um ihn zu kümmern. Der traurige Unfalltod ihres Ex schien sie zu treffen, denn sie erwähnte, dass sie sich nun Vorwürfe machen würde, denn sie bezweifelte, dass er tatsächlich zu einem Arzt gegangen war und auch die Schwester schien sich nicht im Geringsten für ihn interessiert zu haben. Sie selber wollte ihre neue Partnerschaft nicht gefährden und hatte ihn demzufolge schon seit mehreren Jahren nicht mehr gesehen oder mit ihm telefoniert.

Da kein Einbruch vorlag und die Zerstreutheit von zwei Seiten bestätigt wurde, musste man den Vorfall als Unfalltod zu den Akten nehmen, auch wenn nicht alle Fragen geklärt waren.

-.-.-.-

Maria hatte es nie verwunden, dass ihr Mann so geizig gewesen war und ihr nicht einen Cent an Unterhalt zugesprochen wurde. Wäre da nicht dieser Geldschrank gewesen, den er sich für sein Schwarzgeld bestellt und im Schlafzimmer, neben seinem Bett fest in der Wand eingemauert hatte, sie wäre wahrscheinlich nicht so schnell auf die Idee gekommen, ihn noch einmal zu besuchen.

Als sie bei ihm klingelte und verheult ihr Verschwinden als falsch heuchelte, bemerkte sie sofort seinen geilen Blick. Er hatte lange damit gerechnet, dass die Affäre seiner Frau nicht anhalten würde und sie reumütig zu ihm zurückkam. Jetzt war der Zeitpunkt gekommen. Man musste reden! Bei einer Flasche Rotwein blieb es nicht und Maria hatte Gelegenheit genug, sich auszudenken, wie sie am besten den Tresor leerräumen könnte.

Als er sie in den Armen hielt, knöpfte sie sein Hemd auf und küsste seinen Hals, um zu klären, ob er immer noch den Safe Schlüssel an der Kette um den Hals trug. Als das geklärt war, bat sie ihn ins Badezimmer, um mit ihm gemeinsam ein belebendes Bad zu nehmen. Bereitwillig und blind vor Erwartung füllte er die Wanne, während Maria im Flur genügend Zeit hatte, den kleinen Schalter zu deaktivieren und ihr Glas abzuwaschen und in den Schrank zurück zu stellen.

Als sie zurückkam, lag ihr Ex schon im Wasser und wartete sehnsüchtig darauf, dass sie zu ihm stieg. Sie lächelte ihn an,

nahm den bereitliegenden Fön, schloss ihn an die Steckdose und verlor keine Sekunde, ihn ins Wasser zu werfen. Mit einer kurzen Stichflamme war es stockdunkel. Er hatte noch nicht einmal protestieren können. Sie tastete sich in die Diele, nahm eine Taschenlampe und ging zurück. Mit aufgerissenen Augen starrte er an die Decke. Sie hatte angenommen, dass man Verbrennungsspuren an seinem Körper sehen könnte, aber bei dem spärlichen Licht, das die kleinen Batterien hergab, war nichts Verdächtiges zu sehen, außer der Tatsache, dass er offensichtlich nicht mehr unter den Lebenden weilte. Sie nahm aus dem Unterschrank die gummierten Handschuhe, mit denen er so gerne das Bad gereinigt hatte und zog sie an, bevor sie widerwillig den Schlüssel von seinem Hals löste und damit ins Schlafzimmer ging. In seinem Safe fand sie mehr Geld, als sie erwartet hatte. Sie ließ seine Dokumente unberührt, verschloss ihn wieder sorgsam und ging ein letztes Mal zurück ins Bad, um ihm den Schlüssel wieder um den Hals zu hängen. Im Schein der Taschenlampe beseitigte sie alle eventuellen Spuren, die auf ihre Anwesenheit hätte schließen können, steckte die Gummihandschuhe ein und wartete hinter dem Fenster, bis der Besitzer des gerade eingeparkten Autos im Nebenhaus verschwunden war. Schnell öffnete sie die Haustür und zog sie leise und so vorsichtig wie möglich hinter sich ins Schloss.
Sie ging ein paar Häuserblocks weiter, wo sie in einer Nebenstraße ihren Wagen geparkt hatte und fädelte sich in den beginnenden Berufsverkehr ein.
Als sie ihre gemeinsame Wohnung betrat, schlug die Kirchenglocke gerade acht Mal. Verschlafen stand ihr Freund in der Küche: „Wo warst du in der vergangenen Nacht?" Sie ging zu ihm, versteckte ihre dicke Handtasche mit dem Geld hinter ihrem Rücken und küsste ihn zärtlich auf die Wange: „Dummerchen, ich war bei meiner Mutter! Das hatte ich dir doch gesagt! Schlaf noch etwas, ich mach Frühstück!"

Kaltgestellt

Nichts hatte im Vorfeld darauf hingedeutet, dass dieser sonnige Tag anders enden würde, als die bisher erlebten. Ich hatte meine Firma mit Gewinn verkauft und konnte von meinen Rücklagen sehr gut leben. Hier oben hatte ich auch meine junge Frau kennengelernt, mit der ich jetzt seit zwei Jahren verheiratet war. Wir waren das dritte Mal auf Borkum und bewohnten wieder das gleiche, gemütliche Ferienappartement am Südstrand. Ausgedehnte Spaziergänge, entlang der Strandpromenade zeigten mir, dass meiner Muskulatur eine regelmäßigere Bewegung besser tun würde. Mein Knie machte mir jedoch zu schaffen. Das kam von dem ungewohnten Gang im weichen Sand. Gut, ich bin eben keine vierzig mehr, aber ansonsten fühle ich mich noch ganz schön fit. Meine Frau war gestern 45 Jahre alt geworden und damit zwanzig Jahre jünger als ich. Sie kannte solche Probleme nicht! Noch nicht. Wie hatte mir meine Mutter immer gesagt? „Warte ab! Du kommst auch mal dahin!" Damit meinte sie die unleidigen Beschwerden, die sich unweigerlich im Alter einstellten.

Das geschmackvoll eingerichtete Lokal in unmittelbarer Nähe unserer Unterkunft war diesmal leider wegen Jahresurlaub geschlossen. So testeten wir andere Lokalitäten, je nach Hungergefühl, Tageszeit und Appetit. Wir waren soeben vom Mittagessen in unsere Unterkunft zurückgekommen. Es hatte frischen Fisch gegeben und ich wollte mir einen kleinen Mittagsschlaf gönnen. Ramona, meine junge Frau brachte den Müll nach draußen, während ich auf dem Sofa sanft weg döste. Ein ungewöhnliches Geräusch ließ mich aufschrecken und ich sah verwundert, wie zwei fremde Männer und eine ältere Frau vor dem Couchtisch standen. „W... was machen Sie denn hier?" fragte ich überrascht. „Wo ist meine Frau?" Als die Leute

bewegungslos einfach stehenblieben, rief ich laut: „Ramona!"
Die Fremden schauten mich unbeirrt an und lächelten. Ich
fragte mich, ob ich noch im Traumland, oder in der Realität
angekommen war. Da sich weder meine Frau zeigte, noch eine
Äußerung der fremden Personen kam, fragte ich unverblümt:
„Was kann ich für Sie tun?" denn ich fand die Situation mehr
als frech und peinlich. Der Fremde lächelte nur. „Anders
herum! Herr Steffens, was können wir für Sie tun?" Ich
verstand die Frage nicht und vor allen Dingen, woher kannte
der meinen Namen? „Wie meinen Sie das? Ich wohne hier!
Was wollen Sie hier. Und zum letzten Mal, wo ist meine Frau?"
Ohne die geringste Reaktion schrieb die Fremde in ihrem
Notizblock und Ramona, jetzt im Bikini, kam kurz aus der
Küche: „Das hast Du jetzt davon!" Sie drehte sich um und
verschwand im Schlafzimmer, ohne mir beizustehen.
„Interessant!" meinte einer der Männer und flüsterte der älteren
Frau etwas ist Ohr. Ich verstand nichts mehr. Was ging hier ab?
Ich musste noch träumen! Hoffentlich werde ich bald wach.
Das ist ja der reinste Alptraum. „Sie werden jetzt mitkommen,
hier können wir Sie unmöglich gründlich untersuchen!" Hilflos
schaute ich zu Ramona, die wieder zurück ins Wohnzimmer
gekommen, jetzt ihren grünen, bequemen Hosenanzug trug. Sie
nickte mir aufmunternd zu: „Reg Dich nicht auf und denk an
Dein Herz. Ich fahre ja mit!" Wieso sollte ich an mein Herz
denken? Ich hatte bislang noch nie Beschwerden mit meiner
Pumpe gehabt. Wie in Trance erhob ich mich, zog meine
Schuhe an und wurde von den beiden Männern zu einer
wartenden schwarzen Limousine mit abgedunkelten Scheiben
gebracht. „Kein Krankenwagen?" dachte ich noch, aber da
Ramona, die mit hierher gegangen war, immer noch
zustimmend nickte, stieg ich ein. Es musste schon irgendwie
seine Richtigkeit haben. Ich saß eingekeilt zwischen den
beiden Männern auf der Rückbank, als der Wagen auch schon

mit hoher Geschwindigkeit losfuhr. Wieso war Ramona nicht, wie eben versprochen, mit uns gefahren? Kam sie in einem zweiten Auto nach? Die Männer hielten meine Arme fest, während sich die Frau vom Beifahrersitz zu uns umdrehte und eine aufgezogene Spritze in meine Armbeuge setzte: „Das wird Sie entspannen! Es wird jetzt ein wenig warm." Ich hatte mich nicht dagegen wehren können. Dann spürte ich die Reaktion. Ein wenig warm? Das wurde richtig heiß und als ich protestieren wollte, spürte ich, wie meine Zunge dick anschwoll. Ich bekam nur lallende Töne heraus, Geräusche, die ich selbst nicht verstand. Die Frau grinste ihre Begleiter an: „Gleich haben wir Ruhe." Meine Sinne schwanden und meine letzten Gedanken waren nur noch: Wo war Ramona und was passierte hier mit mir?

Als ich zu mir kam, lag ich in einer Art Krankenbett, in einem ansonsten kahlen, unmöblierten Raum. Bekleidet war ich nur mit meiner Jeans und einem weißen T-Shirt. Meine Schuhe und die Jacke waren nicht hier im Raum. Alle Wände waren weiß getüncht und von der Decke baumelte eine Glühbirne in einer einfachen Fassung, umsäumt von einem ca. 30 cm großen Blechteller. Der Schein des Lichtes teilte den Raum hälftig unten in grelles Licht, darüber lag ein dunkler Schatten. Ich setzte mich und schaute umher. Hinter mir war ein Wasserhahn über einem Spülbecken, ein Papierkorb stand darunter und ein Seifenhalter hing in Brusthöhe an der Wand. Jetzt erst bemerkte ich den Mann, der in einer abgedunkelten Ecke auf einem Stuhl saß und etwas notierte. Ohne aufzuschauen, sprach er: „Nun, Herr Steffens, wie fühlen Sie sich jetzt?" Meine Gehirnzellen rasten und spielten wohl nachlaufen, denn ein klares Ergebnis lieferten sie mir immer noch nicht. Mein Gehirn schien völlig leer zu sein. „Johan, unter uns! Sie müssen doch wissen, wann das angefangen hat!" Ratlos schüttelte ich den Kopf. Wenn Ramona in der Ferienwohnung eben nicht auch eine ähnliche

Äußerung gemacht hätte, ich würde noch mehr an mir zweifeln. Die haben den Falschen! Oder doch nicht? Die kennen meinen Namen! Was wollen die von mir? Vorsichtig fragte ich: „Wo ist Ramona?" Ein müdes Lächeln war die Antwort: „Sie meinen die attraktive, junge Frau aus der Wohnung? Sie glauben tatsächlich, dass das Ihre Frau sei? Interessant!" Ich ließ mich wieder zurück auf das Bett fallen. Was hat man da mit mir vor? Ich war ernsthaft bemüht, einen roten Faden zu finden, einen Anhaltspunkt, einen Hinweis, aber eine gewaltige Leere hatte sich meiner bemächtigt. Systematisch musste ich versuchen, die letzten Tage in mein Gedächtnis zurück zu holen. Wie waren wir angereist? Was hatte sich seitdem ereignet? Welche ungewöhnlichen Dinge waren vorher passiert, denen ich vielleicht keine Beachtung geschenkt hatte? Ich zermarterte mir jedoch vergebens mein Hirn und schloss enttäuscht die Augen.

Als ich irgendwann mit trockener Kehle wieder wach wurde, hatte sich an dem Zimmer nichts verändert. Nur auf dem Stuhl in der Ecke saß jetzt ein anderer Mann, neben ihm stand eine Frau mittleren Alters, beide waren mir immer noch völlig fremd. Als sie merkten, dass ich wach geworden war, kam die Frau direkt auf mich zu: „Liebling, wie geht's Dir jetzt? Ich habe mir schon große Sorgen gemacht." Ratlos schaute ich die Fremde an. Wer war das? Was spielt die für eine schamlose Rolle? Ich kenne diese Frau nicht! Wo war Ramona? Warum suchte sie nicht nach mir? Wieso hatte sie zugelassen und die Männer sogar noch unterstützt, dass man so mit mir umgeht? „Willst Du was trinken? Ein Glas Wasser?" Die Frau ging zur klinkerlosen Tür, schloss sie auf und kam nach kurzer Zeit zurück. Dabei hatte sie den uralten Schlüssel noch in der Hand. Wieso hatte sie kein Wasser aus dem Waschbecken hinter meinem Bett geholt? Sie stellte ein Tablett mit einer vollen Karaffe und zwei Gläsern auf ein kleines Tischchen neben die

Liege. Seltsamerweise erinnerte ich mich genau jetzt an eine längst vergangene Begebenheit. Als ich damals nach einem schweren Autounfall während meiner Bundeswehrzeit im Lazarett aufgewacht war, da hatten die verschwommenen Gesichter der Ärzte beim Aufwachen auch über mir geschwebt: „Wer sind Sie? Wissen Sie noch was passiert ist?" Damals hatte ich Angst, bei einer falschen Antwort in eine geschlossene Abteilung verlegt zu werden. Ich schlief wieder ein und erinnerte mich dann wieder an jede Kleinigkeit des Unfalls, den ich vom Rücksitz des Autos klar verfolgt hatte. Diese, im Hirn eingebrannten Abläufe, waren Bilder, wie im Zeitlupen-Tempo. Daran dachte ich jetzt wieder, nur mit dem gravierenden Unterschied, dass ich diesmal nicht annähernd wusste, was man von mir wollte und was da mit mir passiert sein sollte. Ich kam mir jämmerlich, hilflos und unbedeutend vor. Man hatte mir eine Spritze gesetzt, womöglich Tabletten eingeflößt und offenbar war man dabei, mich einer Gehirnwäsche zu unterziehen, die mich verwirren und aus dem Leben reißen würde. Mit welchem Hintergrund? Ich bin weder sehr reich, noch habe ich wissentlich Feinde. Ich bin, wie manche Leute sagen würden, ein Durchschnittsmensch wie Du und ich. Da ich die Fakten gedanklich an mir vorbeilaufen ließ und dabei keine Erklärung dafür fand, gab es nur eine Lösung: ich muss hier raus! Ich bin unter seltsamen Umständen von einem Privatwagen abgeholt worden. Keine erkennbaren Ärzte oder Pfleger hatte ich hier bisher gesehen. Es konnte also kein Krankenhaus sein, in dem ich hier festgehalten wurde. Es gab keine Fenster in dem Raum und es drangen keine Geräusche ins Zimmer. „Warum halten Sie mich hier fest? Werfen Sie mir etwas vor?" Keine Antwort. „Dann zeigen Sie mir Ihren Ausweis!" Abrupt stand der Mann auf, winkte der Frau, die immer noch neben mir stand und beide verließen wortlos das Zimmer. Ich schaute mich erneut um. War ich jetzt endlich alleine? Ich musste mich dumm und gleichgültig stellen, bis sich eine Chance ergeben würde, um von hier zu fliehen. Das Essen, wie auch das Wasser könnten vergiftet, oder mit Medikamenten durchsetzt sein. Meine Lage war noch nie so aussichtslos gewesen. Ich bewegte mich von dem Bett weg in die entfernte Ecke des ungefähr sechsmal sechs Meter großen Raumes. Oben an der Decke bewegte sich leise surrend eine Kamera, die ich erst jetzt wahrnahm. Das Objektiv war bemüht, mit meinen Bewegungen mitzukommen. Ich durchschritt den Raum und schaute in die anderen Ecken. Ich fand insgesamt fünf mitschwenkende Linsen, die mich von allen Seiten beobachteten. Wieder überkam mich dieses hilflose Gefühl, diese Ratlosigkeit. Normalerweise hatte ich in meiner Lederweste immer ein kleines Taschenmesser, eine Lampe und mein mobiles Telefon. Erst jetzt merkte ich, dass ich ohne Schlüssel, Geldbörse und Taschentuch mitgenommen worden war. Aus dem Wasserkrug schüttete ich beide Gläser voll und hielt sie gegen das künstliche Licht. Mit bloßem Auge war kein Unterschied festzustellen. Das Wasser hatte auch keinerlei Gerüche und da ich total ausgetrocknet war, musste ich irgendwie meinen Durst stillen. Ich ging also zum Becken und schüttete die Gläser aus. Dann drehte ich den Wasserhahn auf, füllte sie erneut und trank. Vorsichtig auf der Bettkante sitzend, wartete ich auf eine negative Reaktion. Nichts passierte. Ich wusste jetzt, dass zumindest das Wasser aus dem Zimmer nicht vergiftet war. Wie könnte ich von hier fliehen? Was befand sich hinter der Tür? Waren da noch mehrere Zimmer, Gänge in einem Keller oder einem Hochhaus? Ich musste Klarheit haben, bevor ich mir einen Plan zur Flucht ausdenken könnte. Ich streckte mich auf der Liege aus und schloss die Augen. Als ich wieder aufwachte, konnte ich zu meinem Entsetzen nichts mehr sehen. Stockdunkle Finsternis hatte mich eingehüllt. Die Deckenbeleuchtung musste von außen ausgeschaltet worden sein, da sich im Zimmer kein Schalter befunden hatte. Meine weit geöffneten Augen suchten vergeblich nach einer Lichtquelle.

Ich versuchte mich zu orientieren. Hier stand das Bett, vom Fußende mussten es drei Schritte bis zur Tür sein. Ich stand auf und ging in diese Richtung, mit der rechten Hand an der Matratze Kontakt haltend. –Dsssssssssssssss. Kleine, rote Dioden leuchteten in den oberen Ecken auf. Ein Bewegungssensor musste die Kameras aktiviert und eingeschaltet haben. Wenn die jetzt auch brauchbare Bilder lieferte, so musste das im Infrarotbereich geschehen! Ich drückte seitlich gegen das Bett, denn ich hatte beim Hinlegen bemerkt, dass sich das Untergestell leicht bewegt hatte. Tatsächlich schien die Liege auf Rollen zu stehen, von denen nur ein Bein blockiert war. Ich hielt das Fußende an einem Streben fest und ging mit dem, sich im Kreis drehenden Bett durch das Zimmer. Nach vier Runden setzte ich mich und wartete ab. Nichts geschah. Vielleicht war der Überwachungsbildschirm nicht immer besetzt. Ich tastete mich an der Wand entlang zum Waschbecken. Das Drahtgestell für die Seifenablage interessierte mich. Ich tastete nach den zehn Zentimeter langen Stiften, die nebeneinander angereiht die Seife trugen. Ich klemmte meinen Daumen zwischen die Stifte und begann mit den Fingern einen Draht zu bewegen. Er drehte sich in den Führungen und mit etwas Druck konnte ich zwei Stifte auseinander biegen. Hatte ich da ein Geräusch gehört? Es blieb ruhig. Ich hatte mich getäuscht. Durch die permanenten Bewegungen gab schließlich das Material nach und der Draht fiel aus den seitlichen Halterungen in einem Stück in meine Hand. Der Wasserhahn war ein Drehkranz aus Gusseisen. Man hätte die Fingerkuppen in die kleinen Löcher stecken können, ... oder das Ende dieses erbeuteten Drahtes. Vorsichtig schob ich den Draht in eine der Öffnungen und bog so einen

Zentimeter von dem Metall in einem waagerechten Winkel ab. Mit dem anderen Ende verfuhr ich ebenso. Den so verwinkelten Eisenstift nahm ich in den Mund. Da ich mich von dem Becken nicht wegbewegt hatte, waren die roten Lichter an den Kameras wieder aus. Nun suchte ich das Bett und stellte mich darauf. Aufrecht stehend suchte ich mit den Händen den primitiven Lampenschirm. Ich balancierte vom Kopfende zum Fußende und zurück, fand jedoch die Lampe nicht. Nachdem ich wieder heruntergestiegen war, schob ich das Bett etwas weiter in die Raummitte und wiederholte meine Suche. Endlich schlug meine Hand gegen den Blechteller, der anschließend quietschend hin und her schwang. Mit der linken Hand hielt ich die Lampe, während ich mit der Rechten die Glühbirne herausschraubte. Unter der Fassung war ein verdicktes Plastikgewinde, das beim Lösen den Blechteller aus seiner Halterung befreite. Alle gelösten Teile legte ich vorsichtig auf das Bett. Dann stieg ich herunter und suchte, immer noch im Stockfinsteren tastend die soeben gelösten Teile zusammen. Dabei fiel mir ungeschickt die Glühbirne auf den Boden, die mit einem lauten Knall zersprang. Ich lauschte entsetzt in die Dunkelheit, nichts geschah. Keiner hatte etwas bemerkt. Den Blechteller stülpte ich über den linken Arm und tastete mich zur Tür. Mit meinem selbst gemachten Diederich musste ich versuchen, das alte Schloss zu öffnen. Ich hatte bald das große Schlüsselloch ertastet und nahm den verdrehten Stift aus dem Mund. Vorsichtig schob ich den kleinen abgewinkelten Draht in die Öffnung und suchte den eisernen Widerstand. Ich versuchte mehrfach, den innen liegenden Schließbolzen zurück zu drehen, aber weder mit der einen, noch mit der anderen Seite des Drahtes schien sich etwas im Schloss zu bewegen. Ich tastete mich wieder zu Waschbecken und löste einen zweiten Draht aus dem Seifenspender. Das Ende dieses neuen Stiftes bog ich kürzer und nicht ganz auf neunzig Grad abgewinkelt. Auch die andere Seite bearbeitete ich entsprechend. Zurück an der Tür fühlte ich mit dem Draht nach etlichen Versuchen endlich den Eisenbolzen, der sich auch etwas bewegen ließ. Ich hatte nur nicht die Kraft, das Schloss ganz zu öffnen. Von dem Bett riss ich ein Stück Stoff ab und umwickelte damit den Draht auf einer Seite. Den so entstandenen Stoffball konnte ich dann mit Erfolg im Schloss drehen. Als sich mit einem Klicken das Schloss nicht mehr wehrte und aufsprang, war ich selber überrascht, dass es am Ende so einfach gewesen war. Schnell öffnete ich die Tür und stand in einem spärlich beleuchteten langen Flur. Beidseitig waren mehrere weitere Türen und am Ende des Ganges führte eine Treppe nach oben. Während ich langsam in diese Richtung ging, schlug hinter mir polternd meine bezwungene Gefängnispforte wieder zu. Nach den zehn Steinstufen in die vermeintliche Freiheit stand ich wieder vor einer verschlossenen Tür. Ich ging wieder nach unten und konnte eine kleine Nische unterhalb der Treppe ausmachen. Dort kauerte ich mich im schummrigen Halbdunkel zusammen. Obwohl ich müde geworden war, konnte ich zunächst nicht schlafen. Irgendwann muss ich dann doch eingedöst sein, denn eine Tür wurde aufgeschlossen und man hörte polternde Schritte, die die Stufen herunterkamen. Ein Mann ging dicht an meinem Versteck vorbei, schloss eine der vorderen Türen auf und war wieder verschwunden. Ich wollte gerade meine Augen wieder schließen, als ich den hellen Lichtschein auf der Treppe sah. Ich sprang auf und rannte die Stufen hoch. Die obere Tür war nur angelehnt. Ich drückte diese Tür hinter mir wieder zu und stand zu meiner Verwunderung in einer Tiefgarage zwischen mehreren Autos. Hier war es einfach, die Ausfahrt zu finden. Endlich oben angekommen, war jedoch das Rolltor verschlossen und eine Tür gab es nicht. Nur eine Kordel hing seitlich neben einer Säule von der Decke. Ich zog kräftig daran und tatsächlich hob sich das Fallgitter und flackernd ging die Deckenbeleuchtung an. Ich lief die schräge Rampe herauf und stand auf einer dunklen, unbelebten Straße. Auch hier kannte ich mich nicht aus. Im Schein einer Straßenlaterne schaute ich an mir herab. Welch ein erbärmliches Bild! Mein T-Shirt und die Jeans waren dreckig, von meinen Füßen ganz zu schweigen. Mich fröstelte. Ich hob ein Bein an und massierte meine Zehen, denn die Eiseskälte ließen sie taub werden. Es half mir nur bedingt weiter, also schaute ich mich um. Die Straße war sehr eng und auf beiden Seiten von hohen Häusern begrenzt. In linker Richtung bog eine Kurve ab und war heller erleuchtet, als hier, wo ich im trüben Lichtkegel einer Laterne stand. Humpelnd ging ich in diese Richtung, als ich hinter mir die Scheinwerfer eines Autos bemerkte, dass langsam in meine Richtung kam, auf meiner Höhe abbremste und stehenblieb. Summend senkte sich die Seitenscheibe des Beifahrers und eine ältere Frau sprach mich an: „Sie werden sich erkälten, junger Mann! Haben Sie sich verlaufen oder sind Sie aus einer Kneipe geworfen worden? Sie sehen ja furchtbar aus!" Ich drehte mich zu ihr und ging auf den Wagen zu. Erst jetzt erkannte ich das Auto wieder, das mich aus der Ferienwohnung abgeholt hatte. Die Tür wurde geöffnet und zwei Männer stiegen aus. Als sie mich mit Gewalt in den Wagen zerrten, sah ich unter einer Laterne eine junge Frau, die entsetzt mitbekam, was da vor ihren Augen passierte. Da versagte mein Kreislauf. „Nicht wieder zurück, bitte!" sagte ich noch, dann heulte der Motor auf und raste mit kreischenden Reifen mit mir davon.

Wieder wurde ich in einem weiß bezogenen Bett wach. „Nicht schon wieder", dachte ich noch, als meine Hand kräftig gedrückt wurde. Ramona saß neben dem Bett: „Wo warst du? Ich habe eine Vermisstenanzeige nach dir aufgegeben." Ich hob meinen Kopf und sah, dass ich mich in einem richtigen Krankenhaus befand. Ein Arzt kam ins Zimmer, begleitet von zwei weiteren Personen. „Na?" fing der Mediziner seine Anrede an: „da sind Sie ja wieder! Wieso sind Sie denn weggelaufen? Bei den starken Medikamenten, die Sie bekommen, war es nur eine Frage der Zeit. Sie sind noch nicht soweit, um unser Haus verlassen zu können", er wandte sich an Ramona: „Erklären Sie ihm das!" Er hob meinen Arm, legte den Daumen auf das Handgelenk und schaute auf seine Uhr. „Er braucht absolute Ruhe. Sie können Morgen noch einmal nachfragen, dann werden wir mit ihm fertig sein!" Ramona schien auf den Mediziner hören zu wollen, denn sie beugte sich zu mir herunter und küsste meine Stirn. Verzweifelt versuchte ich, ihren Arm zu fassen und merkte erst jetzt, dass beide Hände ans Bett gefesselt waren: „Geh nicht! Bitte! Ich war eingesperrt in einem Keller! Die haben mich entführt!" Sie schien zu lächeln, während sie nickend den Raum verlies: „Ich weiß, mein Schatz, ich weiß! Deshalb werden sie jetzt auch besser aufpassen, damit das nicht noch einmal passiert!" Sie hatte gerade das Zimmer verlassen, als der Arzt noch einmal zurückkam, wortlos meinen Ärmel hochstreifte und eine Spritze in die linke Armbeuge setzte. Lächelnd schaute Ramona durch ein Fenster dabei zu. Meine Zunge schwoll an, mein Widerstand löste sich auf, mein Körper wurde leicht und ich schwebte dahin. „Gleich ist es soweit! Bereitet alles vor!" Ich sah undefinierbare Gestalten, die verschwommen an mir vorbeihuschten. Leiernde Geräusche drangen an mein Ohr. Wo war ich? Eine helle Scheibe tauchte vor meinem Gesicht auf und ich sah mittig davon einen dunklen Fleck, der sich zu bewegen schien. Ich schloss die Augen, denn ich konnte die Eindrücke nicht verarbeiten. Wieder hörte ich ein monotones Geräusch, aber diesmal veränderte es sich zu einer hellen Stimme. „Sie dürfen nicht einschlafen, sonst kann ich Ihnen nicht helfen! Bleiben Sie wach, bitte!" Ein hellblonder Engel! Ich war im Himmel! Entspannt wollte ich wieder den Kopf zur

Seite drehen, als ich leichte Ohrfeigen bekam. „Wir haben keine Zeit! Sie müssen hier raus!" Schade, ich war doch nicht im Himmel! „Ramona? Bist du das?" fragte ich und bekam eine ernüchternde Antwort. „Ihre Ramona hat Sie reingelegt! Sie sind in höchster Gefahr! Vertrauen Sie mir, draußen steht mein Wagen. Da müssen wir schnell hinkommen, nun strengen Sie sich an!" Unbeholfen versuchte ich aufzustehen, um sofort wieder umzufallen, denn mein linkes Bein wollte mir nicht mehr gehorchen. Die Fremde schien Übung darin zu haben, einen Verletzten zu behandeln. Sie stützte mich, fasste entschlossen meine Hüfte und führte mich stolpernd über einen langen, weiß gekachelten Gang. Am Ende war eine Schwingtür aus Milchglas, die sie gekonnt mit einem kräftigen Tritt öffnete und mich kurze Zeit später entschlossen fünf oder sechs Stufen tiefer gegen eine Wand lehnte. Sie nahm ein Schlüsselbund, das an einer Kette an ihrer Hüfte baumelte, tastete nach einem bestimmten Schlüssel und schloss die eisenbeschlagene, große Tür auf. Jetzt setzte sie wieder ihren festen Griff an und zog mich nach draußen. Ein eiskalter Wind schlug mir ins Gesicht. Erst jetzt merkte ich, dass mein ganzer Rücken nackt war und ich ein seltsames Hemd trug, das nur meine Brust und beide Arme bedeckte. Zwei Plastikschläuche baumelten an meinen Händen aus den Ärmeln. Nach endlosen Schritten, die ich mehr stolperte, als normal zu gehen im Stande war, lehnte ich vor einem roten Kleinwagen. Die Frau öffnete die Beifahrertür, setzte mich auf den Sitz und schob meine Beine in den Fußraum. Dann beugte sie sich über mich und schnallte mich fest. Die Tür wurde geschlossen und ich sah noch, wie sie zurücklief, dann verlor ich das Bewusstsein.

Mein Kopf schaukelte leicht zur Seite, als ich wieder zu mir kam. Ich saß immer noch in dem Kleinwagen, dass nun von ihr durch die dunkle Nacht gesteuert wurde. Sie saß konzentriert neben mir und starrte in die Dunkelheit. Als sie merkte, dass ich wach war, fragte sie sofort: „Na? Geht's wieder?" Was sollte ich darauf sagen? Ich wusste nichts! Weder wo ich war, noch wer sie war und schon gar nicht, warum ich jetzt bei dieser fremden Frau im Auto saß! Als ich ein paar erklärende Worte von ihr hören wollte und eine entsprechende Frage formulierte, erschrak ich, denn ich konnte dieses Lallen selber nicht identifizieren, das ich da abgegeben hatte. Sie schaute kurz zur Seite und lächelte mich an: „Das sind noch die Nebenwirkungen von der Betäubung. Haben Sie keine Angst, ich erkläre Ihnen alles später, wenn wir in Sicherheit sind!" Ich versuchte meine grauen Zellen zu sortieren. In Sicherheit? Anscheinend war ich in Gefahr? Oder war das ein weiterer Transport und man wollte mich entsorgen. Ich konnte keinen klaren Gedanken fassen und mein Umfeld spielte verrückt. Starke Kopfschmerzen machten sich breit, trotzdem schlief ich ein.

„Was meinst du? Ist das Beweis genug?" Ich hielt die Augen geschlossen, als ich dieser Unterhaltung folgte. Eine männliche Stimme antwortete: „Ich hoffe sehr, dass er sich an ein paar Dinge erinnern wird, sonst werden wir sie nicht überführen können!" Die Fremde schien sich mit einem Mann über mich zu unterhalten. „Rufen Sie mich unverzüglich an, wenn er wieder wach und zu einer Aussage bereit ist!" Schritte entfernten sich und leise hörte er, wie die Frau den Mann verabschiedete: „Danke und auf Wiedersehen, Herr Kommissar!" Eine Tür fiel ins Schloss, Schritte kamen wieder näher und dann setzte sie sich neben mich. Ein erfrischendes, kühles Tuch wurde auf meine Stirn gelegt und ich stellte erleichtert fest, dass sich meine Kopfschmerzen verflüchtigt hatten. Die Fremde massierte vorsichtig meine Stirn und stand danach auf. Blinzelnd versuchte ich, meine Augen zu öffnen. Ich sah verschwommen wieder diese helle Scheibe, die Frau schien über mir zu schweben: „Haben Sie einen Wunsch?" Ich nickte und wollte Durst sagen, aber aus meinem Mund kam nur: „ . . . da, la!" Die Frau nahm ein Tuch und tupfte damit mein Gesicht ab. „Diese Schweine! Hoffentlich sind Sie schnell wieder gesund!" Sie ging aus dem Zimmer und schien verstanden oder geahnt zu haben, was ich wollte, denn sie kam mit einem Glas Wasser zurück. Gekonnt hob sie meinen liegenden Oberkörper so an, dass ich bequem trinken konnte. Das kühle Nass lief erfrischend in meine trockene Kehle und ich versuchte erneut, ihr etwas zu sagen, aber aus einem **Danke!** wurde wieder ein **„Da, la!"** Was war mit mir los? Ich drehte mich zur Seite, damit sie nicht meine Tränen sah, die ungehemmt aus meinen Augen flossen. „Das wird wieder!" hörte ich sie aufmunternd sagen, das ist die Wirkung der Substanzen, die man Ihnen verabreicht hat!" Mein Kopf pochte. Substanzen? Welche Substanzen? Und wozu? Ich fühlte mich doch wohl, so seltsam leicht und beschwingt und trotzdem konnte ich mich nicht mehr an alles erinnern. Ich war mit meiner Frau im Urlaub . . . Das wusste ich, aber wie war ich hierhin gekommen? Offensichtlich umsorgte mich eine Fremde, die alles darangesetzt hatte, um mich aus dem Krankenhaus zu entführen. Ein Horrortrip! Da ich mit Überlegungen keinen Schritt weiter kam, keine Erklärung für das alles bekommen konnte, schloss ich wieder die Augen und sofort umgab mich eine sanfte, erlösende Dunkelheit. Die gleichmäßigen, dumpfen Töne waren meine Herzschläge. Vorsichtig wurde mein Oberkörper angehoben und ich spürte, wie man mir einen Löffel mit Flüssigkeit vor die Lippen hielt. „Aufmachen! Das wird Ihnen gut tun!" Ich folgte der Anweisung und ein bitterer Geschmack breitete sich in meinem Mund aus. Ich wollte protestieren, doch die Frau hielt mich energisch fest. „Noch einmal! Mund auf!" sagte sie. Um mich nicht zu verschlucken blieb mir nichts anderes übrig, als zu gehorchen. Sanft ließ sie mich wieder in die Kissen gleiten.

„Sehen Sie, hat doch gar nicht wehgetan! Wenn Sie wüssten, was man mit Ihnen vorhatte, könnten Sie abschätzen, wie gut es Ihnen hier geht." Sie stand auf und ging zur Tür. „Schlafen Sie! Man bewacht Sie jetzt Tag und Nacht, bis Sie wieder ganz gesund sind!" Die Frau ging aus dem Zimmer und wieder fiel ich in einen traumlosen, tiefen Schlaf.

Im Spital

„Haben Sie alles abgesucht? Der war doch an seinem Bett festgeschnallt! Ich verstehe das nicht! Was machen wir jetzt mit den beiden Patienten, die auf seine Organe warten?" „Die müssen erst einmal zurück an ihre Geräte, bis wir geklärt haben, wo dieser Steffens hin ist!" Mehrere Männer in weißen Kitteln standen im Krankenzimmer vor dem Bett, aus dem vor wenigen Minuten einer ihrer Patienten entführt worden war. „Das wäre ein idealer Spender gewesen! Wir hätten fast alles von ihm verwerten können. Seine Blutgruppe war ideal, ein Nichtraucher, Lunge und Nieren perfekt, sein guter Gesundheitszustand, alles hat genau zusammengepasst!" Ein Mann trat auf den Mediziner zu: „Wie bringen wir seiner jungen Frau bei, dass er uns entwischt ist?" Unwirsch ging der Arzt zur Tür: „Gar nicht! Sie hat schon eine Menge dafür kassiert, dass sie es uns ermöglicht hatte, ihn hierher zu bekommen. Das er uns aus der ersten Unterkunft entweichen konnte, war schon schlimm genug. Aber hier? Wir waren so nah dran! Es ist unsere Schuld, aber wir werden die vereinbarte, restliche Summe an sie nicht mehr zahlen! Nicht unter diesen Umständen! Es muss geklärt werden, wie der so einfach spurlos aus unserem gesicherten Bereich verschwinden konnte und wenn er irgendwo ist, so kann es durchaus sein, dass er die starken Narkotika und unsere eingeleiteten Maßnahmen nicht überleben wird. Er darf sich auf keinen Fall erinnern können! Ist das mit den Medikamenten wirklich ausgeschlossen?" „Das wollen wir doch alle stark hoffen!" „Das ist ein fürchterliches Dilemma!" Ein Pfleger meldete sich zu Wort: „Was ist denn mit dieser Unfallschwester?" Die Ärzte schauten ihn an: „Welche Schwester?" Jetzt schien ihm seine Aussage unangenehm zu sein, denn er wurde knallrot im Gesicht. „Raus mit der Sprache! Was wissen Sie?" Alle schauten ihn an: „Ich war am Eingang, als diese Frau zu mir kam und erklärte, dass sie etwas hier abholen sollte." Die Männer starrten den Pfleger an: „Und? Weiter? Zu wem wollte sie?" Der Angesprochene senkte den Blick: „Sie wollte zu Ihnen. Sie sagte, dass sie einen wichtigen Termin bei Dr. Dr. Sörensen hätte . . . . da habe ich sie zu Ihnen geschickt!" „Toll! Bei mir ist sie nicht gewesen! Wie sieht die Frau aus, beschreiben Sie das verfluchte Weib. Und verdammt noch mal, bringt sie hierher!" „Chef?" Ihm war noch eine Kleinigkeit eingefallen, die sich als sehr wichtig erweisen sollte: „Unfallchirurgie Emden, hatte sie noch gesagt, ihren Namen hab ich aber vergessen. Obwohl, wenn ich jetzt darüber nachdenke, so kann das natürlich alles gelogen sein!" „Aber es ist ein erster Anhaltspunkt! Überwacht die Klinik, sobald sie dort eintrifft, lockt sie unter einem Vorwand hierher. Das Watt ist groß genug und um diese Jahreszeit ist es sehr bedrohlich, dort spazieren zu gehen. Ihr wisst, was ich meine? Sie kann uns gefährlich werden! Sehr gefährlich, sogar! Sie muss verschwinden!"

Im Polizeirevier

„Fünf Jahre! Endlich haben wir Anhaltspunkte, die beweisen könnten, dass dieser, wie hieß der Zeuge nochmal, der damals im Priel etwas gesehen hatte?" Oberkommissar Harms war mit seiner Assistentin, Antje Snöderboom im Büro und ging die alten Akten durch, die im Archiv als: UNERLEDIGT! geschlummert hatten. Da war sie die richtige Seite: „Hier, Chef! Hein Feddersen, der Fischer aus Norddeich." „Lesen Sie seine Aussage noch einmal vor. Der hatte doch, soweit ich mich erinnere, angeblich etwas beobachten können, was nicht zuzuordnen war!" Die Beamtin las laut den Bericht vor, den der Fischer zu Protokoll gegeben hatte:

„Ich war mit meinem Kutter auf Krabbenfang fünf Seemeilen nördlich vom Schiermonnikoog, der Insel im National Park südwestlich von Borkum. Uns fiel ein Schnellboot auf, das hier draußen nichts zu suchen hatte und viel zu schnell durch das Wattenmeer pflügte. Unseren Fang haben wir am späten Nachmittag dann nach Emden gebracht und dort im Hafen genau dieses Boot an der Pier wiedergesehen. Nachdem ich die Schiffsnummer nach Norddeich durchgegeben hatte, wurde mir erklärt, dass es sich um die Jacht eines Mediziners handelte, der eine Privatklinik auf Borkum leitet. Angeblich für Wellness und Schönheitschirurgie! Stutzig wurde ich, als wir gerade noch sehen konnten, wie zwei Patienten auf Bahren zu einem Wagen gebracht und sofort abtransportiert wurden. Die Lütte von meiner Schwester arbeitet auf Borkum und kennt die angebliche Klinik. Da is nix mit Wellness oder so. Die sind da abgeschottet wie beim Militär. Es gibt allerdings schon länger diese Gerüchte von Transplantationen, illegalen Operationen und einigen Ungereimtheiten." Kollege Hendryks kam gerade zu ihnen ins Büro, wollte aber die Unterhaltung nicht stören und setzte sich an seinen Schreibtisch. Der Amtsleiter nickte:

„Ja, ich erinnere mich, das war die Aussage, aber wir haben danach recherchiert und sogar die Klinik aufgesucht, aber keinen Anhaltspunkt für unerlaubte Machenschaften gefunden. Wir wussten ja auch nicht, wonach wir suchen sollten. Jetzt haben wir einen konkreten Hinweis. Wir werden der Presse eine Mitteilung zukommen lassen, dass dieser Johan Steffens, den die Krankenschwester aus der Privatklinik retten konnte, verstorben ist. Damit stiften wir Unruhe und locken diese Götter in Weiß hoffentlich aus der Reserve." Er atmete tief durch, bevor er noch ergänzte: „Das war pures Glück, dass Schwester Heitkamp von der Unfallstation Borkum in der Nacht den verwirrten Mann gesehen hatte. Bevor sie ihm helfen konnte, wurde der Mann auf offener Straße von einer dunklen Limousine entführt. Und nun frage ich euch, auf wen der Wagen zugelassen ist?" Bevor der erstaunte Kollege etwas sagen konnte, fuhr Oberkommissar Harms fort: „Richtig! Auf die Klinik des Sörensen in Borkum." „Chef?" Die Assistentin schaute ihren Vorgesetzten an: „Nennen Sie ihn bloß nicht so, wenn Sie vor ihm stehen!" „Heh? Wie, was?" Harms wusste nicht, was seine junge Kollegin damit meinte und so erklärte sie: „Das ist Dr. Dr. med. Swen Sörensen! Bei einer anderen Anrede reagiert dieser Mensch überhaupt nicht. Bei dem Einbruch, damals auf dem Golfplatz hatte ich kurz mit ihm wegen einer Zeugenaussage zu tun, ein grässlicher, überheblicher Aristokrat, sage ich Ihnen!" Kommissar Hendryks meldete sich zu Wort: „Chef? Ich sollte doch in Erfahrung bringen, ob es etwas über diese Klinik in den Akten gibt." Harms schaute über den Rand seiner Lesebrille: „Ja? Weiter?" Der Kollege stand auf und legte seinem Chef ein Schriftstück auf den Schreibtisch.

Harms überflog die Zeilen, konnte aber nichts finden, was mit dem jetzigen Fall in Verbindung stehen könnte. „Unbekannte Seeleute und Touristen, die im Watt ertrunken sind oder schwer verletzt waren, werden immer wieder von dieser Klinik untersucht. Die meisten Verletzten überlebten ebenfalls nicht und so wurden die Körper danach zur Bestattung freigegeben." Harms wusste immer noch nicht, was sein Kollege damit andeuten wollte. „Ja, und? Was ist daran ungewöhnlich?" Jan dachte laut: „Ich will mal spinnen! Wenn ich ein Arzt wäre, der Organe braucht, also keine freiwilligen, oder tödlich verunglückte, sondern ganz normale Menschen, die gewaltsam entführt und „ausgeschlachtet" werden, meine ich, also wenn man diese gefundenen Opfer danach in der gleichen Klinik „untersucht", so kann man auch ganz legitim einen Totenschein ausstellen und niemand würde davon etwas merken. Hat überhaupt jemand irgendwann geprüft, ob die Leichen immer vollständig waren? Ich meine, ob das nicht ungewollte Spender waren?" Der Oberkommissar hatte seine Brille abgenommen und schaute den Kollegen bewundernd an: „Alle Achtung! Daran habe ich tatsächlich auch gedacht und mich gefragt, wie man eine solch „leere" Menschenhülle legal würde bestatten können! Das kann tatsächlich so funktionieren. Wir müssen den Staatsanwalt informieren. Die Klinik muss überwacht werden, rund um die Uhr!"

Als ich wach wurde, hatte ich stechende Kopfschmerzen. Es schien, als würden rhythmisch, mit jedem Herzschlag kleine Nadeln seitlich in die Schläfen gebohrt. Nichts war geblieben von dem unbeschwerten, leichten Gefühl, dass ich noch vor Stunden genießen durfte. „Heitkamp! Wie fühlen Sie sich?" Ich erkannte verschwommen die Frau, die mich hierher gebracht hatte. „Grässlich!" antwortete ich wahrheitsgemäß. „Mein Schädel droht zu platzen!" Ein Lächeln huschte über ihr Gesicht: „Das ist ein gutes Zeichen. Ihr Körper wehrt sich gegen das Gift!" Mir war alles gleich! Nur die unsäglichen Schmerzen sollten endlich verschwinden und irgendein Arzt müsste mir so langsam mal erklären, was für ein grausames

Spiel hier abgehalten wurde. Als ich mich mühsam aufrichtete, sah ich einen Polizeibeamten, der neben dem Waschbecken auf einem Sessel saß und von seinem Buch aufschaute. „Sie sehen selbst, dass man gut auf Sie aufpasst. Noch einmal werden die nicht fündig werden."

Die Tür öffnete sich und zwei Ärzte betraten das Zimmer: „Na? Sind Sie wieder bei uns?" Ein junger Mediziner nahm sein Handgelenk und schaute auf seine Armbanduhr: „Wie fühlen Sie sich? Matt, schlaff? Starke Schmerzen?" Ich nickte. „Haben Sie etwas gegen die grausamen Kopfschmerzen?" „Natürlich!" Er nahm aus einer Blechschale eine kleine Glasampulle und brach den oberen Kopf ab. Dann zog er die durchsichtige Flüssigkeit mit einer Spritze auf und drehte meine linke Hand herum, um an die Armbeuge zu kommen. Vorsichtig legte er die Nadel auf die Haut . . den Einstich spürte ich kaum. „Können Sie mir sagen, was mit mir passiert ist?" „Später!" sagte er. „Wir werden Ihnen alles sagen, was wir wissen oder vermuten. Schlafen Sie!"

Noch während meines Krankenhausaufenthaltes, wurden alle Beteiligten verhaftet. Die Polizei hatte veröffentlicht, dass ein Urlauber, damit war ich gemeint, tot aufgefunden wurde. Ich war mit Drogen vollgepumpt und sollte wohl als Organspender herhalten. Meine Frau hatte mich verraten und an die illegal operierende Privatklinik übergeben. Man hatte ihr dafür einen Batzen Geld versprochen. Zu der Auszahlung schien es jedoch nicht gekommen zu sein, da man mich nicht genug bewacht hatte. Ich war ausgebrochen und über Umwege durch die Stadt geirrt. Als man mich auf der Straße wieder aufgreifen konnte, wurde Frau Heitkamp, eine Krankenschwester der Unfallchirurgie Emden Zeuge davon. Da sie das Gerücht kannte, dass sich um die Privatklinik rankte und von einem Beamten der örtlichen Polizei die Bestätigung bekam, dass es sich bei dem Transporter um eines ihrer Fahrzeuge handelte, wurde sie mit Hilfe der Kriminalpolizei dort eingeschleust. Sie konnte mich tatsächlich retten, bevor ich im OP landete. Als unfreiwilliger Organspender war ich der Klinik eine Menge wert. Ramona wollte zusätzlich auch noch meine Lebensversicherung kassieren, weil man nach den bevorstehenden Operationen vorgehabt hatte, mich im Wattenmeer der Nordsee „verunglücken" zu lassen.

Ich hatte nicht die Absicht, dem Wusch meiner Frau nachzukommen, mir dieses angedeutete Missverständnis erklären zu lassen. Nach meiner Scheidung habe ich mich mehrfach mit meiner Lebensretterin getroffen. Wir sind gute Freunde geworden, aber im Augenblick bin ich noch nicht in der Lage, mir einen weiteren Urlaub auf Borkum zu gönnen. Eine unwirkliche Angst beschleicht mich noch heute, wenn ich daran zurückdenke.

Verhinderter Menschenraub

„Hallo? Ist hier jemand?" Der junge Mann hatte nach einer Klingel gesucht und war dabei versehentlich gegen die Eingangstür gestoßen. Verwundert stellte er fest, dass sie nur angelehnt war und knarrend nachgegeben hatte. Jetzt stand er verunsichert im dunklen Flur des Hauses. Ein Schatten huschte von der obersten Stufe der Treppe zu Seite. „Hallo!" rief er jetzt noch einmal bestimmender, denn er hatte keinen Zweifel daran, dass ihn sein Freund, der ihn telefonisch hierhergelockt hatte, ärgern wollte. „Lass das! Komm raus, Adrian! Ich hab dich gesehen!" Behauptete er und hoffte damit, den Angesprochenen aus seinem Versteck zu locken. Stattdessen polterte es im oberen Stockwerk und klirrend schlug ein Fenster zu. „Das macht jetzt keinen Spaß mehr, zeig dich!" Seine Geduld wurde auf eine harte Probe gestellt, denn das Flurlicht erhellte nicht, wie erwartet das Treppenhaus, obwohl er den Lichtschalter mehrfach kräftig gedrückt hatte. „Soll ich hochgehen oder wieder fahren?" dachte er, denn er war nach seinem langen Arbeitstag jetzt nicht zu Scherzen aufgelegt. „Blödmann!" fluchte er leise und schlich dabei die Treppe herauf. Er zog sich am Geländer hoch und blieb kurz stehen, als eine Diele unter seinen Füßen laut quietschte. Es tat sich nichts! Er sah nur den hellen Lichtschein, der aus dem oberen Flur schräg über die Treppe fiel. „Ist jemand zuhause?" rief er wieder, lief dabei die letzten Stufen herauf und stand jetzt vor der weit geöffneten Wohnungstür. Die Deckenbeleuchtung brannte und am hinteren Ende flatterte eine Gardine. Er schaute auf das Namensschild: „Adrian Spelter / Franka Neuburg". Er klopfte trotzig mit dem Knöchel des rechten Zeigefingers gegen die halbaufstehende Tür: „Hallo?" Niemand antwortete. Nur das leise Rauschen eines Wasserhahns war zu hören. Er ging dem Geräusch nach und öffnete eine weitere Tür. Im hell erleuchteten Badezimmer lief Wasser in die leere Badewanne. Er drehte den Hahn zu und ging in das nächste Zimmer. „Wenn Adrian mit mir verstecken spielen will, bitte!" dachte er und sagte laut: „Länger als zehn Minuten werde ich das nicht mitmachen. Ich habe besseres zu tun!" Dann stand er im Wohnzimmer, dem einzigen Raum, der unbeleuchtet war. Er tastete seitlich die Wand ab, fand den Lichtschalter und knipste die Beleuchtung an. Schlagartig wurde ihm bewusst, dass das kein Spiel sein konnte. Franka lag leblos auf der Couch, Adrian mit gefesselten Händen und Füssen, saß mit einem Mundknebel neben ihr. Mit weit aufgerissenen Augen starrte er seinen Freund an. Adrian machte eine kurze Bewegung mit seinem Kopf zur Seite und Harald folgte dem Blick. Gerade noch rechtzeitig konnte er mit einem Reflex dem Schlag ausweichen, der ihn beinahe mit voller Wucht am Kopf getroffen hätte. Durch die Warnung seines gefesselten Freundes bekam er nur einen leichten Wischer auf die Schulter. Er drehte sich dem Angreifer zu, bückte sich und rammte ihm den Kopf mit voller Wucht in den Magen. Beide stürzten auf den Boden. Harald hielt beide Hände des Angreifers fest und drehte sie auf dem Rücken nach oben. „Was soll das?" fragte er und wollte die Sturmmütze, die nur die Augen zeigten, herunterreißen. Mit einer geschickten Drehung löste der sich jedoch aus der Umklammerung, lief zum Fenster und ohne sich noch einmal umzudrehen, stieg er auf die Fensterbank und sprang. Harald schaute hinunter. Im Dämmerlicht des Hinterhofes sah er eine Gestalt davonhumpeln. Der Fremde musste sich ein Bein verletzt haben, denn er stöhnte laut, als er auf den Sozius eines wartenden Motorrads stieg, dass mit durchdrehenden Reifen vom Hof fuhr. Jetzt nahm Harald sein Taschenmesser und schnitt den Knebel durch, der seinen Freund am Sprechen gehindert hatte. Dann beugte er sich über Franka, die wie eine leblose Puppe auf dem Bauch lag. Er fühlte ihren Puls. Gottseidank! Sie atmete. Wenn auch sehr flach und unregelmäßig. Harald zögerte keinen Augenblick, denn die angetroffene Situation war zu eindeutig. Er rief mit seinem Handy die Polizei und einen Krankenwagen. Dann erst widmete er sich seinem Freund. „Endlich!" stotterte Adrian los. „Das war in allerletzter Minute!" Harald befreite ihn von seinen Fesseln und schaute ihn erwartungsvoll an: „Sag mal, was geht denn hier ab?" „Erzähl ich dir später! Er hat sie betäubt und wollte . . . " ein Weinkrampf schüttelte den ansonsten so taffen Freund. „Ich kam gerade in die Wohnung, als er Franka auf die Couch legte. Sie lallte: „Ich will aber nichts mehr trinken, dann fiel sie leblos auf den Bauch und blieb sofort liegen. Der Typ hat mich gesehen und ist sofort auf mich los, hat mich überwältigt und gefesselt. Dann ging er zurück zur Couch. Genau in dem Augenblick klingelte es unten, du hast uns gerettet. Danke, danke!" Harald sah, dass sein Freund unverletzt schien und ging zu Franka. Er hob sie vorsichtig an und drehte sie auf den Rücken. Ihr Kopf fiel dabei unkontrolliert zur Seite, trotzdem schien sie in irgendeiner Weise doch wach zu sein, denn sie lallte unverständliche Worte und versuchte, sich an Harald festzuhalten. „Hat sie was genommen?" Adrian war dabei, seine Fesseln zu lösen. „Weiß nicht! Als ich reinkam, war sie schon in diesem Zustand!" In weiter Ferne ertönte das Martinshorn und wurde immer lauter, bis es mit einem jaulenden Ton direkt vor dem Haus verstummte. Nur das blitzende, blaue Licht des Polizeiwagens pulsierte durch die Gardinen des Schlafzimmers, dessen Tür weit offen stand. „Ich geh runter und erklär ihnen, was los ist!" sagte Harald und ging in den Flur: „Hier oben! Bitte kommen Sie hoch!" Während ein Beamter mit Adrian sprach, wurde Franka von einem Rettungssanitäter und dem herbeigerufenen Arzt untersucht.

„Sie muss ins Krankenhaus. Verdacht auf Vergiftung!" Leise fügte er hinzu, als Harald ihn erstaunt ansah: „Wir werden dort entscheiden, ob ihr der Magen ausgepumpt werden muss. Packen Sie ein paar Sachen für sie zusammen und geben Sie mir ihre Krankenkarte!" Hier lag wohl ein Missverständnis vor, denn er wohnte hier. „Adrian, Entschuldigung!" Er war in die Küche gegangen, wo sein Freund immer noch von dem Beamten befragt wurde. „Er wird von dem Sanitäter verlangt!" sagte Harald entschuldigend, als ihn der Polizist vorwurfsvoll ansah. Trotzdem nickte er Arian zu, der sofort ins Wohnzimmer ging. Jetzt sprach ihn der Beamte an: „Und Sie? Wer sind Sie und was machen Sie hier?" Harald schüttelte den Kopf: „Gehen Sie immer so mit Personen um, die Sie im Notfall benachrichtigen?" Der Uniformierte ging auf die Gegenfrage nicht ein: „Setzen Sie sich. Ich habe auch an Sie noch ein paar Fragen!" Harald merkte, dass man mit ihm nicht vernünftig reden konnte und ließ die Fragerei geduldig über sich ergehen, denn er hatte sich nichts vorzuwerfen.

Franka bekam im Krankenhaus den Magen ausgepumpt, denn man hatte ihr Drogen in flüssiger Form verabreicht, die ihre Wahrnehmung stark herabgesetzte. Im Allgemeinen sind sie als sogenannte K.O. Tropfen bekannt und es verwundert, wie leicht man sich diese betäubenden Medikamente besorgen konnte. Die Kripo ging von einem versuchten Sexualdelikt aus, denn Franka konnte sich nur noch daran erinnern, dass sie in der Straßenbahn gesessen hatte.

Ihr Freund Adrian, war empört darüber, dass man zwar eine Strafanzeige gegen Unbekannt aufnahm, aber auch Wochen danach, als Franka längs wieder zuhause war, nichts mehr davon hörte. Harald Steiner machte sich auch seine Gedanken, denn so wie das Geschehen angeblich abgelaufen sein sollte, konnte es keinesfalls gewesen sein. Trotzdem wurden beide von den Beamten der Kripo belächelt, denn man kannte viele ähnliche Fälle und verwies die beiden Freunde darauf, dass es immer noch keine neuen Erkenntnisse gab.

„Warum hast du mich angerufen, Adrian? Du musst doch schon viel früher in der Wohnung gewesen sein. Wieso lief das Badewasser? Ich kann mir keinen Reim darauf machen!" Harald saß mit dem Pärchen in der Mansardenwohnung und wollte den Tathergang noch einmal rekonstruieren. Adrian stöhnte auf: „Wie oft soll ich dir das sagen, ich hab dich nicht angerufen!" Sie schauten Franka an, doch die hob nur ihre Schultern: „Mich braucht ihr nicht zu fragen! Ich weiß ja noch nicht einmal mehr, wie ich nach Hause gekommen bin!" Der Vorfall war mysteriös und unlösbar. Ein mulmiges Gefühl blieb, denn der fremde Angreifer war natürlich nicht gefasst worden, man suchte noch nicht einmal nach ihm. Harald hatte beschlossen, seine Semesterferien damit zu verbringen, Franka auf dem Weg zur Arbeit zu begleiten. Irgendetwas sagte ihm, dass es kein Zufall gewesen war, dass sich dieser Fremde der Freundin genähert hatte.

Eine Woche später, Harald war immer ein paar Schritte hinter ihr geblieben und nichts war geschehen. Er wurde ungeduldig und zweifelte an seiner These, als Franka an diesem Tag auf dem Gehweg zur Straßenbahn von einer Frau angesprochen und in ein Gespräch verwickelt wurde. Es hätte Zufall sein können, wenn nicht diese Limousine neben den beiden stehengeblieben wäre. Harald reagierte sofort! „Halt! Stehenbleiben!" rief er und rannte los, als sich auch schon die Türen des Wagens öffneten und zwei Männer nach der Freundin griffen. Die fremde Frau, eben noch freundlich lächelnd, zog eine Pistole aus ihrer Handtasche und richtete sie gegen den heranstürmenden Harald. Ein dumpfer Knall, ein greller Blitz und Dunkelheit umgab ihn. Franka hatte den Tumult genutzt und sich aus den Fängen der Männer befreit. Sie war dabei auf die Straße gestürzt, Passanten schrien und die fluchende Frau steckte ihre Waffe wieder ein, sprang in den Wagen, Türen schlugen zu und mit kreischenden Reifen entfernte sich das Fahrzeug. Neugierig kamen immer mehr Leute zusammen, die in gebührendem Abstand von der anderen Straßenseite auf den Bürgersteig starrten. „Da, seht!" rief eine Frau plötzlich, „ . . . . . sie bewegt sich noch!" Keiner traute sich näher zu kommen. Franka stand jetzt langsam auf und ging zögernd auf Harald zu, der bewegungslos auf dem Bauch lag. „Po . . . Polizei!" flüsterte sie, sackte in die Knie und blieb neben ihm liegen.

Als Harald die Augen aufschlug, musste er annehmen, im Himmel zu sein, denn alles um ihn herum war schneeweiß und er fühlte sich irgendwie schwerelos und völlig schmerzfrei. Als ihn ein blonder Engel ansprach dröhnte es ungewöhnlich dumpf und unverständlich in seinen Ohren. Er wollte etwas fragen, aber kein Wort kam über seine Lippen. Das lcichte Gefühl nahm ihn wieder gefangen, seine Umgebung verdunkelte sich und sein Kopf fiel leblos zur Seite.

Wieder erwachte er und öffnete die Augen. Immer noch strahlte seine ganze Umgebung und ein paar undefinierbare Wesen huschten an ihm vorbei. Dumpfe Töne drangen an sein Ohr und das blonde Geschöpf beugte sich zu ihm herab: „Sie hatten mächtig Glück!" Er blinzelte mit den Augen. Wieso sprach ihn der Engel an? Was wollte er von ihm? Wieso Glück gehabt? Fast wäre er wieder in den schwerelosen Schlaf zurückgefallen, wenn man ihn nicht daran gehindert hätte. „Hallo! Wach bleiben! Herr Steffens, hören Sie mich?" Dann löste sich ein Schatten von der Wand und schwebte auf ihn zu: „Ich bin es, Franka! Kannst du nicht erinnern?" Jetzt kam ihm ein weiteres Gesicht ganz nah: „Mensch, Alter! Du hast uns vielleicht einen Schrecken eingejagt!" Eine weiße Gestalt unterbrach die Szene: „Das ist genug für heute! Bitte gehen Sie, er braucht noch viel Schlaf!" Ein zärtlicher Kuss streifte seine Wangen und dann war es wieder ruhig. Er atmete tief ein . . . doch nicht im Himmel, dachte er. Dann umfing ihn die wohltuende Stille.

„Wird er etwas davon zurückbehalten?" Franka fragte den Arzt, der sie aus dem Krankenzimmer begleitet hatte. „Es sieht nicht danach aus, obwohl es noch viel zu früh ist, eine Beurteilung abzugeben. Er hat einen glatten Durchschuss und es sind keine wichtigen Organe verletzt. Im Augenblick steht er noch unter dem Einfluss starker Schmerzmittel. In ein paar Tagen wissen wir mehr. Die Wunde verheilt sehr gut." Franka gab ihm die Hand und ging zu ihrem Freund Adrian, der im Flur auf sie gewartet hatte. „Wie geht's ihm, besser?" Franka nickte. „Was wollten die Männer eben von dir?" Er zog eine Visitenkarte aus der Tasche: „Kripo! Du sollst dich heute noch bei ihnen melden. Soll ich mitkommen?" Adrian schien ein wenig nervös zu sein, denn er kaute abwartend an seinen Fingernägeln, eine dumme Angewohnheit, die er schon lange nicht mehr gemacht hatte. „Warum fragst du? Wir machen doch sonst alles gemeinsam und vielleicht habe ich mache Sachen vergessen." Nun druckste ihr Freund herum: „Ich bring dich noch hin, aber dann muss ich nach Hause fahren. Hab noch etwas zu erledigen!" Franka blieb stehen und schaute ihn von der Seite an: „Was ist jetzt wichtiger als ich?" „Mach mir jetzt bitte keine Szene! Ich kann auch nichts dafür, dass ich nicht da war, als das passiert ist! Kann es nicht sein, dass das eine tragische Verwechslung war? Vielleicht hatte das gar nichts mit dir zu tun!" Franka schwieg. Adrian verhielt sich merkwürdig und nicht wie ein Freund, der mit ihr durch dick und dünn gehen würde. „Ich nehme die Straßenbahn in die Stadt, hab ja sowieso ein Ticket. Brauchst mich nicht zu fahren!" Sie ließ ihn stehen, stieg in die Bahn und drehte sich nicht mehr zu ihm um. Sie war tief enttäuscht von seinem Verhalten. Nach drei Stationen war sie in der Innenstadt und ging die paar Schritte zum

Polizeipräsidium zu Fuß. Die Tür war verschlossen und unter dem Schild „Polizeistation" war ein Klingelknopf. Sie drückte zwei Mal und nach einer Weile summte der Türöffner. Sie lehnte sich gegen die Tür und trat ein. Eine Frau in einem dunklen Kostüm stand auf und kam auf sie zu: „Kann ich Ihnen helfen? Zu wem wollen Sie denn?" Franka sagte nichts und zeigte ihr nur die Visitenkarte, die ihr Adrian in die Hand gedrückt hatte. Die Frau drehte sich um und ging zu einem Schreibtisch, nahm den Hörer von der Gabel und wählte eine Nummer. Während sie in den Hörer lauschte, schaute sie Franka auffordernd an: „Ihr Name?"

Nachdem sie einen kleinen Augenblick gewartet hatte, kam ein Mann auf sie zu: „Oberkommissar Walther! Frau Neuburg? Das ist gut, dass Sie so schnell Zeit für uns hatten. Darf ich vorausgehen?" Sie gingen zum Fahrstuhl. „Wie geht es ihrem Freund?" Franka schaute ihn an: „Er hatte leider keine Zeit, sonst wäre er mitgekommen!" Jetzt blieb der Beamte stehen. „Mit dem Bauchschuss? Wie soll das denn gehen?" „Ach so, nee, also ich dachte, Sie meinen Adrian, meinen Verlobten. Sie haben ihm doch die Karte im Krankenhaus gegeben. Unser gemeinsamer Freund liegt natürlich noch im Spital." Walther war mit der Antwort zufrieden. Die Türen des Fahrstuhls öffneten sich und während sie einstiegen, erwähnte der Beamte kurz: „Es war mein Kollege, Kommissar Jäger, der dem jungen Mann die Visitenkarte auf dem Flur gegeben hatte! Das war ihr Verlobter?" Franka nickte und als der Lift stoppte, gingen sie über einen hellen Flur und betraten wenig später ein normales Büro, wo zwei weitere Beamte auf sie warteten. Nachdem sie sich gegenseitig vorgestellt hatten, nahm Franka in einem bequemen Sessel Platz, während die anderen Männer mit ihren Bürostühlen einen Halbkreis bildeten. Sie hatten Schreibblocks auf dem Schoß und schauten sie freundlich an. „Das ist kein Verhör, Frau Neuburg. Wir haben nur ein paar Fragen, denn es ist nun zweifelsfrei, dass man Ihnen etwas antun will. Haben Sie Feinde? Oder einen Verdacht, wer oder was dahinter stecken könnte?" Franka überlegte nur kurz: „Ich hab mir natürlich auch meine Gedanken gemacht, aber kann es nicht sein, dass die Männer im Auto etwas von der fremden Frau gewollt hatten?" Kommissar Jäger blätterte in seinem Block, bis er die richtige Seite gefunden hatte. „Ich will Ihnen gerne erläutern, wie wir die Sache mittlerweile sehen. Die Frau war an dem Komplott beteiligt, denn sie ist mit den Männern weggefahren, nachdem sie ihren Bekannten, der Ihnen helfen wollte, niedergeschossen hatte. Durch den Tumult wurde eine Entführung verhindert! Ihre Entführung! Wir können uns noch keinen Reim darauf machen, was bei Ihnen in der Wohnung passiert war und wie der Mann in die Wohnung gelangen konnte. Es ist aber völlig ausgeschlossen, so haben uns die Ärzte bestätigt, dass Sie mit der verabreichten Droge im Körper überhaupt in der Lage gewesen wären, nach Hause zu finden, oder die Tür aufzuschließen. Da stimmt etwas im Ablauf der Geschehnisse nicht!" „Wohnen Sie schon lange da?" wollte ein anderer wissen und Franka antwortete sofort: „Das ist die Wohnung meines Verlobten, ich bin da nur hin und wieder." Die Beamten schauten sich an: „Trifft es denn zu, dass Sie noch bei ihren Eltern wohnen?" Franka nickte: „Trifft zu. Ich habe ein Appartement im Nebenhaus unserer Villa." Sie lächelte etwas verstohlen: „Das ist etwas geräumiger als die Mansarde von Adrian. Ich möchte nicht von zuhause wegziehen, auch wenn er das immer wieder von mir verlangt!" Oberkommissar Walther räusperte sich: „Firma Franz Neuburg und Co. Das ist ihr Vater?" Franka nickte: „Ja, warum?" „Nun, weil wir nichts ausschließen können. Wir vermuten, dass man Sie entführen will. Warum hat Sie ihr Verlobter, dieser . . . Adrian Spelter nicht begleitet? Warum sind Sie mit der Straßenbahn gekommen? Es war nicht leicht für uns." Franka

war erschrocken zusammengezuckt: „Was war nicht leicht?"
Walther zeigte seine Zähne, als er diskret lächelte: „Na Sie zu
beschützen! Denken Sie, dass wir den Unbekannten die
Gelegenheit geben, ihre Tat zu vollenden? Sie stehen ab sofort
unter Polizeischutz und ich möchte Sie bitten, machen Sie es
uns nicht unnötig schwer. Ich muss Sie außerdem darum bitten,
nichts von dem, was wir hier vermuten weiterzugeben, auch
und gerade nicht an Herrn Spelter! Tut mir leid, dass Sie es so
krass erfahren!" Franka schloss die Augen. Was hatte der
Beamte da gerade gesagt? Ihr Verlobter war verdächtig? „Wie
bitte? Was ist mit Adrian?" „Aber Frau Neuburg, haben Sie
denn niemals danach gefragt, wovon Herr Spelter seinen
Lebensunterhalt bestreitet? Was hat er Ihnen denn vorgelogen?
Makler oder selbstständiger Versicherungskaufmann? Das sind
die Aussagen, mit denen er sich bisher erfolgreich an junge
Damen herangemacht hatte. Wir haben konkrete Beweise, sonst
würden wir Ihnen das nicht erzählen. Zeugen haben ihn
eindeutig identifiziert, als er wütend davonlief, als Sie nach
dem missglückten Überfall auf den Bordstein fielen. Es tut uns
aufrichtig leid!" Franka war entsetzt. Ihr fehlten die Worte und
ihr wurde unsagbar schlecht. „Wollen Sie ein Glas Wasser oder
einen Kaffee?" Sie hörte nicht mehr hin und schloss die Augen.
Lichtblitze zuckten durch den Raum und die Erinnerungen
kamen bruchstückhaft wieder. Sie erzählte, woran sie sich im
Augenblick erinnerte: Sie saß in der Straßenbahn, als Adrian
plötzlich durch die Sitze nach hinten gekommen war und neben
ihr stehen blieb. „Da bist du ja endlich, Schatz!" Er hielt ihr
eine geöffnete Cola Dose hin: „Du wirst Durst haben, trink!"
sagte er und lächelte. Nach einem großen Schluck breitete sich
eine kühle, wohltuende Frische in ihrem Körper aus. Sie setzte
ein zweites Mal an und spürte plötzlich, wie ihr übel wurde.
Sie wollte noch etwas sagen, hörte sich selber aber nur
unverständlich lallen. Durch einen dichten Nebel vernahm sie

deutlich Adrians Stimme. Er flüsterte einem Mann zu, den sie nicht kannte und der die ganze Zeit vor ihr gesessen hatte: „Hilf mir, mein Gott! Ich schaff das nicht alleine! Wir bringen sie zu mir und bereiten alles so vor, dass es wie ein Einbruch in meine Wohnung aussieht!" Hilflos wurde sie gestützt und als die drei gemeinsam aus der Bahn stiegen, hörte sie, wie ihr Freund erklärte: „Sie hat etwas über den Durst getrunken, vielen Dank!" Dann verschwammen die Erinnerungen endgültig, sie hatte genug von den wiedergekommenen Eindrücken und fing heftig an zu weinen. Die Beamten riefen sofort den Amtsarzt, der eine Etage tiefer seine Praxis hatte. „Kümmern wir uns um Adrian Spelter. Wenn er nicht bald seine Schulden bezahlt, werden ihm seine Freunde aus der Unterwelt bald einen unangenehmen Besuch abstatten."

Man beschattete Adrian, der sich unglaublich sicher fühlte und tatsächlich zu den Komplizen führte. Alles passte zusammen und sowohl die beiden Männer, die auf dem Bürgersteig versucht hatten, sie in den Wagen zu ziehen, als auch die Frau, die die Schüsse auf Harald abgegeben hatte, konnten dadurch ermittelt und festgenommen werden. Ein Bruder der Frau, der mit einem Knöchelbruch im Krankenhaus lag, konnte nicht erklären, wie seine Verletzung zustande gekommen war. Als Franka seine Stimme hörte, die man beim Verhör im hier aufgenommen hatte, erkannte sie sofort den Mann wieder, der geholfen hatte, sie in seine Wohnung zu schaffen.

Harald bekam von alledem nichts mit. Er wunderte sich nur, dass sich Franka sehr um ihn bemühte und aus anfänglicher, langer Freundschaft wurde nach Monaten mehr. Adrian bekam als Anstifter und Hauptangeklagter zwei Jahre Haft. Die Frau wegen versuchtem Mord und illegalem Waffenbesitz fünf Jahre, ihr Bruder und die beiden anderen, jeweils zwei Jahre auf Bewährung. Franka Neuburg lebt mittlerweile mit Harald im Nebenhaus der Villa. Sie war glimpflich davongekommen.

Gespenstischer Einbruch . . .

„Einbruch im Kaufparadies Goldmann, Lessingstrasse!" Der Sicherheitsbeamte in der Zentrale hatte soeben den ausgelösten Alarm an die Männer in der Bereitschaft weitergegeben. Werner Simon und Rainer Todt hatten an diesem Abend Dienst. Es war ihr zweiter Einsatz in der Nacht. Sie warfen ihre Spielkarten achtlos auf den Tisch, nahmen ihre Ausrüstungen, bekamen einen Umschlag vom Einsatzleiter und rannten zum Auto. Die Lessingstrasse war in der ruhigen Nacht in zehn Minuten erreicht. Der ebenerdige Flachbau des Kaufhauses lag am Ende der Sackgasse, direkt daneben war der hauseigene, große Parkplatz. Es war kein einziger Mensch auf der Straße oder dem Platz zu sehen. Wäre da nicht das gelbe, grelle Licht gewesen, das sich neben dem Haupteingang in einem Glaszylinder schnell drehte, nichts hätte darauf hingedeutet, dass hier ein Alarm ausgelöst worden war. Die beiden Männer nahmen ihre Taschenlampen und den ausgehändigten Umschlag, der den Lageplan und den Türschlüssel enthielten Sie gingen gemeinsam um das gesamte Gebäude herum, leuchteten dabei mal hier in einen Kellerschacht und mal da auf die geschlossenen Fenster. Der Bau lag friedlich und ruhig da, trotzdem war da dieses lautlose, kreisende Licht. Als sie wieder vorne, vor dem Haupteingang standen, entnahmen sie den Schlüssel, entriegelten die Tür und gingen in den Vorraum. „Wollen wir wieder wetten?" sagte Werner und schaute den Kollegen erwartungsvoll an, doch der schüttelte nur mit dem Kopf: „Diesmal nicht! Ich glaube auch, dass es ein Fehlalarm war." Sie orientierten sich an dem Plan und schalteten zuerst an der Zentrale die Schalter der Deckenbeleuchtung an. Summend und flackernd begannen die Neonröhren, die Regale und leeren Gänge in ein helles Tageslicht zu verwandeln. Zielstrebig gingen sie nun in die hintere Ecke, wo sich laut Plan dick, mit rotem Filzstift umrandet, das zusätzlich mit einem schweren Gitter gesicherte Büro war. Von dort musste der Alarm ausgelöst worden sein, denn der Bewegungsmelder hatte innerhalb des Raumes angeschlagen. Sie mussten sorgsam den Sicherungscode in das kleine. elektronische Kästchen eingeben und danach das Gitter und die Tür öffnen. Vorsichtig tastete Simon mit der Hand seitlich an der Wand, bis er auch hier den Lichtschalter gefunden hatte. Als auch dieser Raum hell erleuchtet war, traten sie ein: „Was hab ich gesagt? Sogar der schwere Tresor steht völlig unbeschadet an der Wand." Werner nickte zustimmend. „Scheiß Technik!" Sie löschten das Licht, denn in dem Raum war alles ruhig und aufgeräumt. Nichts deutete darauf hin, dass hier eine „Bewegung" stattgefunden haben könnte. Sie verschlossen die Tür und das Gitter wieder. „Nun kommt es darauf an, ob wir den Alarm neu scharf stellen können!" Werner nahm den Umschlag, schaute auf das beigefügte Papier, wo mit Datum versehen die Zahlenkombination für die Alarmanlage stand. Vorsichtig tippte er konzentriert die sechsstelligen Werte nacheinander in die Tastatur. Sie schauten gebannt auf das blinkende, grüne Licht. Nach einem kurzen Summton sprang die Leuchtdiode auf rot und brannte konstant: „Give me five!" Werner hielt seine offene Hand seinem Kollegen in Brusthöhe entgegen und der schlug mit seiner Hand ein: „Kannst du auch auf Deutsch sagen! Immer diese englischen Ausdrücke." Sie gingen gemeinsam wieder zurück, löschten das Licht und standen bald wieder auf der Straße. Werner schaute schräg nach oben. Auch dieses äußere Licht war nun wieder aus. „Fehlalarm, wie spät ist es jetzt?" Er hatte sein Notizbuch in der Hand und schrieb Uhrzeit und Begehung sorgsam auf, dann steckte er die Sachen wieder ein und nun fuhren sie zurück in die Zentrale. Sie nahmen ein Formular aus dem Regal und trugen dort die gesammelten Daten ein. Werner zeichnete am unteren Rand seine Eintragungen ab und schob es seinem Kollegen zu. Rainer unterschrieb den Zettel und gab ihn mit dem Umschlag des Kaufhauses wieder bei ihrem Leiter ab. „Es war ein Fehlalarm, Chef." Sagte er dabei. Der Angesprochene nahm die Sachen, stellte sie zurück in das vorgegebene Fach und erwiderte: „Ihr wisst doch, Jungs, besser zehn Mal umsonst, als einmal zu wenig!" Die Männer nickten und gingen zurück zu den anderen Kollegen. „Und? Wie war es draußen?" Sie alberten immer herum, wenn sie vom Einsatz zurückgekommen waren. Wortlos setzte sich Werner wieder an den Tisch und nahm eine bereitstehende Cola, während Rainer auf den Spruch antwortete: „Abwarten! Irgendwann einmal werden wir Einbrecher auf frischer Tat erwischen! Dann gehört uns die Fangprämie!" Die Kollegen lachten: „Träumt weiter. In dieser Gegend werden wir fürs Kontrollieren bezahlt, nicht dafür, dass wir Leute festnehmen!" Der restliche Abend verlief friedlich und in den frühen Morgenstunden kam ihre Ablösung. Die Männer fuhren nach Hause, um sich auszuschlafen und für die kommende Nacht wieder fit zu sein.

Am nächsten Tag . . .

Das Kaufhaus hatte soeben geöffnet und der Filialleiter betrat die Geschäftsräume. Ein Angestellter lief ihm entgegen: „In der Nacht hatten wir einen Fehlalarm. Die Sicherheitszentrale hat uns heute Morgen angerufen." Jan Kolter, der Leiter nahm die Aussage zur Kenntnis: „Und? Was haben die sonst noch gesagt? Nichts Verdächtiges gefunden?" Der Angestellte schüttelte mit dem Kopf: „Nichts, Chef! Eindeutig Fehlalarm!" Der junge Leiter nickte, aber ein mulmiges Gefühl blieb: „Kommen Sie trotzdem mit ins Büro!" Sie gingen in die Ecke, öffneten das Gitter und der Leiter gab verdeckt die geheime Zahlenkombination ein. Das kleine Licht sprang auf grün und bestätigte damit, dass der Alarm ausgeschaltet war. Nun konnten sie die Tür zu dem fensterlosen Büro öffnen und eintreten. Sie schauten sich ausführlich in dem Raum um. „Tatsächlich alles in Ordnung, gehen Sie zurück an Ihre Arbeit. Ist das Wechselgeld noch in den geöffneten Kassen?" „Ja, Chef. Bei uns ist alles in Ordnung." Der Leiter nickte, zog seinen Mantel aus und hängte ihn an die Garderobe. Er stellte seinen Aktenkoffer neben den Schreibtisch und ging zu der kleinen, abgetrennten Küchenzeile, um die Kaffeemaschine einzuschalten. Der weitere Tag verlief ohne jeden Zwischenfall. Erst als der Geldtransport angekündigt war und der Leiter die Einnahmen der letzten Tage aus dem Tresor entnehmen wollte, schwang die schwere, gepanzerte Tür von alleine auf und zeigte gähnende Leere. Kolter wich entsetzt so schnell zurück, dass er auf den Rücken fiel. Ausgeraubt! Das gesamte Geld war weg! Wie konnte das sein? Nun nahm er mit einem Papiertuch vorsichtig den Hörer seines Telefons und wählte zitternd den Notruf der Polizei. Kalter Schweiß kroch dem ahnungslosen Mann über den Rücken bis ins Genick. Während der Betrieb im Geschäft normal verlief, ging der Filialleiter mit den herbeigerufenen Beamten durch die Geschäftsräume und zeigte ihnen sein Büro und den entleerten Safe. Sofort war für Hauptkommissar Leanders von der Kripo klar: „Der Alarm muss ausgeschaltet gewesen sein. Wie sollst sollte man minutenlang ungestört an dem Geldschrank gearbeitet haben können? Wer war als Erster hier im Raum?" Jan Kolter war entsetzt. Jetzt verdächtigte man ihn! Er musste reagieren, um seine Unschuld zu beweisen, und rief sofort die Sicherheitsfirma an, die den Bewegungsmelder installiert hat. „Die müssen mir genau erklären, wie so etwas passieren konnte!"

Der Geldtransport wurde abgesagt, das Geschäft wegen „internen Arbeiten" bis auf weiteres geschlossen.

Eine Stunde später waren die Monteure der Elektronik- Firma anwesend. Kolter bat die Männer, solange zu warten, bis die Beamten der Kripo wieder zurück waren. Als alle anwesend waren, schauten sich die Monteure in dem kleinen Büro sorgsam um und es dauerte keine zehn Minuten, bis ein Arbeiter bestätigend nickte: „Wir haben`s. Hier, sehen Sie?" Er nahm eine Zange und löste damit ein weißes Textil-Klebeband von der unteren, hellen Fläche des Sensors. „Kein Wunder! So konnte der Alarm auch nicht ausgelöst werden!" Kolters war erleichtert, aber er freute sich zu früh. „Und wie sind die Einbrecher hier hereingekommen?" Die Frage blieb im Raum stehen und kalter Schweiß trat auf die Stirn den Leiters. Er konnte nur noch auf die klärende Arbeit der Kripo hoffen.

Zwei Tage später ging bei der Polizei am späten Nachmittag ein anonymer Telefonanruf ein. Die Teilnehmerin am anderen Ende hatte mit einem Taschentuch den unteren Teil ihres Hörers abgedeckt und zusätzlich ihre Stimme verstellt. Natürlich nannte sie ihren Namen nicht und beschränkte sich auf kurze, knappe Worte, damit man den Anruf nicht zurückverfolgen konnte. Sie sprach von einer einsamen Telefonzelle. „Dieser Kolter, das miese Schwein will uns reinlegen. Er hat die ganze Sache inszeniert und erwartet von uns, dass er die Hälfte mitbekommt. Nicht mit uns! Wir werden ihm seinen gerechten Anteil, wie vereinbart heute im Umschlag in seinen Briefkasten stecken!" Schnell legte sie auf, stieg in ihren Sportwagen und fuhr zurück in die Stadt.

„Ein erster Hinweis! Wir müssen der Sache nachgehen! Martens und Krüger, auf geht's!" Die Beamten standen sofort auf und begleiteten ihren Chef zum Parkplatz. Dort stiegen sie in einen Dienstwagen und fuhren zu der Wohnung des Filialleiters, der zu diesem Zeitpunkt noch im Geschäft war.

Die Briefkästen waren im Flur des Mehrfamilienhauses, zu dem sie sich schnell Eintritt verschafft hatten. Mit einem Spezialschlüssel öffneten sie das Fach mit dem Namensschild: Jan Kolters. Mit Latexhandschuhen griff Leanders hinein und entnahm zwei Briefe und einen beige-braunen Din A4 Umschlag. Die Männer schauten sich an. Sollten sie ohne richterlichen Beschluss zur Tat schreiten und den Umschlag öffnen? Leanders nahm die Entscheidung darüber auf sich: „Gefahr im Verzug!" sagte er und löste vorsichtig den Klebestreifen. Dann schüttete er, durch den Anruf nicht gerade überrascht, mehrere Geldscheine auf den Boden. Er zählte knapp 3.ooo €, gerade einmal zehn Prozent der Summe, die Kolters als Verlust genannt hatte. Leanders steckte die Banknoten wortlos zurück in den Umschlag und legte ihn mit den ebenfalls entnommenen Briefen zurück in den Briefkasten, der wieder ordnungsgemäß verschlossen wurde. „Ich bin darauf gespannt, welche Geschichte uns Kolters auftischen wird!" Hauptkommissar Leanders ordnete eine Überwachung an, die von dem Hausmeister damit unterstützt wurde, dass er den Serviceraum auf der gegenüberliegenden Wand im unteren Flur ausräumte und der Polizei zur Verfügung stellte. Die Tür hatte in Kopfhöhe zwei kleine Glasscheiben, durch die man einen hervorragenden Blick auf die Briefkästen hatte.
„Wann wird Kolters hier sein?" Kommissar Krüger fühlte sich angesprochen, denn er hatte den Leiter zwei Tage lag ohne Erfolg beschattet. „Nach Dienstschluss um 20.ooh macht er seine Abrechnung und fährt danach sofort nach Hause . . . . ." er zählte an seinen Fingern die Minuten ab: „Halb neun, viertel vor neun heute Abend wird er hier sein!" Leanders nickte zufrieden. „Wir müssen sicherstellen, dass nicht vorher irgendeiner den Umschlag hier abholt. Wir haben jetzt 19.ooh. Krüger, Sie bleiben direkt hier. Wir warten im Auto! Gibt es hier in der Nähe einen Imbiss? Ich habe Hunger! Ihr auch?"

Die Beamten versorgten sich in einem naheliegenden Café und setzten sich ins Auto, das sie etwas entfernt am Straßenrand geparkt hatte. Krüger winkte ihnen noch einmal zu, bevor er den Hauseingang betrat. Um 20.25h wurde Kolters mit der gerade entnommenen Post im Hausflur von den Beamten überrascht und mit ins Präsidium genommen.

Bei der anschließenden Vernehmung, die fast die ganze Nacht in Anspruch genommen hatte, leugnete der Leiter standhaft immer wieder, von dem Umschlag mit dem Geld nicht die geringste Ahnung zu haben. Die Banknoten wurden beschlagnahmt und durch richterlichen Schnellbeschluss konnte Kolters vorerst nach Hause, da er einen festen Wohnsitz hatte. Die Beamten mussten seinen Arbeitgeber, eine große Handelskette jedoch davon unterrichten, dass ein dringender Verdacht gegen ihren Filialleiter bestand.

Kolters wurde vorerst vom Dienst freigestellt und Monate später wegen Planung und Anstiftung zu einem Raub, damit verbunden Versicherungsbetrugs und Irreführung der Polizei zu zwei Jahren Haft auf Bewährung verurteilt. Da er seine Komplizen nicht nannte, wurde die Bewährungsstrafe in zwei Jahre Haft umgewandelt. Er verbüßt seine Strafe in der VA.

Jasmin Bender, die Ex-Freundin des Filialleiters konnte zwei Monate später eine kleine Kneipe in der Altstadt aufmachen. Mit ihrem neuen Freund, der die Idee zu dem Einbruch im Kaufparadies hatte und mit ihr zusammen in die Tat umsetzte, war mit dem genialen Einfall seiner Freundin sehr zufrieden, den fingierten Anruf und Hinweis bei der Polizei zu machen. „Auf die 3.000 € können wir gut verzichten, denn dadurch ist jeder Verdacht darauf, dass der nächtliche Einbruch ganz anders war, hinfällig geworden!" Sie kuschelte sich an ihn und dachte dabei: „Kolters hätte mich nicht verlassen sollen! Das kann man mit mir nicht machen, nicht mit einem Fräulein Bender!"

Männer!

Da war sie, die klassische Situation! Früher hatte sie immer gedacht, dass solche Peinlichkeiten nur in Filmen erfunden und übertrieben dargestellt wurden. Nun stand sie, wie hypnotisiert in der ehelichen Wohnung und schaute aus der Diele neugierig und schockiert zugleich, ins Schlafzimmer. Die Tür war nur angelehnt. Hätte er nicht wenigstens abschließen können? Sie konnte nur diese Schlampe sehen, die sich da genüsslich auf ihm sitzend, rekelte. Die Bilder würde sie nie wieder aus ihrem Kopf bekommen. Das Pärchen hatte im Rausch der Sinne weder ihr Hereinkommen, das Zufallen der Haustür, noch ihr Rufen mitbekommen. Sie musste sich schwer zurückhalten, um dem Weib nicht die Bratpfanne aus der Küche um die Ohren zu hauen oder sie aus dem Fenster zu werfen! Aber das würde sowieso nicht viel nützen, denn sie wohnten hier im Parterre. Wütend und enttäuscht zog sie sich ganz leise wieder zurück! Sie hatte genug gesehen und musste überlegen! Plötzlich wurde es still. „Hast du das gehört?" Die junge Blondine stand auf und ging zum Fenster. „Die Wohnungstür ist zugegangen und da unten geht eine Frau zum Wagen. Kennst du sie?" Jetzt stand auch der Mann vom Bett auf und blickte zur Straße: „Mist! Ich muss sofort los! Wir treffen uns später!" Während er sich anzog, saß Monika wieder in ihrem Wagen und atmete tief durch. Sie konnte immer noch nicht glauben, was sie da eben gesehen hatte. Als sie sich etwas beruhigt hatte, fuhr sie langsam zurück in die Stadt. Ihre Synapsen im Hirn spielten verrückt. Es war, als säße sie in einem Flipper-Automaten und wäre die kleine Stahlkugel, die willkürlich durch die Gegend geschossen wurde. Sie ging alle Möglichkeiten der Rache durch. . . . oder sollte sie ihn erst einmal anhören? Ihm womöglich diesen Seitensprung verzeihen? Das konnte sie nicht! Sie würde ihn und vor allen Dingen sie, dieses unbekannte, junge Nichts vernichten . . . totschlagen . . . . und dann? Was würde sie im Endeffekt damit erreichen? Vier Jahre ohne Bewährung, vielleicht noch länger! Dann würde sie als alte Schachtel wieder in Freiheit sein, vergrämt und vertrocknet, während er sich weiter mit solchen jungen Dingern vergnügen könnte! Sie schüttelte den Kopf. Das hätte sie von ihrem Kevin nie gedacht. Er war immer so fürsorglich gewesen, so zärtlich. Hatte nie einen Hochzeitstag vergessen, ihr jeden Monat rote Rosen mitgebracht . . . sie konnte es nicht verstehen! Anscheinend war er nur nett gewesen um sein eigenes, schlechtes Gewissen zu beruhigen? Nein, so kam sie nicht weiter! Sie musste sich professionellen Rat holen. Bei Natalie, ihrer Freundin? Was würde sie sagen? „Ich hab schon immer gemeint, dass dein Mann . . .“ oder „Von einem schönen Teller isst man nicht!“ Nein, alle Freundinnen wissen es immer besser und ob ihr Rat wirklich gut und ehrlich gemeint war, das weiß man erst Jahre später. Was hatte ihre Großmutter immer zu ihr gesagt: „Hör auf dein Innerstes! Geh nach deinem Gefühl! Überlege, was du willst und was du nicht willst, dann entscheide!“ Na, toll! Ich wollte mit ihm glücklich sein! Das Leben gemeinsam mit ihm genießen! Und nun das . . . sie hielt vor ihrem Lieblings Café, parkte den Wagen und ließ sich von Luigi mit einem heißen Cappuccino verwöhnen. „Signora bella! Mamma mia! Wenn Sie nix marido, ische konnte schwach werde . . . oh lala, mi amore!“ Monika fühlte sich geschmeichelt, auch wenn dieser Gigolo das immer und zu jedem Rock sagte, es tat einfach gut. Gerade jetzt, wo sie ihren Mann erwischt hatte. Scheidung? Sie konnte keinen klaren Gedanken fassen und nahm, warum auch immer, ihr mobiles Telefon und rief zu Hause an. Fünf Mal ließ sie es klingeln, da keiner abhob, legte sie wieder auf. Sie genoss das heiße Getränk und bestellte sich einen Fruchtbecher dazu. Jetzt kam es ihr auch auf die paar Pfunde mehr nicht an, die ihre Hüften schmückten. „Monika? Bist du das?" Ein graumelierter, elegant gekleideter Mann, den Mantel über dem Arm, stand vor ihrem Tisch. Wie peinlich war das denn jetzt? Sie kannte den Herrn nicht, schon gar nicht, wenn sie hier so ganz ohne ihre übliche Brille schön aussehen wollte. Das verschwommene Gesicht lächelte sie offen an: „Peter! Du kennst mich wirklich nicht mehr? Wir waren doch zusammen in einer Schule. Na gut, du warst eine Klasse über mir, aber das war der schönste Tag in meinem Leben, als du sitzengeblieben bist und in meine Klasse kamst, erinnerst du dich wirklich nicht?" Sie kramte in ihrer Handtasche, jetzt war ihr alles egal! Er hätte das in die Tageszeitung setzten müssen: „Monika, die fette Schachtel ist sitzengeblieben! In der dritten Klasse der Hauptschule!" Sie spürte, wie ihr warm wurde. Endlich hatte sie das Brillenetui gefunden . . . . . mal sehen, wie dieser Lackaffe heute aussieht! Womöglich hat er eine Glatze, oder noch schlimmer . . . ein Toupet! Als sie umständlich das Nasenfahrrad aufgesetzt hatte, musste sie enttäuscht feststellen, dass sich Peter verdammt gut gehalten hatte. Sein volles, dunkles Haar wirkte durch die silbernen Schläfen äußerst attraktiv. Waren das wirklich seine eigenen Haare? „Toup . . . ich meine, das ist doch kein Pfiffi, oder?" Peter verstand ihre Frage nicht, hing seinen Mantel an die Garderobe und kam zurück zum Tisch. Bevor er sich, ohne um Erlaubnis zu bitten setzte, rief er Luigi zu: „Auch so einen . . .!" und zeigte dabei auf ihre Tasse. „Aber ohne das Eis!" Er legte die flache Hand auf seinen durchtrainierten Körper und ergänzte: „Kalorien!" Einem Schnellkochtopf gleich, fing Monika innerlich an zu kochen. Es war zuviel! Erst die peinliche Anspielung auf ihre „Ehrenrunde"! (Das war auch noch ganz anderen in ihrer Klasse passiert!) Und nun die unverblümte Anspielung auf ihre üppige Figur! Dass sie etwas zuviel Hüftgold mit sich herumschleppte, wusste sie auch ohne seine dreisten Worte! Monika wartete erst gar nicht ab, bis er saß und schlug ihm ihre Handtasche rechts und links um die Ohren: „Du warst früher schon so ekelhaft und unverschämt! Es wird Zeit, dass ich dir zeige, was ich von dir halte. Du Großkotz!" Peter hatte zwar versucht, sich abzuducken, bekam aber die Tasche voll auf beide Wangen. Luigi rannte zurück, hinter die Theke. Die Getränke, die er auf seinem Tablett jongliert hatte, waren vor Schreck klirrend zu Boden gefallen. So kannte er seine nette Kundin überhaupt nicht. Anstatt sich nach dieser Beleidigung zu entfernen, setzte sich Peter wieder entspannt hin und lachte sie an: „Verteilst du immer deine Utensilien wahllos?" Erst jetzt bemerkte sie, dass sich bei der wilden Attacke die Handtasche geöffnet hatte und der Inhalt verstreut im Café auf dem Boden lag. Jetzt bückte sich Peter auch noch theatralisch, um ein Päckchen Kondome aufzuheben und demonstrativ auf den Tisch zu legen. „Ich dachte, du wärst verheiratet. Wofür brauchst du die denn? Verträgst du die Pille nicht?" Eins war sicher: Heute war nicht ihr bester Tag! Genau in diesem Augenblick kam ihr Mann ins Café. Er hielt zielstrebig auf ihren Tisch zu. Die Unordnung auf dem Boden schien er nicht bemerkt zu haben: „Monika! Gut dass ich dich hier treffe. Ich war im Büro und wollte dich abholen, aber du warst schon weg, als ich da ankam. Wir können nicht nach Hause gehen! Jetzt noch nicht!" Er ignorierte Peter, der keinerlei Anstalten machte, sich einen anderen Tisch zu suchen. „Ich habe Heinz unseren Wohnungsschlüssel gegeben." Dann schaute er den Tischnachbarn auffordernd an, denn das Weitersprechen schien ihm unangenehm zu werden. Monika saß stumm, mit offenem Mund da, während ihr Schulfreund den Blick verstand und auf dem Boden ihre Sachen einsammelte. Jetzt flüsterte Kevin säuselnd in ihr Ohr: „Er hat eine neue Flamme und wusste nicht, wohin er mit ihr gehen könnte, um . . du weißt schon!" Luigi kam an den Tisch, er schien sich im Augenblick gefangen zu haben. „Habe Sie gewählt?" Bevor Kevin etwas sagen konnte, griff Monika nach Luigis Arm: „Gra . . . . Grappa! Doppelt! Dreifach!" Der Italiener nickte, ihr Mann bestellte einen Espresso und Peter legte ihre Sachen mit der Erklärung auf den Tisch: „Ist Ihrer Frau eben runtergefallen, sorry!" Dann setzte er sich an den Nebentisch, um mit seinen großen Lauschern dem weiteren Verlauf der Unterhaltung folgen zu können. Monika schaute ihren Mann lange an. „Wieso bist du früher gegangen? War dir nicht gut?" Monika hatte einen trockenen Hals. Tausend Bienen schwirrten durch ihr Gehirn. Sollte sie sich tatsächlich so vertan haben und den gemeinsamen Freund Heinz mit ihrem eigenen Mann verwechseln? Wenn sie genau nachdachte, so hatte sie nur diese junge Schlampe richtig wahrgenommen, die wild mit ihrem Kopf hin und her geschlagen hatte. Ihn hatte sie tatsächlich nicht so genau sehen können. Luigi brachte die Getränke. Noch bevor er das hochprozentige Getränk abgestellt hatte, war der Inhalt schon in Monikas Hals. „Ah, das tat gut! Nochmal dasselbe!" Kevin hielt ihren Arm: „Liebling. Dir geht es doch gut?" Sie bekam einen Lachanfall, der es in sich hatte. Ihr Mann atmete erleichtert auf und legte einen Zehn-Euro Schein auf den Tisch. „Bleibst du noch?" fragte er. Sie nickte, denn sie war so froh und glücklich über die erklärende Situation, dass sie noch eine Weile sitzenbleiben und in Ruhe einen doppelten Kognak in ihrem Cappuccino genießen wollte. „Ich hab noch im Büro zu arbeiten. Warte nicht auf mich, es kann spät werden," sagte er im Aufstehen: „nimm gleich ein Taxi und lass den Wagen stehen. Denk an deinen Führerschein!" Sie versprach es und gab ihm einen Abschiedskuß. „Ab wann kann ich denn wieder in die Wohnung?" Er rief ihr beim Rausgehen zu: „Spätestens in einer Stunde hol ich mir den Schlüssel bei ihm wieder ab, bis später Schatz! Wir können dann in Ruhe zuhause Abendessen!"

Monika war glücklich und hatte ihr breites Lächeln aufgesetzt. „Luigi", rief sie erleichtert, „ein Glas Sekt!" Das Leben konnte so schön sein.   -.-.-.-.-.-.-

Als Kevin aus dem Café kam, nahm er sein mobiles Telefon und wählte die Nummer seines besten Freundes: „Hallo Heinz, du musst mir helfen! Wenn Monika dich fragen sollte, so musst du ihr Folgendes sagen . . ." Während er noch telefonierte, kam eine junge, attraktive Blondine auf ihn zu. Er hielt einen Augenblick den Hörer zu und sagte ihr: „Sie hat es geschluckt! War doch eine tolle Idee von mir, zu behaupten es wäre mein Freund gewesen, der eben mit dir in der Wohnung war, oder?" Er deutete auf sein mobiles Telefon: „Warte, bis ich ihm alles erklärt habe. Der Abend gehört uns! Als er zufrieden sein Gespräch beendet hatte, fasste er die Blondine um die schmale Taille und schob sie zu seinem Sportwagen. Dann öffnete er die Beifahrertür, ließ sie einsteigen und umrundete das Fahrzeug, bevor er sich hinter das Lenkrad setzte, um mit quietschenden Reifen loszufahren. Die nächsten Stunden gehörten den Liebenden, die sich so geschickt aus der Affäre gezogen hatten. Seine Monika war zu naiv und dumm. Sie hatte noch nie von seinen vielen Seitensprüngen erfahren und das würde auch diesmal der Fall sein. Er war einfach zu geschickt, zu raffiniert und konnte seine Freiheit weiter schamlos genießen, denn er war kein Mann, der sich mit einer Frau zufrieden gab, schon gar nicht, wenn seine eigene den Zeiger auf der Personenwaage schon seit längerem fast bis zum Anschlag bewegte.

Es wurde schon hell, als Kevin verschlafen die Gardinen des kleinen Appartements zurückzog. Seine junge, augenblickliche Gespielin war gerade aufgestanden und im Bad verschwunden. Jetzt musste er aufstehen und zurück in seine eigene Wohnung fahren, um den unglaublich überarbeiteten, treuen Ehemann zu spielen. Eine halbe Stunde verließen sie das Appartement, gingen zu seinem Cabrio und traten den Heimweg an.

„Frau Gruber?" Die beiden Beamten an der Wohnungstür schauten die verschlafene Frau erwartungsvoll an. „Ja?" Monika stand im bequemen Hausanzug an der Tür, denn sie hatte sich nach dem Frühstück noch einmal hingelegt. „Dürfen wir reinkommen?" Als sie das erstaunte Gesicht der Frau sahen, ergänzte ein Beamter: „Es geht um Ihren Gatten!" Die Männer hielten dabei ihre Dienstausweise in Augenhöhe, während Monika wortlos einen Schritt zur Seite machte, um sie eintreten zu lassen. Sie folgten ihr ins Wohnzimmer und Monika machte eine einladende Handbewegung: „Setzen Sie sich, bitte. Was ist mit meinem Mann?" Während die Beamten Platz nahem, zückte ein Beamter seinen Notizblock und legte ihn vor sich auf den Glastisch. „Wann haben Sie ihn das letzte Mal gesehen?" Die Frau stutzte kurz und legte ihre Stirn in Falten. „Gestern Nachmittag! Im Café. Warum? Ist etwas passiert?" Der Kriminalbeamte holte hörbar tief Luft, bevor er antwortete: „Wir müssen Ihnen eine traurige Nachricht überbringen. Ihr Mann hatte einen Unfall!" Nun kam die Hausdame näher und setzte sich ebenfalls. „Deshalb . . ." flüsterte sie leise während sich der Beamte ein paar Notizen machte. Jetzt hob er den Kopf: „Ja? Weiter . . .wieso deshalb?" Beide schauten sie abwartend an. Bevor sie darauf antwortete, wollte sie wissen: „Ist er verletzt?" Auch diese Frage wurde nicht beantwortet, sondern der Mann wiederholte ihre Worte: „Sie wollten uns erklären, wieso Sie deshalb gesagt hatten!" Monika nickte: „Na ja . . . er wollte gestern Abend noch im Büro arbeiten, aber dass es so lange dauern würde, hätte ich nicht gedacht!" Dabei zeigte sie auf den gedeckten Esstisch, der in der hinteren Ecke des Wohnzimmers stand. „Ich habe zwei Stunden das Essen warm gehalten! Er hatte einen Unfall, sagten Sie?" Die Männer schauten sich an, denn sie dachten das Gleiche. Sie gingen immer noch nicht auf ihre Frage ein: „Ist Ihnen das nicht sonderbar vorgekommen? Wann wollten

Sie denn nach ihm suchen?" Ein Lächeln huschte über ihr Gesicht: „Ist das eine ernsthafte Frage? Er arbeitet im Außendienst und bleibt sehr oft über Nacht weg. Entschuldigen Sie, wollen Sie etwas trinken? Einen Kaffee, vielleicht?" „Kaffee wäre gut!" „Ja, bitte! Ich auch, wenn`s geht mit Milch?" Sie stand auf und ging zur Küchentür. Kurz vorher drehte sie sich noch einmal um: „Sie hatten noch nicht geantwortet, ob er verletzt ist!" Der Beamte antwortete: „Setzen Sie sich, bitte!" Monika kam zurück und setzte sich den Männern gegenüber. „Es war ein schlimmer Unfall!" Noch immer wartete die Frau auf eine Erklärung: „Ja, weiter! Wie schlimm? Ist er verletzt? Nun reden Sie doch!" Er stand auf und legte seinen Arm auf ihre Schulter: „Ihr Mann hat den Unfall nicht überlebt! Er ist noch in seinem Wagen verstorben. Es tut uns leid." Monika starrte ins Leere. Sie zeigte keine Reaktion. Nun fuhr der Polizist vorsichtig fort: „Wissen Sie, wer die junge Frau neben ihm war?" Monika hatte ein Taschentuch genommen und sich die Tränen abgeputzt. Sie hatte anscheinend noch immer nicht richtig verstanden, was die Beamten da eben gesagt hatten. Jetzt hob sie den Kopf: „Eine Frau, sagten Sie? Was für eine Frau? Eine Anhalterin, vielleicht? Ist sie auch tot?" Der Beamte nickte. „Wir haben nur bei Ihrem Mann Ausweispapiere gefunden. Wir kennen die Identität der Begleiterin nicht. Wir dachten, Sie könnten uns da weiterhelfen." Monika schnäuzte sich: „Wie sollte ich Ihnen da helfen können? Ich hab den ganzen Abend auf ihn gewartet. Das hab ich Ihnen doch gesagt! Und das auch nur, weil er im Café gesagt hatte: „Bis heute Abend, aber es kann spät werden!" Mit dem versprochenen Kaffee wurde es jetzt nichts mehr. Die Männer verabschiedeten sich und gaben der Frau ihre Visitenkarten: „Wenn Sie sich etwas besser fühlen, so kommen Sie bitte aufs Revier. Wir müssen noch ein paar Formalitäten klären. Wenn Sie ihn noch einmal sehen wollen,

so rufen Sie bitte vorher bei uns an!"
Am Nachmittag des gleichen Tages rief Monika im Revier an. Nachdem sie ihren Mann im Keller der Gerichtsmedizin weinend identifiziert hatte, musste der Arzt sie mit vorsichtiger Gewalt von der Bahre des Toten wegführen und übergab sie auf dem Flur einer Kollegin, die ihr eine Spritze verabreichen musste. Danach wurde sie in die zweite Etage begleitet, wo die Beamten ihr noch ein paar Fragen stellten und sie einige Formulare unterschrieb. Da sie sich außer Stande fühlte, alleine nach Hause zu fahren, wurde sie mit einem Polizeiauto gebracht, während ein zweiter Beamter mit ihrem Fahrzeug hinterher fuhr. Sie legte sich zuhause sofort ins Bett, nachdem die Beamten eine Freundin angerufen hatten, die sich vorerst um sie kümmern sollte.

Nach vier Wochen, ihr Mann war längst beerdigt, wurde die Lebensversicherung überwiesen. Es hatte sich herausgestellt, dass die Begleiterin im Wagen ihres Mannes seine Geliebte war. Die Kriminalpolizei fand keinen Hinweis auf ein Fremdverschulden, da sich das Cabrio mit viel zu hoher Geschwindigkeit in einer Rechtskurve mehrfach überschlagen hatte. Den Insassen blieb nicht die geringste Chance zum Überleben. Sie waren beide auf der Stelle tot. Der tragische Unfall wurde nur noch in der Statistik erwähnt, der Fall abgeschlossen!
Keiner stellte sich die Frage, wieso der Wagen so schnell gewesen war und ob die Ehefrau von dem Verhältnis ihres Mannes gewusst haben könnte.
Als Kevin an diesem verhängnisvollen Tag das Café verließ, zahlte Monika und wollte auch sofort mit einem Taxi nach Hause fahren. Ihr Schulfreund war ihr auf den Geist gegangen und nun wollte sie nicht noch länger mit ihm am Tisch sitzen und sich beleidigen lassen. Als sie auf die Straße trat, sah sie

ihren Mann, der die Blondine zu seinem Sportwagen begleitete. Sie verwarf wütend ihren Plan, ein Taxi zu nehmen und lief zu ihrem Auto, denn sie hatte die junge Schlampe sofort wiedererkannt, die „angeblich" mit dem gemeinsamen Freund in ihren Betten herumgetobt hatte. „Dieses hinterlistige Schwein! Das wird er mir büßen!" Sie verfolgte die Beiden bis zur Wohnung der jungen Frau. Eng umschlungen verschwanden sie in dem Hochhaus. Monika wartete noch eine Weile in der einsamen, menschenleeren Straße, bevor sie zu ihrem Kofferraum ging und aus dem Werkzeugkasten eine Kombizange nahm. Damit bewaffnet ging sie zu seinem Cabrio, bückte sich auf dem Bürgersteig und tastete suchend hinter dem rechten Vorderreifen. Jetzt machte sich bezahlt, dass sie sich beim letzten Reifenwechsel in der Werkstatt von dem netten Monteur die Drähte und Schläuche im leeren Radkasten des hochgebockten Wagens hatte erklären lassen. „Das sind die Bremsschläuche. Die sind überlebenswichtig!" hatte er damals erwähnt. Das hieß für sie jetzt: Wenn der Schlauch mit meiner Zange zerquetscht wurde, oder besser noch, abgerissen war, so konnte der Öldruck nicht mehr gehalten werden. Sie riss und zerrte an dem stabilen, drahtummantelten Kabel, um keinen glatten Schnitt zu hinterlassen!

Einen Denkzettel, wollte sie ihm verpassen! Wirklich nur einen Denkzettel! Dass er dieses Miststück auch noch zurück mit in die Stadt nehmen würde, das hat sie nicht bedacht. Dass er bei dem Unfall tödlich verletzt wurde war einfach nur Schicksal! Mit den Geldern der Lebens,- und der Unfallversicherung, sowie seiner Rente war sie bestens versorgt. In einer Beauty-Klinik unterwarf sie sich einer strammen Diät und hat jetzt wieder eine ansehnliche Figur bekommen.

Offen für eine neue Liebschaft ist sie auch – aber diesmal ohne Heirat! (Sie wird doch nicht so dumm sein und auf die stattliche Rente ihres Mannes verzichten!)

So nicht!

„Wie siehst du denn aus?" Bald hätte ich den Schulkollegen nicht wieder erkannt. „Blöder Bordstein! Ich hab ihn nicht gesehen!" „Du blutest ja! Ich wohne hier, komm erst mal rein!" Ich zog ihn mehr, als dass ich den Eindruck hatte, er würde freiwillig mitkommen. Mein Gegenüber hatte sich die Hand aufgeschlagen, und als ich die Wunde in meinem Badezimmer unter dem wehleidigen Gejammer meines alten Schulfreundes gesäubert hatte, war von der Wunde nur noch ein kleiner Schnitt zu sehen: „Da schau selbst! Kaum der Rede wert. Gereinigt, desinfiziert, ein Pflaster drauf und fertig! Was machst du eigentlich hier in der Gegend?" fragte ich ihn interessiert. Aber Horst antwortete nicht. Er schaute nur immer wieder auf seine angeblich so stark verletzte Hand. „Das ist nicht schlimm, Mann oh Mann Ihr Männer! Was würde aus der Welt, wenn ihr die Kinder bekommen müsstet!" Was unterdessen nach der Schule aus ihm geworden war, wusste ich zu diesem Zeitpunkt noch nicht. „Ich arbeite als O. P. Schwester im Krankenhaus!" eröffnete ich das unverhoffte Wiedersehen, „. . . . . und du? Was machst du?"
„Ich studiere. BWL! Warum willst du das wissen?"
„Bist du in den letzten Jahren so empfindlich geworden? Hab dich so schlimm gar nicht in Erinnerung! Aber bitte … du bist ja jetzt versorgt und kannst gehen!"
„Entschuldigung war nicht so gemeint!" Er merkte, dass er sich undankbar gezeigt hatte, schließlich war die Hand versorgt und vor ihm stand eine Tasse Kaffee. Eine halbe Stunde tauschten sie alte Erinnerungen aus. „Danke ich muss dann wieder gehen. Vielleicht sehen wir uns noch mal irgendwo! Und auch hierfür vielen Dank!" dabei hob er seine verletzte Hand und deutete auf das winzige Pflaster. Er trank seine Tasse aus und ging.

Ich wohnte hier in der Mansarde alleine, mein Freund hatte seine eigene Wohnung. Ein riesiges Appartement im teuersten Viertel der Stadt. Er wurde von seinen Eltern finanziell stark unterstützt und hatte es bisher immer abgelehnt, mit mir zusammenzuziehen. „Du bist eine einfache Krankenschwester! Was ist das schon? Willst du nicht studieren und Ärztin werden? Worüber willst du dich denn mit meinen Bekannten unterhalten? Das sind alles studierte Akademiker!" Das hatte ich mir schon allzu oft anhören müssen. Jedes Mal hasste ich ihn dafür, dass er sich nicht voll und ganz hinter mich stellte. Es war für mich eine Überwindung, wenn wir zwei Mal im Jahr bei seinen Eltern eingeladen waren. Er hatte mich als eine flüchtige Zufallsbekanntschaft vorgestellt und bei den Gesprächen wurde ich permanent übergangen, seitdem die Eltern von meinen Beruf wussten. „Wann findest du denn endlich einmal eine standesgemäße Freundin? Die passende Wohnung hast du doch schon!" „Warum sind wir eigentlich noch zusammen?" fragte ich ihn jedes Mal, wenn wir von den seltenen Besuchen wieder in die Stadt zurückfuhren. Und jedes Mal ließ ich mich wieder einschleimen und glaubte dann seinen verführerischen Worten. „Ich liebe dich doch! Ich kann und will ohne dich nicht mehr sein! Das weißt du doch, du süßes Dummerchen." „Dann zeig es mir und stell mich endlich auch deinen Freunden und deinen Eltern als deine Freundin vor. Was erzählst du mir, wenn wir alleine sind? Notlügen? Schämst du dich etwa für mich? Lass uns mehr gemeinsam unternehmen! Wir waren noch nie zusammen im Kino oder sind Essen gegangen. Du fährst immer mit deinen Freunden in den Urlaub! Lass uns doch auch mal gemeinsam in den Urlaub fahren." Solche Diskussionen hatten wir oft, jedoch immer einseitig nur von meiner Seite aus betrachtet. Er wich dann geschickt aus und nickte mir bejahend zu. Bis zum heutigen Tag hatte sich an dieser Situation nichts geändert.

Ich studierte den Jammerlappen, der mir so unbeholfen gegenübersaß. Ein Häufchen Elend, der Kerl. Manchmal überkamen mich Zweifel an unserer Partnerschaft, aber ich wollte auch nicht alleine sein. Ich säuberte das Badezimmer und entsorgte die blutverschmierten Papiertücher. Ich war zwar nicht mit meinem Freund verabredet, aber er hatte gesagt, dass er zuhause sei und arbeiten müsste. Da ich mich wieder einmal so alleine fühlte, stand mein Beschluss spontan fest, ihn zu überraschen. Das Wochenende war bald vorbei und morgen musste ich wieder arbeiten. Ich hatte Frühschicht und wollte ich ihn wenigstens am Sonntag noch einmal sehen, bevor der anstrengende Alltag mich wieder in Beschlag nahm.

Für ein Auto hatte ich noch kein Geld. Ich legte alles auf die hohe Kante, wie meine Oma immer gesagt hatte.

Ich besaß ein Dauerticket für die öffentlichen Verkehrsmittel und so ging ich zur Haltestation und nahm den nächsten Omnibus. Zurück würde er mich mit seinem schicken Sportwagen fahren, oder ich würde endlich einmal bei ihm in der Innenstadt übernachten, da war ich mir sehr sicher!

Der Bus hielt an der Straße und ich lief die letzten zweihundert Meter in freudiger Erwartung … die dann jäh zerstört wurde! Er saß mit einer Blondine in seinem Auto und diskutierte. Wer war diese fremde Frau? Wollten die zusammen irgendwo hin fahren? Oder kamen die gerade von irgendwoher? Letzteres traf vermutlich zu. Er küsste sie und rannte um den Wagen, um ihr die Tür aufzuhalten. Mir stockte der Atem und unwillkürlich ging ich einen Schritt zurück, um mich hinter einer Hausecke zu verstecken. Er sollte mich jetzt nicht sehen. Ich wollte mit meinen eigenen Augen sehen, wie weit er das Spiel noch treiben würde. Vielleicht ohne mein Wissen schon getrieben hatte? „Dieses verlogene kleine Ferkel! Mir hat der noch nie die Tür aufgemacht! Noch nicht einmal am Anfang unserer Beziehung!" murmelte ich leise und musste mit ansehen, wie das Pärchen eng umschlungen zur Haustür ging. Über die Schulter hatte er lässig mit der Fernbedienung seinen Wagen verschlossen. Die Autolichter blinkten drei Mal auf und die Haustür fiel ins Schloss. Tolle Überraschung! Ich stand da wie ein begossener Pudel. Gedemütigt, hintergangen, betrogen und belogen. Also hatten meine Arbeitskollegen doch Recht, wenn sie mich vor diesem windigen Hund hatten warnen wollen! Der Bus zurück brauchte eine Ewigkeit. So erschien es mir zumindest und ich musste meine Tränen zurückhalten.

„Drei Jahre hatte ich an dieses Miststück geglaubt. Eintausend fünfundneunzig Tage weggeschmissen! Ich hasste ihn! Verfluchte ihn! Wünschte ihm die Pest an den Hals! Ich hätte ihn eigenhändig erwürgen können! Als ich endlich zuhause war, ließ ich meinen gekränkten Gefühlen freien Lauf! Ich wollte gerade alle Sachen von ihm irgendwo sammeln und verbrennen, als mir wieder diese alles erklärenden Zweifel kamen. „Vielleicht war das gar nicht so, wie ich das gesehen hatte!" versuchte ich mich selbst wieder zu beruhigen. „Vielleicht war das seine Verwandte!" Es klang aus meinem eigenen Mund ziemlich blöd. Was war da dran? Hatte er eine Freundin von der ich nichts wusste? Hatte ich maßlos übertrieben? Deshalb wollte ich seine Stimme hören. Ich wollte eine Erklärung haben für das, was da eben zu sehen war und rannte zum Telefon und ließ bei ihm anklingeln. Ich rief extra sein Festnetz an, denn dann hatte er gerade mal fünf Klingeltöne Zeit, um zu antworten. Danach würde der Anrufbeantworter anspringen und jeder Anwesende würde laut mithören, was dann gesagt wurde. Ich hatte Recht! Gut gemacht! Es klingelte genau vier Mal! Dann kam ein abgehetztes, gereiztes: „Ja? Wer ist denn da?" Ich versuchte ruhig und kühl rüber zukommen: „Ich bin es, Sabine!" versuchte ich vorsichtig zu antworten, weiter kam ich nicht. Er explodierte förmlich am Telefon. Jetzt war es offensichtlich, dass ich ihn bei was auch immer gestört hatte! „Ich war im Arbeitszimmer! Du weißt doch dass ich viel zu tun habe! Mein Gott kontrollierst du mich?" Ich blieb sachlich: „Was bist du denn so gereizt? Ich wollte einfach nur deine Stimme hören, bevor das Wochenende wieder vorbei ist! Was machst du gerade?" „Was ich mache? Ich arbeite! Und deshalb bin ich froh, dass ich alleine und ungestört sein kann! Ich habe den ganzen Tag in dieser Bude verbracht und jetzt unterbrichst du mich beim Arbeiten!" Das war zwar bei Weitem nicht die Antwort, die eine Frau gerne hört, aber ich wusste nun endgültig, dass mich dieser Feigling vorsätzlich belogen hatte! „Schon gut, verstanden!" Ohne Antwort knallte ich den Hörer auf die Gabel. Er würde sicher zurückrufen und irgendeine Erklärung aus der Schublade zaubern. Falsch gedacht! Ich kannte ihn anscheinend doch nicht so gut, wie ich mir immer vorgemacht hatte. Nach einer viertel Stunde kochte meine Wut über! Ich ging zum Schrank und setzte die Wodkaflasche direkt an den Hals, … keine Zeit für ein Glas! Ich musste mich schwer beherrschen, um nicht ein weiteres Mal bei ihm anzurufen. „Den müsste man jetzt so oft stören, dass seine Tussi die Geduld an ihm verliert!" Aber das ist primitiv! … Gut dann bin ich jetzt eben primitiv! Ich drückte entschlossen auf Wahlwiederholung: „Der von Ihnen gewählte Anschluss ist vorrübergehend nicht erreichbar!" Zieht doch dieser Halunke einfach den Telefonstecker raus! Na gut. Jetzt weiß ich Bescheid! Der wird sich wundern!

„Liebling, das war doch nicht böse gemeint! Ich bin mit meiner Arbeit schnell fertig geworden! Wir hätten uns danach noch treffen können, aber du hast ja so schnell aufgelegt!" Ein paar Tage später machte er auf unschuldig und wollte mir die

Schuld geben. Ich musste Zeit gewinnen! Zeit für mich und meine Gedanken! Deshalb ließ ich ihn im Glauben, er hätte immer noch das, unwissende Mädchen vor sich: „Ja, entschuldige, ich weiß auch nicht, was mit mir los war! Ich war einfach so alleine und traurig." „Wir sehen uns doch am kommenden Wochenende schon wieder. Schlaf gut! Ich liebe dich!" „Ich dich auch!" das kam mir diesmal schwer über die Lippen, aber dieses „ich dich auch!" war unverbindlich und ich dachte dabei an „du mich auch!" Ich hockte alleine in der Waschküche und sortierte aus dem Korb meine Schmutzwäsche. Da fand ich überraschender Weise eine Freizeithose von ihm. Diese Jeans würde nicht mehr von mir gewaschen, darum legte ich sie zunächst beiseite, füllte das offene Bullauge mit meinen aussortierten Sachen, stellte den Programmknopf auf Kochwäsche und verließ mit seiner Hose und meinem Wäschekorb den Keller. Oben in der Wohnung wollte ich seine Jeans zerreißen oder zerschneiden, als ich einige Gegenstände in seinen Taschen fand. Gebrauchte Papiertaschentücher, drei oder vier, nahm ich vorsichtig mit zwei Fingern genauso heraus wie auch ein Feuerzeug mit seinen Initialen. Von mir hatte er das nicht bekommen! Das hatte er sich selbst gekauft oder von dieser Frau! Wut kam wieder in mir hoch. Auch die zweite Tasche war nicht leer. Wie oft hatte ich ihm schon von der gesundheitlichen Gefahr gewarnt, aber jetzt fand ich tatsächlich auch wieder eine angebrochene Schachtel Zigaretten von ihm. Er hatte angeblich vor Wochen das Rauchen aufgegeben! Er ändert sich nicht!

Eine Woche später fanden Fußgänger am Abend eine junge Frau im Stadtpark. Sie lag leblos neben einer Parkbank. Man hatte ihr den Schädel eingeschlagen. Offensichtlich mit einem Stein, der blutverschmiert mit einem Taschentuch neben dem Opfer lag. Es handelte sich wahrscheinlich um eine Tat im

Affekt. Die Polizei fand außerdem noch ein Feuerzeug mit den Buchstaben "B. und J." bei dem Opfer. Die Ausweispapiere und Geldbörse mit Inhalt, sowie ihre Ringe und die teure Armbanduhr ließen einen Raubüberfall unwahrscheinlich erscheinen. Die Tote war auch nicht sexuell missbraucht worden. Die Polizei fuhr mit den gefundenen Hausschlüsseln zu der Adresse im Ausweis und verschaffte sich Zutritt zu den Räumen. Bei der anschließenden Durchsuchung der Wohnung fand man unter anderem auch ein aufschlussreiches Telefonregister. Die eingetragenen Zahlen und Adressen waren von der Polizei schnell zugeordnet worden. Es waren berufliche und private Nummern, von ihrem Friseur, der Bank, einem Kosmetikladen und so weiter. Irgendwann kam man natürlich auf die Telefonnummer meines Freundes. Man wollte ihn informieren und sich ein Bild machen. Eventuell vorhandene Motive mussten routinemäßig abgearbeitet werden. So fuhren die ermittelnden Beamten unter anderem schließlich auch bei ihm vorbei: „Sind sie Jochen Berg?" Ahnungslos hatte mein Freund seine Wohnungstür geöffnet. „Ja, wieso?" „Kriminalpolizei! Keller mein Name. Kommissar Keller. Das ist mein Kollege Kraus!" Die Männer hielten ihm ihre Dienstausweise hin. „Dürfen wir reinkommen? Da spricht es sich leichter und vor allem," er drehte sich um und leise wurden ein paar Wohnungstüren geschlossen, „unauffälliger!" Zuerst etwas verwirrt hatte er sich schnell gefangen und wollte nun besonders spaßig rüberkommen. Dabei erinnerte er sich an die diversen Kriminalfilme, die er bisher gesehen hatte: „Und," er schaute grimmig auf die Beamten, „ haben sie das Recht? Ist eine Durchsuchung angeordnet worden?" Es konnte sich für ihn nur um eine Verwechselung oder einen schlechten Scherz handeln, denn er war sich keinerlei Schuld bewusst. Aber seine ablehnende Haltung und seine Reaktion kamen bei der Gegenseite gar nicht so gut an: „Oh, der Herr kennt sich mit

solchen Sachen aus! Prima, wir können auch ganz anders!"
Keller zückte eine Karte und drückte sie dem verdutzten,
jungen Mann in die Hand: „Morgen Vormittag! 9.00 h auf dem
Präsidium! Und, … seien Sie bitte pünktlich!" Er wollte alles
aufklären, wollte noch sagen, dass es ein Witz sein sollte,
selbstverständlich könnten die Herren zu ihm herein kommen.
Aber da war der Flur schon leer, die Beamten waren gegangen
und dachten sich ihren Teil! Verdutzt und offensichtlich
ahnungslos ging er am nächsten Morgen zur Polizei. Da hatten
die Beamten in der gleichen Nacht schon ihre Schulaufgaben
gemacht! Das Feuerzeug war von ihm! Leugnen zwecklos!
Seine Fingerabdrücke überführten ihn genauso wie die D. N. A.
Spuren in den gebrauchten Papiertaschentücher, die man im
Stadtpark unmittelbar neben der Leiche gefunden hatte. Eine
innige Beziehung zu ihm hatte das Mädchen ausführlich in
ihrem Tagebuch beschrieben! Auch sein Anwalt konnte ihm
nicht mehr helfen. Ich war bei der Gerichtsverhandlung dabei!
Ich wunderte mich noch, dass man er mich nicht erkannte.
Weder als Freundin, noch als Bekannte - es gab mich nicht!
Er wollte nichts mit mir zu tun haben und hatte keine Hinweise
oder Notizen von mir in seiner Wohnung. (Ich hatte noch nicht
einmal eine Zahnbürste bei ihm.) Und das war auch gut so!
Ich hatte diese Schlampe, die sich in mein Leben einmischte,
unter einem Vorwand in den Park bestellt. Ursprünglich wollte
ich nur die Jeans und das Feuerzeug zeigen, um zu beweisen,
dass sie sich den falschen Freund ausgesucht hatte. Aber dieses
hochmütige Fräulein wollte überhaupt nichts von mir wissen!
Verlobt sei sie mit ihm! Schon seit dem letzten Sommer,
behauptete sie frech. Und überhaupt, dabei betrachtete sie mich
abfällig von oben bis unten, was er mit so einer, wie mir
überhaupt anfangen wollte! Im Keller verstecken? Damit hatte
sie mich eindeutig an meiner empfindlichsten Stelle getroffen!
Ich erinnerte mich in diesem Augenblick an die Begegnung mit

meinem Klassenfreund und meine damalige Überlegung, wie leichtfertig man an ganz persönliche D. N. A. Spuren einer anderen Person kommt! Damals habe ich die Papiertücher meines ehemaligen Klassenfreundes noch entsorgt. Diesmal jedoch hatte ich die richtigen Spuren mit dabei. Seine gebrauchten Taschentücher! Da habe ich nur noch eiskalt reagiert. Ich verstehe mich sehr gut! Und Jochen wird das nie verstehen können! Der sitzt jetzt nämlich wegen heimtückischen Mordes.

Der neue Arzt, der bei uns angefangen hat, das ist ein richtig leckeres Kerlchen, wie man bei uns sagt. Wir haben uns schnell sehr gut verstanden, wenn man das so sagen darf. Der hatte auch nichts dagegen, sich mit mir zusammen zu zeigen und schließlich auch mit mir eine gemeinsame Wohnung zu suchen. Wir waren als Paar schon zusammen auf dem Grillfest unserer Krankenhausleitung. Ich bin restlos glücklich, habe sogar mittlerweile ein kleines Auto und wir machen tolle Urlaubsreisen!

Das Leben kann so schön sein!

Bücher von Roman Schmidt:

Anno 1379, An Rhenus und Wippera (Mittelalter)
Krone Verlag 200 Seiten SU **ISBN 978 3 940 48687 5**
Hermann, Vom Leibeigenen zum Ritter
Krone Verlag 200 Seiten SU **ISBN 978 3 940 48688 2**

Alle folgenden Bücher von B.o.D. auch als E-Book:

Die weisse Traumkatze   **ISBN 9783 73473 5301**
(Thriller)   **184 Seiten PB**

Geheimnisvolles Familienerbe (Thriller)
72 Seiten PB   **ISBN 9783 73473 8104**

Die weisse Traumkatze Band 2   **164 Seiten PB**
weitere Fälle des Andy Steffenson

ZWÖLF MAL ROMAN plus X   **296 Seiten PB**
Neuauflage der Bücher: Kreuzfahrt ins Ungewisse –
ZWÖLF MAL ROMAN – Habgier + 7 Krimis

Roman`s Mittelalter 1   **300 Seiten PB**
Zusammenfassung der Bücher:
Hargan und Arn / Steffan, des Schmiedes Sohn
Roman`s Mittelalter 2   **296 Seiten PB**
Neuauflage von: Die Rache des kleinen Jost

Herstellung und Verlag:
BoD - Books on Demand, Norderstedt
ISBN 978-3-8448-0582-6